왕회전 하 王會傳 下

역주자　신해진(申海鎭)

경북 의성 출생
고려대학교 국어국문학과 및 동대학원 석·박사과정 졸업(문학박사)
현재 전남대학교 인문대학 국어국문학과 교수
BK21플러스 지역어 기반 문화가치 창출 인재양성 사업단장

저역서　『왕회전(상)』(역락, 2017)
　　　　『이와전·투첩성옥·옥당춘낙난봉부』(보고사, 2016)
　　　　『왕경룡전·용함옥』(역락, 2016)
　　　　『금산사몽유록』(역락, 2015)
　　　　『금화사몽유록』(역락, 2015)
　　　　『한국 고전소설의 이해』(공저, 박이정, 2012)
　　　　『조선후기 몽유록』(역락, 2008)
　　　　『역주 내성지』(보고사, 2007)
　　　　『조선중기 몽유록의 연구』(박이정, 1998)
　　　　이외 다수의 저역서와 논문

왕회전 하 王會傳 下

초판 인쇄　2018년 6월 25일
초판 발행　2018년 6월 30일

원저자　김제성
역주자　신해진
펴낸이　이대현
편　집　박윤정
디자인　홍성권
펴낸곳　도서출판 역락
주　소　서울시 서초구 동광로 46길 6-6(반포동 문창빌딩 2F)
전　화　02-3409-2060(편집부), 2058(영업부)
팩　스　02-3409-2059
등　록　1999년 4월 19일 제303-2002-000014호
이메일　youkrack@hanmail.net

ISBN　979-11-6244-000-1 (전 2권)
　　　　979-11-6244-147-3 (94810)

한국학중앙연구원 장서각 소장 유일 한문필사본 역주서

왕회전 하王會全 下

金濟性 원저
申海鎭 역주

역락

머리말

  한국학중앙연구원 장서각 소장 <왕회전(王會傳)>(청구기호 : D7C 72)은
유일본으로 72장 한문필사본이다. 작품의 말미에 "歲 崇禎紀元後四庚子三
月下澣 南湖居士記"라고 적혀 있는바, 명나라가 망한 1644년 이후로 네
번째 경자년이 1840년이니, 남호거사(南湖居士) 김제성(金濟性, 1803~1882)이
1840년 3월 하순에 지은 작품임을 알 수 있다.

  상하 2권 1책의 <왕회전>은 상권이 7회 38장 76면으로, 하권이 6회 34
장 67면으로 나누어져 총 13회로 구성된 작품이다. 표지에는 '王會傳'이라
한문으로 적혀 있고, 그 다음 장에는 '王會傳 上 目錄' 아래 부분에 제7회까
지의 회장체 제목이 제시되어 있다. 본문 첫머리에는 '왕회전'과 함께 '남호
몽록(南湖夢錄)'이라는 제명(題名)이 병기되어 있다. 하권도 같은 방식이다.

  이 작품은 <금화사몽유록(金華寺夢遊錄)>을 바탕으로 하여 개작한 것이
지만, 그와는 꽤 다른 내용들이 담겨 있어 상당한 차이를 보이는 재창작
작품이라 해도 좋을 정도이다. 몽유록의 액자구조 틀에서 벗어나 회장체
소설 형식을 취했는가 하면, 작품의 공간적 배경을 금릉(金陵)에서 낙양(洛
陽)으로 변경해 그곳이 서사의 중심임을 드러내기도 했고, 시대적 배경도
원(元)나라 지정(至正) 말년에서 명(明)나라 숭정(崇禎) 기묘년(己卯年: 1639)으
로 바꾸어놓기도 했기 때문이다. 또한 작품의 지대한 분량을 존명세력이
반대세력을 누르고 압승하는 역사영웅들의 군담으로 채워 넣었기 때문이
다. 특히, 항우(項羽) 및 한신(韓信)과의 군담은 '출정→유세→배반→계략→

사로잡힘→후일담'의 순으로 이루어져 있어서 군담적 통속성을 강화하고 있다. 이러한 변모는 개작 과정에서의 작품구성과 주제구현 방식 등을 살피도록 하는 것이다. 사건 전개 방식, 인물 재현 방식, 갈등의 구체적 서술 등을 통해 바로 김제성이 작품을 새롭게 개작하고자 한 의도, 곧 존명배청(尊明排淸) 의식의 그 허상에 대해 회의하면서도 구현하려 했던 춘추대의의 정신을 규명할 수 있는 지점이라 하겠다. 이에서 조선조 화이론(華夷論)의 정신사적 추이가 어떠한지 아울러 살필 수 있을 것으로 여겨진다.

한편, <왕회전>의 말미에서 "명나라 숭정 기묘 연간에 한 서생이 정처 없이 이리저리 떠돌다가 강남의 금화사에 이르러 날이 저물자 투숙하였는데 그날 밤 한 꿈을 얻었다.(大明崇禎己卯年間, 有一書生, 放浪遊散, 至於江南金華寺, 日暮投宿, 其夜得一夢.)"고 한 기록을 준신하여 <금화사몽유록>의 창작 연대를 1639년으로 보고 있다. 그러나 ≪계곡선생만필(谿谷先生漫筆)≫ 권1의 <공성신퇴지호걸(功成身退之豪傑)>의 "韓世忠, 起自卒伍, 爲中興名將, 致位王侯, 旣釋兵, 杜門謝客, 時跨驢携酒, 從一二奚童, 縱游西湖以自樂. 卒免秦檜之害, 可謂智矣."라는 기록이 <금화사몽유록>에서 "韓世忠, 起自卒伍, 爲中興名將, 致仕王侯, 旣釋兵, 杜門謝客, 時跨驢携酒, 徒二三孩童, 從遊西湖以自樂."으로 옮겨져 있어서, 그러한 창작시기의 추정은 재고될 필요가 있다.(『금화사몽유록』, 역락, 2015, 머리말 참조) <금화사몽유록>의 작자가 장유(張維, 1587~1638)의 글을 옆에 놓고서 보지 않았다면 도저히 있을 수 없는 현상인 바, 그대로 베꼈다고 할 수밖에 없을 것이다. 그런데 계곡집(谿谷集)은 원집(原集) 34권과 만필(漫筆) 2권의 18책으로 구성되었는데, 장유의 아들 장선징(張善澂)이 1643년에 목판으로 간행한 것이다. <금화사몽유록>의 작자가 장유와 교유한 인물이 아니라면, 이와 같은 착종 현상이 생긴 이유는 <왕회전>이 변화되어 가는 '중화(中華)'에 대한 인식 추이를 드러내 보이기 위해 역전적 시간 구성을 고안하였고 아울러 '회고(回顧)'의 방식을 사용하여 역사의 순환 논리를 확고히 하고 있다는 지적에 맞닿아 있는 것으로 보인다.

이처럼, <왕회전>의 연구는 <금화사몽유록>과의 대비를 통한 몽유구조의 수용과 변용, 군담의 활용과 난신적자의 정벌, 화이론(華夷論)의 역사 의식과 한계 등에 대한 성과를 보여주고 있지만, <왕회전>만이 지니고 있는 본질적인 작품론 등 보다 심화된 논의가 아직까지 전개되지 못한 것으로 생각된다. 다양한 논자들에 의해 텍스트의 정밀한 독서가 가능해야 활발하면서도 심도 있는 논쟁의 장이 펼쳐질 것인 바, <왕회전>의 꼼꼼한 주석과 정치한 번역이 필요한 이유이다.

<왕회전>의 인명, 지명, 고사, 준거 등 필요한 주석들을 빠뜨리지 않으면서 분량에 구애받지 않고 세심하게 작업하였다. 번역도 오역함이 없이 유려하면서 정치하도록 나름대로 최선을 다하고자 했다. 하지만 여전히 부족할 터이라 대방가의 질정을 청한다.

이제, 하권을 마저 상재하니 <왕회전>에 대한 심도 있는 논의의 장에 기여하기를 바랄 뿐이다. 원문을 부록으로 첨부할 수 있도록 승낙해 준

한국학중앙연구원에 감사의 마음을 전한다. 끝으로, 편집을 맡아 수고해
주신 역락 가족들의 노고에 심심한 고마움을 표한다.

2018년 5월 빛고을 용봉골에서

무등산을 바라보며 신해진

차례

원문과 주석

■■■■
일러두기

이 책은 다음과 같은 요령으로 엮었다.

1. 번역은 직역을 원칙으로 하되, 가급적 원전의 뜻을 해치지 않는 범위 내에서 호흡을 간결하게 하고, 더러는 의역을 통해 자연스럽게 풀고자 했다.
2. 이 역주서 발간하는데 있어서 다음의 자료는 직접적으로 많은 도움을 입은 것이다.
   金華寺夢遊錄, 『몽유소설』, 한석수 역주, 도서출판 개신, 2003, 54~121면.
   金華寺夢遊錄, 『교감본 한국한문소설 몽유록』, 장효현 외 4인, 고려대학교 민족문화연구소, 2007, 225~332면.
   『역주 通鑑節要』 1~9, 성백효 역주, 전통문화연구회, 2006~2009.
   『금화사몽유록』, 신해진 역주, 역락, 2015.
3. 원문은 저본을 충실히 옮기는 것을 위주로 하였으나, 활자로 옮길 수 없는 古體字는 今體字로 바꾸었다.
4. 원문표기는 띄어쓰기를 하고 句讀를 달되, 그 구두에는 쉼표(,), 마침표(.), 느낌표(!), 의문표(?), 홑따옴표(''), 겹따옴표(""), 가운데점(·) 등을 사용했다.
5. 주석은 원문에 번호를 붙이고 하단에 각주함을 원칙으로 했다. 독자들이 사전을 찾지 않고도 읽을 수 있도록 비교적 상세한 註를 달았다.
6. 주석 작업을 하면서 많은 문헌과 자료들을 참고하였으나 지면관계상 일일이 밝히지 않음을 양해바라며, 관계된 기관과 여러분들께 진심으로 감사드린다.
7. 이 책에 사용한 주요 부호는 다음과 같다.
   1) ( ) : 同音同義 한자를 표기함.
   2) [ ] : 異音同義, 出典, 교정 등을 표기함.
   3) " " : 직접적인 대화를 나타냄.
   4) ' ' : 간단한 인용이나 재인용, 또는 강조나 간접화법을 나타냄.
   5) < > : 편명, 작품명, 누락 부분의 보충 등을 나타냄.
   6) 「 」 : 시, 제문, 서간, 관문, 논문명 등을 나타냄.
   7) ≪ ≫ : 문집, 작품집 등을 나타냄.
   8) 『 』 : 단행본, 논문집 등을 나타냄.
8. <왕회전>과 관련된 논문은 다음과 같다.
   임치균, 「王會傳 연구」, 『藏書閣』 2, 한국학중앙연구원, 1999.
   정용수, 「<王會傳> 연구」, 『동양한문학연구』 14, 동양한문학회, 2000.
   이병직, 「<王會傳> 연구」, 『고소설연구』 14, 한국고소설학회, 2002.
   김현영, 「<王會傳>의 서사적 특징과 그 의미: <금화사몽유록>과의 대비를 통하여」, 『고소설연구』 21, 한국고소설학회, 2006.
   임치균, 「<王會傳>의 八字謠語 연구」, 『藏書閣』 30, 한국학중앙연구원, 2013.
   박혜인, 「<왕회전>의 군담소설적 성격 연구: 장편화 양상을 중심으로」, 이화여자대학교 석사학위논문, 2014.
   김수현, 「<王會傳>의 시간구성과 중화의식」, 『東方學』 33, 한서대학교 동양고전연구소, 2015.

한문필사본 〈왕회전 하〉

역문

항왕이 배반하여 영채(營寨)를 습격하러 오자, 제갈공명이 군사들을 모아 진법 훈련을 하다.

項王反來劫寨, 孔明會衆演陣

차설(且說)。 항왕(項王: 항우)이 영채(營寨)를 겁략하는 일로 군사를 모으자, 범증(范增)이 간했다.

"군왕께서 아주 능란하게 말 잘하는 변사(辨士)의 이치를 거스르는 부끄러운 말을 듣고서 잘못하여 사안이 무르익는 시기를 놓쳐서는 아니 될 것입니다."

항왕이 말했다.

"어찌 잘못하여 사안이 무르익는 시기를 놓친다고 하느냐?"

범증이 말했다.

"한고조는 천하의 영웅으로 너그럽고 어질어 사람을 사랑하며 생각이 거침없어 도량이 큰지라 지금 여러 나라들이 모두 그의 굳은 약속을 따르거늘, 군왕께서만 그를 배신한다면 밝음을 버리고 어두움에 의탁하는 격으로 옳은 방향을 버려두고 잘못된 길을 향하는 것이니 어찌 잘못하여 사안이 무르익는 시기를 놓치는 것이라 하지 않겠습니까?"

항왕이 말했다.

"나는 지금 남의 아래에 있는 것을 정말 부끄럽게 여기거늘, 그대는 내가 부끄럽게 여기는 것을 비난하니 어찌된 것이냐?"

범증이 말했다.

"남에게 부림을 받고도 부끄러워하지 말라는 것은 성인(聖人: 箕子)의 경계이고, 논의하는 것을 경대부와 하라 함은 기자(箕子)가 지은 ≪서경(書經)≫ <홍범(洪範)>의 말씀입니다. 군왕께서 성인과 현인의 경계를 따르지 않으시고 경륜을 지닌 연로한 사람의 말조차 듣지 않으시면, 대사를 이룰 수가 있고 치욕을 씻을 수 있겠습니까?"

항왕이 말했다.

"그대가 전날에는 나로 하여금 한왕(漢王: 한고조)을 급습하도록 권하였거늘 오늘에는 배반하지 말라고 힘써 말하니 무엇 때문이냐?"

범증이 말했다.

"그때는 그때이고 지금은 지금입니다. 지난날에 한왕(漢王: 한고조)은 형양(榮陽)에서 포위되어 형세가 다급하고 힘이 다하였는지라 급습하면 항복시킬 수 있었기 때문에 권하여 공격하게 하였지만, 오늘날에 한고조(漢高祖)는 낙양(洛陽)에서 연회를 열었는데 형세가 대단하고 협조자가 많기 때문에 권하여 배반하지 말도록 하였습니다. 군왕께서는 예전과 지금의 사안이 무르익는 시기를 살피지 않아 피차간의 이치와 형세에 완전히 어두운데도 망령되이 스스로 교만하여 함부로 배반과 반역을 꾀한다면 반드시 패배할 것이고 끝내 몰살당할 것이니, 어찌 한 세상에 웃음거리가 되고 만세에 악명을 남기지 않겠습니까? 바라건대 군왕께서는 재삼 생각하십시오."

항왕이 노하여 말했다.

"필부(匹夫)가 자신이 한 말을 잊고서 나를 헐뜯고 모욕하였으니 죄야말로 죽어 마땅하나, 나이가 많아 짐짓 남은 목숨일랑 살려주노니 다시는 입을 열지 말라."

범증도 화내며 말했다.

"어린애와는 함께 일을 도모할 수 없으니, 이곳을 떠나 화를 면하는 것이 옳겠습니다."

그날로 행장을 갖추어 거소촌(居鄛村)으로 돌아갔다.

각설(却說)。 항왕은 영채(營寨)를 겁략하기로 마음먹고서 정공(丁公)으로 하여금 본진을 지키게 하고, 용저(龍且)·종리매(鍾離眛)·주은(周殷)·계포(季布)·주란(周蘭)·환초(桓楚) 등 6명의 장수로써 3만의 철기군(鐵騎軍)을 이끌게 하여 좌우익(左右翼)으로 나누었다. 그리고 그날 밤 이경(二更: 오후 9시~11시)에 밥을 먹고 삼경(三更: 밤 11시~새벽 1시)에 영채를 습격하러 떠났다.

차설(且說)。 상(上: 명태조)은 여러 황제들 및 많은 장수들과 어가(御駕)를 옮겨 예주(豫州)에 이른 뒤 성 밖 30리 되는 곳에 땅을 골라 영채(營寨)를 꾸렸다. 그리고 영채의 배치가 끝나자, 밤낮으로 뭇사람들이 모여 전쟁해야 할 일을 상의하였다. 갑자기 한바탕 큰 바람이 동남쪽에서 일어나 임금이 머무는 장막[御帳]을 뒤흔들고 깃대까지 거꾸로 쓰러뜨리는데 먹구름이 하늘에 나부끼자, 날던 까마귀들조차 땅으로 깃들었다. 상(上: 명태조)이 이순풍(李淳風)으로 하여금 점을 치게 하니, 그가 아뢰었다.

"점괘의 징조가 불길하니 뜻밖에 적을 만날 형상입니다. 반드시 적도(賊徒)들이 오늘 밤에 습격해 올 것입니다."

공명(孔明)이 말했다.

"항왕이 오늘 밤에 배반하여 영채를 습격하러 올 것입니다."

상(上: 명태조)이 말했다.

"경(卿)은 어찌 항왕이 배반할 줄을 아는 것이냐?"

공명이 말했다.

"항왕은 사람됨이 남을 시기하고 의심하며 포악한 데다 제 용력(勇力)만

믿고 남의 아래에 있는 것을 부끄럽게 여깁니다. 또한 아주 능란하게 말 잘하는 변사(辯士)가 그를 설득했을 것이기 때문에 그의 마음이 필시 변하여 우리가 허둥지둥 방비하지 못한 틈을 타고 밤에 영채를 습격해 올 것입니다."

모두가 믿지를 않자, 공명이 말했다.

"의당 복병(伏兵)을 설치하고 기다려야만 요격해 패퇴시킬 수 있습니다."

즉시 서달(徐達)·악비(岳飛)·조빈(曹彬)·상우춘(常遇春)으로 하여금 3만의 병력을 이끌어 본영[大寨]의 동쪽에 매복하게 하고, 한신(韓信)·이정(李靖)·팽월(彭越)·풍이(馮異)로 하여금 3만의 병력을 이끌어 본영의 서쪽에 매복하게 하고, 곽자의(郭子儀)·이광필(李光弼)·장준(張浚)·한세충(韓世忠)으로 하여금 3만의 병력을 이끌어 본영의 남쪽에 매복하게 하고, 하약필(賀若弼)·한금호(韓擒虎)·이성(李晟)·왕전(王剪)으로 하여금 3만의 병력을 이끌어 본영의 북쪽에 매복하게 하고는, 본영 안에서 불길이 치솟는 것을 보면 사면에서 형세를 타고 쇄도해 쳐들어가 혼전하되, 각각 계획대로 실행에 옮겨 약속을 저버리지 않도록 하였다. 공명은 많은 장수들과 함께 장막 뒤에 매복하고 군사들로 하여금 본영의 문을 활짝 열어젖혀 본영 안을 텅 빈 채로 버려둔 것처럼 해두고서 기다렸다.

이날 밤 삼경(三更)에 하늘이 칠흑같이 어두워지고 달이 지자, 항왕은 용저(龍且) 등 6명의 장수들을 거느리고 3만의 철기군을 몰아 몰래 행군하여 이르렀으나 본영의 문이 활짝 열렸고 가로막는 것이 없었다. 그래서 항왕이 돌진해 들어가려 하자, 용저(龍且)가 만류하며 말했다.

"사람의 간사함은 헤아리기 어려우니 미리 준비하고 있을까 염려됩니다."

항왕이 말했다.

"저들이 귀신이 아닐진댄, 어찌 우리들이 오늘 밤에 영채를 습격할 줄 알 수 있단 말이냐?"

마침내 말을 몰아 돌진해 들어가 중군(中軍)의 장막 앞에 이르렀지만 영채(營寨)가 완전히 텅 비어 끝내 사람의 흔적이라고는 찾을 수 없자 항왕이 바로 의아해 있는 사이, 홀연 장막 앞에서 횃불 하나가 치솟는 것이 보이고 대포 소리가 한 번 나더니 공명의 많은 장수들이 장막 뒤에서 뛰쳐나와 앞을 다투어 적과 싸워 죽였다. 항왕과 그의 장수들이 제각기 적을 맞아 싸우는 것이 한창일 때 사방에서 함성이 크게 났는데, 서달(徐達)·악비(岳飛)·조빈(曹彬)·상우춘(常遇春)은 영채의 동쪽에서 돌진해 들어오고, 한신(韓信)·이정(李靖)·팽월(彭越)·풍이(馮異)는 영채의 서쪽에서 돌진해 들어오고, 곽자의(郭子儀)·이광필(李光弼)·장준(張浚)·한세충(韓世忠)은 영채의 남쪽에서 돌진해 들어오고, 하약필(賀若弼)·한금호(韓擒虎)·이성(李晟)·왕전(王翦)은 영채의 북쪽에서 돌진해 들어왔다. 10명의 맹장(猛將)들이 항왕을 포위망 속에 넣으려 하자, 항왕은 전세(戰勢)가 불리함을 알고서 장수들과 함께 포위망을 뚫고 남쪽으로 빠져나와 말을 몰아 도주하였다. 이에, 공명의 많은 장수들이 추격하였으나 결국 붙잡지 못했다.

공명은 즉시 징을 울려 군사를 거두어들이고 상(上: 명태조)을 뵈니, 상(上: 명태조)이 말했다.

"사람의 간사함은 헤아리기 어려운지라 짐(朕)은 진실로 항왕의 마음이 반드시 바뀔 줄을 알았지만, 어찌 하루아침에 까닭 없이 배반하여 오늘밤 영채를 습격할 줄 생각이나 했겠느냐? 많은 군사들은 모두 믿지 아니하였지만 경(卿)은 홀로 그것을 알아 미리 대비하고 격파하였으니, 경(卿)의 지혜가 밝음은 천고(千古)에 한 사람뿐이라 할 만하도다."

이어서 후히 상까지 내렸는데, 공명이 머리를 조아려 받고서 하사받은 금과 비단을 다 장수와 병졸들에게 나누어 주고는 이내 상(上: 명태조)에게 아뢰었다.

"신(臣)이 들건대 병법에 이르기를, '먼저 승산을 따져본 뒤에 전쟁을 벌이는 것이고, 적을 헤아린 뒤에 장수를 논한다.'라고 하였으며, 또 이르기를, '병졸들은 훈련이 잘 되어 있어야 한다.'라고 하였습니다. 그리하여 승리 태세를 갖추는 방도는 군주가 그의 장수를 신임하는 데에 달렸고, 적을 제압하는 방책은 장수로 그 적합한 사람을 얻는 데에 달렸으며, 승전하는 방도는 병졸들이 그 장수에게 복종하는 데에 달려 있습니다. 옛날 어진 군주가 장수를 뽑아 임무를 맡기고 그 전공(戰功)을 이루도록 책임 지우는 것은 이 때문이었습니다. 지금 항왕이 세상 뒤덮을 만한 용맹과 남보다 훨씬 뛰어난 힘을 저들을 위해 쓰는 것이 비유컨대 신룡(神龍)이 구름과 비를 얻은 듯하고 사나운 호랑이에게 날개를 달아준 듯해 진실로 백발(白髮)에다 중병까지 든 격으로 마음속의 크나큰 걱정거리이니, 만일 특별한 계략이 아니면 적도들을 제압할 수 없을 것입니다. 이제 신(臣)이 명을 받고 정벌하려는데, 폐하께서 만들어놓은 규율을 내려주고 교전(交戰)하는 날짜와 시각도 친필조서[中詔]가 있어야 합니다. 언덕과 들에서 칼날과 화살촉이 교차하며 전투하는데 궁궐에서 계책을 결정하고, 기회가 잠깐 사이에 변하는데 어탑(御榻) 위에서 계책을 정한다면, 장수가 조정의 명을 쓰고 버리는 것이 서로 막히는 데다 나아가고 물러나는 것이 모두 어려워, 위로는 조정에서 장수를 간섭한다는 비난이 있고 아래로는 자신을 돌아보지 않고 결사적으로 싸우려는 뜻이 없을 것입니다. 보고 듣는 것을 주저하며 결단을 내리지 못할진댄, 이와 같이 하고도 전쟁에서 이길 수 있겠으며 전공(戰功)을 이룰 수 있겠습니까? 더구나 여러 나라가 거느린 군사들은 모두 신(臣)이 평소 훈련시킨 자들이 아니라서 제각기 마음을 달리 먹고 자기 상관을 경시할 것입니다. 만일 위엄으로써 처벌하지 못하면 지휘할 수가 없으리니, 원컨대 폐하께서는 신에게 엄중히 두려워하는 막중한 자리를 내리시고 신에게 살리고 죽이는 권한을 주시어 신에게 적을 이기는 공을 맡겨주시면, 신(臣)이 비록 재주가 없으나 감히 지혜를 다 바치고 온몸으로 마음과 힘을 다하여 폐하께서 맡겨주신 것에 만분의 일이라도 보답하지 않겠습니까?"

상(上: 명태조)이 말했다.

"참으로 훌륭한 말이로다. 큰일 맡는 것을 이와 같이 한 뒤라야, 군사(軍師) 가운데의 장인(丈人: 三軍의 장수)과 왕성(王城) 밖의 훌륭한 장수가 될 만하다. 옛날에는 짐(朕)이 공명(孔明)과 같은 훌륭한 장수를 얻지 못하였기 때문에 정벌 전쟁을 하면서 몸소 직접 통솔하고 군법으로써 가르치며 책서(策書: 명을 내리는 글)를 주었다. 지금에 있어서 공명의 충성과 지혜, 재주와 지략은 아득히 높아 짝할 자가 없으니, 짐(朕)이 또 무엇을 걱정하겠느냐?"

이어 조서를 내려 이에 답하였으니, 다음과 같다.

「짐(朕)이 듣건대, 상고시대의 제왕들은 장수를 뽑을 때 그 지혜와 용맹을 알아보고 그 충성과 절개를 살폈기에 나라의 기둥이 될 그릇을 기다려서 나라 지키는 임무를 맡겼다고 하는데, 장수는 군사를 이끌고 정벌할 때면 종묘(宗廟)에 고하고 사당에서 제사고기를 받으며, 제왕은 그들의 노고를 위로하기 위해 파견할 때면 예우와 총애의 뜻으로서 무릎 꿇고 수레바퀴를 밀며 말하기를, '도성 안은 과인이 통제하고 도성 밖은 장군이 통제하라.' 하고는 형벌을 내리고 죽이든 관작을 주고 상을 내리든 모두 밖에서 결정하게 하였다고 한다. 그러므로 역목(力牧)이 풍사(風沙)의 꿈에 합치하여서 탁록(涿鹿)에서의 승리가 있었으며, 태공(太公)이 웅비(熊羆)의 점괘에 부합하여 목야(牧野)에서 떨친 위엄이 있었으며, 악의(樂毅)가 금대(金臺: 연나라 소왕)로부터 총애를 받아서 제상(濟上)에서의 승전이 있었도다. 이것들은 모두 밝은 군주와 훌륭한 장수가 서로 만나고 윗사람과 아랫사람이 서로 뜻이 맞아서 큰 공을 한 세상에 세워 명성이 천년 동안에 전해진 것이다. 지금 짐(朕)이 경(卿)의 지혜를 알고 경(卿)의 충성을 살폈으므로 천하의 군대에 관한 일은 모두 맡기면서 모월(旄鉞: 君權)을 빌려주고 인검(印劍)을 주노라. 경(卿)은 짐의 이러한 생각

을 납득하여 편의대로 일을 처리하되, 명령을 받드는 자는 상을 주고 명령을
받들지 않는 자는 죽이거나, 전공(戰功)이 있는 자는 직위를 올려주고 전공이
없는 자는 직위를 강등시켜서라도 군진(軍陣)을 정제(整齊)하고 법과 금령(禁
令)을 분명히 하라. 용맹한 군대를 크게 거느려서 단번에 개나 양 같은 하찮
은 무리들을 쓸어버리고 조속히 맑은 대낮의 승전소식을 알려 아침저녁으로
하는 근심을 시원스레 없애도록 하라.」

상(上: 명태조)이 추밀부사(樞密副使) 유기(劉基)로 하여금 사명을 띠고 조서
를 가져가게 하여 군문(軍門)에 이르니, 공명(孔明)은 모든 장수와 병졸들을
크게 모아 놓고 훈련장 한가운데서 조서를 받았다. 머리 조아리며 절하기
를 마치자, 지휘대에 높이 앉아 그 모월(旄鉞: 君權)과 인검(印劒)을 진열해
놓고 장수와 병졸들을 검열하면서 진법(陣法)을 가르쳐 연마하니 사람마다
호걸이요 대오(隊伍)의 군율은 엄명(嚴明)하였다. 깃발들이 빈틈없이 벌여
있는데다 말과 수레가 나뉘어 배치되었는데 고리처럼 이어져서 종횡으로
묶어놓은 듯하였다. 날래고 용맹한 군사들이 씩씩하고 헌걸차서 인의(仁義)
의 군대는 위용이 엄연하였고, 군령이 엄하고 고달프더라도 원성을 들을
수가 없었으며, 기상이 장하고 늠름해 얼굴빛에 드러났으니, 나아가고 물
러서는 데에도 방도가 있었고 들고날 때에도 흐트러짐이 없었다.

공명은 여러 장수들에게 명하여 다섯 부대로 나누고 갑옷·깃발·말안
장을 모두 동청(東靑)·남홍(南紅)·서백(西白)·북흑(北黑)·중황(中黃)의 오
방색을 따라 방향대로 배정하게 하였다. 이어서 장기독관(掌旗纛官: 깃발을
관장하는 관원)으로 하여금 지휘대 앞에서 남색 깃발을 한번 휘두르도록 하
자, 문득 정동방의 진중에서 갑자기 한 부대의 인마(人馬)들이 뛰쳐나와 지
휘대 앞으로 나는 듯이 달려가 명령을 듣는 것이 보였는데 대단히 용감하
였다. 다만 보자면, 다음과 같다.

반은 남색 같고 반은 녹색 같거늘	半似藍兮半似綠
말 위의 영웅들 푸르른 화살인 양 빽빽하네.	馬上英雄靑簇簇
때때로 북소리 푸른 하늘을 뒤흔드니	時時擊鼓動碧天
임금은 동방의 갑을목을 살피네.	上按東方甲乙木

명령 듣기를 다 마치자 일시에 물러갔다. 기독관(旗纛官)으로 하여금 또 홍색 깃발을 한번 휘두르도록 하자, 문득 정남방의 진중에서 또 한 부대의 인마(人馬)들이 뛰쳐나와 지휘대 앞으로 나는 듯이 달려가 명령을 듣는 것이 보였는데 더욱 용감하였다. 다만 보자면, 다음과 같다.

머리 위의 붉은 구름 만 송이 나부끼니	頂上紅雲飄萬朶
붉은 태양 붉은 노을이 단장하고 있네.	赤日朱霞作粧裏
연지 바르고 말 위에서 짙붉은 옷을 입으니	臙脂馬上大紅袍
임금은 남방의 병정화를 살피네.	上按南方丙丁火

명령 듣기를 다 마치자 일제히 돌아갔다. 기독관(旗纛官)으로 하여금 또 황색 깃발을 한번 휘두르도록 하자, 문득 정중앙의 진중에서 갑자기 또 한 부대의 인마(人馬)들이 뛰쳐나와 지휘대 앞으로 나는 듯이 달려가 명령을 듣는 것이 보였는데 너무나도 영웅들이었다. 다만 보자면, 다음과 같다.

장군은 쇠갑옷에 금도끼를 비껴 차고	將軍金甲橫金斧
좌하(座下)의 준마들이 호랑임을 알았네.	坐下龍駒認作虎
중앙에서 좀 붉은 황색 깃발을 잡아 제치니	中央掣起杏黃旗
임금은 중앙의 술기토를 살피네.	上按中央戊己土

명령 듣기를 다 마치자 일시에 물러갔다. 기독관(旗纛官)으로 하여금 또 백색 깃발을 한번 휘두르도록 하자, 문득 정서방의 진중에서 갑자기 또 한 부대의 인마(人馬)들이 뛰쳐나와 지휘대 앞으로 나는 듯이 달려가 명령

을 듣는 것이 보였는데 더욱 더 영웅들이었다. 다만 보자면, 다음과 같다.

한바탕 일어난 먹구름이 높은 성채 누르자 　　一陣黑雲壓高壘
철갑옷을 장군이 의기양양 차려입네. 　　　鐵甲將軍粧束美
바람 속에 우는 준마는 바로 오추마이니 　嘶風駿馬是烏騅
임금은 북방의 임계수를 살피네. 　　　　上按北方壬癸水

명령 듣기를 다 마치자 일제히 물러갔다. 다섯 부대의 인마(人馬)는 각기 방위를 살펴 머무를 곳을 정했다.

이어서 장호관(掌號官)으로 하여금 쇠 징을 한 방면으로 향하여 당당 몇 번 치도록 하니, 문득 다섯 부대의 인마(人馬)들이 훈련장에서 동쪽으로 돌다가 서쪽으로 굽이치며 여러 차례 빙빙 돌더니 갑자기 변하여 일렬로 장사진(長蛇陣)의 형세를 만든 것이 보였는데, 청진(靑陣)이 맨 앞에 있고 홍진(紅陣)이 그 다음에 있고, 황진(黃陣)이 가운데에 있고, 백진(白陣)이 그 다음에 있고, 흑진(黑陣)이 맨 뒤에 잇닿아 있었다. 머리가 앞에 있다가 꿈틀거리면 꼬리도 뒤에 있다가 꿈틀거리며, 꼬리가 뒤에서부터 말리면 머리는 앞에 있다가 그곳을 향해 돌렸다. 머리에 일이 생기면 몸통과 꼬리가 맞대응하고, 꼬리에 일이 생기면 머리와 몸통이 맞대응하며, 몸통에 일이 생기면 머리와 꼬리가 맞대응했다. 머리와 꼬리가 바로 행할 때에 갑자기 중앙에서 유기병(游騎兵: 유격 기마병)이 뛰쳐나와 칼을 날리거나 창을 날리거나 유성추(流星鎚)를 날리거나 하며 재빨리 앞으로 나왔다가 재빨리 뒤로 물러나기도 하면, 바로 마치 날아다니는 새가 물건을 잡아채가거나 사나운 호랑이가 먹을 것을 앗아가는 것과 같아서 사람들로 하여금 전말을 헤아릴 수 없게 하고 추측해 알 수도 없게 했다.

또 여러 장수들에게 팔문(八門)에 진(陣) 치는 법을 훈련시켰는데, 동남서북(東南西北)에 그 방위를 따라서 정한 바의 청색·홍색·백색·흑색의 깃발들을 벌여놓고 각기 대오(隊伍)를 편성하였다. 그 동쪽과 남쪽의 사이에는 청홍색 깃발을, 서쪽과 남쪽의 사이에는 홍백색 깃발을, 서쪽과 북쪽의 사이에는 백흑색 깃발을 동쪽과 북쪽의 사이에는 청흑색 깃발을 세우니, 사면팔방(四面八方)은 각기 팔문(八門)으로 나뉘어 64개의 문이 되었다. 문은 생문(生門)과 사문(死門)이 있고 길은 한길[正路]과 샛길[奇路]이 있는데, 더러는 생문으로 들어갔다가 사문으로 나오거나 사문으로 들어갔다가 생문으로 나오기도 했고, 더러는 한길로 전진했다가 샛길로 후퇴하거나 샛길로 전진했다가 한길로 후퇴하기도 했다. 진(陣) 안에서는 또 음양(陰陽)을 오르내리는 술법과 풍운(風雲)을 변화시킬 수 있는 기틀이 있으니, 더러는 음에서 일어나 양에서 숨거나 양에서 일어나 음에서 숨기도 하고, 더러는 변하여 바람이 되다가 구름이 되거나 변하여 구름이 되다가 바람이 되기도 하여, 만일 적들이 사문(死門)을 잘못 들어와 생문(生門)을 찾지 못하면 필시 진중(陣中)에서 죽을 것이다.

옛날 공명(孔明)이 형주(荊州)에서 촉(蜀)으로 들어갈 때 어지러이 널린 돌을 쌓아서 어복포(魚腹浦) 가에 이러한 진세(陣勢)를 꾸며놓고 그 곁에다 작은 돌비석을 세워 새기기를, '동오(東吳)의 대장이 이곳에서 곤경을 겪다.'고 하였다. 그 후에 오(吳)나라 도독(都督) 육손(陸遜)이 소열(昭烈: 劉備)을 추격하여 이곳에 이르러서 비석의 글씨를 보고 웃으며 말했다.

"공명은 참으로 어리석고 망령되었구나. 텅 빈 곳에 쌓은 석진(石陣)이 어찌 곤경에 빠뜨릴 수 있으랴?"

마침내 말을 몰아 진문(陣門)으로 들어가 거리낌 없이 멋대로 좌충우돌하였다. 얼마 되지 않아 칼바람[殺風: 서북에서 불어오는 바람]이 홀연 불더니 먹구름이 짙게 덮이고 찬 안개가 급하게 에워싸서 지척을 분간할 수가 없었다. 절벽의 돌들이 변하여 높은 산의 험한 산봉우리가 되고 모래와 조약돌이 장창대검(長槍大劍)이 되는 데다 귀신같은 장수[鬼將]들이 앞길을 가로막고 신출귀몰하는 병졸들[神兵]이 겹겹으로 둘러싸니, 육손은 놀라 곤경에 처했지만 벗어날 방도를 알지 못하고 위험이 바로 눈앞에 닥쳤을 때 황승언(黃承彦)의 지휘를 받아 요행히 벗어나서 죽음을 면하였다. 공명의 변화시키는 수법과 기묘한 술수는 비록 그 안에 있을지라도 신명(神明)과 귀신도 그것을 헤아려 알 수가 없었다.

또 이십팔수(二十八宿)에 맞춰 진(陣) 치는 법을 훈련하였는데, 이십팔수는 하늘에 떠 있는 별들이다. 각성(角星)과 항성(亢星)은 하늘에서는 수성(壽星: 남극성)이고 땅에서는 연주(兗州)와 정(鄭)나라의 별이며, 방위로는 진방(辰方: 동남동쪽)이고 시기로는 삼월(三月)이다. 저성(氐星)·방성(房星)·심성(心星)은 하늘에서는 대화(大火)이고 땅에서는 예주(豫州)와 송(宋)나라의 별이며, 방위로는 묘방(卯方: 동쪽)이고 시기로는 이월(二月)이다. 미성(尾星)과 기성(箕星)은 하늘에서는 석목(析木)이고 땅에서는 유주(幽州)와 연(燕)나라의 별이며, 방위로는 인방(寅方: 동북 사이)이고 시기로는 정월(正月)이다.

두성(斗星)과 우성(牛星)은 하늘에서는 성기(星紀)이고, 땅에서는 양주(楊州)와 오(吳)나라의 별이며, 방위로는 축방(丑方: 북동쪽)이고 시기로는 십이월(十二月)이다. 여성(女星)·허성(虛星)·위성(危星)은 하늘에서는 현효(玄枵)이고 땅에서는 청주(靑州)와 제(齊)나라의 별이며, 방위로는 자방(子方: 북쪽)이고 시기로는 십일월(十一月)이다. 실성(室星)·벽성(壁星)은 <원문 누락>

규성(奎星)·누성(婁星)은 하늘에서는 강루(降婁)이고 땅에서는 서주(徐州)와 노(魯)나라의 별이며, 방위로는 술방(戌方: 서북쪽)이고 시기로는 구월(九月)이다. 위성(胃星)·묘성(昴星)·필성(畢星)은 하늘에서는 대량(大梁)이고 땅에서는 익주(翼州)와 조(趙)나라의 별이며, 방위로는 유방(酉方: 서쪽)이고 시기로는 팔월(八月)이다. 자성(觜星)·삼성(參星)은 하늘에서는 실침(實沈)이고 땅에서는 익주(益州)와 진(晉)나라의 별이며, 방위로는 신방(申方: 서남서쪽)이고 시기로는 칠월(七月)이다.

정성(井星)·귀성(鬼星)은 하늘에서는 순수(鶉首)이고 땅에서는 옹주(雍州)와 진(秦)나라의 별이며, 방위로는 미방(未方: 서남쪽)이고 시기로는 유월(六月)이다. 유성(柳星)·성성(星星)·장성(張星)은 하늘에서는 순화(鶉火)이고 땅에서는 삼하(三河)와 주(周)나라의 별이며, 방위로는 오방(午方: 정남쪽)이고 시기로는 오월(五月)이다. 익성(翼星)·진성(軫星)은 하늘에서는 순미(鶉尾)이고 땅에서는 형주(荊州)와 초(楚)나라의 별이며, 방위로는 사방(巳方: 동남쪽)이고 시기로는 사월(四月)이다.

공명(孔明)이 위로는 무수한 별들의 궤도에 맞춰 28개의 문(門)으로 나누고, 아래로는 사방의 위치를 안배해 12개의 진(陣)으로 나누며, 중앙에는 사계절의 차례에 따라 12개의 부대로 나누었으니, 순환하고 유행하여 어디에 다다르든 접응하도록 하였다. 진영(陣營) 안의 중앙에는 높이 지휘대[將臺]를 쌓아올렸는데, 위로는 자미(紫微)의 별자리에 맞추며 아래로는 토지의 정기(正氣)를 본받고서 가운데로는 무기(戊己) 방위를 안배하여 하늘과 땅을 마음대로 부리는 방도, 바람과 구름을 부리는 재주의 오묘함이 모두 이 안에 있으니, 뛰어난 인재의 속 깊은 지혜가 아니고서는 그 끝을 헤아릴 수가 없었다.

또 삼재오행(三才五行)에 맞춰 진(陣) 치는 법을 훈련하였는데, 삼재는 천(天)·지(地)·인(人)이다. 하늘[天]은 자회(子會)에서 열리고 땅[地]은 축회(丑會)에서 이루어지며 사람[人]은 인회(寅會)에서 태어나니, 자월(子月)은 천통(天統)이 되고 축월(丑月)은 지통(地統)이 되고 인월(寅月)은 인통(人統)이 되었다. 삼재에 맞춰서 친 삼진(三陣)은 각기 통괄되는 바가 있어 하늘은 왼쪽에 땅은 오른쪽에 사람은 가운데에 두었는데, 왼쪽에는 하늘이 둥근 것을 본받아서 해와 달과 별의 무리[日月星辰]가 있고, 오른쪽에는 땅이 모난 것을 본떠서 쌓아두어 산과 강과 바다[山嶽河海]의 모양이 있고, 가운데는 사람이 신령한 것을 본받아서 손과 발과 귀와 눈[手足耳目]의 움직임이 있다.

음(陰)과 양(陽)이 모두 응하며 씨줄과 날줄처럼 서로 짜여 왼쪽으로 돌기도 하고 오른쪽으로 돌기도 하는데 가운데에서 도움을 주니, 위에서 덮고 아래에서 실으며 그 사이에서 빛깔을 함유하고 있다.

오행(五行)이란 수(水)·화(火)·목(木)·금(金)·토(土)이다. 하늘은 1로써 수(水)를 낳고, 땅은 2로써 화(火)를 낳고, 하늘은 3으로써 목(木)을 낳고, 땅은 4로써 금(金)을 낳고, 하늘은 5로써 토(土)를 낳으며, 땅은 6으로써 수(水)를 이루고, 하늘은 7로써 화(火)를 이루고, 땅은 8로써 목(木)을 이루고, 하늘은 9로써 금(金)을 이루고, 땅은 10으로써 토(土)를 이루는데, 1·3·5·7·9는 홀수[奇數]로 양(陽)이고, 2·4·6·8·10은 짝수[耦數]로 음(陰)이다. 금은 물을 낳고 물은 나무를 낳고 나무는 불을 낳고 불은 흙을 낳고 흙은 금을 낳으며, 금은 나무를 이기고 나무는 흙을 이기고 흙은 물을 이기고 물은 불을 이기고 불은 금을 이긴다.

나무[木]는 곧기도 하고 굽기도 한다고 하는데, 별로는 복덕성(福德星)이고, 방위로는 동쪽이고, 시기로는 봄이고, 사람으로는 인(仁)에 해당하고, 천신(天神)으로는 구망(句芒)이고, 정기(精氣)로는 창룡(蒼龍)이고, 색으로는 청색이고, 맛으로는 신맛[酸]이다. 불[火]은 불타고 위로 올라간다고 하는데, 별로는 형감성(熒感星)이고, 방위로는 남쪽이고, 시기로는 여름이고, 사람으로는 예(禮)에 해당하고, 천신으로는 축융(祝融)이고, 정기로는 주조(朱鳥)가 되고, 색으로는 적색이고, 맛으로는 쓴맛[苦]이다. 쇠[金]는 따르기도 하고 변하기도 한다고 하는데, 별로는 태백성(太白星)이고, 방위로는 서쪽이고, 시기로는 가을이고, 사람으로는 의(義)에 해당하고, 천신으로는 욕수(蓐收)이고, 정기로는 백호(白虎)가 되고, 색으로는 백색이고, 맛으로는 매운맛[辛]이다. 물[水]은 젖기도 하고 아래로 흘러가기도 한다고 하는데, 별로는 신성(辰星)이고, 방위로는 북쪽이고, 시기로는 겨울이고, 사람으로는 지(智)에 해당하고, 천신으로는 현명(玄冥)이고, 정기로는 현무(玄武)가 되고, 색으로는 흑색이고, 맛으로는 짠맛[鹹]이다. 흙[土]은 곡식을 심기도 하고 거두기도 한다고 하는데, 별로는 진성(鎭星)이고, 방위로는 중앙이고, 시기로는 사계절이고, 사람으로는 신(信)에 해당하고, 천신으로는 후토(后土)이고, 정기로는 구진(句陳)이 되고, 색으로는 황색이고, 맛으로는 단맛[甘]이다.

배열한 오진(五陣)은 하늘과 땅이 생성하는 도를 알고 음과 양, 홀수와 짝수의 수(數)에 들어맞게 하였는데, 상생하다가도 상극하는 이치가 있고 잠깐 나타났다가도 잠깐 사라지는 기틀이 있었다. 각기 그 방위에 따라 그 색깔을 분별함으로써 육정육갑(六丁六甲)이 모두 지휘하는 수중으로 들어왔고 백귀백신(百鬼百神)이 모두 손아귀의 안에 있었는데, 몰아 나아가게 하면 바람을 불게 하고 비를 내리게 하면서 떨쳐 일어나 앞을 가로막았고, 거두어 물러나게 하면 풀에 의지하고 나무에 붙어서 몰래 엎드려 뒤에 숨었으니, 무궁한 변화를 헤아릴 수가 없어서 육도삼략(六韜三略)의 오묘함이 이 속에 갖추어지게 된다.

기타 어관진(魚貫陣)과 조익진(鳥翼陣) 등 여러 진법을 하나하나 훈련하고 아주 자세하게 가르쳤지만, 그 대략을 아는 자는 오직 한신(韓信)과 이청(李請 : 李靖의 오기) 두 사람뿐이었다. 그 나머지 장수들은 장원(場院)에 미쳐서도 그 문호를 들여다보지 못하였다.

또 훌륭한 장수의 다스림은 조례(條例)가 있으니, 몸이 팔을 부리고 팔이 손가락을 부리듯 하여 상하가 서로 필요로 하도록 하고, 대소(大小: 대인과 소인) 간에 위차(位次)가 있기 때문에 많으면 많을수록 잘 처리하나 문란하고 마구 뒤섞이는 폐단은 없도록 해야 한다. 대개 여러 가지의 진(陣)을 치는 법은 역목(力牧)에서 나와 태공(太公)에게서 완성되었는데, 그 후로 전국시대에 전양저(田穰苴)·손무(孫武)·오기(吳起)는 제각기 한 가지의 재능만 있었지만, 공명(孔明)은 다 겸하고 있어서 병법을 활용하는 방법이 이와 같았기 때문에 장수와 병졸들이 그의 재주와 지혜에 감복하여 신명(神明)

과 같이 우러렀다. 병졸들과 함께 음식을 먹었고 노고를 나누었고 질병을 딱해하였고 죽음과 부상을 슬퍼하였고 남겨진 자식을 위로하였으니, 불쌍하게 여겨 베푸는 마음이 이와 같았기 때문에 장수와 병졸들이 모두 그의 은혜로운 마음에 감읍하여 부모와 같이 흠모하였다. 속이는 자가 있으면 반드시 처벌하고 죄를 범하는 자가 있으면 반드시 죽이면서 한 번도 용서함이 없었으니, 형벌의 분명함이 이와 같았기 때문에 장수와 병졸들이 모두 그의 엄격한 위엄에 경외하여 뇌정벽력과 같이 두려워하였다. 그래서 그에게 쓰이기를 바라며 기꺼이 목숨을 바치고자 하였다. 옛날 장예(張裔)가 항상 공명(孔明)을 칭찬하였다.

"공(公)은 상을 내릴 때에 소원한 사이라고 빠뜨리지 않고 벌을 내릴 때에 가까운 사이라고 두둔하지 않았으며, 상은 공 없이 취할 수 없고 벌은 귀한 형세로 면할 수 없었으니, 이것이 바로 어진 이와 어리석은 이가 모두 자기 몸을 잊고 나라에 보답했던 이유이다."

이 말은 믿을 만한 것이다.

공명은 교련시키는 것이 끝나자 장수와 병졸들을 물러나게 하였는데, 장수와 병졸들이 물러나면서 서로에게 말하였다.

"태위(太尉: 공명)는 진실로 천신(天神) 같으시니, 우리들이 어찌 감히 부복복종(俯伏服從)하며 죽을힘을 다하지 않겠습니까?"

한번 전투를 위한 진법을 훈련하고도 장수와 병졸들은 진심으로 감복한 것이 대개 이와 같았다. 공명은 교련이 끝나자 즉시 항왕에게 전쟁의 시작을 알리는 통지서를 보냈다.

남조 송나라 군주는 서주에서 군사를 연합하고,
제갈무후는 형양에서 대패하다.
宋主連兵徐州, 武侯敗績滎陽

차설(且說)。 항왕(項王)은 그날 밤 영채(營寨)를 겁략하다가 낭패를 겪고 돌아와서 장수들을 모아놓고 말했다.

"저쪽 진영의 어느 누가 우리가 영채를 겁략할 줄 알고 미리 방비책을 마련한 것이냐?"

용저(龍且)가 말했다.

"신(臣)이 듣건대 제갈공명(諸葛孔明)이라 합니다."

"비록 지혜롭다 할지라도 어찌 우리들의 용맹스런 힘을 감당할 수 있겠느냐?"

용저가 말했다.

"대왕의 용맹은 비록 대적할 자가 없다 할지라도 적은 군사로써 많은 군사를 대적할 수 없으니, 지금 건강(建康: 남경의 옛 이름)에 사람을 파견해 남조 송나라 군주에게 서신을 보내십시오. 그로 하여금 병마(兵馬)를 크게 일으켜서 우리와 호응하여 우리의 기세를 돕게 한다면, 큰일이 이루어질 수 있을 것입니다."

항왕이 말했다.

"네 말이 옳도다."

한창 이야기를 나누고 있는데, 갑자기 보고하였다.

"경포(黥布)가 군대를 거느리고 영문(營門) 밖에 이르렀는데, 제 손을 뒤로 묶고 항왕께 자수하여 왔습니다."

항왕이 즉시 불러들이도록 하니, 경포가 무릎걸음으로 기어 들어와서 사죄하며 말했다.

"신(臣)이 지난날 반역한 죄는 실로 만 번 죽어 마땅하기 때문에 하늘[皇天]이 벌을 내려 끝내 죽임을 받도록 하였으니, 스스로 그 죄를 알고 진실로 처벌을 달게 받아야 할 바입니다. 오늘 찾아온 것도 반드시 죽임을 당할 줄 알지만 혹여 만에 하나라도 기대하는 것은 대왕께서 평소에 은혜와 사랑이 심히 두터웠고 임무를 맡겨주신 것이 극히 융숭해서입니다. 때문에 마음을 고쳐먹고 와서 저의 죄를 인정하고 사과하니, 삼가 바라건대 대왕께서는 가련히 여기고 불쌍히 여기어 주십시오."

항왕이 꾸짖으며 말했다.

"너는 지난날 내가 고립되어 곤궁한데도 등을 돌리고 떠나버렸거늘 오늘날 내가 세력이 강하고 왕성하자 전향해 오니, 이랬다저랬다 하는 변덕이 심한 자[反覆者]라 할 만한다. 죄는 죽어 마땅하나 다만 지난날 일을 함께한 친분을 보아서 특별히 죽음을 면하게 해주노니, 너는 마땅히 잘못을 고치고 스스로 새 사람이 되어 군주에게 충성하도록 하라. 비바람을 맞으며 겪는 괴로움일랑 사양치 말고 출전하여 공을 이루도록 하라."

경포가 머리를 조아려 감사해하며 말했다.

"신(臣)의 죽을죄를 대왕께서 용서하시는데, 신이 감히 목숨을 바쳐 다시 살게 해주신 은덕에 보답하지 않겠습니까?"

항왕은 경포를 우장군(右將軍)으로 삼아 용저(龍且)와 함께 모두 앞장서서 가게한 뒤, 즉시 편지를 써서 사람을 시켜 건강(建康)에 가져가도록 했다.

차설(且說)。 유목지(劉穆之)가 항왕을 작별하고 남조 송나라 군주에게 돌아와 알현하였는데, 항왕이 한나라를 배반하고 송나라를 위하여 공을 세우고자 회합하러 오기로 한 일을 자세히 알리면서 또 항왕의 서찰을 올리니, 남조 송나라 군주가 그것을 보고 크게 기뻐하며 말했다.

"항왕이 나를 위하다니, 우리의 일은 이루어지게 되었도다."

병마(兵馬)를 크게 일으키면 그 뒤를 따라 호응하는 것에 대해 여러 사람들과 상의하였다. 며칠이 지나자 갑자기 보고가 있었다.

"항왕이 또 사람을 파견하여 서찰을 가지고 왔습니다."

남조 송나라 군주가 서찰을 뜯어보니, 대략 이러하였다.

「무릇 용병의 방법은 적을 헤아려 보고서야 진군하거나 승리 태세를 갖춘 뒤에야 싸우는 것입니다. 과인(寡人)이 삼가 생각하니 여러 적들의 기세가 아주 성하고 군사들이 성대하게 모여 있는데, 장수들은 빼어나고 군사와 말은 정예롭고 강하며 그 수도 몇 천 몇 만인지를 알 수가 없습니다. 과인이 비록 산을 뽑을 만한 힘과 세상을 뒤덮을 만한 용기가 있을지라도 적이 많으면 힘이 분산되고 홀로 싸우게 되면 용기도 사라지니, 큰 공은 이루기 어렵고 오래 전에 한 약속도 실행할 수 없게 됩니다. 오직 바라건대 맹주(盟主)께서 조속히 곰과 범 같은 장수를 분발시키고 크게 비휴(貔貅) 같은 용맹한 군사를 동원하여 앞뒤에서 호응하며 좌우에서 도와주되 가까이서는 한 팔의 용력(勇力)이나마 거들어주고 멀리서는 천리를 떨칠 기세를 성원해 주신다면, 과인은 마땅히 창을 들어 앞장서고 분발해 맨 먼저 성에 올라가 적들이 쳐들어오며 일으킨 먼지를 일거에 쓸어버리고 곧바로 낙양의 소굴을 짓이겨서 반드시 유계(劉季: 한고조 유방)의 목을 묶어 휘하에 가져다 바치겠습니다. 이렇게 하면 과인은 수치를 씻을 수가 있고 맹주는 모욕을 시원스레 씻을 수 있을 것입니다. 때문에 이 편지를 보내오니 곧 회답을 기다리겠습니다.」

남조 송나라 군주가 보고는 기뻐하며 말했다.

"이것은 바로 나의 뜻이로다. 친히 대군을 이끌고 호응하는 것이 마땅하나 본거지를 텅 비워둘 수도 없고 내 몸이 멀리 떠나기도 어려우니, 열국의 제왕 가운데 용맹무쌍한 자로 하여금 장수와 군사들을 거느리고 격려하여 마음을 같이하며 힘을 모으는 것이 좋겠다."

그 즉시 점고하여 정예군 50만을 일으키고 황소(黃巢)와 주차(朱泚)로써 거느리게 하였다. 황소란 자는 호주(毫州: 曹州의 오기)의 완구(宛邱: 冤句의 오기) 사람인데 눈 하나에 눈동자가 둘씩으로 용맹하여 당할 자가 없었다. 그래서 남조 송나라 군주는 그를 발탁해 회남왕(淮南王)에 제수하여 도접응사(都接應使)로 오가게 하고서, 주차로 하여금 그의 부접응사(副接應使)로서 대군을 거느리고 항왕(項王)의 전쟁을 돕도록 하였다. 또 좌선봉(左先鋒) 등강(鄧羌)과 우선봉(右先鋒) 여포(呂布)를 파견하여 철기군(鐵騎軍) 2만을 거느리고 항왕의 선봉이 되게 하였다. 나누어 배치함을 끝내자, 한림학사(翰林學士) 범엽(范曄)에게 답서(答書)를 쓰게 하여 사자(使者)에게 맡겼다. 사자는 항왕에게 되돌아와 보고하면서 답서를 바쳤는데, 항왕이 그것을 보니 대략 이러하였다.

「듣건대 같은 소리이면 서로 응하고 같은 기풍이면 서로 찾아 모인다고 했으니, 한 하늘 아래서 천년의 세월 동안 족하(足下)와 과인(寡人)은 소리가 같고 기풍이 같은 자인지라 서로 응하고 서로 찾는 것이오. 왜 이렇게 말하겠소? 족하는 강동(江東)에서 우뚝하게 일어나 칼 하나만 휘둘러 세상의 어지러운 일을 쓸어버리고서 패업(霸業)을 이루었고, 과인은 한미한 집안에서 떨쳐 일어나 일려(一旅: 500명)의 군대를 몰아 화란(禍亂)을 평정하고서 제업(帝業)을 이루었지만, 사람의 일이 마치 부절(符節)을 맞추듯 똑같았소. 그러나 족하는 만세의 영웅으로 천 사람이 벌벌 떠니, 과인 같은 어리석고 천한 사람이 어떻게 당할 수 있겠소? 우렛소리가 귀에 들려 오듯 영웅의 이름을 익히 들었으나 대사를 함께하고자 할 때마다 그럴 길이 없었소. 오늘날 기회를 보아서 결단하고 형세를 알아보아서 출군하여, 어리석고 천한 사람을 버리지 않고서 함께 일이 잘 되도록 힘써주었으니 얼마나 다행이겠소. 초나라의 호랑이인 항왕(項王)이 앞장서서 정백(鄭伯)의 모호기(蝥弧旗)를 잡고 맨 먼저 성벽에 오른 것에 힘입어 소리를 지르면 산악이 진동하고 꾸짖으면 바람과 구름이 번갈아 변하니, 바로 이때야말로 영웅은 뜻을 이룰 기회이면서 어리석고 천한 사람은 있는 힘을 다할 때이오. 이 일은 의당 몸소 장수와 군사를 거느리고 직접 채찍과 활을 쥐고서 하루 안으로 달려와 개미들을 구원하고 파리를 붙여 천리 밖으로 내달려 서주(徐州)와 예주(豫州)를 짓밟는 데에 마음을 합치고 낙양(洛陽)을 쓸어버리는 데에 힘을 모아야 할 것이오. 그러나 삼가 살펴보건 대 깊은 계책을 가진 자는 그 본거지를 굳건히 하고, 깊은 생각을 가진 자는 그 소굴을 다져 견고히 하나니, 그런 뒤에 나아가 싸우면 적을 이길 수가 있고 물러난다 하더라도 충분히 굳게 지킬 수가 있는지라, 사람들이 귀속(歸屬) 하는 바가 있을 것이오. 이러므로 즉시 몸소 군사를 거느리고 나아가지 못하지만, 도접응사(都接應使)와 부접응사(副接應使)로 황소(黃巢)와 주차(朱泚)를 파견하여 오월(吳越)의 정예군 50만을 거느리고 오가면서 전쟁을 돕는데 호응하게 했소. 이 두 사람은 용맹이 남보다 월등히 뛰어나서 가는 곳마다 대적할 자가 없소. 또 좌선봉과 우선봉으로 등강(鄧羌)과 여포(呂布)를 파견하여 철기군(鐵騎軍) 2만으로써 좌우의 날개가 되어 한 팔 정도라도 조력을 다하게 했소. 이 두 장수는 몸소 병사들보다 앞에 서서 이곳저곳 전쟁터를 내달렸던 자들이오. 삼가 원컨대 족하(足下)는 천 사람의 용기를 잃게 한 맹위를 떨치고 만인을 대적한 용맹을 떨쳐 멀리 군사를 몰아 단번에 거침없이 나아가 이긴 기세를 타고 패한 적을 쫓으면, 과인은 마땅히 온 나라의 힘을 다 기울여 지경 안에서 군사를 쓸어 모아 잇달아 출병할 터이니, 먼저 큰 공을 이루어 일찍 대첩의 소식을 알려주기 바라오.」

항왕이 읽기를 마치고 크게 기뻐하며 말했다.

"나의 용맹은 대적할 자가 없는데 호응하는 것이 이와 같다면, 천하대세는 정해진 것이다. 당장 장수와 군사를 징발해 내일 나가 싸우게 하면 일거에 공을 이루는 것이야 더 이상 의심할 필요가 없다."

막 말을 하는 사이에 어떤 사람이 보고했다.

"공명이 사자(使者)를 보내 전쟁을 알리는 통지서[戰書]를 가지고 이르렀습니다."

항왕이 즉시 불러들이도록 하자, 사자가 들어와 인사하고 통지서를 바치니, 항왕이 보았는데 그 편지는 이러하였다.

「대한(大漢) 태위지내외병마정토사(太尉知內外兵馬征討事) 제갈량(諸葛亮)은 서초패왕(西楚霸王) 족하(足下)에게 편지를 보내노라. 내가 들건대 덕을 따르는 자는 번창하고 덕을 거스르는 자는 망한다고 하니, 이치를 따르는 자는 흥하고 이치를 어기는 자는 멸할 것이다. 이치와 덕은 하늘[天]이니 순응하여 따르는 것은 현인(賢人)이고 거역하여 등지는 것은 난적(亂賊)이다. 예로부터 지금까지 덕을 따르고 이치를 따라서 번창하지 않고 흥하지 않은 자가 없었으며, 덕을 거스르고 이치를 어겨서 망하지 않고 멸하지 않은 자가 없었으니, 이야말로 천도(天道)의 당연함이요 인간사가 원래 그러한 것이다. 그 동안에 어찌 터럭만큼의 사심이라도 용납되었겠는가?

낙양(洛陽)에서 역대 황제들이 베푼 연회에 그대는 초청하지도 않았는데 스스로 찾아왔고 기대하지도 않았는데 절로 모였으니, 약조(約條) 이외의 사람으로 말석에 앉아야 할 손님이었다. 성질이 또 난폭하고 행동조차 거칠고 비루한데다 죄를 지은 것이 쌓이고 쌓여 죄악으로 가득차서 지나는 곳마다 잔인하게 없애버리지 아니함이 없었고 공격하는 곳마다 다시는 살아남는 사람이 없도록 하였으니, 이야말로 귀신들이 모두 분개하는 바이고 인민들이 모두 미워하는 바라, 행사에 의당 배척하고 용납하지 않아야 했으며 또 거부하고 받아들이지 않아야 했다. 오직 우리 태조[漢太祖 劉邦]와 예성황제(睿聖皇帝)께서 하늘이 인자함으로 보살피는 것을 체득하고 땅이 두터움으로 만물을 싣는 것을 본받아 산과 숲이 독충을 끌어안고 있는 뜻을 베풀고 시내와 연못이 더러운 물을 받아들이는 도량을 품어서는, 가까이에 자리를 함께하고 연회를 열어 같이 즐기면서 패자(霸者)의 지위를 대우하며 선구에 서는 임무를 맡겼다. 그대는 마땅히 힘과 정성을 다해 충성을 바치고 의(義)에 따라야 했으니, 창칼을 들어서 은혜를 갚아야 했고 정벌한 공을 세워서 덕을 갚아야 했다. 그런데 이렇게 하지 않고서 도리어 딴생각을 품고 감히 멋대로 역모를 꾀하니, 마치 개와 말도 살찌고 충실하면 사람을 깨무는 것과 새매가 사냥하여 배불리 먹고 날아 가버리는 것과 같아서 밝음을 버리고 어두움에 의탁한 데다 덕을 거스르고 이치를 어긴 것이다. 이는 곧 한(漢)나라 시대의 왕망(王莽)과 동탁(董卓)이요, 진(晉)나라 시대의 왕돈(王敦)과 소준(蘇峻) 격이니, 인륜을 어지럽히고 반역한 죄인들이요 흉물스럽고 추악한 무리들이라, 단 하루라도 천지간에 용서되고 도량을 베푸는 데에서 벗어난 채로 예사로이 버려둘 수가 없다.

그러므로 황제께서 이에 크게 노하시어 하늘이 내린 벌을 시행하기 위해 역대 군주들의 어가(御駕)와 육군(六軍)을 정비하고 재편성하시고는 신(臣)에게 정벌하는 임무를 맡기고 또 신에게 생살권(生殺權)까지 주셨다. 그래서 맹장(猛將)들은 있는 힘을 다해 일제히 진격하고 정예 병졸들은 용기를 내어 앞서 나아가니, 전쟁의 기운이 가득하여 숭악(嵩嶽)을 끼고 남쪽으로 치달리고 출병하는 말 울음소리가 떠들썩하여 회수(淮水) 물결을 휩쓸고 동쪽으로 달려가는데, 황제의 어가(御駕)가 낙수(洛水)를 건너고 제왕(帝王)의 어가들도 차례로 예주(豫州)에 이르러서 태산과 같은 묵중함을 더하고 우레와 천둥 같은 위엄을 베푸니, 우레와 천둥이 치는 곳에 어찌 꺾여 부러지지 않는 것이 있겠으며, 태산이 누르는 곳에 어찌 문드러져 뭉개지지 않는 것이 있겠는가? 그리하여 황제의 명을 공경히 받들어 도적떼를 깨끗이 소탕하여, 노(魯)나라 제후가 반궁(泮宮)에서 회이(淮夷) 오랑캐의 귀를 베어 바치고, 오랑캐 땅 변방에서 월지왕(月支王)을 살해하여 그 머리로 술잔을 만들었던 것처럼 그렇게 한다면 그대가 비록 치우(蚩尤)처럼 강하고 맹분(孟賁)처럼 용감하고 오획(烏獲)처럼 힘이 셌을지라도 끝내 가마솥에 들어가고 도끼 모탕에 엎드려서 삶겨지고 젓 담가져 육신이 나뉘고 찢길 터이다. 생각이 이에 이르니 어찌 늠름하지 않을 수 있겠는가? 조속히 와서 항복하고 제 손을 뒤로 묶어 자수해 날카로운 칼날에 베이지 않도록 하고 무지막지한 도끼에 죽지 않도록 하는 것이 낫지 않겠는가? 이에 먼저 고하니, 후회가 없도록 하라.」

항왕이 편지를 다 보고나서 성난 기색이 하늘을 찌르더니 전쟁을 알리는 통지서를 찢어발기며 내방한 사자(使者)를 죽이라고 명하자, 계포(季布)가 그 잘못에 대해 말했다.

"예로부터 아군과 적군이 서로 대적하더라도 사자를 죽이는 법이 없이 그 사신을 오가게 하였습니다. 게다가 편지의 언사가 도리에 어긋나고 오만하나 잘못은 공명(孔明)에게 있지 저 자에게 무슨 죄가 있겠습니까? 용서해 돌려보내어 관대하게 용서하는 뜻을 보이시는 것이 낫습니다."

항왕의 성난 기색이 아직 가라앉기도 전에 갑자기 보고가 있었다.

"황소(黃巢)·주차(朱泚)·등강(鄧羌)·여포(呂布)가 군사를 이끌고 왔습니다."

항왕이 즉시 그들을 영접하여 인사를 하고서 잔치를 베풀어 정성껏 대접하였는데, 이것 때문에 성난 기색이 조금 가라앉자 답서를 공명(孔明)의 사자에게 맡기면서 꾸짖어 말했다.

"내 의당 너의 목을 베야 했으나 충분히 헤아리고 너그럽게 용서해 목숨을 살려주노니, 신속히 돌아가 너희 장수와 군졸들에게 고하여 급히 공명의 머리를 가지고 오너라. 그렇게 하지 않으면 나는 일전(一戰)을 벌여 모두 도륙해 한 명도 살아남기지 않을 것이다."

사자(使者)는 머리를 감싸 안고 쥐처럼 도망치듯 돌아가서 공명을 뵙고 항왕이 죽이려 했던 일을 울면서 이야기하며 답서를 바치니, 공명이 뜯어 보았는데 그 답서는 대략 이러하였다.

「대장부가 대사를 행할진댄 마땅히 마음대로 하는 것이지, 어찌 남의 지휘를 받아서 그 거취를 결정하고 그 향배를 정할 수가 있단 말이냐? 낙양(洛陽)의 연회에는 유계(劉季: 유방)가 문 앞에서 거절하며 받아들이지 않았고, 명나라 황제가 나의 죄를 책망하면서 말을 함부로 하여 예의에 어그러지니 몹시 분하게 여기고 마음을 썩였는데, 나는 세상을 덮을 만한 영웅으로서 어찌 편안하게 모욕을 받으며 천연스럽게 수치를 참을 수가 있겠는가? 그리하여 기미를 엿보고 일어나 분한 마음을 품고 군사를 일으켜 장차 이 예주(豫州)를 짓밟고 하수(河水)와 낙수(洛水) 지역을 소탕하리라 했으니, 파리 모기와 같은 도적들을 죽이고 땅강아지 개미와 같은 여러 무리들을 멸해야 속이 시원하리로다. 네가 쥐새끼[鳥鼠] 같은 무리들로써 무리하게도 호랑이[虎狼]와 같은 위엄을 지닌 나를 침범하는 편지의 내용은 도리에 어그러지고 순리를 거스름이 더할 나위가 없었으니, 비록 나를 두려워하지 않았을지라도 어찌 죽음이 두렵지 아니하겠느냐? 나는 이제 병장기를 갈고 말을 먹여 내일 너와 함께 사냥터에서 사냥을 하려 하는데, 이 무력을 과시하는 곳에서 있는 힘을 다해 반드시 모두 죽이고 말 것이니 너는 너의 목을 씻고 처형을 기다려라.」

공명이 다 읽고 나서 웃으며 말했다.

"옛말에 흉악한 사람의 성품이 변하지 않는 것은 천하의 악한 사람이 똑같다고 하더니, 곧 이를 두고 이르는 것이로다."

이어서 장수들을 거느리고 싸움터로 향해 나아가 다음날 아침 해가 뜰 무렵 형양성(滎陽城)의 동남쪽 대평원에 이르러 병영의 목책을 설치하였다. 얼마 되지 않아서 항왕도 이르러 영채(營寨)를 세 곳으로 나누어 배열하였는데, 좌측에는 황소(黃巢), 우측에는 주차(朱泚), 항왕이 그 가운데에 있었다.

양쪽 진영이 전투 대형을 갖추자 한(漢)나라 군대의 중앙에서 황색 깃발이 총총히 나왔다. 공명이 사륜거(四輪車)에 탔는데, 머리에는 윤건(綸巾)을 쓰고 몸에는 학창의(鶴氅衣)를 걸치고서 손에는 깃털 부채를 잡았으며, 왼쪽에는 황월(黃鉞)을 세우고 우측에는 백모(白旄)를 둘러 세웠다. 앞쪽의 장수는 창을 겨누고 섰는데 곧 거기대장군(車騎大將軍) 상우춘(常遇春)이었다. 뒤쪽의 장수는 도끼를 들고 섰는데 곧 표기대장군(驃騎大將軍) 악비(岳飛)이었다. 남제운(南霽雲)과 뇌만춘(雷萬春)이 각자 병기를 잡고 좌우에서 호위하고 섰으며, 조운(趙雲)과 황충(黃忠)이 앞뒤에서 에워싸고 섰는데, 대오(隊伍)가 정연한데다 호령이 엄하고 분명하였다.

사람을 시켜 전달하여 고함치게 하였다.

"한(漢)나라 대위(大尉: 太尉의 오기)가 항왕에게 대답하려 한다."

항왕은 황소(黃巢)와 주차(朱泚)로 하여금 좌익(右翼) 부대와 우익(右翼) 부대로 삼아서 군대를 거느려 전쟁을 돕도록 하고, 용저(龍且)와 경포(黥布)로 하여금 철기군 3만을 이끌고서 진영 안에 숨어 있다가 유리한 기회에 돌진해 나오게 한 뒤, 응답하며 고함쳤다.

"항왕이 나가신다."

세 차례 포성 소리가 울리고 징소리 북소리 일제히 울리니 진영의 문이 열리자, 항왕이 머리에는 봉의 깃으로 꾸민 쇠 투구를 쓰고 몸에는 용비늘 문양의 은 갑옷을 입고서 오추마(烏騅馬)에 걸터앉아 손에는 뱀 문양을 그린 8장(丈)의 방천극(方天戟)을 쥔 채로 진문(陣門)의 깃발 아래로 나와 섰는데, 사람은 사나운 호랑이 같았고 말은 나는 용 같았으며, 좌측에는 등강(鄧羌)이 있고 우측에는 여포(呂布)가 있었다.

공명이 항왕에게 말했다.

"족하(足下)는 평소에 영웅으로 자부하더니만 지금 도리어 구적(寇賊)이 되었으니 어인 일이오?"

항왕이 말했다.

"영웅이라야 능히 영웅인지 알 수 있는 법이다. 무릇 영웅이라 할 수 있는 자는 이치의 형세에 밝고 일의 기미를 살펴서 초연히 멀리 내다보며 깊게 알아 강약을 이미 판별하니 가슴속에서 거취를 스스로 정하면 마음속에서 용감히 반드시 그 거취를 따라 결단코 행하니, 어찌 그저 두려워하기만 하면서 남의 아랫사람이나 되겠느냐? 지금 나는 걸출하고 용맹한 자질로서 하늘과 사람의 호응을 얻어 장차 천하를 소탕하고 평정하면 온 세상 사람들이 좇아와서 복종하여 크나큰 공을 이룰 것이다. 나라를 처음으로 세우는 홍업(洪業)은 영웅의 일이지, 너처럼 세상 물정에 어두운 선비가 능히 알 바 아니다. 너희들은 귀신에 홀려 따르는 도깨비들 같이 유계(劉季: 유방)를 따라서 유계만 있는 줄 알고 나와 같은 영웅이 있는 줄 알지 못하니, 너희들은 무지하고 어리석은 자들이라 할 것이다. 그렇지만 너는 본래 지혜가 많은 것으로 세상에서 일컬어졌으니, 어찌 지혜가 있으면서도 천시(天時)를 알지 못하는 자이랴? 네가 만약 조금이라도 선견지명이 있다면, 어찌 자연에 거스르는 것을 등지고 순응하는 것에 나아가듯 암군(暗君)을 버리고 명군(明君)에게 투항하여 한 세상에 뛰어난 공적을 세워 천추에 명성을 드리우지 않느냐?"

공명이 말했다.

"그대의 말은 틀렸소이다. 내가 마땅히 천리(天理)의 인과응보, 인간사의 선악, 국운의 흥망성쇠를 하나하나 분명하게 일러줄 터이니, 그대는 들어보오. 옛날 당요(唐堯: 요임금)는 덕으로 사해(四海: 온 천하)를 덮는 도리를 드러내 모든 제왕의 으뜸이 되었고, 재위 기간이 매우 길었으며 향수(享壽) 100살이나 되었소. 우순(虞舜: 순임금)은 심원하고 명철하고 문채가 나고 밝아서 그윽한 덕행이 위에까지 들리어 요임금으로부터 임금의 자리를 물려받았는데, 재위와 향수 또한 요임금과 같았소. 대우(大禹: 우임금)는 문교(文敎)의 덕을 사해에 펼치면서 산을 따라 나무를 베어 강을 정비한 치산치수(治山治水)의 공업(功業)을 구주(九州)에 베풀어 순임금으로부터 임금의 자리를 물려받았고, 나라를 다스린 것이 매우 길었소. 은(殷)나라 탕왕(湯王)은 성스러운 무(武)를 겸비한 덕을 천하에 펼치면서 인민들의 아픔을 달래며 폭군을 징벌한 공업을 백성들에게 고루 나누어주었고, 나라를 다스린 것도 매우 길었소. 주(周)나라 문왕(文王)과 무왕(武王)은 지혜가 크게 드러나 공적이 크게 이어받았고, 나라를 다스린 것도 매우 길었소. 이것들은 사람이 할 수 있는 일을 닦은 것이 공명한 것이고, 하늘의 도가 착한 자에게 복을 준 것이오.

옛날 치우(蚩尤)가 난을 일으켰지만 끝내 사로잡혀 죽었소. 사흉(四凶)들은 완악하고 포악하며 하늘의 뜻을 거스르다가 결국에 귀양 가서 처형되는 벌을 받았소. 하(夏)나라 걸(桀)은 백성들을 해치고 학대하다가 끝내 400년의 종묘(宗廟)를 뒤엎었소. 상(商)나라 신(辛: 紂)은 온 세상에 해독을 끼쳐 괴롭히다가 결국에 600년의 사직(社稷)을 멸망케 하였소. 진영(秦嬴: 秦나라)은 무도하고 포학하여 서적을 불태우며 유생들을 산 채로 묻었고 또 사람을 베고 코 베다가 결국 2대 황제(皇帝: 胡亥)에 이르러 망했소. 이것들은 사람이 한 일로 도리에 어긋난 것이어서 하늘의 도가 악한 자에게 벌을 준 것이오.

삼가 우리 태조(太祖) 고황제(高皇帝: 유방)께서는 인자한 성군(聖君)의 자질이 요임금과 순임금의 신무(神武)한 자질에 꼭 부합되고 백성들을 끝까지 구제한 공업은 우임금과 탕임금, 문왕과 무왕에게 부끄럽지 않았으며, 크게 천명(天命)을 받아 비로소 인류 기강을 닦고 만백성들에게 어진 정사를 베풀어 400여 년 동안 종묘사직을 안정시켰으니, 이는 하늘과 사람이 서로 화답하여 응한 것이어서 신하와 백성들의 경사인 것이오. 무릇 크나큰 도량과 활달한 뜻은 전대(前代)에 견줄 자가 없었고, 허물을 고침에 인색하지 않으면서 선(善)을 좇음이 물 흐르듯 하였기 때문에 영웅들이 있는 힘을 다하게 하고 수많은 계책이 전부 시행되게 하여 대업을 이룬 것이오. 또 신령한 상서(祥瑞)와 기이한 징조들은 그 일이 매우 많아서 두루 열거하여 말할 수가 없소.

지금 그대는 멋대로 반역하여 난을 일으킨 것이 치우(蚩尤)보다도 심하며, 완악하고 포악하여 하늘의 뜻을 거스른 것이 사흉(四凶)보다도 훨씬 더하며, 백성들을 해치고 학대하여 해독을 끼쳐 괴롭힌 것이 걸신(桀辛: 桀과 紂)에 못지않으며, 무도하고 포악함이 영진(嬴秦: 진시황)보다 더하오. 그대는 이전에 열 가지 죄가 있었거늘 지금 또 반역하니, 이는 하늘과 땅 사이에 용납될 수가 없고 신과 사람들이 모두 죽이려 할 바일진댄 무슨 면목으로 인간 세상에 서서 군진 앞에 마주한단 말이오? 나는 황제의 명을 받들어 삼가 하늘의 뜻으로 토벌해 흉악한 괴수를 사로잡아서 목을 베어 궁궐에 바치고 몸뚱이를 도려서 사직단(社稷壇)에 바치려 하니, 그대는 도끼로 주륙당하는 것을 면할 수가 없을 것이오. 지금 만약 갑옷을 벗고는 창을 던지고서 두 손을 등 뒤로 묶고 머리를 조아린다면, 우리 성스러우신 태조의 너그럽고 인자한 마음과 넓고 큰 도량으로써 의당 죽이지 않는 것으로 대우하여 스스로 새사람이 되게 할 것이오. 이와 같이 한다면 아마도 칼로 베거나 톱으로 켜는 처형을 면할 수가 있을 것이오."

항왕이 다 듣고 나서 대노하여 말했다.

"공명은 필부이니, 누가 능히 산 채로 붙잡겠느냐?"

말이 미처 끝나기도 전에 등강(鄧羌)과 여포(呂布)가 말을 달려 나오니, 공명은 울지경덕(尉遲敬德)과 마초(馬超)로 하여금 그들과 맞서 싸우게 하였다. 서로 50여 합에 이르러도 승부를 짓지 못하자, 항왕은 노여움이 성급히 일어나 직접 창을 뽑고 말을 내달려 나가면서 고함을 쳤다.

"쥐새끼 같은 무리들이 어찌 감히 나를 당하겠느냐?"

소리가 마치 우레 같고 눈빛이 마치 번갯불 치는 듯하자, 양 진영(陣營)의 장수와 군졸들은 매우 놀라서 얼굴빛이 변하지 않는 자가 없었다. 공명이 왕전(王翦: 王剪)・몽염(蒙恬)・조빈(曹彬)・상우춘(常遇春)・악비(岳飛)・팽월(彭越)・장준(張浚)・한세충(韓世忠)・하약필(賀若弼)・한금호(韓擒虎)로 하여금 맞아 싸우게 하자, 항왕이 그것을 보고 비웃으며 말했다.

"너희들이 죄다 와서 비록 백만이라 할지라도 어찌 족히 두려워하겠는가?"

마침내 창 한 자루를 뽑아들고서 왼쪽을 치고 오른쪽을 찌르는데 조금도 겁내지 않자, 열 명의 장수들은 각기 위풍을 뽐내며 절대로 놓아주지 않으리라 마음먹으니, 진실로 한바탕 죽이기에 좋았다. 다만 보자면, 다음과 같다.

떠가는 구름 어지럽고 살기(殺氣)가 등등하다. 떠가는 구름이 어지러우니 하늘빛이 어지러이 말려서 어둠침침하고 쓸쓸하며, 살기가 등등하니 햇빛을 차갑게 파고들어 어둑하고 희미해진다. 징소리 북소리가 요란하니 우르릉 쾅쾅 우레가 진동하는 듯하고, 깃발들이 펄럭이니 마치 번개가 번쩍번쩍 거리는 듯하다. 싸움터에서 칼과 창을 한꺼번에 들고 앞서거니 뒤서거니 하니 눈이 한번이라도 착란하면 생사의 목숨이 왔다갔다 하고, 군진(軍陣) 앞에서 사람과 말들이 분주히 달리며 홀연히 동쪽에 있다가 홀연히 서쪽에 있으니 힘이 조금이라도 겁내는 듯하면 생사가 경각에 처해진다. 가장 긴 칼은 대간도(大杆刀)인데 머리 위에서 떠나지 않고, 가장 나쁜 창은 화첨창(火尖槍)인데 명치를 바짝 압박하고, 가장 해로운 창은 방천극(方天戟)인데 사람의 등골뼈까지 비추고, 가장 위험한 것은 삼능간(三楞鐧: 三稜鐧의 오기)인데 정수리까지 겨눈다. 다시는 막기 어려운 것이 떼 지어 나는 메뚜기 같이 마구 쏟아지는 화살이고, 사람을 겁나게 하는 것은 하늘의 별처럼 떨어지는 유성추(流星鎚)이다. 백왕(伯王: 西楚霸王 項羽)이 용맹스러워 이리저리 마구 치고받고 부딪치니 곧바로 무인지경에서 장난치듯 하고, 오추마(烏騅馬)가 마음이 통하여 앞서 가거나 뒤에서 내달리니 완연히 편안하고 한가한 곳에서 백왕을 좇아 섬기는 듯하다. 열 사람이 한 사람을 대적하는데도 그 한 사람은 영웅으로 완연히 용이 새우들을 만나 장난치듯 하고, 한 사람이 열 사람을 대적하지만 그 열 사람이 강하고 용맹스러울지라도 오히려 양들이 호랑이를 만나 요란스레 날뛰듯 하다. 결국에는 누가 약하고 누가 강한지 알지 못하여 끝까지 이처럼 용과 호랑이가 서로 싸우듯 치열했다.

항왕은 용감하고 날래어 아닌 게 아니라 무적으로 열 명의 장수와 필사적으로 싸웠다. 열 명의 장수는 기운이 피곤하고 정신이 없어 각자 싸움에 져서 달아났지만, 항왕은 싸움에 이긴 여세를 몰아 달아나는 적을 추격하니 용맹함이 갑절이나 더하였다.

제갈공명은 또 이정(李靖)·이적(李勣)·오한(吳漢)·풍이(馮異)·조적(祖逖)·한홍(韓弘)·장비(張飛)·설인귀(薛仁貴)·조운(趙雲)·황충(黃忠) 등 열 명의 장수들로 하여금 적을 막도록 하였다. 항왕이 창을 들고 한 번 내지른 고함 소리가 천지를 뒤흔들자, 열 명의 장수들은 모두 혼비백산 간담이 서늘하여 감히 접전하지 못했다. 홀로 장비(張飛)만 창을 휘두르며 나아가 항왕과 싸웠지만 네댓 차례를 겨루지 않아서 정신이 어지러운데다 손놀림이 허둥지둥해 급히 말을 돌려 달아났다. 항왕은 이긴 여세를 타고 기습해 중군(中軍)을 곧바로 쳤으며, 용저(龍且)·경포(黥布)·등강(鄧羌)·여포(呂布)는 3만의 철기군(鐵騎軍)을 거느리고 사나운 바람과 소나기처럼 좌우에서 돌진해왔다. 공명이 급히 모든 장수들로 하여금 적을 맞아 대적케 하려는 찰나, 홀연히 보건대 항왕이 나는 듯이 말을 타고 군진으로 쳐들어오니 사방에서 맞서 싸우지만 장수와 군졸들이 견뎌내지 못하고 일시에 흩어져 무너지자, 공명은 급히 수레를 버리고 말에 올라 형양(滎陽)으로 달아났다. 항왕이 말을 내달려 추격하며 말했다.

"공명아 필부(匹夫)로구나. 달아나길 멈추어라!"

이때 장수들이 모두 달아나서 공명을 도와 보호해줄 사람이 없었다. 바로 매우 위급할 때에 갑자기 한바탕 거센 큰 바람이 서북방에서 일어나고 천릿길의 검은 안개가 사방에서 몰려오니, 천지가 캄캄하여 지척을 분간할 수 없었으며, 모래가 날고 돌이 굴러서 사람과 물건조차 구별할 수가 없었다. 양 군대는 서로 길을 잃고 가야할 곳을 알지 못하니, 바로 한바탕 대단히 헷갈리고 어지러웠다. 다만 보자면, 다음과 같다.

회오리바람이 더욱 사나워지고 검은 안개에 가리고 막힌다. 회오리바람이 더욱 사나워지니 지난날과 똑같아 수수(睢水)에서처럼 겨우 숨을 내뿜고, 검은 안개에 가려지고 막히니 어렴풋 지난 시절과 같아 탁록(涿鹿: 鉅鹿의 오기)에서처럼 어두컴컴하다. 깃발들이 쓰러지니 장대도 부러지며 깃발도 찢어져서 어디론가 흩날려 가버리고, 칼과 창들이 땅에 떨어지니 자루와 칼날들이 어수선하게 뒤섞여서 땅위에 쌓이어 가득하다. 모레와 돌멩이들이 이는 바람에 따라 갑자기 날아올랐다가 갑자기 내려오곤 하고, 누런 검은 먼지들이 침침하게 뒤섞여서 앞뒤를 가린다. 한(漢)나라 기병들이 무너져 서쪽으로 달아나려 해도 서쪽을 분간하지 못하고, 초(楚)나라 군대들이 뒷걸음질치며 남쪽으로 돌아가려 해도 남쪽을 분간하지 못하니, 새 깃털 부채를 쥔 선생[羽扇先生: 羽扇 臥龍先生]은 암담하여 혼이 다 녹아날 듯해도 그 달아날 방향을 알지 못하고, 오추마(烏騅馬) 위의 영웅도 안목이 멀리 내다보기가 어려워 한나라 군대를 추적해 잡을 방도를 마련하지 못한다. 곤양(昆陽: 위나라 도읍지)의 표범[虎豹: 曹操]은 전투복을 입고도 진격하지 못하고, 적벽(赤壁)의 까막까치들은 나무를 도느라 쉬지 못하니, 만약 천지(天地)가 그렇게 되도록 한 것이 아니라면, 과연 귀신(鬼神)이 그렇게 만든 것인가?

공명은 막 달아나려는 즈음 회오리바람과 검은 안개에 의해 막히자 정신이 혼란하여 갈 곳을 알지 못했는데, 한 번 둘러봐도 길이 없고 사방을 돌아봐도 구원이 끊긴지라 마음이 매우 답답하였다. 갑자기 한 곳에서 함성이 크게 일어났는데, 18명의 맹장(猛將)들이 구름과 안개 속에서 나는 듯이 말을 달려 와 공명을 급히 구하였다. 공명이 그들을 보니, 바로 서달(徐達)·한신(韓信)·왕전(王翦)·몽염(蒙恬)·조빈(曺彬)·상우춘(常遇春)·악비(岳飛)·팽월(彭越)·곽자의(郭子儀)·이광필(李光弼)·장준(張浚)·한세충(韓世忠)·하약필(賀若弼)·한금호(韓擒虎)·이성(李晟)·적청(狄靑)·마수(馬燧)·혼감(渾瑊)이었다. 지남거(指南車)로써 방위를 분별하여 구름과 안개를 헤치고 공명을 구원하러 온 것이다. 이때 군사들은 모두 흩어지고 항왕도 멀리 갔는지라, 공명과 맹장들은 수레를 타고 가는데 수십 리도 채 못 되어 바람도 잦아지고 안개도 걷히자 맹저(孟諸)로 갔다가 돌아왔다.

항왕은 한판 대승을 거두고 공명도 거의 사로잡을 뻔했으나 갑자기 회오리바람과 검은 안개를 만나 추격할 수가 없자, 즉시 징을 울려서 군사를 거두었지만 군대가 모두 다시 흩어졌기 때문에 말을 내달려 고성(鼓城: 彭城의 오기)으로 들어갔다. 이윽고 장수들과 군사들이 모두 모이자, 항왕이 크게 기뻐하며 사람을 시켜 남조 송나라 군주에게 승전보를 알리고, 즉시 희마대(戲馬臺)에서 큰 잔치를 베풀어 장수들과 군사들에게 음식을 주어 위로하였다. 술에 거나하게 취하자, 항왕이 웃으면서 장수들에게 말했다.

"오늘 싸움터에서 나의 영웅적인 용맹을 보니 어떠하더냐?"

여러 장수들이 말했다.

"대왕의 영웅적인 용맹은 천하에서 대적할 자가 없으니, 비록 억만 진중(陣中)을 횡행할지라도 아무 꺼릴 바가 없습니다."

항왕이 말했다.

"오늘의 승리는 나의 걸출한 용맹뿐만 아니라 또한 너희들의 힘 덕택이다. 그러나 이와 같이 즐거운 일을 범아보(范亞父: 범증)로 하여금 보게 하지 못한 것이 한이로다. 가소로운 범아보야! 나를 버리고 거소촌(居鄛村)으로 돌아가 늙어 죽어서 초목과 함께 썩을진댄 진실로 쓸모없는 우매한 사람이라 이를 만하도다."

이어서 장수들에게 술을 따라 서로 축하하고 상을 후하게 내리니, 장수와 군사들이 모두 만세를 외쳤다.

제갈공명이 맹저에서 승리를 거두고,
항왕은 예주에서 겨우 목숨을 건지다.
孔明得勝孟諸, 項王殆死豫州

각설(却說)。 공명이 패잔군을 수습하고 맹저(孟諸)의 들판에 진을 치니, 여러 장수들이 죄다 찾아와서 문안하였다. 공명은 많은 군사들을 불러 모으고 위로하며 말했다.

"그대들의 분패(僨敗)는 나의 잘못이다."

즉시 잘못을 자신의 책임으로 삼아 잘못한 바를 경내(境內)에 알리면서 도랑을 깊게 파고 성루를 높이 쌓으며, 전쟁 장비들을 수선하고 날마다 장수와 군사들을 잘 먹이며, 무기들을 예리하게 하고 무예를 익혀 후일을 도모하고는 곧 상(上: 명태조)에게 편지를 올렸으니, 다음과 같다.

「태위지내외병마정토사(太尉知內外兵馬征討事) 신(臣) 제갈량(諸葛亮)은 황공하기 그지없어 머리 숙여 사죄하오며, 대명(大明) 태조(太祖) 고황제(高皇帝)께 백 번 절하고 글을 올립니다.

신은 본디 남양(南陽)의 벼슬하지 못한 일개 천한 선비입니다. 기질이 유약하고 천성이 게을러 단지 장저(長沮)와 걸익(桀溺)이 땅을 갈아서 농사짓던 것만 알뿐, 재주가 없고 식견이 어두워 손무(孫武)와 오기(吳起)의 병법(兵法)에 깊은 조예가 없는데도 말을 몰고 마음껏 달릴 것을 허락하여 외람되게도 선주(先主: 소열제 유비)께서 세 번이나 찾아주시는 은혜를 입어 몸과 마음을 다 바쳐 온힘을 기울였으나 한(漢)나라를 통일시키는 공을 이루지 못했으니, 이는 진실로 하늘과 땅 사이에 용납할 수 없는 죄인이요 초야에 묻혀야 할 범부입니다. 그러나 폐하께서는 신(臣)을 비루하다고 여기지 않으시고 군대의 수장으로 허락하시며 곤외(閫外: 도성 밖)의 병권을 주셨으니, 은혜가 이보다 더 큰 것이 없고 임무가 이보다 더 중한 것이 없습니다. 대사를 당면하여 계책을 세워 지혜를 쓰면서 용맹을 떨치며 있는 힘을 다해 산동(山東)에서 육국(六國)의 왕을 사로잡았고 경양(經陽)에서 세 번 승리한 공훈을 아뢰었으니 이러한 쾌거가 있지 않았으면서, 곧 도리어 한 번 경솔히 전쟁하는 바람에 전군(全軍)이 분패하여 삼군(三軍)의 날랜 기세가 갑자기 꺾이고 만승천자(萬乘天子)의 신성한 위엄이 펼쳐지지 못했습니다. 신(臣)의 죄과(罪過)는 진실로 만 번 죽어 마땅하니 밤낮으로 황송해 하며 거적을 깔고서 갓을 벗고 어깨를 드러낸 채[袒免] 천벌을 기다리고 있습니다.」

상(上: 명태조)이 다 보고 난 뒤 황제들에게 말했다.
"이 장수를 어떻게 하겠습니까?"
황제들이 모두 말했다.
"공명(孔明)은 직무상 맡은 책임이 정벌인데 진군했다가 곧 패했으니 그 죄를 논하지 않을 수 없어 그 직임을 빼앗는 것이 마땅합니다. 재차 문무(文武)와 지용(智勇)을 구비한 자로써 대신하게 하여 정벌 전쟁을 하는 것이 좋겠습니다."
송태조(宋太祖)가 홀로 말했다.
"무릇 이기고 지는 것은 전쟁에서 흔히 있는 일이거늘, 어찌 한 번 패한 것으로써 상장(上將)의 죄를 논하여 교체할 수 있겠습니까? 이와 같이 한다면 군사들이 의심하여 딴마음을 품는데다 사기까지 떨치지 못해 성공하기가 어려울 것이며, 또 옛날부터 문무와 충지(忠智)를 겸비한 자로 공명(孔明) 같은 자가 없기 때문에 그에게 맡김이 마땅할 것입니다. 조서를 내려 답하면서 위로하여 그의 뜻을 굳게 하도록 권면하고 그 공을 이루도록 책임지우는 것이 어떠합니까?"

상(上: 명태조)이 말했다.

"그대의 말씀이 옳습니다."

곧 조서를 내려 답하였으니, 다음과 같다.

「짐이 듣건대 <황석공기(黃石公記)>에서 이르기를, '부드러운 것이 능히 단단한 것을 이기고, 약한 것이 능히 강한 것을 이긴다.'라고 했지만 항상 이기는 사람과는 더불어 적을 도모하기 어려우니, 한 번 싸워 한 번 패하는 것은 흔한 일이나 백 번 싸워 백 번 이기는 것은 좋은 계책이 아니다. 이런 까닭으로 전쟁을 잘하는 자는 먼저 적이 승리할 수 없게 해놓고 이길 수 있는 적을 기다렸다. 경(卿)은 지금 군사를 이끌고 전장에 나아갔다가 혹여 많은 생각 중에 미처 생각하지 못한 일이 있어서 삼군(三軍)이 대패하는 데에 이른 것이라면, 이는 흔히 있는 일이니 근심하고 두려워 말라. 이제부터는 원대한 계책을 삼가고 훌륭한 공업을 힘쓰되, 한 번 대첩했다 하여 기고만장하거나 한 번 패했다 하여 기죽지 말고 몰래 개를 죽일 수 있는 떡을 준비했다가 끝내 사나운 호랑이를 사로잡는다면, 이것이야말로 이른바 동우(東隅: 아침)에서 잃었다가 상유(桑榆: 저녁)에 되찾았다고 할 만하니, 이전의 일일랑 잊어버리고 다시금 후일을 도모하라.」

추밀부사(樞密副使) 유기(劉基)가 조서를 가지고 군문(軍門)에 이르자, 공명은 절하고 머리를 조아리며 조서를 받은 뒤 사은의 예를 마치고 대거 여러 장수들을 모아 의논하였다.

"항우를 지혜로는 깨뜨릴 수 있지만 힘으로는 이기기 어렵다."

즉시 한신(韓信)·이정(李靖)·왕전(王翦)·몽염(蒙恬)으로 하여금 정예 기병 10만을 거느리고서 맹저(孟諸)의 동쪽에 잠복케 하고 조빈(曹彬) · 상우춘(常遇春) · 악비(岳飛) · 팽월(彭越)로 하여금 정예 기병 10만을 거느리고서 맹저의 서쪽에 잠복케 하고 위청(衛靑) · 곽거병(霍去病) · 하약필(賀若弼) · 한금호(韓擒虎)로 하여금 정예 기병 10만을 거느리고서 맹저의 남쪽에 잠복케 하고 이성(李晟) · 이세적(李世勣) · 마수(馬燧) · 혼감(渾瑊)으로 하여금 정예 기병 10만을 거느리고서 맹저의 북쪽에 잠복케 하였는데, 항왕이 쳐들어오는 것을 보면 일시에 기회를 엿보고 사방에서 쇄도해와 힘을 합쳐 섬멸토록 하였다. 풍이(馮異) · 조적(祖逖) · 마원(馬援) · 적청(狄靑)으로 하여금 정예 기병 5만을 거느리고서 맹저의 산속에 있는 좁은 길에 잠복케 하였는데, 항왕이 오는 것을 보고 힘차게 돌진해나가 접전하면 서달(徐達)은 즉시 남쪽으로 가서 초(楚)나라 진영을 약탈토록 하였다. 곽자의(郭子儀) · 이광필(李光弼) · 장준(張浚) · 한세충(韓世忠)으로 하여금 정예 기병 10만을 거느리고서 맹저의 동쪽 산속에 있는 좁은 길을 따라 은밀하게 가서 서주(徐州)를 엄습토록 하였다. 서달로 하여금 정예 기병 3만을 거느리고서 항왕과 접전할 때, 다만 지는 척하고 달아날 것이지 이기려고 하지 말고 항왕을 유인하여 맹저의 넓은 들판에 이르게 되면 여러 장수들과 협력하여 항왕을 포위해 붙잡도록 하였다. 각기 계책대로 행하되 명령을 어기지 말도록 하였다. 군사를 나누어 배치함을 끝내고 공명은 여러 장수들과 함께 맹저의 산꼭대기에 올라서 항왕의 군대가 섬멸되는 것을 구경하였다.

차설(且說). 항왕이 한바탕 대승을 거두고 마음이 대단히 기뻐서 여러 장수들과 술잔치를 벌이며 자신의 영웅적인 용맹을 으스대었다. 여포(呂布)가 말했다.

"황소(黃巢)와 주차(朱泚)가 남조 송나라 군주의 명을 받들어 우리를 위해 호응해야 했었는데도 어제의 전쟁에서 군대를 멈추어 두고 움직이지 않았으니 필시 딴마음이 있는 듯합니다. 지금 불러들여서 문책하는 것이 좋겠습니다."

항왕이 말했다.

"그대의 말이 옳다."

즉시 사람을 시켜 불러들이니, 두 사람이 군영(軍營) 밖에 이르렀다. 항왕은 높이 지휘대에 앉고서 호위병을 성대히 세우고 원문(轅門: 군영의 바깥 문)을 활짝 열어젖힌 뒤에 두 사람을 불러서 만나니, 두 사람이 모두 무릎으로 질질 기어서 엎드려 왔는데 감히 항왕을 쳐다보지 못했다. 항왕이 성난 목소리로 꾸짖었다.

"너희들은 네 맹주의 명을 받들어 군사를 거느리고 우리에게 와서 적들과 접전해야 했는데도 전혀 섬멸하려는 뜻이 없었으니, 무엇 때문이냐?"

두 사람은 머리를 조아려 사죄하고 복종하며 말했다.

"저희들은 어명을 받들어 왔으니 어찌 전투할 의사가 없었겠습니까? 그러나 대왕의 위엄과 용맹을 경외하였지만 한(漢)나라 군대의 수가 많아 무서웠는지라 머뭇거리고 움츠러들어 감히 접전하지 못한 것이지 배반하려는 딴마음이 있었던 것은 아닙니다. 삼가 바라건대 대왕께서는 죄를 용서하시고 허물치 말아주십시오."

항왕이 말했다.

"지난날 거서(鉅庶: 鉅鹿의 오기)의 전쟁에서 나는 홀로 말을 타고 진(秦)나라 군대 40여 만을 격파하여 장한(章邯)을 물리치고 왕리(王離)를 사로잡았다. 이때에 제후(諸侯)들 가운데 조(趙)나라를 구하러 온 자가 12개국이나 되었지만 모두 감히 전투를 하지 못하고 성벽 위에서 초나라의 전쟁을 구경하였거늘 지금 너희들도 또한 그 부류일 것이다. 이와 같이 우매하고 겁 많은 무리들을 장차 어디에 쓰겠느냐? 즉시 군대를 이끌고 되도록 빨리 돌아가는 것이 좋겠다."

두 사람이 크게 부끄러워하여 인사치례 하다가 나가면서 서로에게 말했다.

"항왕은 한 번 싸워 대승을 거두자 교만함이 함께 일을 할 수가 없고 성격이 또 포악스러우며 음험한 데다 행동마저 잔인하고 도리에 어긋나니 우리들은 반드시 용서받지 못할 것이라, 남조 송나라 군주에게 서둘러 돌아가서 뵙고 따로 상의 드리는 것이 낫겠다."

그날로 군사를 돌이켜 건강(建康)으로 돌아갔다.

항왕은 두 사람을 내쫓고 나서야 여러 장수들과 의논하였다.

"여포(呂布)는 사람됨이 뛰어나게 용감한 데다 뛰어난 역량이 몇 사람을 당해낼 만하니 대사(大事)를 이룰 수가 있다. 나는 본디 혈육이 없고 또 양자를 데려올 수도 없으니, 여포를 의자(義子: 수양자식)로 삼아 나나니벌[蜾蠃]이 항상 자기 새끼가 아닌 명령(螟蛉: 유충)을 취하여 기르는 것처럼 한다면 어떠하겠느냐?"

모두가 말했다.

"좋습니다."

계포(季布)가 쓴소리를 했다.

"옳지 아니합니다. 여포는 의리가 없는 사람입니다. 처음에는 여씨(呂氏)의 아들로서 그 친부를 배반하고 정원(丁原)의 아들이 되었다가, 그 의붓아버지를 살해하고 또 동탁(董卓)의 아들이 되었지만, 그 동탁마저 살해할 생각을 했으므로 당시에 삼성가노(三姓家奴: 세 성씨의 종)라고 하면서 침을 뱉으며 욕을 하였으니, 비루한 행실은 당대에 널리 퍼졌고 더러운 이름은 천 년이라는 긴 세월 동안에 전해지고 있습니다. 지금 대왕께서 다만 그의 용맹만을 아껴서 천륜(天倫: 양자 입양)을 맺으려 하시지만, 어찌 그가 공손히 효도를 닦고 영원토록 순전한 아들이 될지 알겠습니까?"

항왕이 말했다.

"이는 여포만 의리가 없을 뿐 아니라, 여포의 아비 된 자들이 어루만지며 기르는 방법을 잘못하고 자비로운 사랑을 도리에 어긋나게 베풀어서 자식이 아비를 죽이는 역시(逆弑)에 이른 것이다. 만약 은혜로써 어루만지고 성심으로써 아꼈으면 저는 반드시 감회가 일어나서 그 윗사람을 친근하게 여겨 어른을 위해서 자신의 목숨을 기꺼이 바쳤을 것이다.”

계포(季布)가 또 쓴소리를 했다.

“부모와 자식은 인륜의 가장 큰 것으로 부모가 비록 자식을 사랑하지 않더라도 자식은 효도하지 않아서는 아니 됩니다. 대왕께서는 그러한 효성이 있는지 없는지를 살피지 않으시고 단지 그의 용맹이 뛰어난 것만 아끼시니, 천륜을 정함에 옳지 않은 일이 아니겠습니까?”

항왕이 말했다.

“내 뜻은 결정되었으니, 너는 다시 말하지 말라!”

이내 여포(呂布)를 불러서 그에게 말했다.

“우리 집안은 본디 대대로 초(楚)나라 장수 집안으로 내 자신은 패왕(霸王)이 되어 만승천자(萬乘天子)의 자리에 있었으니, 이는 만세의 영웅이다. 너는 인물됨이 호방하고 힘찬데다 당당하고 용감하여 거리낌 없이 전투하였다 해서 그 당시 사람들이 모두 ‘사람 중에 으뜸이 여포’라며 칭송하고 찬미하였으니, 이 또한 삼국시대의 영웅이다. 너 같이 걸출한 자질을 지닌 자로서 나와 같은 영웅의 아버지가 있어서 아버지와 아들이 함께 힘을 합친다면 세상의 아무리 큰일일지라도 걱정할 것이 못되리로다. 너의 생각은 어떠한가?”

여포가 기뻐하고 공경히 받들어 감사드리며 말했다.

“소자(小子)는 별 공적이 없는데다 악명이 드높아서 천년 동안이나 버림받은 사람이나, 대왕께서 지금 아껴 거두어주시고 이끌어 길러주시니 인륜의 도리가 이미 정해진데다 은혜와 의리가 또한 깊은지라, 감히 아버지의 뜻을 공경히 이어받아 자식 된 직분을 공손히 닦지 않겠습니까?”

항왕이 크게 기뻐하며 여포를 의자(義子: 수양자식)로 삼고 즉시 금과 비단, 값비싼 노리개[寶玩], 투구와 갑옷[兜鎧], 전투복[戰袍], 준마 등을 하사하니, 여포가 몇 번이고 절을 하며 감사하는데 이루다 말할 수가 없었다.

항왕은 여러 장수들과 진군을 상의하더니, 주란(周蘭)·환초(桓楚)·정공(丁公)으로 하여금 주의 깊게 성을 지키도록 하고 직접 장수들을 거느리고서 크게 군대를 일으켜 성을 나와 30리를 가다가 영채(營寨)를 세웠다. 종리매(鍾離昧)·주은(周殷)·계포(季布)로 하여금 본진을 견고하게 지키도록 하고는, 용저(龍且)·점포(點布: 黥布의 오기)로 하여금 좌우익(左右翼)을 삼고 등강(鄧羌)·여포(呂布)로 하여금 좌우의 선봉을 삼은 뒤 부대를 나누어 나오다가 바로 서달(徐達)과 마주치자 그에게 말했다.

"어제의 전쟁에서 너희들은 다행히 머리를 보전하였지만 지금 빨리 항복하는 것이 옳거늘, 그대는 이에 감히 전투하려는 마음을 먹었단 말이냐?"

서달이 또한 비웃으며 말했다.

"이기고 지는 것이야 전쟁에서 흔한 일이거늘, 그대는 어찌 한 번 이기고서 나를 업신여김이 이와 같단 말이냐?"

항왕이 창을 들고 말을 내달려서 곧바로 서달을 취하려 하자, 서달이 칼을 휘두르며 그를 맞았다. 싸우기를 10여 합에 이르렀을 때에 서달이 거짓으로 패한 양 달아나자 항왕이 추격하였는데, 서달이 10여 리를 달아나다가 말 머리를 돌려 또 싸웠다. 싸운 지 4, 5합도 되지 않아 또 말을 몰아 문득 달아나자 항왕이 또 추격하였는데, 서달이 달아난 지 몇 리를 가지 못해서 말 머리를 돌려 또 싸웠다. 싸운 지 몇 합도 되지 않아 또 대패하고 달아나자 항왕은 그저 추격하기를 바랄뿐이었다. 용저(龍且)가 말고삐를 붙잡고 간(諫)했다.

"서달이 적을 유인하는 것이니, 대왕께서 그를 추격해서는 아니 됩니다."

항왕이 말했다.

"나의 용맹함은 대적할 자가 없으니, 저가 비록 나를 유인하여 겹겹이 매복 포위한 속으로 들어갈지라도 무엇을 두려워하겠는가?"

마침내 용저(龍且)의 말을 듣지 아니하고 말을 달려 추격하다가 맹저(孟諸) 중앙의 산비탈 아래에 이르자, 한 차례 대포소리가 울리더니 풍이(馮異)・조적(祖逖)・마원(馬援)・적청(狄靑)이 군사를 거느리고서 힘차게 돌진해 나왔는데 항왕이 비웃으며 용저에게 말했다.

"이들이 이른바 매복병이로구나. 이런 무리들이야 비록 억만 명일지라도 할 수 있는 일이 없을 것이다."

이윽고 분발하여 공격하자, 4명의 장수들 모두가 패하여 달아났다. 항왕이 서달을 추적하며 거의 맹저(孟諸)의 북쪽 가까이에 이르렀을 때, 갑자기 함성이 크게 진동하더니 한신(韓信)・이정(李靖)・왕전(王翦)・몽염(蒙恬)이 동쪽에서 돌진해오고 조빈(曹彬)・상우춘(常遇春)・악비(岳飛)・팽월(彭越)이 서쪽에서 돌진해오자, 항왕이 급히 용저(龍且)와 경포(黥布)로 하여금 분산해서 대적토록 하였다. 전투가 한창 무르익는데, 갑자기 또 함성이 크게 진동하더니 위청(衛靑)・곽거병(霍去病)・하약필(賀若弼)・한금호(韓擒虎)가 남쪽에서 돌진해오고 이성(李晟)・이세적(李世勣)・마수(馬燧)・혼감(渾瑊)이 북쪽에서 돌진해오자, 항왕은 정신을 차리고 용맹을 떨치면서 사방으로 맞서며 버텼지만 적은 군사로 많은 군사를 대적할 수 없었으며, 용저(龍且) 등 2명의 장수도 많은 군사에 의해 포위되어 처지가 몹시 어려웠다. 항왕이 바야흐로 전세(戰勢)가 불리함을 보고 즉시 말을 몰아 남쪽으로 달아나자, 많은 장수들이 제각기 추적해왔다.

항왕은 막 달아나려는 때에 갑자기 산 위에서 풍악소리가 어지러이 들려 말을 멈추고 쳐다보니, 한 무더기의 홍색 깃발 아래에서 공명(孔明)이 여러 장수들과 술자리를 베풀고 음악을 연주하게 하여 술을 마시며 즐기고 있었다. 공명이 왼손으로는 술잔을 잡고 오른손으로는 깃털 부채를 부치면서 항왕을 부르며 말했다.

"항적(項籍: 항우)은 필부(匹夫)이거늘 패하고서 어디로 돌아간단 말인가? 일찌감치 와서 투항하라!"

항왕이 분노하며 말을 달려 산으로 올라와 공명을 잡으려 하였다. 이에 산 위에서 통나무를 굴리고 돌을 던져서 내려 보내자 앞으로 나아갈 수가 없어 큰 길을 버리고 경황없이 달아나다가 멀리 본진(本陣)을 바라보고 갔으나, 본진도 버티지 못하고 일찌감치 풍이(馮異) 등 4명의 장수에 의해 빼앗겨 종리매(鍾離昧) 등 3명의 장수는 영채(營寨)를 버리고 도망갔다. 항왕은 마음이 분하고 정신이 없어 이리저리 왔다갔다 헤매는데, 갑자기 북소리가 크게 들리더니 풍이(馮異) 등 4명의 장수가 병영(兵營) 안에서 돌진해 나오고 한신(韓信) 등 16명의 장수가 등 뒤에서 추격해 왔다. 항왕은 홀연히 살길을 찾아 도망치다가 회수(淮水)에 이르렀는데, 다행히 한 척의 배가 있어 급히 강을 건너 도망쳤으나, 한(漢)나라 군대가 들이닥쳐 오니 초(楚)나라 군대 가운데 뭍과 물에서 죽은 자가 그 수를 알 수 없었다.

항왕이 회수(淮水)를 건너서 장차 서주(徐州)에 들어가려고 성 아래에 이르러 보니, 성문이 굳게 닫혀 있고 사람의 자취가 전혀 없었다. 항왕은 의아하여 큰소리로 호통을 쳤다.

"성문을 열어라."

성 위에는 딱따기 소리가 일제히 나고 홍색 깃발이 빽빽하게 늘어섰는데, 곽자의(郭子儀) 등 4명의 장수가 적루(敵樓: 망루) 위에서 소리쳤다.

"우리들은 태위(太尉: 제갈공명) 장군의 명령을 받들고 이 성을 빼앗아 지킨 지 이미 오래되었다."

항왕은 근심과 울분이 함께 일어 막 성을 공격하려는데, 갑자기 성의 북쪽에서 북소리가 크게 울리고 많은 장수들이 일시에 돌진해왔다. 항왕은 매우 급하게 말을 달려 수춘성(壽春城: 초나라 도성)을 향해 달아났다. 이때 석양이 서쪽으로 지고 밝은 달이 동쪽에서 떠오르니, 장수들과 군사들은 각기 본영(本營)으로 돌아갔다. 공명(孔明)은 승리를 거둔 군사들을 거두어들이고 음식을 베풀어 위로하면서 여러 장수들을 모아놓고 의논하였다.

"항왕은 오늘 비록 패했을지라도 내일 다시 올지니, 우리가 기발한 계교를 쓰면 사로잡을 수 있을 것이다."

여러 장수들이 모두 말했다.

"항왕은 패하고 곤궁해져서 세찬 기세가 꺾였는데, 어찌 감히 내일 다시 올 생각을 하겠습니까?"

공명(孔明)이 말했다.

"그렇지 않다. 항왕은 병법(兵法)을 대략 알고 있는데, 병법에서 군대의 작전은 신속함을 귀하게 여긴다고 하지 않았느냐? 또 병서에서 아직 방비하지 않은 때를 엿보라고 했다. 그러므로 항왕은 우리들이 싸움에서 이겨 대비하지 않고 있으리라 생각하고 신속하게 기습해올 것이니, 이때를 기회로 삼아 몰래 매복해 있다가 대거 공격하면 저들은 필시 술책에 빠질 것이다."

즉시 한신(韓信)·이정(李靖)·왕전(王翦)·몽염(蒙恬)으로 하여금 예주성(豫州城)의 동문 안에 매복하게 하고, 조빈(曹彬)·상우춘(常遇春)·악비(岳飛)·팽월(彭越)로 하여금 서문 안에 매복하게 하고, 곽자의(郭子儀)·이광필(李光弼)·장준(張浚)·한세충(韓世忠)으로 하여금 남문 안에 매복하게 하고, 위청(衛青)·곽거병(霍去病)·하약필(賀若弼)·한금호(韓擒虎)로 하여금 북문 안에 매복하게 한 뒤, 항왕이 도망쳐 나오는 것을 보면 각자 횃불을 따라서 중앙으로 돌격해 나와 항왕을 사로잡도록 하였다. 또 이성(李晟)·이세적(李世勣)·마수(馬燧)·혼감(渾瑊)으로 하여금 만 명의 병사를 거느리되 절반은 청기군(靑旗軍)으로 나머지 절반은 홍기군(紅旗軍)으로 편성해 예주성의 동남쪽 30리 되는 곳에 있는 무뢰산(武牢山)의 비탈 가에 둔치고 있다가, 내일 포시(晡時: 오후 3시~5시, 해가 저물 때)에 항왕이 오는 것을 보면 청기군은 <원전 누락> 오른쪽으로 달아나서 항왕을 의심케 하여 예주성으로 들어가게 하도록 하였다. 성 안의 인가와 사대문에 유황(硫黃)과 염초(焰硝) 등의 인화물(引火物)을 많이 쌓아 숨겨두었다. 그리고 군사들을 몰래 매복시켜 두고서 항왕이 성에 들어와 편히 쉬고 내일 황혼녘에 반드시 큰 바람이 있는 것을 보거든 일시에 불을 지르도록 하였다. 또 거주민들에게 알려 성 밖 공터로 옮겨가서 잠시 화염을 피하도록 하였다. 군사들을 나누어 배치함을 끝내자, 공명(孔明)은 여러 황제들과 장수들에게 예주성 북쪽의 10리 되는 곳에 주둔하고 성 안의 불빛을 구경하도록 청하였다.

각설(却說). 항왕은 저물녘에야 수춘성(壽春城)에 이르렀다. 얼마 되지 않아서 여러 패잔군들이 모두 모이자, 항왕이 여러 장수들에게 말했다.

"오늘의 패배는 바로 저들이 사방에 매복한 것에 말미암은 것으로 이 지경에 이르렀으니, 내일 마땅히 너희들과 함께 저들이 아직 방비하지 않은 것을 틈타 서둘러 가서 쳐부수어야겠다."

종리매(鍾離昧)가 말했다.

"공명(孔明)은 평소에 지혜로운 방비책을 두어 반드시 미리 대비하고 있을 것이니 서둘러서 가서는 안 됩니다."

항왕이 말했다.

"공명(孔明)이 비록 지혜로운 사람일지라도 오늘 승리를 거둔 뒤에는 마음이 편안하고 홀가분하여 내가 내일 전장(戰場)에 나아갈 수 없다고 여길 것이므로 반드시 싸울 준비를 하지 않았을 것이다. 그러므로 내가 다만 그가 생각지 못하는 사이에 출격한다면 한번 싸워 격파할 수 있을 것이니 예주(豫州)와 낙양(洛陽)을 차지하고 이하(伊河)를 소탕할 때는 바로 지금이다."

마침내 경포(黥布)로 하여금 등강(鄧羌)・여포(呂布)와 함께 머물며 영채(營

寨)를 지키도록 하였다. 그리고 용저(龍且)·종리매(鍾離昧)·주은(周殷)·계포(季布)·주란(周蘭)·환초(桓楚)·정공(丁公) 등 7명의 장수로써 기병 10만을 거느리도록 하였는데, 오경(五更: 새벽 3시~5시)에 밥을 먹은 뒤 동틀 무렵에 출발하여 맹저(孟諸)에 도착하니 날이 정오가 되었다. 그러나 공명(孔明)은 영채(營寨)에서 철수하여 어디로 갔는지 알 수 없었다. 항왕은 수상하게 여기고 야인(野人: 들사람)을 찾아서 그에게 물었다.

"공명이 병사들을 이끌고 어디로 갔느냐?"

들사람이 대답했다.

"공명은 엊저녁에 대군을 인솔하고 일시에 북쪽을 향해 갔지만, 어디로 갔는지는 알지 못합니다."

항왕은 마음속으로 몰래 기뻐하며 말했다.

"공명은 내가 다시 올까봐 두려워하고 영채(營寨)를 거두어 달아났으니 진실로 겁 많고 나약한 촌놈이로다. 오늘은 이미 늦었으니 나는 많은 군사들을 이끌고 임시로 예주성(豫州城)에 들어가 하룻밤 편히 쉬었다가 내일을 기다려 낙양(洛陽)으로 진격하면 저 적들은 반드시 절로 사로잡힐 것이다."

드디어 군사들을 이끌고 행군해가니, 포시(晡時: 오후 3시~5시, 해가 저물 때)가 되어서야 무뢰산(武牢山) 밑에 이르렀다.

홀연히 4명의 대장이 산비탈 위에 배치되어 절반은 청기군(靑旗軍)이고 나머지 절반은 홍기군(紅旗軍)인데, 항왕이 오는 것을 보자 청기군은 왼쪽으로 달아나고 홍기군은 오른쪽으로 달아나며 각각 흩어져 가버리니 그림자조차도 전혀 없었다. 항왕은 속으로 의심스러웠지만 행군하기로 이미 결정한 것이라 즉시 병사들을 재촉해 예주(豫州)로 향하도록 하였다. 예주성 아래에 이르니 사방의 성문이 활짝 열려 있고 성안에도 사람 흔적조차 없었다. 항왕이 크게 의심스러워 바로 주저하고 있는 즈음에 갑자기 한 무리의 사람들이 남자는 지고 여자는 이며 노인을 부축하고 어린아이를 이끌면서 모두 서북쪽을 향해 갔다. 항왕이 정공(丁公)을 보내어 죄다 잡아오게 하여 그들이 떠나가는 뜻을 물으니 사람들이 말했다.

"엊저녁에 공명(孔明)이 군사들을 이끌고 낙양(洛陽)으로 돌아가면서 우리들에게 당부하기를, '내일 항왕이 오면 너희들은 살아남지 못할 것이니 신속히 가족들을 모두 거두어 도피하라.'고 하였다. 때문에 몹시 놀라고 두려워 지고이고 부축하고 이끌고서 장차 공터로 가려고 하였는데, 건장한 사람은 빨리 달아나 먼저 가버리고 노인과 어린이는 더디 가서 뒤처졌다가 갑자기 대군(大軍)을 만났으니, 삼가 바라건대 대왕께서는 가련히 여기시어 풀어주소서."

항왕이 말했다.

"지금 우리들이 병사들을 몰아서 온 것은 단지 공명(孔明)을 사로잡고 도적놈들을 도살하려는 것이니, 어찌 죄 없는 사람들을 공연히 죽일 수 있겠느냐? 너희들은 두려워하지 말고 모두 제자리로 돌아가라."

사람들은 각기 엎드려 절하며 감사해 하고 갔다.

항왕이 용저(龍且) 등에게 일렀다.

"공명(孔明)이 달아나 예주(豫州)가 텅 비었고 날도 또 어두워졌으니, 성에 들어가서 병사들을 쉬게 하고 내일 아침에 진군하는 것이 낫겠다."

마침내 항왕은 성에 들어가 관아(官衙) 앞에 이르러 쉴 곳을 정하고, 장수와 군사들에게 모두 빈 집에 들어가 쉬도록 하니, 갑옷을 벗고 편안히 잠을 잤다. 해질 무렵에 큰 바람이 갑자기 일자, 종리매(鍾離眜)가 말했다.

"밤바람이 세차게 불어 화공(火攻)이 우려됩니다. 만약 속임수를 쓰고 있는 것이라면 우리들은 반드시 화를 입을 것이니, 원컨대 대왕께서는 심사숙고하소서."

항왕이 웃으며 말했다.

"성 안이 텅 비고 사람 그림자조차 하나도 없는데 어찌 불로 공격할 자가 있겠느냐? 반드시 그럴 리가 없으니 너희들은 마음놓고 잠시 쉬어라."

곧 술을 마시고 음악을 연주하여 지극히 즐기며 취하다가 삼경(三更: 밤
11시~새벽 1시)이 되어서 바야흐로 누워 자려는데, 장막의 졸개가 보고했다.

"서문(西門)에 불이 났습니다."

항왕이 말했다.

"이는 필시 군사들이 밥을 짓다가 조심하지 않고 실수로 불을 낸 것일
터이니 경거망동하지 말라."

말이 미처 끝나기도 전에 군사가 또 보고했다.

"동문, 남문, 북문 3개의 문에 불이 났습니다."

항왕이 크게 놀라 급히 여러 장수들과 함께 창을 들고 갑옷을 입고 말
에 올라 관아 앞으로 나가서 보니, 불이 하늘을 찌를 듯해 온 성이 새빨갛
게 되었다. 사면팔방이 모두 연기와 불꽃으로 가득했으나 밤이 캄캄하게
어두워 갈 곳을 알지 못하고 있는데, 사람들이 말했다.

"동문의 불길이 조금 잦아들었습니다."

항왕은 즉시 말을 달려 동문으로 향하여 달아나는데, 4명의 대장(大將)
이 불길 속에서 갑자기 나와 크게 소리쳤다.

"항왕은 달아나기를 멈추어라! 한신(韓信)·이정(李靖)·왕전(王翦)·몽염
(蒙恬)이 여기에 있다."

즉시 각기 말고삐를 놓고 칼을 휘두르며 곧바로 항왕에게 달려들자, 항
왕이 놀라 두려워한 나머지 맞서서 싸울 마음이 없는지라 말을 되돌려 서
문 방향으로 휘몰아 달아나는데, 4명의 장수가 또 불길 속에서 갑자기 나
와 크게 소리쳤다.

"항왕은 달아나기를 멈추어라! 조빈(曺彬)·상우춘(常遇春)·악비(岳飛)·
팽월(彭越)이 여기에 있다."

말고삐를 놓고 창을 휘두르며 곧바로 항왕에게 달려들자, 항왕이 또 싸

우며 죽일 생각이 없는지라 말을 돌려 남문을 향하여 달아나는데, 불길 속에서 4명의 장수가 또 갑자기 나와 크게 소리쳤다.

"항왕은 달아나기를 멈추어라! 곽자의(郭子儀)·이광필(李光弼)·장준(張浚)·한세충(韓世忠)이 여기에 있다."

또한 모두가 말고삐를 놓고 창을 뽑아 곧바로 항왕에게 달려들자, 항왕이 또 말을 돌려 북문을 향하여 달아나는데, 불길 속에서 4명의 장수가 또 갑자기 나와 크게 소리쳤다.

"항왕은 달아나기를 멈추어라! 위청(衛靑)·곽거병(霍去病)·하약필(賀若弼)·한금호(韓擒虎)가 여기에 있다."

항왕은 처지가 몹시 어려웠지만 사방으로 도망갈 길이 없는데, 16명의 맹장(猛將)들이 포위하기를 철통 같이 하여 각기 말고삐를 놓고 칼을 휘두르며 곧장 항왕을 향해 찌르러 오니, 항왕의 용력이 비록 장할지라도 어찌 능히 홀로 많은 장수들을 감당하겠는가? 서로 충돌할 수밖에 없는 바야흐로 위급한 때에 홀연히 동남각(東南角)에서 일군의 표범 같은 군사들이 포위를 뚫고 달려 들어와서 항왕을 구하고 호위하였으니 다름 아닌 용저(龍且)·종리매(鍾離眛)·주은(周殷)·계포(季布)였다. 그들이 말했다.

"전군은 모두 흩어지고 오직 신(臣)들이 거느린 300여 명만이 온전하였는데 대왕께서 이곳에 포위된 것을 알았습니다. 그래서 적과 맞부딪치고 왔습니다."

항왕이 물었다.

"주란(周蘭)·환초(桓楚)·정공(丁公)은 어디에 있느냐?"

대답했다.

"모두가 적과 뒤섞이어 싸우는 중에 죽었습니다."

항왕이 크게 애통해하며 말했다.

"이것이 무슨 말이냐? 저 세 장수들은 나를 따라 여러 해 동안 많은 공을 세웠지만 아직 작위(爵位)도 내리지 못했는데, 지금 이곳에서 죽었다니 참으로 안타깝도다."

용저(龍且) 등이 말했다.

"적장들이 바싹 다가왔으니 대왕께서는 급히 나가소서."

항왕은 즉시 용저(龍且)와 종리매(鍾離昧)로 하여금 앞을 헤치며 길을 열도록 하고 주은(周殷)과 계포(季布)로 하여금 뒤를 따르며 적을 막도록 한 뒤에 불길을 무릅쓰고서 남문으로 향하였다. 막 떠나려는 즈음에 적루(敵樓: 망루)의 용마루[棟宇]까지 죄다 타서 불에 탄 대들보 하나가 떨어져서 항왕이 탄 말의 뒤를 쳤다. 말은 그 자리에서 꼬꾸라져 죽었고 항왕은 몸이 뒤집히며 떨어지다가 불더미 위에 내던져 옷과 갑옷이 모두 타고 수염과 머리털도 죄다 그슬려졌다. 이에 용저(龍且) 등 4명의 장수가 각기 사력을 다해 항왕을 급히 구하였다. 항왕이 용저(龍且)의 말에 타고 간신히 성을 나가 수십 리를 가니 동쪽 방면이 바야흐로 밝아지며 불길도 점점 멀어지고 추격하던 종적도 그쳤다. 그러나 그를 따르던 300여 기병은 모두 성안에서 죽고 한 명도 살아나온 자가 없었다. 항왕은 다만 4명의 장수와 함께 길가의 민가에 들어가서 비로소 놀란 마음을 진정시키고 다시 계책을 논의했는데, 계포(季布)가 말했다.

"오늘 패잔병들을 거느리고 도망쳤으나 이 지경에 이르렀으니 어찌할 계책이 없습니다."

항왕이 하늘을 우러르고 길게 탄식하며 말했다.

"내가 군대를 일으킨 이후로 70여 차례나 전쟁을 했지만 패배한 적이 없었는데, 오늘 제갈량(諸葛亮)이라는 촌놈의 술수에 두 번이나 패한 것은 진정 이른바 죽으려고 해도 죽을 만한 땅이 없는 격이니 천하에 알려져서는 아니 된다."

원통하고 분함을 이기지 못하고 이윽고 칼을 빼어 스스로 목을 찌르려

하였다.

　항왕의 목숨이 어떻게 되었는지 아직 알 수 없으니, 또 다음 이야기를
보라.

사나운 호랑이 포박하고자 당태종이 제갈량의 계책을 행하고, 술에 취한 서초패왕 항왕이 목숨을 끊다.

縛猛虎唐宗行計, 醉香蟻楚覇殞命

차설(且說)。 항왕(項王)이 예주성(豫州城)에서 완패하자 분통함을 이기지 못하고 칼을 뽑아 스스로 목을 찌르려고 하는데, 용저(龍且) 등 4명의 장수가 급하게 제지하며 말했다.

"이기고 지는 것은 전쟁에서 흔히 있는 일인데, 대왕께서는 이것이 무슨 일입니까? 대왕께서 지난날 해하(垓下)에서 패했을 때 오강(吳江: 烏江의 오기)을 건너지 않고 헛되이 죽으신 것은 천년이 지나서도 사람들로 하여금 한스럽게 할 것입니다. 가령 당시에 오강을 건너 동쪽으로 가서 사방 천 리의 땅과 삼오(三吳: 중국 강동 지방)의 부호(富豪)로써 군사를 수습하여 거듭 일어나 흙먼지를 날리며 다시 온다면, 중원(中原)은 다시금 쓸어 없앨수 있었고 천하는 다시금 평정될 수 있었을 것입니다. 지금을 위한 계책은 치욕을 견디고 분노를 품는 것이 나으니, 남조 송나라 군주를 가서 뵙고 뭇사람들과 모여 의논한 뒤에 다시 크게 군사를 일으키는 것을 설욕하는 계책으로 삼으십시오."

항왕은 그 말을 옳다고 여기고 마침내 4명의 장수와 함께 즉시 출발하여 건강(建康)으로 향해 갔다.

차설(且說). 남조 송나라 군주는 건강(建康)에 있으면서 날마다 많은 사람들을 모아놓고 다 같이 항왕의 일을 이야기하며 소식을 정탐하는데, 갑작스럽게 보고가 있었다.

"항왕의 사자(使者)가 왔습니다."

그 사자가 승전보를 올리니, 대략 이러하였다.

「대개 듣건대 옛사람이 이르기를, '뜻이 있는 자는 그 일을 마침내 이루고, 용맹이 있는 자는 그 공을 반드시 이룬다.'고 했으니, 이것은 만세에 바뀌지 않는 말이고 뭇사람들이 하기 어려운 일입니다. 과인(寡人)이 금번에 일려(一旅: 500명)의 군사로 형양(滎陽)에서 싸웠는데, 한(漢)나라 군대 50만이 모조리 짓밟혀서 죽게 되었을 즈음 제갈공명(諸葛孔明)이 거의 사로잡혀 포로가 될 뻔했으나 쥐새끼처럼 도망쳐 몸을 숨기고 여우처럼 달아나 자취를 감추었으니, 이것은 진실로 뜻에 통쾌한 것이고 용맹에 부합한 것입니다. 이런 까닭에 글을 지어 알리며 내일 말을 몰아 군대를 지휘하면 이수(伊水)와 낙수(洛水)의 강물에 병장기를 씻고 숭산(嵩山)과 화산(華山)의 들판에는 군마를 풀어놓을 수 있을 것입니다. 삼가 바라건대 맹주(盟主)께서는 마음 편히 계시면서 좋은 소식을 기다리소서.」

남조 송나라 군주는 읽기를 마치고 크게 기뻐하며 말했다.

"항왕의 영웅적인 용맹은 진실로 대적할 자가 없구나. 그리고 영양(滎陽: 滎陽의 오기)의 이번 전쟁은 거록(鉅鹿)에서 진(秦)나라를 격파하고 수수(濉水)에서 한(漢)나라를 곤경에 빠뜨린 것과 조금도 다를 것이 없다. 선봉[前驅]이 이와 같다면 내가 걱정할 것이 없도다."

한창 이야기를 나누고 있을 때에 갑자기 보고가 있었다.

"황소(黃巢)와 주차(朱泚)가 군대를 이끌고 되돌아왔습니다."

즉시 불러들이도록 하자, 두 장수가 들어와 인사치례를 마친 뒤에 모두 항왕이 자신들을 문책하고 쫓은 일을 이야기하니, 조왕(趙王) 석륵(石勒)이 말했다.

"항왕은 겨우 한 번 승리를 거두고서 크게 교만해져 반드시 패할 형세를 이미 드러냈으니, 우리들이 의당 몸소 대군(大軍)을 이끌고 가서 도와주는 것이 좋겠습니다."

남조 송나라 군주의 마음도 그렇게 여기고서 군사를 전쟁터로 몰고 나갈 계획을 함께 의논하였다. 며칠 후에 사람들이 고하였다.

"항왕은 재차 제갈량(諸葛亮)의 모략에 빠져 패장과 도망군(逃亡軍)으로 낭패하고 돌아왔습니다."

남조 송나라 군주는 크게 놀라 성을 나가 항왕을 맞이하여 고소대(姑蘇臺)에 좌정케 하되 윗자리에 손님을 모시는 예로써 대우하였다. 의식이 끝나고 보니, 온통 머리카락이 타고 이마가 그을려 있었다. 남조 송나라 군주가 잔치를 베풀게 하고 술을 내려 놀란 것을 진정시키고 안타깝게 여겨 위로하며 말했다.

"족하(足下)의 용맹으로도 패하여 곤경을 이와 같이 겪었으니, 일은 알기가 어렵고 이치는 헤아리기가 어려우니 어찌하겠소?"

항왕이 말했다.

"과인(寡人)이 용맹을 함부로 믿고서 많은 적을 업신여긴 데다 제갈량(諸葛亮)에게 속임을 당하였는데, 처음에는 맹저(孟諸)에 배치한 매복병에게 패하고 다시 예주성(豫州城)에서 화공(火攻)으로 곤경에 빠져 전군(全軍)은 전멸하고 몸만 도망쳐 나왔으니, 지금 여러분들을 보기가 몹시 겸연쩍습니다."

남조 송나라 군주가 말했다.

"과인은 임금답지 못한 자질로써 임시로 맹주(盟主)가 되었더니, 책망이 돌아와 마음이 심히 편치 못해 즉시 어진 자에게 미루고 양보하고자 하였으나 찾지 못했소. 지금 족하(足下)가 은혜롭게도 기꺼이 왔으니 양보할 수 있겠소."

곧바로 자리를 비워 그에게 양보하였다. 항왕은 곧 양보 받아 자리에 앉으려다가 여러 사람이 모인 좌중을 보니 모든 사람들의 안색이 못마땅해 하자, 이에 사양하여 받아들이지 않으며 말했다.

"과인은 나라를 망친 자이자 싸움에 패한 장수이니 맹주(盟主)와 종약장(從約長)이 될 수가 없습니다. 또한 제왕(帝王)에도 저절로 높고 낮음이 있거늘 남조 송나라 군주는 황제요 과인은 국왕이니, 어찌 국왕이 제왕이라 하며 아랫사람으로서 윗사람을 비견할 수 있겠습니까?"

용저(龍且)도 앞으로 나아가 고하였다.

"옛사람이 이르기를, '강한 손님이 주인을 누를 수 없다.'고 하였으니 손님을 윗자리에 모시는 예는 신중하지 않을 수 없는데, 대왕이 어찌 맹주(盟主)의 자리에 있을 수 있겠습니까?"

항왕이 말했다.

"이 말이 옳습니다. 삼가 바라건대 맹주는 의심도 마시고 사양도 마십시오."

남조 송나라 군주는 두세 번 거듭 사양해 마지않다가 비로소 맹주 자리에 앉고 항왕이 그 다음 자리에 앉고 그 다음 자리에는 각기 공덕이 높고 낮음에 따라 자리를 정해 앉은 뒤, 술을 실컷 마시며 한껏 즐기다가 끝냈다.

그 다음날 많은 제왕들을 청하여 출병의 일을 상의하고 여러 나라의 장수와 군졸들을 점검한 뒤 일제히 출병하게 하니, 항왕이 말했다.

"과인은 지금 비록 일을 망쳐 실패했다고는 하나 분투하려는 마음이 점차 생기고 예기가 더욱 강해지니, 바라건대 정예군 10만을 얻어 다시 선봉이 될 수 있다면 용감히 매진하고 온 힘을 다해 한편으로는 맹주의 우려를 풀어드리고 또 다른 한편으로는 과인의 울분을 씻고 싶습니다."

남조 송나라 군주는 정예군 10만을 주며 항왕에게 권한을 부여하니, 항왕은 크게 기뻐하여 즉시 군사들을 거느리고서 강을 건너 유성(流星)처럼 달리고 번개처럼 달려 서주(徐州)를 향해 갔다.

　　차설(且說). 공명(孔明)은 예주성(豫州城) 안에 인화물(引火物)을 숨겨서 초(楚)나라 군대 10만을 남김없이 태우고 항왕의 소식을 탐문하니, 항왕은 겨우 몸만 빠져나와 말 하나에 올라타고 건강(建康)을 향해 달아났다. 공명은 이에 여러 장수들로 하여금 예주(豫州)에 군사들을 머물러 있게 하고 즉시 행재소(行在所)에 나아가 상(上: 명태조)에게 아뢰었다.

　　"항왕이 비록 군사를 다 잃고 패해 거의 죽을 뻔해 달아났으나 반드시 다시 올 것이다. 게다가 강동의 여러 적도(賊徒)들이 합세하여 이르면 그 칼날에 맞서기가 어려울 것이니 깔보고 과소평가해서는 안 됩니다. 엎드려 바라건대 폐하께서는 여러 나라의 제왕(帝王)들과 충분히 상의하시고 대적할 곳으로 삼으실 때 부디 진중하소서."

　　상(上: 명태조)이 말했다.

　　"항왕은 용맹이 천하에 대적할 자가 없는데다 지금 불길 속에서 죽지 않고 달아나서 남조 송나라 군주의 군대와 연합하였다면, 비유컨대 용이 비구름을 빌린 듯하고 호랑이가 날개를 단 듯하니, 이는 걱정스러운 것이다. 어떻게 해야 하겠느냐?"

　　공명(孔明)이 말했다.

　　"항왕은 비록 용맹이야 있지만 지혜가 전혀 없으니 힘으로는 격파하기 어려우나 계책으로는 사로잡기 쉽사옵니다. 신(臣)에게 계책 하나 있사오니 좌우의 사람들을 물리쳐주소서."

　　상(上: 명태조)이 즉시 여러 사람들을 물리고 다만 송태조(宋太祖)·당태종(唐太宗)과 함께 앉아서 들었다. 공명이 계책을 아뢰었다.

　　"항왕의 사람됨은 폐하께서 깊이 잘 알고 있는 자입니다. 적군과 처음으로 대치하게 되었을 때 장수 한 명으로 하여금 출전했다가 거짓 패한 척하고 돌아오게 하면 신(臣)이 곧장 크게 화를 내며 책망하고 형장(刑杖: 곤장질)을 엄중하게 시행한 뒤, 그로 하여금 은밀히 저들에게 위장 투항하게 해 저들 진영 속에서 이러이러하게 계책을 쓰면 항왕을 사로잡을 수 있습니다."

상(上: 명태조)이 말했다.

"참으로 신묘한 계책이로다."

당태종(唐太宗)이 말했다.

"과인이 마땅히 이 계책을 행하리로다."

한창 이야기를 나누고 있을 때, 유성마(流星馬: 파발마)가 급히 보고하였다.

"항왕이 건강(建康)에서 정예병 10만을 거느리고 밤낮으로 말을 몰아 서주(徐州)로 쇄도해옵니다."

상(上: 명태조)은 공명(孔明)이 진영(陣營)으로 돌아와 지휘하면서 적을 막도록 명하였다. 상(上: 명태조)과 여러 나라 제왕의 어가(御駕)들이 행영(行營)에 머물며 함께 전쟁에 관한 일을 의논하였다.

차설(且說). 항왕과 용저(龍且) 등 4명의 장수가 군사 10만을 거느리고 홍수가 밀어닥치듯 기세등등하게 서주(徐州)에 이르러서 성 아래의 내지(內地)에 둔을 치고는 공명(孔明)에게 전쟁을 알리는 통지서를 보냈다. 공명은 그 다음날 결전하기로 알려주고 즉시 여러 장수들을 부르니, 일제히 와서 명령을 듣는데 울지경덕(尉遲敬德)이 청하였다.

"소장(小將)이 비록 못났지만 바라건대 철기군(鐵騎軍) 3천명을 주시면 내일 한바탕 싸우고 항왕을 산 채로 사로잡아 오겠습니다."

공명이 얼굴빛을 엄숙히 하며 말했다.

"항왕의 용맹은 비록 천만 명의 힘이 아주 센 장사(壯士)라도 능히 당할 수가 없으니, 너는 망언을 하지 말라."

울지경덕이 말했다.

"태위(太尉: 제갈공명)께서는 무엇을 겁내십니까? 소장(小將)이 만약 한 번의 전투에서 항왕을 사로잡지 못하면 바라건대 제 목을 베십시오."

공명이 말했다.

"군대에서는 농담으로 하는 말이 있을 수 없으니 문서를 작성하는 것이 좋겠다."

울지경덕이 기꺼이 군령장(軍令狀: 실패하면 목을 바치겠다는 내용)을 써 바치고는 다음날 아침에 철기군(鐵騎軍) 3천명을 거느리고 서주성(徐州城) 밖까지 가서 목소리를 높여 소리쳤다.

"항왕 필부(匹夫)야, 어서 빨리 나오너라."

누군가가 항왕에게 보고하여 알리자, 항왕이 몹시 노하여 창을 들고 말을 달려서 성을 나와 울지경덕을 크게 꾸짖었다.

"너는 어떠한 사람이기에 당돌함이 이와 같으냐? 참으로 이른바 들개가 사나운 호랑이를 두려워하지 않는다는 것이로다."

울지경덕이 말했다.

"나는 당태종(唐太宗) 황제의 부하 명장 울지경덕(尉遲敬德)이다. 이번에 온 것은 바야흐로 한 번 싸워서 족하(足下)를 산 채로 사로잡고 흉한 놈들을 소탕해, 위로는 성스러운 황제의 근심을 해소해드리고 아래로는 장수와 군졸들의 힘듦을 덜어주려는 것이다. 족하는 창을 버리고 말에서 내려 속히 결박을 받는 것이 좋을 것이다."

항왕이 듣고 있노라니 더더욱 화가 나서 말을 몰아 곧바로 울지경덕에게 달려드니, 울지경덕은 구리 채찍을 휘두르며 장검을 빼들고 접전하였다. 싸운 지 10여 합에 이르자 마음속에 두려움이 감돌아 칼 쓰는 법이 점점 어지러워지며 맞서서 겨룰 수가 없는지라 말을 돌려 장차 달아나려는 즈음에, 용저(龍且)가 철기군(鐵騎軍) 300명을 거느리고 사나운 바람과 소나기 같은 모양으로 돌진해와 항왕과 힘을 합치니 혼전을 벌였다. 울지경덕은 대패하였고 거느렸던 3천명도 모두 전사하였다. 그는 겨우 몸만 빠져나와 공명(孔明)을 뵙고 땅에 엎드려 죄를 청하니 공명이 성난 목소리로 크게 꾸짖었다.

"당초에 너에게 망령된 말을 하지 말라고 경계했거늘 너는 듣지 않고서 싸움에 패하여 우리들의 예기(銳氣)를 꺾어놓았으니 그 죄는 만 번 죽어 마땅하며, 또 군대의 명령을 범하였으니 군대는 사사로운 정이 없는지라 어찌 손님 대하듯 존경하며 용서할 수 있겠느냐?"

즉시 좌우의 사람들로 하여금 그를 밖으로 끌어내다 목 베라고 하니, 여러 장수들이 간곡히 아뢰었다.

"울지경덕이 비록 죽을죄를 범하였을지라도 본디 대당천자(大唐天子)가 아끼신 장수인데다 또 이기고 패하는 것은 전쟁에서 흔히 있는 일이거늘, 수많은 적이 모여 있는데 우리 장수를 죽이는 것은 상서롭지 못한 일입니다. 엎드려 바라건대 선생(先生: 와룡선생 제갈공명)은 깊이 헤아려 용서해주소서."

공명은 노여운 기운이 미처 가시지 않은 채 꾸짖었다.

"내가 마땅히 너를 베어 법대로 분명히 처벌해야 하나 때마침 여러 장수들의 간언(諫言)이 있었고 또 당태종(唐太宗)의 체면을 보아서 남은 목숨만을 살려준다. 그러나 군율은 해이해지게 할 수가 없다."

사나운 병졸로 하여금 울지경덕을 잡아다가 곤장을 치라고 재촉하자, 양쪽 볼기의 살가죽이 죄다 찢어지고 터져 붉은 피가 줄줄 흘렀지만 공명은 그래도 곤장 치는 것을 그만두도록 명하지 않았다. 여러 장수들 및 좌우의 주변 사람들이 또 곤장 치는 것을 힘써 말리자, 공명은 비로소 겨우 노여움을 가라앉히고서 소리를 질러 끌어내라고 명하였다.

울지경덕은 곤장을 맞다가 거의 죽을 뻔해 부축을 받고 업혀 나와 병영

(兵營)으로 돌아가서 당태종(唐太宗)을 뵙고, 공명이 호되게 곤장 친 일을 두루 말하였다. 당태종은 즉시 공명을 불러서 꾸짖으며 말했다.

"울지경덕(尉遲敬德)은 짐에게는 맹수의 발톱과 어금니 같은 용사요, 방패와 성 같은 믿음직한 장수이다. 비록 조금 잘못한 것이 있더라도 의당 잘못을 용납하여 감싸주었어야 했고, 또 그를 곤장 치거나 죽이는 것은 짐의 손에 달려 있거늘 경(卿)이 어찌 마음대로 형벌로 곤장을 시행하되 이와 같이 모질 수가 있는가?"

공명이 말했다.

"장수가 전장(戰場)에서 싸우러 나갔다가 한 번 패함에 곧 죽어야 하는 것은 군법이 본래 그러한 것이고 일에 마땅히 그렇게 해야 할 것입니다. 울지경덕의 죄는 목을 베어야 했지만, 특별히 폐하의 체면을 보아서 죽음을 면하도록 하였으니 참으로 다행이라 하겠습니다. 폐하께서는 감사하다고 하지 않으시고 도리어 꾸짖고 나무라기만 하시니, 장군을 아끼시는 것은 깊다고 이를 만하나, 군법이 있는 것으로 알지 못하는 것입니다."

당태종이 노하여 말했다.

"한 번 패하고도 곧 죽어야 한다면, 경(卿)이 예전에 영양(榮陽: 滎陽의 오기)에서 패하고도 형벌을 받지 않고 모가지가 여전히 지금까지 있으니 보전해야 할 군법이 과연 어디에 있다는 것이냐? 이는 이른바 남의 잘못을 꾸짖을 때는 총명해지고 자기를 용서할 때는 어리석어진다는 격이다."

공명은 다시 무엇이라 대답하지 못한 채 고개를 숙이고 부끄러운 기색을 띠며 마음이 몹시 평온하지 못했다.

상(上: 명태조)이 얼굴에 엄정한 빛을 띠며 당태종(唐太宗)에게 말했다.

"공명이 도성 밖의 병권(兵權)을 통제할 임무를 받았으니, 전쟁에서 세운 공적에 따라 상벌을 내리는 것은 모두 도성 밖에서 결정하도록 우리들이 이미 허락한 것입니다. 울지경덕(尉遲敬德)은 곧 부하로 하급 장수이니, 죄가 가벼우면 곤장을 치는 것이 옳고 죄가 무거우면 목을 베는 것이 또한 옳습니다. 지금 그대는 터무니없는 말로 아무 까닭 없이 책망하시니, 이 무슨 도리란 말입니까?"

당태종이 더욱 더 노하여 말했다.

"울지경덕이 공명에게 형벌을 받은 것은 첫 번째 부끄러워할 만한 일이요, 과인(寡人)이 그대에게 모욕을 받은 것은 두 번째 부끄러워할 만한 일입니다. 과인이 비록 용렬하나 어찌 부끄럽게도 편안히 참으며 이곳에 있겠습니까? 이제부터 장차 다른 곳으로 가겠습니다."

상(上: 명태조)이 분연히 말했다.

"과인과 그대는 다 같이 창업주인데, 부평초와 물이 서로 만나듯 비록 다른 시대에 태어났을지라도 같은 때에 만나 마침 일을 같이 주선하여 길이 기쁨과 즐거움을 같이하려 했지만 중도에 갑자기 딴마음이 생겼다면, 이는 이른바 사람의 마음은 헤아리기가 참 어렵고 사람의 일은 알기가 참 어렵다는 격입니다. 성인께서 이르기를, '오는 사람 막지 않고 가는 사람 붙잡지 않는다.'고 하셨으니, 그대가 가고 머무는 것은 의당 마음대로 하는 것인데 내가 그대를 새 새끼의 발을 묶어 날아가지 못하듯 하겠습니까?"

당태종이 이 말을 듣고 분노가 더욱 치솟아 옷을 털며 그 자리에서 일어나 장막을 열어젖히면서 나갔다. 어가(御駕)를 재촉해 본영으로 돌아와서 여러 장수들을 불러 의논하니, 이정(李靖)과 이세적(李世勣)이 말했다.

"공명이 병졸들을 거리낌 없이 제멋대로 통솔하며 상을 내리고 벌주는 것이 불공정하였거늘, 명태조(明太祖)가 망령된 말로써 폐하를 능멸하고 모욕하였는데도 편안히 참으며 모욕을 받으면서 이곳에 있을 수는 없으니 군대를 정돈하고 어가(御駕)를 몰아 조속히 장안(長安)으로 돌아가는 것만 못합니다."

당태종이 말했다.

"짐(朕)은 항왕과 병사들을 연합하여서 분풀이를 하려는데, 경(卿)들은 어떻게 생각하느냐?"

이정(李靖)이 말했다.

"폐하의 말씀은 어쩔 수 없는 사정에서 나온 것이라 하겠습니다. 만약에 그렇게 한다면 밝은 곳을 내버려두고 어두운 곳으로 뛰어드는 격으로 사람들에게 비웃음을 살 것이니, 거취를 이와 같이 해서는 안 될 것입니다."

당태종은 잠자코 말이 없었다.

각설(却說). 울지경덕(尉遲敬德)이 호된 곤장질을 당한 채로 돌아와 장막 안에 누웠는데, 본부(本部)의 편비(編裨: 부하 장수)들이 죄다 와서 문안하고 위로하였지만 울지경덕은 누워서 아무런 말없이 다만 길게 한숨지을 뿐이었다. 이날 밤 삼경(三更: 밤 11시~새벽 1시)에 일어나서 등불을 밝히고 비밀편지를 작성해 소졸(小卒: 졸병)에게 주며 남몰래 서주(徐州)로 가서 항왕에게 바치도록 하였다. 소졸이 비밀편지를 품고 밤중을 틈타 서주성(徐州城) 문밖에 가서 문지기를 불러 깨워서는, 문틈으로 비밀편지를 주며 항왕에게 드리도록 하였다. 항왕이 뜯어보니, 그 편지는 이러하였다.

「죽을죄를 지은 신(臣) 울지경덕(尉遲敬德)은 서초패왕(西楚霸王) 전하께 머리가 땅에 닿도록 수없이 절을 하나이다. 어제 군진(軍陣) 앞에서의 일은 신(臣)이 미친 듯 취한 듯 이성을 잃고서 하늘을 욕하고 해를 꾸짖은 격이니, 그 죄는 마구 죽이는 것이 합당합니다. 요행히도 목 베이는 것을 면하여 엎어지고 자빠지며 병영(兵營)에 돌아왔는데, 공명(孔明)이 패전한 죄를 몹시 꾸짖고 제멋대로 모진 매질의 형벌을 시행하여 거의 죽을 지경에 이르렀으니, 이것을 참을 수 있다면 무엇인들 참지 못하겠습니까? 이 때문에 신(臣)은 어금니를 악물고 이를 갈며 참지 못하다가 장차 그른 길을 버리고 바른 길로 나아가고자 죄과(罪過)를 자복하고 귀순하니, 엎드려 바라건대 전하께서 지난 죄만을 생각지 마시고 제 스스로 새로워질 수 있도록 은혜 내리기를 천 번 만 번 기원하나이다.」

항왕이 보기를 마치고 크게 기뻐하며 말했다.

"울지경덕(尉遲敬德)이 나에게 귀순하면, 나의 공업(功業)은 반드시 이루어질 것이다."

찾아온 군졸에게 즉시 후하게 상을 주어 보내고 그대로 앉아서 울지경덕이 오기를 기다렸다.

이날 밤의 꼭두새벽에 서주성(徐州城)의 문이 열리자, 울지경덕과 따르는 몇 사람이 은밀히 가서 곧바로 서주성의 관아에 이르러 항왕을 알현하였다. 섬돌 아래에서 엎드려 머리를 조아리며 사죄하고 죽여주기를 청하니, 항왕이 맨발로 내려가 울지경덕의 손을 잡고 말했다.

"하늘이 어진 영걸을 냄은 반드시 서로 더불어 큰 공을 이루게 하려고 해서이니, 이는 자연의 이치요 필연의 운수이다. 단지 일찍 오지 않은 것이 한스러울 뿐이다. 비록 그러하나 장군은 당태종(唐太宗)의 우두머리 장수이거늘, 오늘 투항하러 왔으니 응당 주군을 배신했다는 이름이 있을진댄 어떻게 하겠는가?"

울지경덕이 말했다.

"대왕께서 말씀하신 것이 옳습니다. 신(臣)은 청컨대 사리에 당연한 것을 아뢸 터이니, 대왕께서는 시험삼아 들어주십시오. 신(臣)은 당태종에게 있어서 의리로는 임금과 신하 사이이고 친하기로는 아비와 자식 사이와 같아서 고락을 같이하며 생사를 함께하였는데, 어찌 배신할 수 있겠습니까? 지금 신(臣)이 와서 대왕을 뵙는 것은 다만 신(臣) 홀로 투항하려는 것이 아니라 군주의 일을 함께하고자 해서입니다. 삼가 바라건대 대왕께서는 어떻게 이를 처리하시겠습니까?"

항왕은 기쁘면서도 의심스러워하다가 말했다.

"당태종이 어찌 저곳을 버리고 이곳으로 올 리가 있겠느냐?"

울지경덕이 다시 일어나서 절하며 고하였다.

"신(臣)이 듣건대, '낌새를 보아 미리 조치하는 자는 그 일을 필히 이룰 것이고, 형세를 알아 움직이는 자는 그 공업을 마침내 이룰 것이다.'라고 했습니다. 당태종께서 문무(文武)를 겸비한 지혜로 세상을 구제하시고 백성을 편안하게 하신 것은 대왕이 아는 바입니다. 저의 군주께서는 평소에 늘 말씀하시기를, '지금 세상을 볼진댄 대왕의 용맹함만한 것이 없다.'고 하시면서 같은 마음으로 뜻을 합하여 사업을 주선하려 한 지가 진실로 이미 오래되었지만 그 기회를 얻지 못했습니다. 어제 명태조(明太祖)에게 모욕을 당하고 문득 한스러움을 견딜 수 없으시자, 이에 소신(小臣)을 보내어 대왕에게 그 뜻을 전하도록 하였으니, 대왕께서는 의심을 품지 마시기 바랍니다."

항왕은 얼굴에 기쁨이 가득하여 말했다.

"당태종과 나라면 큰일은 반드시 이루어질 것이니, 이들은 진실로 낌새를 보고 형편을 아는 자들이다."

드디어 울지경덕을 후하게 대우하고 보내주니, 울지경덕이 되돌아와서 당태종을 뵙고 항왕의 말을 모두 고했다.

당태종은 다음날 본부(本部)의 여러 장수들과 많은 군졸들을 거느리고 서주(徐州)를 향해 가면서 먼저 사자(使者)를 보내 항왕에게 통지하였다. 항왕은 이를 듣고 성곽을 나가 당태종을 영접해 함께 성안의 공아(公衙: 수령의 처소)로 들어와 윗자리에 손님으로 모셨다. 인사가 끝나자 특별히 큰 잔치를 베풀고 술잔을 올리며 즐기니, 마음이 매우 즐겁고 기뻐서 정이 많이 돈독해졌다. 술에 얼큰히 취한 항왕이 말했다.

"과인(寡人)이 24세 때에 호랑이로 강동(江東)에서 봉기하여 마침내 패업(霸業)을 이루었고, 우리 벗[夫君: 당태종을 가리킴]은 18세 때에 용으로 진수(晉水)에서 날아 또한 제업(帝業)을 이루었소. 영웅의 일은 어찌 이와 같이 비슷하단 말이오? 오늘에 이르러 서로 마주하여 자연스럽게 흉금을 터놓고 마음속의 생각을 드러내며 한자리에서 함께 일을 도모하는 것은 진실로 우연이 아니오."

당태종이 사양하며 말했다.

"과인(寡人)은 그대와 비록 공업이 서로 같다고 할지라도 실로 용맹함에 있어서는 영웅이라고 불리는 칭호보다는 못하니, 어떻게 당할 수 있겠소?"

항왕이 마음속으로 대단히 기뻐하며 말했다.

"과인(寡人)의 용맹은 천하에 대적할 자가 없었고, 그대의 재략은 당대에 진동하였소. 지금 좌우에서 잡아주고 끌어주며 한마음으로 힘을 합해 예주(豫州)에서 제갈량(諸葛亮)의 목을 베고 낙양(洛陽)에서 유계(劉季: 漢高祖 劉邦)를 사로잡는다면 이매(魑魅: 도깨비) 같은 악한 자들을 평정하고 더러운 티끌먼지 같은 세상을 깨끗이 청소하는 것이니, 이는 천년토록 대장부의 통쾌한 일이 될 것이오."

두 사람은 술잔을 주고받으며 대화를 다 할 수 없었으나 날이 저물어 술자리를 마치고 항왕이 당태종에게 말했다.

"과인은 성 안에 둔을 치고 그대는 성 밖에 둔을 쳐서, 사슴의 뒷발을 잡고 뿔을 잡듯 앞뒤에서 서로 호응하면 어떻겠소?"

당태종이 말했다.

"그 말씀 참 좋소."

곧바로 장수와 군졸들을 거느리고 성을 나가서 10리쯤 되는 곳에 영채(營寨)를 배치한 뒤 그대로 묵었다. 다음날 항왕은 주은(周殷)을 보내어 당태종이 오기를 청하며 함께 잔치를 베풀어 즐기자고 하였다. 당태종은 여러 장수들로 하여금 본진(本陣)을 지키게 하고는 즉시 잔치에 갔는데, 몸에는 갑옷을 입지 않았고 손에는 칼을 들지 않았으며, 군대도 데려가지 않고 혼자서 말을 타고 갔다. 성안으로 들어가 공아(公衙: 수령의 처소)에 이르자, 항왕이 그를 영접해 대청에 오르고 좌정한 후에 잔치를 베풀어 정성껏 대접하니, 손님과 주인으로서 두 사람은 흡족하게 취하도록 정겹게 이 야기하다가 날이 저물어서야 흩어졌다. 다음날 당태종이 장손무기(長孫無 忌)를 보내어서 성안으로 들어가 예를 표하며 항왕이 잔치에 참석해주기 를 청하도록 하니, 항왕은 기뻐하면서 가겠다고 허락하였다.

항왕이 길을 떠나려다가 용저(龍且) 등 4명의 장수를 불러 분부하였다.

"당태종이 만 대의 수레를 갖출 수 있는 나라의 황제로서 이틀이나 고 맙게도 나를 찾아와 함께 어울리며 잔치를 하였는데, 오늘 사람을 보내어 나를 청하니 나는 예법에 비추어 볼 때 사례하는 뜻을 표하지 않을 수 없 다. 너희들은 성과 관아를 잘 지켜라."

용저가 간했다.

"옛사람이 이르기를, '연회치고 좋은 연회가 없다.'고 했으며, 게다가 신 (臣)이 오늘 밤에 대왕께서 온몸에 피를 흘리시는데 많은 사람들이 그러한 대왕을 끌고 가는 꿈을 꾸었으니, 이는 매우 상서롭지 못한 조짐입니다. 엎드려 바라건대 대왕께서는 가지 마십시오."

항왕이 미소를 지으며 말했다.

"당태종의 이번 연회(宴會)는 생각건대 반드시 호의로 베푸는 것일 테고, 또 꿈속의 조짐은 모두 근거가 없는 일이니 어찌 믿을 수가 있겠느냐?"

용저가 말했다.

"대왕께서는 만약 어쩔 수 없이 가시는 것이라면 갑옷을 입으시고 칼을 지니고서 군졸들 많이 거느리고 연회에 가십시오."

항왕이 웃으며 말했다.

"당태종은 이틀 동안 연회에 몸에 갑옷과 투구도 하지 않고 손에는 칼 과 창도 들지 않고 다만 단기(單騎)로 왔는데, 지금 나는 사례하는 뜻으로 가면서 어찌 그렇게 하지 않을 수 있느냐?"

용저가 말했다.

"사람의 마음은 진실로 헤아리기가 어려운데도 대왕께서 소탈하고 쉽게 대하기를 이와 같이 하시나, 만일 뜻하지 않은 변란이 미처 어찌할 수도 없는 사이에 일어나기라도 하면 홀몸에 맨손으로 어찌 막아 내시겠습니까?"

항왕이 노하여 꾸짖으며 말했다.

"너는 의심이 많은 사람이로다. 저 당태종은 거짓 없는 참된 마음으로 나를 대우했는데, 나는 어찌 저 당태종과 달리 의혹을 품을 수 있겠느냐? 또 하물며 나의 용맹은 비록 천 만의 힘센 장사(壯士)라도 두려워할 것이 없거늘, 하찮은 무리들을 어찌 족히 마음에 두겠느냐? 게다가 한 자루의 창을 들고 한 필의 말을 타고서 아무 거리낌 없이 제멋대로 짓밟는 것을 너는 보아 아는 바이니, 다시는 망령된 말을 마라."

용저는 마음속으로 매우 즐거워하지 않으며 말했다.

"대왕께서는 조심하시고 주의하십시오."

항왕이 냉소를 지으며 말에 올라 성을 나가 곧바로 당(唐)나라 진영에 이르렀다.

당태종이 직접 진영을 나가 문밖에서 그를 영접해 장막 안으로 데려 들어와 인사치레를 마치고 좌정했다. 그 즉시 연회를 크게 열고 말했다.

"과인(寡人)이 객지에 머물러서 별달리 잔치 음식이 없지만 마침 좋은 술이 있어서 그대와 함께 마시고자 할 뿐이오."

항왕이 기뻐하며 말했다.

"이 무슨 술이오?"

당태종이 말했다.

"이 술의 이름은 향설춘(香雪春)이라 하며, 그 술맛이 달면서 쓰고, 맑으면서 차가우며, 향긋하여 향기에 취할 것 같으나 비록 취하더라도 곧 깨니, 의적(儀狄)이 빚은 것이나 두강(杜康)이 만든 술도 모두 이 술에는 미치지 못하는지라 진실로 천 년 만 년 옛 술 가운데서 최고봉이오. 때문에 세상 사람들은 이 술을 알지 못하지만, 단지 과인(寡人)만이 송고종(宋高宗)과 마셨을 뿐이오."

즉시 소신(小臣)으로 하여금 술을 가지고 와서 연회석에 놓게 하니, 향긋한 냄새가 좌우에 진동하였다. 항왕이 마시고 싶어서 말했다.

"술 내음이 이와 같으니 그 술맛은 알만 한지라 진실로 좋은 술이오."

당태종이 소신(小臣)으로 하여금 한 말[斗]을 담을 수 있는 큰 술잔 하나를 씻어내어 그 술잔에 가득히 술을 따라서 항왕에게 올리도록 하니, 항왕이 술잔을 받아들고 한 번에 다 마셔버렸다. 담소를 나누는 것이 흥미진진하고 호기로운 흥취가 도도하니, 항왕이 당태종에게 말했다.

"과인(寡人)이 옛날 홍문연(鴻門宴)에서 많은 술을 빚어 마음껏 마시면서 진(秦)나라 사슴을 잡아 안주로 삼았지만 오히려 양대로 채우지 못했고, 또 이처럼 좋고 좋은 향설춘 술맛은 있지도 않았소. 이제 그대의 은혜로 과인으로 하여금 처음으로 좋은 술맛을 맛보게 하여 한 번 정신없이 흠뻑 취했으니 감사함을 이기지 못하겠소."

마침내 잇달아 술을 마셔 네댓 잔에 이르도록 모두 한 번에 다 마셔버렸는데, 마실 때마다 번번이 대단히 칭찬을 덧붙여 말했다.

"좋구나, 좋도다. 진실로 만고의 잘 빚은 좋은 술이로다."

또 잇달아 네댓 잔을 마시니 홍조가 얼굴에 가득가게 보였고 말은 알아들을 수가 없었지만, 당태종이 또 술 마시기를 권하니 항왕이 말했다.

"과인(寡人)이 취한 듯하니 폭음해서는 아니 되겠소."

당태종이 말했다.

"이 술은 원래 술이 독해서 처음 네댓 잔을 기우리면 즉시 사람을 얼큰히 취하게 하지만, 만일 계속해서 마시면 비록 십여 잔이라도 정신이 점점 생생해지고 기력이 배로 왕성해지니, 바라건대 그대는 사양하지 마시오."

항왕은 또 대여섯 잔을 마시고 말했다.

"과인(寡人)이 지금 이미 술에 만취하였으니 되돌아갈 수가 없소."

당태종이 말했다.

"과인(寡人)과 그대는 우의가 한 집안이나 같은데, 만일 취하여 돌아갈 수 없다면 곧장 하룻밤 편안히 쉬고 내일 되돌아가는 것도 무방하오."

당태종이 또 술 마시기를 억지로 권하자, 항왕은 몇 잔을 더 마시고서 입으로 말도 못하고 단지 손만 흔들 뿐이었다. 당태종은 몸을 일으켜 스스로 술잔을 잡고서 입에 대고 마셨지만, 항왕은 이내 쓰러져 누워서 인사불성이 되었다. 당태종은 즉시 이정(李靖)·이세적(李世勣)·장손무기(長孫無忌)·울지경덕(尉遲敬德)·설인귀(薛仁貴)·진숙보(秦叔寶)·은개산(殷開山) 등 10여 명의 맹장(猛將)들로 하여금 일제히 손을 움직여 철사 줄, 쇠 목칼, 철망, 철 그물 등으로 항왕을 꽁꽁 결박해 장막 안의 한쪽에 눕혀두게 하였지만, 항왕은 술에 취하여 그것을 알지 못했다.

당태종은 사람을 성 안으로 들여보내어 용저(龍且) 등에게 일렀다.

"항왕이 오늘 연회석에서 좋은 술을 실컷 마시고 취하여 되돌아갈 수가 없다. 또 장군들을 불러 별도로 상의할 것이 있다고 한다."

용저(龍且) 등은 항왕이 성 나가는 것을 전송한 후에 심히 걱정되었는데, 이 말을 듣고서 놀라며 의아해 마지않다가 네 사람은 매우 급히 성을 나가 당나라 진영으로 달려갔다. 군문(軍門) 밖에서 왔음을 알리니, 당태종이 들여보내라고 명하며 말했다.

"그대들의 군주가 이곳에 있으니 와서 보는 것이 좋겠다."

네 사람이 군문 안으로 들어와 급히 층계를 지나 장전(帳殿)에 올라가서 갑자기 항왕이 단단히 결박되어 한쪽 가에 있는데 시신을 염습해놓은 듯한 모양으로 있는 것을 보고 저도 모르게 몸이 벌벌 떨리고 마음이 두려워 서로 얼굴만 물끄러미 바라보면서 묵묵히 말이 없었다. 당태종이 큰 소리로 말했다.

"좌익군과 우익군은 어디 있느냐?"

말이 미처 끝나기도 전에, 이정(李靖)과 이적(李勣: 李世勣의 오기)이 칼을 뽑아들고 들어와 용저(龍且)와 종리매(鍾離昧)의 목을 베고, 울지경덕(尉遲敬德)과 설인귀(薛仁貴)가 칼을 뽑아들고 들어와 주은(周殷)과 계포(季布)의 목을 베었다. 당태종은 즉시 여러 장수들로 하여금 항왕을 들어 융거(戎車: 전쟁에 쓰는 수레) 위에 싣게 하고, 수십 명의 맹장(猛將)들로 하여금 주의 깊게 맡아서 지키도록 한 뒤, 사자를 보내 서찰을 가지고 낙양에 가서 이와 같이 기이하고 좋은 소식을 알리도록 하였다.

각설(却說). 한고조는 낙양(洛陽)에 있다가 항왕이 패하여 건강(建康)으로 돌아간 뒤에 다시 군대를 일으켜 온다는 것을 듣고서 바야흐로 걱정하고 있을 즈음에 갑자기 보고가 있었다.

"당태종이 사자를 보내어 서찰을 가지고 왔습니다."

한고조가 서찰을 뜯어 보니, 대략 이러하였다.

「들건대 치우(蚩尤)가 탁록(涿鹿)에서 난을 일으켰으나 끝내 헌원제(軒轅帝)에게 사로잡혀 죽었고, 사흉(四凶)들은 하늘의 뜻을 거스르다가 결국에 우순(虞舜: 순임금)에 의해 귀양 가서 처형되었고, 상(商)나라 주왕(紂王)은 백성들을 함부로 박해하다가 마침내 무왕(武王)에게 베여 처벌되었으니, 이들은 모두 날래고 사나운 무리들로 반란을 그치지 않다가 끝내 어질고 슬기로운 사람에 의해 사로잡히거나 베여 죽은 자들입니다. 이번에 항왕이 거듭 패하였으나 죽지 않고 곧바로 강동(江東)으로 돌아간 뒤 군대를 일으켜 왔는데, 노기를 품은 소리가 다시 일고 질타하여 고함치는 위엄을 다시금 진동케 하니, 그 형세는 대적하기가 어렵고 그 예봉은 당할 수가 없었습니다. 이 때문에 공명(孔明)이 먼저 기이한 계책을 냈는데, 과인(寡人)이 그에 의거하여 시행하되 거짓 투항하는 것으로서 속이고는 항왕에게 술을 먹도록 하여 취한 틈을 타서 결박하였으니, 이는 사나운 호랑이가 함정에 빠지고 큰 물고기가 낚싯바늘을 삼킨 것과 다름이 없습니다.」

한고조가 보고서 크게 기뻐하여 손이 춤추고 발이 뛰는 것을 알지 못하였다. 이에, 즉시 어가(御駕)를 몰도록 명해 예주(豫州)로 가서 여러 사람들과 인사치례를 마치고 당태종에게 말했다.

"서초(西楚) 포로는 어디에 있소?"

당태종이 말했다.

"초(楚)나라 포로는 다른 곳에 묶인 채로 갇혀 있는데, 지금 곧 올 것입니다."

얼마 되지 않아서 30여 명의 맹장(猛將)들이 항왕을 잡아끌어 와서 섬돌 아래에 이르렀다. 항왕이 비로소 술에서 깨어나 자신의 몸이 결박된 것을 보니 문득 산송장인지라 크게 소리쳤다.

"누가 나를 결박하였느냐?"

항왕이 눈을 뜨고 대청 위를 보니, 한고조가 명태조·당태종·송태조와 함께 연회자리를 크게 벌여놓고 술을 따라 서로 축하하는지라 그 까닭을 알지 못했는데, 반나절 동안 생각하고 나서야 비로소 당태종에게 속은 것을 알았지만 어찌 할 도리가 없었다. 한고조가 미소를 머금고 항왕에게 말했다.

"그대는 무슨 중죄를 지어 이 지경에 이르렀느냐?"

항왕이 듣고서 분하고 한스러운 마음을 이기지 못해 곧바로 한 걸음에 당에 올라 맨손으로 때려잡고 발로 차고 싶었다. 그러나 온몸이 모두 결박되어 손가락 하나 까닥일 수가 없어 땅 위에 그대로 누운 채, 단지 격분해 겹눈동자를 굴리면서 횃불이 타는 듯한 눈빛으로 어금니를 꽉 깨물고 이를 갈면서 말했다.

"나는 평소에 늘 유계(劉季: 유방)를 삼키지 못한 것이 한이었는데, 오늘에 이르러 갑자기 더할 수 없는 큰 치욕을 받으니, 이는 참으로 이른바 '신룡(神龍)'이 물을 잃으면 땅강아지와 왕개미로부터 능멸을 당하고, 사나운 호랑이가 장차 죽음을 앞두면 여우와 토끼로부터 모욕을 당한다.'는 격이다. 또 내가 이 지경에 이른 것은 하늘이 나를 망하게 한 것이지 전쟁을 잘못한 죄가 아니다."

한고조가 말했다.

"재앙이 자기로부터 일어났는데 죽음에 이르러서도 깨닫지 못하고서 허물을 하늘 탓으로 돌리고 있으니, 그대는 지극히 어리석어 전혀 이치를 알지 못하는 자라 할만하다. 황천(皇天)께서 말 없으심은 얼마나 다행이냐? 황천께서 만약 그대를 죄줄 마음이 있으셨다면 의당 일찌감치 천둥 벼락으로 내리치셨을 터라 잠시도 이 세상에 지내게 하지 않으셨을 것이니, 어찌 지금까지 살아서 편안히 지낼 수 있었겠느냐? 그대는 지난날 열 가지 대죄(大罪)가 있었다. 그러므로 내가 광무산(廣武山)에서 대치하며 이미 모두 책망하였으니 다시 말할 필요가 없겠으나, 그대에게 지금 세 가지 대죄가 있는데 그대는 아느냐 알지 못하느냐?"

항왕이 말했다.

"무엇을 세 가지 대죄라 하느냐?"

한고조가 말했다.

"그대가 알지 못한다면 내가 깨우쳐주리라. 그대는 밝은 방향을 버려두고 잘못된 길로 갔으니, 이는 어명을 거역한 것이라 첫 번째 죄이다. 거만하게 남을 비웃고 업신여기고도 저 혼자 잘난 체했으니, 이는 사람의 도리에 벗어난 포악함이라 두 번째 죄이다. 용맹은 있으나 지혜가 없는 것이니, 이는 어리석고 사리에 어두운 것이라 세 번째 죄이다. 그대는 이 세 가지 죄를 지어 그 죄가 무거우니 참으로 만 번 죽어 마땅하다. 따라서 칼과 톱의 형벌과 도끼에 찍혀 죽는 것을 면하기 어려운데도 생존하기를 어찌 감히 바라겠느냐?"

항왕이 말했다.

"바라건대 나의 결박을 풀어서 숨 쉴 수 있게 잠시 동안만이라도 몸을 움직일 수 있도록 해다오."

한고조가 말했다.

"사나운 호랑이를 어찌 결박하지 않을 수가 있겠느냐? 만약 결박을 풀면 반드시 사람을 다치게 할 것이니, 어찌 풀어놓는 이치가 있겠느냐?"

항왕이 말했다.

"그대들은 끝내 나의 결박을 풀지 않을 것이냐?"

평생의 힘을 다 기울여 크게 한 번 소리를 지르자, 소리는 세차게 치는 우레 같고, 용맹은 산을 뽑던 날과 같고 기운은 무쇠 솥을 들어 올릴 때와 같아서 한번 몸을 움직이자 결박했던 철사 줄, 철망, 철 그물 등이 죄다 끊어졌다.

많은 사람들은 다 놀라서 눈을 멀거니 뜨고 보았다. 그리하여 왕전(王剪)·몽염(蒙恬)·한신(韓信)·팽월(彭越)·오한(吳漢)·경엄(耿弇)·관우(關羽)·장비(張飛)·하약필(賀若弼)·한금호(韓擒虎)·이정(李靖)·이세적(李世勣)·울지경덕(尉遲敬德)·설인귀(薛仁貴)·조빈(曹彬)·악비(岳飛)·장준(張浚)·한세충(韓世忠)·서달(徐達)·상우춘(常遇春) 등 20여 명의 맹장(猛將)들이 각기 보검을 들고 그의 목에 대고 베려고 하자, 항왕이 손짓을 하여 제지하며 말했다.

"어린놈들아[小兒輩]! 어찌 이렇게도 무례하단 말이냐? 내 한 마디 말을 하고 죽고자 하니, 그대들은 들어보아라."

한고조가 말했다.

"그대는 죽는 마당에 도대체 무슨 말을 하려느냐?"

항왕이 말했다.

"항적(項籍)은 천하의 대장부이다. 대대로 장수가 나온 가문에 태어나 나이 겨우 24세 때에 오중(吳中)에서 군대를 일으키고 강을 건너 서쪽으로 전진할 때, 향하는 곳마다 대적할 자가 없었고 공격하는 곳마다 모두 격파하였다. 고함치는 소리는 어지러운 세상에 알려져 천 명의 사람이 용기를 잃었고, 질타하는 위엄은 우레처럼 진동하여 만 명의 사내들이 목을 움츠렸다. 거록(鉅鹿)의 전쟁에서 칼 하나만을 휘둘러 진(秦)나라를 격파하고, 수수(睢水)의 승전은 창 하나로 한(漢)나라를 곤경에 빠뜨린 것이다. 힘센 장사(壯士)로 이름나서 몸소 패왕(覇王)이 되었으니, 영웅호걸의 풍모는 한세상을 흔들고 뛰어난 용맹함의 칭호는 천 년이 지나도록 전해질 것이다. 지금에 이르러서 불행히도 끝내 곤욕을 받아 죽을 지경에 들었으니, 내 차라리 스스로 죽을지언정 어찌 어린놈들[小兒輩]로 하여금 칼을 들어 목에 대게 하겠는가?"

한고조가 항왕의 벌거벗은 몸을 보고 웃으며 말했다.

"그대는 지난날 부귀를 얻고서 고향에 돌아갈 때 비단옷을 입어 대낮에 휘황찬란했는데, 그 사이에 어디에서 다 잃어버리고 지금은 몸 가릴 옷조차 없어서 빈한하기가 이 지경에 이르렀단 말인가?"

즉시 소신(小臣)으로 하여금 해어진 군복 한 벌을 가져다가 항왕의 앞에 놓게 하고 잠시 그에게 입도록 하니, 항왕이 손으로 죄다 찢어발기고 길게 탄식하였다.

"하늘과 땅이 뒤집히고 해와 달이 차고 이지러지는 것은 간혹 있을 수 있으나, 어찌 항적(項籍)이 이처럼 곤궁하여 유계(劉季: 劉邦) 앞에서 비웃음 당할 것을 알았겠는가?"

한고조가 말했다.

"그대는 술을 마시고 싶은가?"

항왕이 머리를 절레절레 흔들며 말했다.

"이 물건은 나에게 지극히 사무친 원수가 되어 사람을 미치게 한 약이라 할 만하니 다시는 입에 가까이할 생각이 없다."

한고조가 말했다.

"나와 그대는 예전에 회왕(懷王)의 뜰에서 함께 맹세하여 의형제를 맺었는데, 오늘 그대의 모습을 보고 그대의 일을 생각하니 절로 나도 모르게 불쌍하고 가엾은 마음이 다시 생겨난다. 때문에 한 잔의 술을 마시는 것으로 오랫동안 품었던 정을 표한다."

즉시 번쾌(樊噲)로 하여금 큰 술잔에 술을 따라서 항왕의 앞에 바치게 하였다. 항왕이 눈을 크게 부릅뜨고 노려보며 손으로 받으려 하지 않자, 장비(張飛)가 철편(鐵鞭: 쇠 채찍)으로 그의 등짝을 내리치며 말했다.

"축생(丑生)아, 흔쾌히 마셔라."

항왕이 끝내 받으려 하지 않으면서 손으로 술잔을 가격하자 술잔이 떨어지며 술이 엎어졌다. 한고조가 말했다.

"내가 듣건대 백정(白丁)도 죽음을 맞이하면 부처에게 절하여 유명(幽冥: 저승)의 길을 닦는다고 한다. 지금 그대도 땅에 술을 부어서 저승 가는 길을 열고자 하는 것이냐?"

항왕은 말로 대답하지 않고 단지 길게 탄식만 할 뿐이었다. 반나절이 지나서야 비로소 비장하게 노래하며 분노하고 개탄하였으니, 노래는 이러하였다.

> 힘은 산을 뽑아낼만하고 기개는 세상을 덮을만한데　　力拔山兮氣盖世
> 때가 이롭지 않으니 호랑이도 권세를 잃는구나.　　時不利兮虎失勢
> 호랑이가 권세를 잃으니 다시금 다른 계책이 없고　　虎失勢兮更無計
> 다시금 다른 계책이 없으니 죽을 만도 하구나.　　更無計兮可以斃

노래가 끝난 뒤 이윽고 울어 눈물이 뚝뚝 떨어지는데, 좌우에서 보는 사람들이 모두 애처로워하였다. 한고조가 말했다.

"그대는 살고 싶으냐?"

항왕이 눈물을 거두고 얼굴에 노기를 띠어 말했다.

"사나운 호랑이가 함정에 빠졌다가 요행히 살아난다 한들, 부질없이 여우의 비웃음거리나 되리라. 나는 곧 천고의 영웅이었지만 시대의 운수가 불행하고 이 몸의 운수 또한 몹시 참혹하여 갑자기 죽을 지경에 이르렀으니, 죽으면 죽었지 구차하게 어찌 살기를 구걸해 길이 군소배들의 비웃음거리가 된단 말이며, 무슨 면목으로 세상에 다시 설 수 있겠는가? 나는 지금 죽을 것이니, 청컨대 해골일랑 그대에게 부탁한다."

말이 끝나자, 곁에 있던 사람의 칼을 빼앗아 곧바로 스스로 목을 찔러 죽었다.

아아, 산을 뽑아낼만한 힘과 세상을 덮을만한 기개가 칼끝의 혼[劒頭魂]이 되고 말았다. 한고조는 항왕이 죽고 만 것을 보니 한편으로 기뻐하고 한편으로는 슬퍼하며 그를 위해 한 번 곡(哭)을 하고 왕례(王禮)로 곡성산(穀城山) 아래에 장례를 치렀다.

두 길로 나누어 도원수가 군대를 진격하도록 하고, 천하를 삼분하도록 변사가 병선 한신을 설득하다.

分兩路元戎進軍隊, 定三分辯士說兵仙

화설(話說)。한고조가 항왕을 이미 제거하고 열국(列國)의 제왕들과 함께 군대를 보내어 적을 토벌하는 일을 의논하는데, 제갈량(諸葛亮)이 사직을 아뢰며 말했다.

"신(臣)은 본디 병(病)이 많았는데 여러 해에 걸쳐 정벌하느라 바람을 쐬고 비에 몸을 해치니 병에 병이 겹쳐서 군무(軍務)를 맡아볼 수가 없사옵니다. 엎드려 생각건대 폐하께서는 아끼고 가엾게 여기셔서 신(臣)이 벼슬을 내놓고 물러날 수 있도록 허락해주시면, 다시 남양(南陽)에 눕는 것이 조그마한 소원이옵니다."

한고조가 말했다.

"경(卿)은 곧 짐(朕)의 팔다리요 손발이거늘, 어찌 영원히 돌아가려 한단말이냐? 만약 병으로 군무(軍務)를 맡을 수가 없다면, 당장 도성에 머물며 근본을 누워서 지켜도 된다."

즉시 공명(孔明)으로 하여금 호부상서(戶部尙書) 소하(蕭何)·대사마(大司馬)

곽광(霍光)과 더불어 우림군(羽林軍) 80만을 거느리고 낙양(洛陽)으로 돌아와 지키면서 뜻밖의 변고에 대비하도록 하였으며, 또 그들로 하여금 더한층 두루 병사를 뽑아 군량을 넉넉히 운반하도록 해 모자라거나 끊이지 않게 하였다. 공명 등 세 사람은 사양하다가 물러나와서 명을 받들고 갔다.

한고조는 여러 나라의 장수들을 죄다 불러 여러 부대로 나누어 출병하였다. 곧 제1대는 도원수(都元帥) 한신(韓信)이고 부원수 이정(李靖)이며, 제2대는 표기대장군(驃騎大將軍) 악비(岳飛)이고 관군대장군(冠軍大將軍) 팽월(彭越)이며, 제3대는 정동대장군(征東大將軍) 조빈(曹彬)이고 정서대장군(征西大將軍) 풍이(馮異)이며, 제4대는 정남대장군(征南大將軍) 하약필(賀若弼)이고 정북대장군(征北大將軍) 조적(祖逖)이며, 제5대는 진동대장군(鎭東大將軍) 마수(馬燧)이고 진서대장군(鎭西大將軍) 등우(鄧禹)이며, 제6대는 진남대장군(鎭南大將軍) 이문충(李文忠)이고 진북대장군(鎭北大將軍) 이세적(李世勣)이며, 제7대는 무위대장군(武威大將軍) 유기(劉錡)이고 우리대장군(羽林大將軍) 오한(吳漢)이며, 제8대는 무위대장군(武衛大將軍) 곽영(郭英)이고 토로대장군(討虜大將軍) 한홍(韓弘)이며, 제9대는 파로대장군(破虜大將軍) 몽염(蒙恬)이고 정로대장군(征虜大將軍) 제준(祭遵)이며, 제10대는 진무대장군(振武大將軍) 석수신(石守信)이고 진위대장군(振威大將軍) 탕화(湯和)이다. 하나의 부대마다 정예 기병 10만을 거느리고 형문(荊門)을 나섰는데, 10개 부대의 장수들과 군졸들은 모두 한신(韓信)의 통제를 받았다.

또 일로(一路: 지역)를 나누었으니, 제1대는 대장군(大將軍) 서달(徐達)이고 거기대장군(車騎大將軍) 상우춘(常遇春)이며, 제2대는 진군대장군(鎭軍大將軍) 장준(張浚)이고 무군대장군(撫軍大將軍) 한세충(韓世忠)이며, 제3대는 중군대장군(中軍大將軍) 곽자의(郭子儀)이고 전군대장군(前軍大將軍) 이광필(李光弼)이며, 제4대는 후군대장군(後軍大將軍) 이광(李廣)이고 효기대장군(驍騎大將軍) 곽거병(霍去病)이며, 제5대는 평동대장군(平東大將軍) 왕전(王翦)이고 평서대장군(平西大將軍) 이성(李晟)이며, 제6대는 평남대장군(平南大將軍) 한금호(韓擒虎)이고 평북대장군(平北大將軍) 위청(衛靑)이며, 제7대는 안동대장군(安東大將軍) 혼감(渾瑊)이고 안서대장군(安西大將軍) 굴돌통(屈突通)이며, 제8대는 안남대장군(安南大將軍) 적청(狄靑)이고 안북대장군(安北大將軍) 오린(吳璘)이며, 제9대는 양열대장군(揚烈大將軍) 등애(鄧艾)이고 양무대장군(揚武大將軍) 이소(李愬)이며, 제10대는 양위대장군(揚威大將軍) 등유(鄧愈)이고 분무대장군(奮武大將軍) 이도종(李道宗)이며, 제11대는 분위대장군(奮威大將軍) 설만철(薛萬徹)이고 보국대장군(輔國大將軍) 구순(寇恂)이며, 제12대는 복파대장군(伏波大將軍) 마원(馬援)이고 중견대장군(中堅大將軍) 묘훈(苗訓)이며, 제13대는 귀덕대장군(歸德大將軍) 장한(章邯)이고 유격대장군(游擊大將軍) 잠팽(岑彭)이며, 제14대는 정원대장군(征遠大將軍) 마성(馬成)이고 정변대장군(征邊大將軍) 이효공(李孝恭)이며, 제15대는 호군대장군(護軍大將軍) 강유(姜維)이고 토역대장군(討逆大將軍) 왕전빈(王全斌)이며, 제16대는 진원대장군(鎭遠大將軍) 이한초(李漢超)이고 평원대장군(平遠大將軍) 장궁(臧宮)이며, 제17대는 좌효위대장군(左驍衛大將軍) 이광안(李光顔)이고 우효위대장군(右驍衛大將軍) 가복(賈復)이다. 하나의 부대마다 정예 기병 10만을 거느리고 형양(滎陽)을 나섰는데, 17개 부대의 장수들과 군졸들은 모두 서달(徐達)의 통제를 받았다.

또 수군(水軍)을 보냈는데, 대도독(大都督) 주유(周瑜)와 부도독(副都督) 오개(吳玠)가 수군 50만을 거느리고 형주(荊州)에서 크게 전함(戰艦)을 준비하여 청작(靑雀)과 황룡(黃龍)을 치장한 전병선(戰兵船)이 강물 따라 동쪽으로 내려가 곧바로 건강(建康)을 습격하도록 하였다.

배치를 마치자, 한고조는 여러 나라의 임금들과 함께 어가(御駕)를 정돈하여 낙양(洛陽)에 돌아와서 승전보를 기다렸다.

차설(且說). 남조 송나라 군주는 항왕이 결박되었다가 자살했다는 소식을 듣고서 크게 놀라 여러 사람들을 모아놓고 상의했는데, 조왕(趙王) 석륵

(石勒)이 말했다.

"항왕은 용맹함이야 있었지만 지혜가 없어서 남한테 속임을 당해 몸을 망치고 목숨을 잃었으니 참으로 안타깝습니다. 그러나 나는 그가 반드시 패하리라는 것을 알고 있었습니다."

한창 이야기를 나누고 있을 때, 척후기병(斥候騎兵)이 와서 보고했다.

"한신(韓信)이 몸소 100만 대군(大軍)을 이끌고 거침없이 말을 몰면서 형문(荊門)을 향해 오고 있습니다."

남조 송나라 군주가 다급하게 여러 사람들과 적을 방어할 계책을 함께 논의하니, 모두가 말했다.

"한신(韓信)은 지략과 용맹을 모두 갖추어 싸우면 반드시 이기고 공격하면 반드시 빼앗으니 삼진(三秦: 關中)을 항복시켜 위표(魏豹)를 사로잡고 조(趙)나라와 제(齊)나라의 영토를 차지하였으며, 항왕이 뛰어난 용맹함으로도 해하(垓下)에서 그에게 패하여 낭패를 겪고는 끝내 곤궁해 의기가 꺾여 죽었습니다. 풍운조화(風雲造化)의 도략(韜略)에 통하지 않음이 없고 병졸들을 거느리고 하는 술책에서 병졸이 많으면 많을수록 좋았는지라 천년이 지났어도 병선(兵仙)이라 불리니, 진실로 우려되고 꺼려지며 무서워하고 두려워해야 할 자입니다."

남조 송나라 군주가 말했다.

"우리 여러 나라의 장수들을 두루 살피건대 한신(韓信)을 당할만한 자가 없으니, 이를 장차 어찌하겠는가?"

위왕(魏王) 척발규(拓跋珪: 拓跋珪의 오기)가 말했다.

"한신(韓信)은 단지 군사를 지휘하는 지략이야 있지만 본디 임금에게 충성하는 마음이 없고, 또한 하물며 지난날 한(漢)나라를 위해 천하를 평정하여 공업(功業)이 비록 많았다고는 하나 결국에 주살을 당하였으니 지금까지 한스러울 것입니다. 만약 말솜씨가 아주 능란한 변사(辯士) 한 명을 보내어 지난날의 천하삼분(天下三分)하자는 말로 설득하면 저가 반드시 들을 것입니다."

남조 송나라 군주가 말했다.

"그 계책이 묘하도다. 누가 보낼 만한가?"

말이 끝나기도 전에 승상장사(丞相長史) 장홍책(張弘策)이 앞으로 나아가 말했다.

"신(臣)이 비록 재주가 없지만 청컨대 가서 한신(韓信)을 설득하여 그로 하여금 한(漢)나라를 배반하게 하겠습니다."

남조 송나라 군주가 크게 기뻐하여 즉시 그를 보내기로 허락하자, 장홍책(張弘策)은 삼베옷에 갈포로 만든 두건을 쓴 남루한 차림으로 한 필의 말을 타고 길을 떠나 형문(荊門)을 향해 왔다.

각설(却說). 대한(大漢) 도원수(都元帥) 한신(韓信)은 황명을 받들어 10개 부대와 19명의 대장, 정예병 100만을 거느리고 구불구불 형문(荊門)에 이르러 영채(營寨)를 크게 세우고는 군대를 쉬게 하고 금단(金壇)에 베개를 높이 베고 누워 넓게 장막을 둘렀는데, 갑자기 보고가 있었다.

"강남(江南)의 유생(儒生) 장홍책(張弘策)이 특별히 직접 와서 뵙기를 청합니다."

한신이 즉시 불러들이도록 하니, 장홍책이 들어와 장막 앞에서 인사하자 한신은 자리에 앉게 하고 물었다.

"선생은 누구시오?"

장홍책이 대답했다.

"저는 강남에 사는 사람입니다."

한신이 말했다.

"선생은 무슨 일에 연유되어 멀리서 강호를 건너와 이곳에 왔소?"

장홍책이 말했다.

"제가 온 뜻은 바로 원수 족하(元帥足下)를 뵙고, 장차 막부의 빈객(賓客: 참모)이 되고자 할 뿐입니다."

한신이 놀라 의아해하며 말했다.

"내가 듣건대 선생은 양무제(梁武帝)의 신하라던데, 어찌하여 양(梁)나라를 등지고 왔단 말이오?"

장홍책이 말했다.

"제가 듣건대 좋은 새는 나무를 가려서 깃들고 어진 신하는 임금을 가려서 섬긴다고 합니다. 제가 예전에는 양무제(梁武帝)에게 비록 군신 간의 분수를 지키고 있었지만, 양무제는 나이가 들어 늙으면서 성질이 까다로운데다 오로지 참소와 아첨을 믿고 부도(浮屠: 부처)를 숭상해 섬기며 신(臣)의 말을 전혀 듣지 않아 벼슬에서 물러나 한적한 곳에 살고 있습니다. 얼핏 풍문에 듣건대 원수 족하(元帥足下)의 영걸스럽고 웅장한 명성이 마치 천둥이 옆에서 치는 것만 같아 몸을 의탁하고자 할 때마다 그 길이 없었습니다. 지금에 족하께서 여러 나라의 장수들을 거느리고 100만의 병사들을 몰아 동쪽 아래의 영토를 휩쓰시니, 그 기세는 비록 장강(長江)에 채찍만 던져도 참람한 역적들을 평정할 수 있을 정도라 크나큰 공적을 반드시 이룰 것입니다. 이 때문에 저는 감히 혀만 잘 놀리는 우둔한 사람이지만, 뜻은 준마(駿馬)의 꼬리를 붙잡는데 간절하여 위엄을 무릅쓰고 찾아와서 뵈오니, 엎드려 바라건대 족하께서는 비루한 것으로 여기지 마시고 용납해 거두어 막하(幕下)에 두어주신다면 저는 장차 조그마한 성의일망정 바쳐서 은혜의 만분에 일이라도 보답하겠습니다."

한신은 그의 말을 듣고 머물게 하고서 그와 함께 술을 마시며 종일토록 이야기를 나누었는데, 묻고 답하는 것이 물 흐르듯 거침없는데다 조금도 잘못됨이 없어 지극히 신통하고 지혜로우니, 한신이 그를 기특히 여겼다.

이날 저녁에 그와 함께 잤는데, 한밤중이 되자 딱따기소리가 드문드문

들려올 뿐 주위에 인기척이 없으니, 장홍책이 일어나 청유막(靑油幕: 장수의 군막)의 희미한 등불을 켜고 무릎을 맞대고 가까이 앉아 말했다.

"제가 이번에 온 것은 깊이 그 뜻이 있어서인데, 족하의 의향이 어떠하신지 알 수 없습니다."

한신이 말했다.

"선생의 깊은 뜻이 과연 어디 있단 말이오?"

장홍책이 말했다.

"저의 깊은 뜻은 오로지 족하에게 있지 다른 사람에게 있지 않으니, 이는 진실로 옛사람의 이른바 '초(楚)나라를 위함이지 조(趙)나라만을 위함이 아니다.'는 것입니다."

한신이 말했다.

"선생의 말이 그러하다면 그 뜻은 예사로운 일에 있지 않구려. 나를 위해 그 뜻을 상세히 말해주오."

장홍책이 말했다.

"제가 관상술(觀相術)을 조금 아니, 족하(足下)의 관상을 말해보고자 합니다."

한신이 말했다.

"선생이 정말로 관상을 잘 본다면 찬찬히 보고 하나하나 말해주는 것이 어떻겠소?"

장홍책이 곧바로 한신의 생김새와 골격을 전후좌우로 한번 자세히 살피고 일어났다가 꿇어앉아 말했다.

"제가 족하(足下)의 얼굴을 살펴보니 누런 기운[黃氣]이 양미간에 떠 있는데, 이는 귀인(貴人)의 형상입니다. 비록 한 나라의 제후에 불과하더라도 족하의 등을 보니 용과도 같고 호랑이와도 같아 귀하게 될 것은 이루 다 말로 할 수가 없습니다."

한신이 말했다.

"무슨 말이오?"

장홍책이 말했다.

"현재 한(漢)나라와 남조 송(宋)나라가 서로 다투고 있어 지혜와 용기를 모두 갖춘 자가 등용되어야 하니, 양국의 승패는 결정권이 족하(足下)에게 달려 있습니다. 족하가 한나라에 가담하면 한나라가 승리하고 송나라는 패할 것이며, 송나라에 가담하면 송나라가 승리하고 한나라는 패할 것입니다. 족하가 오늘 만약 한나라를 위하고 송나라를 격파할진댄, 송나라가 망하면 다음은 족하를 취할 것입니다. 족하는 어찌하여 한나라를 배반하고 송나라와 연합하여 천하를 셋으로 나누어 왕 노릇을 하지 않으십니까?"

한신이 얼굴빛을 변하여 사례하였다.

"내가 한고조(漢高祖)를 따르는 것은 은혜로이 지우(知遇)를 입은 것이 깊기 때문이고, 오늘 부여하신 임무가 막중하니 저버릴 수가 없거늘 선생은 어찌 이런 말을 꺼낸단 말이오?"

장홍책이 말했다.

"한고조(漢高祖)의 은혜로운 지우(知遇)와 부여한 임무가 과연 어떠한 것입니까?"

한신이 말했다.

"예전에는 한고조가 나에게 상장군(上將軍)의 인수(印綬)를 주고 나에게 수만의 병사를 주었으며, 심지어 옷을 벗어 나에게 입히고 먹을 것을 나에게 건네주어 먹게까지 하였으며, 내 말을 들어주고 나의 계책을 써 주었으며, 제(齊)나라와 초(楚)나라에 봉해주어 제후왕(諸侯王)이 되었으니, 그 은혜가 이보다 큰 것이 없소. 오늘날에는 원수(元帥)라는 직책에 제수하고 백만의 병사를 주었으니, 나에게 맡겨주신 것이 이보다 무거운 것이 없소. 저 사람이 나를 깊이 친애하고 믿는데, 내가 어찌 차마 등질 수가 있겠소?"

장홍책이 말했다.

"대개 공(功)이라는 것은 이루기는 어려워도 망치기는 쉽고, 때[時]라는 것은 얻기는 어려워도 잃기는 쉽사옵니다. 족하(足下)께서 진실로 저의 말을 들어주신다면 둘 다 이롭고 모두 보존하는 것이니, 천하를 셋으로 나누어 솥발처럼 거하면 그 형세가 감히 먼저 움직이지 못할 것입니다. 제(齊)나라와 초(楚)나라의 옛 땅을 점거하여 교(膠)와 사(泗), 형회(荊淮) 땅을 차지하고, 궁궐 깊숙한 곳에서 두 손을 모아 읍하면서 겸양의 예를 지키면 천하의 군왕들이 서로 거느리고 와서 족하께 조회할 것입니다. 하늘이 주는 것을 취해 받지 않으면 도리어 그 허물을 받고, 때가 이르렀는데도 단호히 행하지 않으면 도리어 그 재앙을 받으리니, 바라건대 족하께서는 재삼 생각하십시오."

한신이 말했다.

"한고조(漢高祖)가 나를 매우 후하게 대우하니, 내 어찌 이익을 따라서 의리를 배반할 수 있겠소?"

장홍책이 말했다.

"용맹과 지략이 임금을 두렵게 하는 자는 몸이 위태롭고, 공(功)이 천하를 뒤덮는 자는 상을 줄 수 없습니다. 지금 족하(足下)께서 임금을 두렵게 하는 위엄을 머리에 이고 상줄 수 없는 공(功)을 가지고서 남조 송나라로 귀의하면 송나라 사람이 믿지 않을 것이고, 한나라에 있으면 한나라 사람이 떨면서 두려워할 것이니, 족하께서는 어디로 돌아가시겠습니까?"

한신이 말했다.

"선생은 우선 쉬시오."

장홍책이 다시 설득하였다.

"족하(足下)께서는 지난날의 일을 생각하지 않으십니까? 무섭(武涉)과 괴철(蒯徹)이 이러한 말로 족하를 위해서 누누이 말했지만 족하께서는 끝내 듣지 않으시다가, 처음에는 포박되니 뒷수레에 실리게 되어 마침내 활은 감춰지고 사냥개는 삶겨진다는 탄식을 하더니 끝내는 아녀자에게 속아 장락궁(長樂宮)의 종실(鍾室)에서 원통하게 죽은 넋이 되고 말았습니다. 이로써 말하건대, 옷을 벗어주고 음식을 먹여준 은혜가 어디에 있습니까? 그리고 지금에 이르러서도 생각하면 어찌 회한이 일어 심하지 않으시겠습니까?"

한신은 이런 말을 처음 듣고 나서야 얼굴색이 변하더니 놀라며 말했다.

"과연 그렇소! 과연 그렇소! 나의 어리석고 사리에 어두움을 선생이 창문을 열듯이 깨우치니, 절로 대번에 크게 깨닫고 근심스레 깊이 탄식하게 하는구려. 내 뜻은 이미 결심하여 굳혔으니 어떻게 해야 하겠소?"

장홍책이 말했다.

"족하(足下)의 고명한 용맹과 지략은 보통사람이 대적할 바가 아닙니다. 일은 당연히 결심하신 대로 하십시오."

한신이 말했다.

"이 일은 서둘러서 행해서는 아니 되고, 두 곳이 접전하기를 때맞춰 기다렸다가 그 접전하는 곳으로 가서 그 사태를 살핀 뒤에 도모해도 될 것이오."

그래서 장홍책을 장막(帳幕)의 안에 머물게 하고 즉시 병을 핑계 대며 전쟁에 관한 일을 살피지 않다가, 서찰을 한고조(漢高祖)에게 올려 몸에 병이 생겨서 군무(軍務)를 볼 수 없다고 고하였다. 또 형양(滎陽)에 사람을 파견해 서달(徐達)에게 병세를 알리고 그로 하여금 진군하여 먼저 싸우도록 하였는데, 서달은 한신(韓信)에게 딴마음이 있음을 알고서 상우춘(常遇春)으로 하여금 영채(營寨)의 울타리를 단단히 지키도록 하고 단기필마(單騎匹馬)로 예주(豫州)에 달려갔다.

차설(且說)。 한고조는 한신의 서찰을 보고 한편 놀라고 한편 의아하여 즉시 병부시랑(兵部侍郞) 진래(陳來: 陳平의 오기)로 하여금 가서 한신의 병을 탐문토록 하였다. 진평(陳平)이 황명을 받들어 영양(榮陽: 滎陽의 오기)에 이르러서 먼저 부원수(副元帥) 이정(李靖)을 찾아보고 말했다.

"원수(元帥)의 병은 어떠한가?"

이정이 말했다.

"나는 비록 보지 못했지만 한신의 소식을 전해 들으니, 잠자고 먹는 것이 평소와 같은데다 마음도 전혀 병들지 않았다고 한다."

진평이 말했다.

"원수가 거느리는 사람 중에 근래 새로 온 사람이 있지는 않는가?"

이정이 말했다.

"들건대 강남(江南)에 살고 있는 유생 장홍책(張弘策)이 원수를 만나고 막부(幕府)의 빈객이 되었다 한다."

진평이 미소를 짓고는 한신을 만나지 않은 채 즉시 예주(豫州)에 되돌아와 한고조를 뵙고 말했다.

"한신은 이미 배반하려는 마음을 품고 있어서 거짓으로 병에 걸렸다고 말한 것입니다."

한고조는 오히려 믿지 못했는데, 갑자기 보고가 있었다.

"공명(孔明)이 왔습니다."

한고조가 불러 들어오도록 하여 한신의 편지를 공명에게 주니, 공명이 살펴보고는 아뢰었다.

"한신은 반드시 배반하려는 마음을 품고 있는데 장차 어떻게 처리하시겠습니까?"

한고조가 말했다.

"경(卿)은 어떻게 한신의 배반을 아느냐?"

공명이 대답했다.

"한신이 도망해온 병졸로서 원수(元帥)가 되었지만, 그의 마음은 바로 시장에서 이익을 구하던 잡배들이 임금에게 충성을 품지 않는 마음이며, 게다가 괴철(蒯徹)의 계책을 쓰지 않은 것을 죽을 때까지 한스러워한 것은 아주 오랜 세월 동안 모두가 아는 바입니다. 지금 대군(大軍)을 이끌고 출전해야 할 때가 되어서는 반드시 딴마음을 품은 데다 또 말솜씨가 능란한 변사(辯士) 한 명이 이해타산을 따지며 설득하였기 때문에 거짓으로 병을 핑계 대고 떨쳐 일어나 군대를 출동시키지 않는 것입니다. 배반하려는 기운이 이미 드러났으니 다시 의심할 것도 없습니다."

한고조가 말했다.

"그렇다면 어찌해야 하겠느냐?"

공명이 말했다.

"한신은 지략과 용맹을 모구 갖추었으니 만약 한 번 군사를 일으켜 배반한다면, 끝내 도모하기가 어렵습니다. 오늘밤 폐하께서는 그들이 생각하지 못한 틈에 공격하여 그 성채로 신속히 들어가서 결박하여 사로잡는다면 이는 다만 힘깨나 쓰는 한 사람의 일일 뿐으로 이른바 갑작스런 천둥소리에 미처 귀를 가리지 못한다는 것입니다."

한고조가 말했다.

"그 계책이 묘하도다."

바로 그날 밤 서달(徐達)과 거리낌 없이 길을 떠나 자신들을 한(漢)나라 사자(使者)라 칭하고 새벽에 한신이 있는 성벽 안으로 말을 치달려 들어가니, 이정(李靖)은 마중 나와 뵈었으나 한신은 아직도 일어나지 않았다. 한고조는 그가 누워 있는 방 안으로 나아가서 그의 인장(印章)과 병부(兵符)를 빼앗고 그 자리서 장홍책(張弘策)의 목을 베었다. 한신이 비로소 일어나 그제야 한고조가 온 것을 알고 크게 놀랐는데, 속마음이 다 드러나고 계략을 꾸민 것이 모두 탄로된 줄 알고서 고개를 움츠린 채로 명을 기다렸다. 한고조는 원수(元帥)의 칼, 인장과 병부, 문서와 패물을 서달(徐達)에게 주면서 유시(諭示)하였다.

"두 갈래의 군대는 경(卿)이 마땅히 직접 거느리되 정벌은 기어코 성공하라."

서달(徐達)은 사양하지 못하고 명을 받들어 물러났다.

한고조는 즉시 무사(武士)로 하여금 한신을 결박하고 뒷수레에 싣도록 해 예주(豫州)에 이르자 조옥(詔獄: 황제의 특명으로 죄인을 감금하는 감옥)에 가두고는 여러 나라의 임금과 신하들을 모아서 의논하였다.

"한신의 일을 장차 어떻게 처리하여야 하겠소?"

상(上: 명태조)이 말했다.

"한신이 비록 반역을 꾀했다고는 하나, 배반하려는 형세가 구체적으로 이루어지지 않았으니 죽여서는 아니 됩니다. 지금 용서하고 논하지 말며 그대로 두고 묻지 말아서, 공신(功臣)의 대를 보전하여 태산(泰山)과 황하(黃河)에 대한 맹세로 하여금 다시는 천 년 만 년이 지나도록 또한 비웃음이 없게 하는 것이 좋겠습니다."

한고조는 그 말을 옳게 여겨서 곧 한신을 용서하고 불의후(不義侯)로 삼아 낙양(洛陽)에 머무르게 하였다. 한신은 곧 한고조에게 편지를 올렸으니, 그 편지는 이러하였다.

「죽을죄를 지은 신(臣) 한신이 몸을 깨끗이 하고 거적을 깔고서 간과 쓸개를 헤쳐 피를 흘리듯 속마음을 조금도 숨기지 않고 천지(天地)와 부모 같으신 황제 폐하께 다급한 목소리로 호소하나이다.

신(臣)이 듣건대 신하의 죄로 반역(反逆)보다 더 큰 것이 없고, 천지와 같은 은혜로 다시 올바른 생활을 시작하도록 하는 재생(再生)보다 더 큰 것이 없다고 하였습니다. 이미 반역하였다고 하였으니 이 세상에서 어떻게 용서되겠으며, 또 재생할 수 있도록 해주셨으니 다시 어찌 관직을 바랄 수 있겠습니까? 신(臣)이 지난 시대의 일은 이미 원통하고 한스러운 바가 있었지만, 오늘의 은총은 또 감격하기 이를 데 없으니 예로부터 지금까지 감히 사양할 수 있겠습니까?

신(臣)은 회음(淮陰) 출신의 비천한 필부였습니다. 집이 본래 빈궁하고 몸에 재주도 없고 능력도 없는데다 본디부터 왕이나 제후의 씨가 아니니 어찌 분수에 맞지 않은 욕망이 있었겠습니까? 군대에 관한 일을 대강 익혀 항상 공을 세울 뜻이 간절했습니다. 그러했지만 뜻과 도량이 보잘것없어 강가에서 밥을 얻어먹고도 바로 기뻐하였고, 마음속이 겁쟁이라서 시정 무뢰배의 가랑이 밑을 기어나가 살길을 찾았으니, 제 한 몸의 생활을 도모해 나갈 계책과 혼자서 능히 몇 사람을 당해낼 만한 용기가 없었음을 알 수 있습니다. 이 때문에 항량(項梁)이 회수(淮水)를 건널 무렵 칼을 차고 따랐지만 그의 휘하에서 이름이 알려진 바가 없었으며, 항우(項羽)가 관중(關中)에 들어갈 무렵 집극(執戟)으로서 그를 섬겼지만 또 낭중(郎中)으로서 올린 계책들이 효과가 없었습니다. 굶주린 곰이 산을 내려간다는 노래를 부르며 일찍 홍문연(鴻門宴)에서 참된 주군을 알아보고 좋은 새가 나무를 가려서 앉는 뜻을 품고, 곧 조도(鳥道)로 뒤좇아 돌아가고자 산에 있던 나무꾼에게 길을 묻고 신기(辛奇)라는 사람의 객점(客店)에 묵었으니 정처 없이 떠돌아다니는 행색이고 불안정한 나그네 발자취였을 것입니다. 등공(滕公: 夏侯嬰)을 만나서 중형(重刑)의 주벌(誅罰)을 면할 수가 있었고, 승상 소하(蕭何)를 보고서 특출한 병법을 간추려 이야기하였습니다. 다행히도 황제폐하께서 밝음이 해와 달을 아우르시고 도량이 강과 바다처럼 넓으셨던 데에 힘입었으니, 망명 중인 신(臣)을 거두고 전쟁하는 데에 신(臣)을 발탁하면서 비루함을 따지지도 않으시고 못났는지 어리석은지 묻지도 않으셨습니다. 좋은 날을 택해 몸과 마음을 깨끗이 하고는 단(壇)을 설치해 놓고 공경히 예우하여 신(臣)에게 상장군(上將軍)의 인수(印綬)를 주며 천하의 일을 자문하시고 신(臣)에게 수만의 군대를 주며 도성 밖의 일을 부탁하시면서 옷을 벗어 신(臣)에게 입히고 먹을 것을 신(臣)에게 건네주어 먹게까지 해주셨습니다. 신(臣)이 임무를 받으면서 몹시 두려웠지만 그 은혜의 감사함을 가슴에 새겨서 외람되이 비휴(貔貅) 같은 용맹한 군대를 거느리고 개나 말 정도의 하찮은 힘일지언정 바칠 작정이었습니다. 그래서 폐하의 명성과 위엄으로, 폐하의 크나큰 복으로 1년 뒤에 삼진(三秦: 關中)을 평정하였고, 2년 뒤에 위표(魏豹)를 사로잡았고, 3년 뒤에 연(燕: 趙의 오기)나라를 항복시켰고, 4년 뒤에 제(齊)나라를 정복하였고, 5년 뒤에 해하(垓下)에서 초(楚)나라 항우(項羽)의 목을 베었습니다. 폐하께서 비로소 신(臣)을 대장부로 인정하시어 제나라를 보전할 왕으로 삼으셨으며, 또 신(臣)을 으뜸 공신(功臣)으로 책훈하시어 초(楚)나라 왕으로 봉해주셨습니다. 이름은 삼걸(三傑)의 반열에 있었고, 벼슬은 천승지존(千乘之尊)인 제후왕(諸侯王)에 있었습니다. 폐하께서 신(臣)을 대우하심이 이같이 후하셨고 폐하께서 신(臣)을 귀하게 여기심이 이같이 지극하셨습니다. 비록 요(堯)임금과 순(舜)임금이 총애한 직(稷)과 설(契), 탕왕(湯王)과 무왕(武王)이 신임한 이윤(伊尹)과 여상(呂尙)일지라도 이보다 더할 수는 없습니다.

그러했는데도 신(臣)은 실로 내세울 만한 공적 없이 지극히 어리석고 또 둔하였는지라, 폐하의 특별한 은혜를 저버린 것이 진실로 이미 많았고 폐하의 두터운 정을 멀리한 것이 또 이처럼 많습니다. 신(臣)의 죄와 허물은 신(臣) 스스로도 아는지라, 신(臣)이 일일이 들어 아뢰겠습니다. 수수(濉水)에서의 패배 때 신(臣)은 핑계 대고 따르지 않았는데, 이는 임금을 속인 것으로 죄야 벌을 주는 것이 마땅하였지만 폐하께서는 그대로 버려두고 묻지 않으셨으니 첫 번째 용서이었습니다. 조(趙)나라 성벽에 임하셨을 때 신(臣)은 누워 있으면서 일어나지 않았는데, 주상에게 오만한 것으로 죄야 삭직(削職)하는 것이 마땅하였지만 폐하께서는 상국(相國)으로 삼았으니 첫 번째 용서 이후에 또 두 번째 용서를 더 해주셨습니다. 전씨(田氏) 제(齊)나라를 평정했을 때 신(臣)이 임시 왕[假王]으로 삼아 달라고 청했는데, 분수에 지나치는 행동을 한 것으로 죄야 벌을 주는 것이 마땅하였지만 폐하께서는 그 자리서 나아가게 하였으니 진실로 두 번째 용서 이후에 또 세 번째 용서를 더 해주셨습니다. 고릉(固陵)에서의 전투 때 신(臣)이 약속 모임에 오지 않았는데, 군율에 어긋난 것으로 죄야 목을 베는 것이 마땅하였지만 폐하께서는 땅을 나누어주며 왕으로 삼았으니 세 번째 용서 이후에 네 번째 용서를 더 해주신 것에까지 미쳤습니다. 초(楚)나라에 처음 갔을 때 군대를 도열해 놓고 출입하여 어떤 사람이 신(臣)을 모반하려 한다고 고했는데, 극악한 역적(逆賊)으로 죄야 일족이 몰살되는 것이 마땅하였지만 폐하께서는 즉시 함부로 죽이지 않고서 뒷수레에 신게 하여 잠시 동안의 목숨이라도 다시 연장하였고 낙양(洛陽)으로 돌아온 날에는 벌을 기다리게 하였으면서도 폐하께서는 아끼고 걱정하는 마음으로 관대한 법을 써서 특별히 은혜로운 전지(傳旨)를 내려 열후(列侯: 불의후)로 봉하였으니 네 번째 용서 이후에 또 다섯 번째 용서를 더 해주셨습니다. 이 다섯 번째까지의 용서는 모두 마땅히 용서하지 않아야 할 것에서 용서하신 것입니다. 이로써 말할진댄 다섯 번 용서하고서 그치지 아니하고 반드시 여섯 번 용서하는데 이를 것이며, 여섯 번 용서하고서 그치지 아니하고 반드시 일곱 번 용서하는데 이를 것이며, 일곱 번에서 열 번에 이르기까지 열 번에서 백 번에 이르기까지 일마다 모두 용서하실 것이니, 이는 폐하께서 끝내 신(臣)을 죽이지 않으려는 것입니다. 신(臣)이 엎드려 생각한 것이 이에 미치고 보니, 비로소 생명은 보전할 수 있고 사람의 말은 두려워할 것이 없다는 것을 알았습니다. 황제의 은혜는 매우 특별하시나 신(臣)의 죄는 다함이 없으니, 용서를 여러 차례 하면 할수록 범죄는 더욱 중해질 것이고 은혜가 깊으면 깊을수록 저버림이 더욱 많아질 것은 신(臣)이 말해 무엇을 하겠습니까? 신(臣)이 괴철(蒯徹)을 꾸짖을 것도 못되지만 곧 음흉하고 도리에 어그러진 사람이었으니, 스스로 포악한 걸왕(桀王)의 개가 되어 감히 성군(聖君) 요(堯)임금을 보고 짖어대야 한다면서 신(臣)에게 한(漢)나라를 배반하도록 설득하고 신(臣)에게 천하를 삼분하라고 권하였지만, 신(臣)이 아무리 어리석고 사리에 어두울지라도 어찌 들어줄 수가 있었겠습니까? 직분으로는 의당 잡아서 보내어 바치고 천벌을 받도록 해야 했으나, 다만 그 무분별하고 망령된 말로 폐하를 번거롭게 할 수가 없었기 때문에 꾸짖고 받아들이지 않았으며, 응하지 않고 물리쳤습니다. 지금에 와서 생각해 보건대, 저도 모르게 마음이 분하고 기막히며 가슴이 떨리고 몸이 떨려서 곧바로 그 살을 베어 먹고 그 살갗을 이불 삼으려고 하지만 결국에는 될 수가 없으리니, 어떤 탄식인들 이에 미치겠으며 어떤 한탄인들 이와 같겠습니까? 신(臣)의 죄악은 이루 다 말할 수가 없는데, 비록 남산(南山)의 대나무를 죽간(竹簡)으로 만들어 써도 이루 다 적기가 어렵고 동해(東海)의 바닷물을 다 쏟아 써도 이루 다 씻어내기가 어려우며 머리털을 다 뽑아도 헤아리기가 오히려 부족하니, 스스로 용서하지 못할 것은 자명합니다. 다만 한 토막의 모호한 말로 지금 폐하께 원통함을 호소하오니, 황제 폐하의 매우 밝으신 판단으로 지극히 신령한 우정(禹鼎)처럼 치우침 없는 덕을 온화하게 내리시어 세세히 살펴주십시오.

신(臣)은 본래 초(楚)나라 사람입니다. 초나라 사람으로서 초나라에 가게 되었는데 빈천했던 몸이 부귀한 지위에 올랐으니, 입신출세한 이의 긴 소매가 고향땅을 그리워함에 춤추었고 밝은 대낮에 비단옷을 입고서 고향으로 돌아갈 뜻이 간절했습니다. 그러므로 초나라에 이르던 날과 현(縣)을 순행할 때에 널리 왕의 위엄을 보이기 위해 병장기를 크게 펼치고, 새의 깃털로 아름답게 꽂은 깃발을 벌여놓고, 북과 나팔, 생황과 단소를 연주하면서 영화로움을 동네 어르신들에게 자랑하고 의기양양한 마음을 아녀자들에게 나타내고자 했으니, 이는 참으로 천박하고 천박한 생각이요 보잘것없는 하찮은 일이라서 진실로 당연히 사람들에게 비웃음을 받으리라고는 여겼지만 이것을 반역으로 생각하리라고는 깨닫지 못했습니다. 그러나 사람들이 못하는 말이 없었으니, 위로 성스러운 덕을 더럽히며 천필(天蹕: 御駕)에까지 미치자 운몽(雲夢)에 엄숙히 오시고 목민관(牧民官)들을 모두 진주(陳州)에 모이게 하셨습니다. 운몽(雲夢)은 초나라 땅이고 진주(陳州)는 초나라 경계이니, 신(臣)이 초나라의 왕으로 직분상 당연히 왼손에는 채찍과 활을 쥐고 오른손에는 활집과 화살통을 차고서 국경 밖으로 마중 나가 만나 뵙고자 폐하를 모시는 대열에 나아갔습니다. 그런데 마음에 즉시 절로 의심쩍기를, '천자(天子)가 지방을 순수(巡狩)하며 제후들의 조회를 받는 것이 비록 옛 제도에 있었을지라도, 폐하가 오늘 불시에 대궐 밖으로 거둥하는 것은 무슨 의도인가? 항씨(項氏: 항우)를 이미 멸망시켰으니 초나라 땅에 다시는 걱정거리가 없고, 이기(利幾)를 이미 주벌하였으니 초나라 경계에 다시는 반적(叛賊)이 없을진댄, 어떤 자가 신에게 죄가 있음을 고하여 장차 견책을 더하려는 것인가? 만약 그럴 것 같다면 폐하가 이미 먼저 용서해놓고 구태여 나중에 다스릴 필요가 있겠는가?' 하였습니다. 여러 모로 생각하고 헤아려도 그 까닭을 알지 못하였는데, 갑자기 종리매(鍾離昧)가 항적(項籍)의 옛 장수였고 폐하께서 평소에 증오했던 자인 것이 생각났습니다. 그 자가 지친 새처럼 되어 신(臣)에게 의탁해와 신(臣)은 지난날 교분을 맺었기 때문에 그를 받아들여 살게 했는데, 폐하께서 어쩌면 그것을 듣고 아셨을 것이리니 임금과 신하의 의리는 중하고 친구간의 은혜는 가벼운

지라 차라리 종리매(鍾離昧)를 저버릴지언정 감히 폐하를 저버리겠습니까? 이런 까닭에 그의 머리를 베어서 주상께 청탁하였으니, 위로는 폐하의 원수를 갚고 아래로는 신(臣)의 행적을 의심하고 위태롭게 여기는 것을 해명하려 했던 것입니다. 그러나 죄를 지은 것이 산더미처럼 쌓였는지라 가마솥에 삶겨 죽는 형벌이라도 분수로 여겼으나, 폐하께서는 끝내 형벌로 죽이지 않으시고 또한 제후로 봉하고 작위까지 더하시니, 이야말로 신(臣)이 눈물 흘리면서 감격하여 죽고자 해도 죽을 곳이 없는 것입니다. 그러하지만 주상께서 진희(陳稀: 陳豨의 오기)를 공격하였을 때 신(臣)이 병으로 따라가지 않았기 때문에 어떤 자가 신(臣)이 배반하려 한다며 고발하자, 여 황후(呂皇后)는 신(臣)을 조정에 들어오도록 부르고 상국(相國) 소하(蕭何)는 신(臣)을 속여 억지로라도 축하하라고 했으니, 두우정(杜郵亭)에서 자결한 칼은 부질없이 백기(白起)의 한이 되었고 촉루검(屬鏤劍)은 속절없이 자서(子胥)의 원한이 되었지만 종실(鍾室)에서 죽은 원통한 넋은 아직도 폐하께 호소하지 못하여 천 년 동안 한스러움만 쌓였습니다.

오늘에 이르기까지 속세의 지난 인연이 다하지 않아 저승의 옛길이 다시 밝아져 임금과 신하들이 서로 모이고 상하가 서로 즐거워하였습니다. 폐하께서 다시 신(臣)에게 원수(元帥)라는 직책을 내리시고 신(臣)에게 토벌하는 일을 맡기시니, 뜻이 맞는 임금과 신하가 서로 만난 감격스러움은 비록 기러기 털이 순풍을 만나고 큰 물고기가 커다란 못을 만났을지라도 오히려 그 뜻을 다 비유할 수가 없습니다. 이때에 이르러 형문(荊門)으로 출병하던 날 강남(江南)의 유생 장홍책(張弘策)이 찾아와서 괴철(蒯徹)이 지난날에 했던 말로 되풀이해서 신(臣)을 설득하였습니다. 신(臣)은 생각이 여기에 미치자 저도 모르게 마음이 온통 전율을 느끼고 머리털이 오싹하더니 이윽고 병이 생겨서 군무(軍務)를 맡아볼 수가 없었는데, 뭇사람들이 못하는 말이 없어서 위로는 주상의 귀를 현혹하고 신(臣)의 범죄는 반역이라고 하기에 이르렀습니다. 반역하려는 신하는 하루라도 이 세상에서 용납할 수 없는데, 신(臣)이 비록 성질이 모질고 도리에 어긋날지라도 이러한 무거운 죄를 지고 이러한 악명을 지니고서 어찌 하루아침인들 통후(通侯: 列侯)의 반열에서 편안하겠습니까? 삼가 생각건대 폐하께서 신(臣)에게 벼슬을 내렸던 교지(教旨)를 거두시고 신(臣)을 형벌에 따라 죽이시면, 신(臣)은 비록 오늘 죽을지언정 그 죽음도 오히려 지하에서 달게 여기겠습니다. 만약 폐하께서 신(臣)에게 얼마 안 되는 공로가 있어서 차마 주벌할 수가 없으시면 즉시 그 봉작(封爵)을 삭탈하고 서민으로 만들어 고향 마을로 추방해 보내주십시오. 회음(淮陰)으로 돌아가도록 해주신다면 회음은 신(臣)의 고향이니, 친척과 친구들이 사는 곳이고 선조의 무덤과 집안들이 있는 곳입니다. 물러나 초야에 묻혀서 강호에 한가로이 누워 지내며, 성스러운 시대의 늙은 신하였던 것을 달게 여기고 스스로 천자(天子) 조정에서 늙고 공로가 많은 장수였음을 일컫겠습니다. 그동안 저지른 죄를 돌이켜 기술하였지만, 평소에 은혜로 대우해주시고 죽은 목숨을 다시 살도록 특별히 베풀어주신 것을 늘그막에 유유자적하면서 고향의 이웃 노인장들에게 자랑하겠습니다. 하찮은 소원이 여기서 영원히 끝날 수 있도록, 엎드려 바라건대 그 만남을 살피시고 그 마음을 가련히 여기시고 그 죄를 용서하시고 그 청을 들어주소서. 신(臣)은 너무나도 감격스러우나 제 자신이 지은 죄를 알기에 황공하여 머리를 조아리면서 어찌할 바를 몰라 몸의 전율이 지극합니다.」

한고조가 그 글의 뜻을 보고서 매우 가엾게 여겨 즉시 관직을 거두고 고향마을로 돌아가도록 추방하니, 한신은 여러 번 절을 거듭하며 사례하고 회음(淮陰)으로 되돌아갔다.

원수 서달은 반란군을 모두 포로로 잡고, 한고조는 여러 공신들을 삼등으로 봉하다.

徐元帥一場虜羣僭, 漢太祖三等封諸功

각설(却說). 남조 송나라 군주가 장홍책(張弘策)이 참수되고 한신(韓信)이 고향으로 돌아갔다는 소식을 듣고서 여러 사람들과 함께 군대를 보내는 것에 대해 의논하였다. 여러 나라의 장수들은 각기 부대가 정해졌으니, 제1대는 도원수(都元帥) 모용각(慕容恪)이고 부원수(副元帥) 고환(高歡)이며, 제2대는 대사마(大司馬) 백안(伯顏)이고 대장군(大將軍) 올출(兀朮)이며, 제3대는 거기대장군(車騎大將軍) 주덕위(周德威)이고 표기대장군(驃騎大將軍) 종각(宗慤)이며, 제4대는 관군대장군(冠軍大將軍) 모용수(慕容垂)이고 진군대장군(鎭軍大將軍) 곡률광(斛律光)이며, 제5대는 무군대장군(撫軍大將軍) 위예(韋叡)이고 중군대장군(中軍大將軍) 왕사정(王思政)이며, 제6대는 전군대장군(前軍大將軍) 모용한(慕容翰)이고 후군대장군(後軍大將軍) 곡률금(斛律金)이며, 제7대는 호군대장군(護軍大將軍) 이소영(李紹榮)이고 효기대장군(驍騎大將軍) 고오조(高敖曹)이며, 제8대는 정동대장군(征東大將軍) 하로기(夏魯奇)이고 정서대장군(征西大將軍) 유원경(柳元景)이며, 제9대는 정남대장군(征南大將軍) 배방명(裵方明)이고 정북대장군(征北大將軍) 약원복(藥元福)이며, 제10대는 진동대장군(鎭東大將軍) 모용소종(慕容紹宗)이고 진서대장군(鎭西大將軍) 단도제(檀道濟)이며, 제11대는 진남대장군(鎭南大將軍) 고행주(高行周)이고 진북대장군(鎭北大將軍) 심경지(沈慶之)이며, 제12대는 평동대장군(平東大將軍) 이사소(李嗣昭)이고 평서대장군(平西大將軍) 사애(謝艾)이며, 제13대는 평남대장군(平南大將軍) 왕비(王羆)이고 평북대장군(平北大將軍) 후안도(侯安都)이며, 제14대는 안동대장군(安東大將軍) 이필(李弼)이고 안서대장군(安西大將軍) 왕진악(王鎭惡)이며, 제15대는 안남대장군(安南大將軍) 이주영(爾朱榮)이고 안북대장군(安北大將軍) 곡률선(斛律羨)이며, 제16대는 무위대장군(武威大將軍) 곽숭도(郭崇韜)이고 우림대장군(羽林大將軍) 위효관(韋孝寬)이며, 제17대는 무위대장군(武衛大將軍) 정오(丁旿)이고 토로대장군(討虜大將軍) 장시(張偲)이며, 제18대는 파로대장군(破虜大將軍) 이한지(李罕之)이고 정로대장군(征虜大將軍) 심전자(沈田子)이며, 제19대는 진무대장군(振武大將軍) 부복애(傅伏愛)이고 진위대장군(振威大將軍) 갈종주(葛從周)이며, 제20대는 양열대장군(揚烈大將軍) 안금전(安金全)이고 양무대장군(揚武大將軍) 고장공(高長恭)이며, 제21대는 양위대장군(揚威大將軍) 강자일(江子一)이고 분무대장군(奮武大將軍) 부홍지(傅弘之)이며, 제22대는 복파대장군(伏波大將軍) 이존효(李存孝)이고 중견대장군(中堅大將軍) 양사후(楊師厚)이며, 제23대는 귀덕대장군(歸德大將軍) 하발승(賀拔勝)이고 유격대장군(游擊大將軍) 무행덕(武行德)이며, 제24대는 정원대장군(征遠大將軍) 이숭(李崇)이고 정변대장군(征邊大將軍) 달해무(達奚武)이며, 제25대는 진원대장군(鎭遠大將軍) 왕혜룡(王慧龍)이고 평원대장군(平遠大將軍) 부언경(苻彦卿: 符彦卿의 오기)이며, 제26대는 토역대장군(討逆大將軍) 모용농(慕容農)이고 보국대장군(輔國大將軍) 유지준(劉知俊)이며, 제27대는 좌효위대장군(左驍衛大將軍) 장영덕(張永德)이고 우효위대장군(右驍衛大將軍) 설가단(薛柯檀: 薛阿檀의 오기)이다. 하나의 부대마다 정예 기병 5만을 거느리고 잇달아 전진하여 다 죽이기로 하였다.

차설(且說). 도원수(都元帥) 대장군(大將軍) 서달(徐達)이 황제의 명을 삼가 받들어 여러 나라의 장군과 군졸들을 이끌고 앞으로 나아가 맹저(孟諸)의 백리(百里)나 되는 넓은 벌판에 이르러 군진(軍陣)을 펼쳐 배열하니, 대장이 54명이고 정예기병이 270만이었다. 원수는 높이 지휘대[將臺] 위에 앉고 그 지휘대 아래에 여러 장수들을 불러 모았는데, 왼손에는 금도끼를 쥐고 오른손에는 흰 깃발을 잡고서 지휘하며 말했다.

"그대들의 창을 들고 그대들의 방패를 나란히 하고 그대들의 세모창을 치켜들고 모두 이 맹세를 들어보라! 미련한 적들이 천자의 위엄을 알지 못하고서 감히 대국과 원수가 되어 우리 도성 근교에까지 침략하였다. 지금 우리는 황제의 명을 공경히 받들어 엄하게 천벌을 행하니, 오늘의 싸움은 의당 한 걸음 두 걸음, 세 걸음 네 걸음, 다섯 걸음 여섯 걸음을 넘어서지 말고, 일곱 걸음에는 그만 멈춰서 전열을 정돈하고 이를 지키기에 힘써야 하느니라. 여러 군대들도 한 번 공격 두 번 공격, 세 번 공격 네 번 공격, 다섯 번 공격 여섯 번 공격을 넘지 말고 일곱 번 공격에는 그만 멈춰서 전열을 정돈하고 이를 지키기에 힘쓸지어다. 여러 군대들은 바라건대 용맹스럽게 싸우기를 호랑이 같이 비휴 같이 곰 같이 큰 곰 같이 하여서 이 전쟁을 이기고 이를 지키기에 힘쓸지어다."

여러 군대에게 다짐하는 명령이 끝나자, 즉시 조빈(曹彬)·상우춘(常遇春)·악비(岳飛)·이정(李靖)으로 하여금 정예기병 50만을 이끌고 맹저(孟諸)의 동쪽에 매복하게 하고, 곽자의(郭子儀)·이광필(李光弼)·장준(張俊: 張浚의 오기)·한세충(韓世忠)으로 하여금 정예기병 50만을 이끌고 맹저의 서쪽에 매복하게 하고, 위청(衛靑)·곽거병(霍去病)·하약필(賀若弼)·한금호(韓擒虎)로 하여금 정예기병 50만을 이끌고 맹저의 남쪽에 매복하게 하고, 팽월(彭越)·조적(祖逖)·마수(馬燧)·혼감(渾瑊)으로 하여금 정예기병 50만을 이끌고 맹저의 북쪽에 매복하게 하였다. 원수(元帥)는 친히 여러 장수들과 함께 70

만 기병을 이끌고 스스로 대부대를 이루어 적을 맞았다.

차설(且說). 남조 송나라 군주는 여러 나라의 제왕 및 장수와 군졸들과 함께 구불구불 잇달아 나아가서 맹저(孟諸) 앞에 이르자 군진(軍陣)을 펼쳐 배열하였다. 또 전장군(前將軍) 왕언장(王彦章)·좌장군(左將軍) 하무기(何無忌)·우장군(右將軍) 장자(張蚝)로 하여금 별도로 대채(大寨)의 앞에 하나의 진영을 설치하게 하였는데, 이른바 왕언장은 후당(後唐) 하북(河北)의 이름난 장수로 왕철창(王鐵槍)이라 불린 자이고, 장자는 부진(苻秦: 前秦) 관중(關中)의 이름난 장수로 큰 소를 거꾸로 타고 내달려 성을 넘은 자이다.

양 진영은 각자 둥글게 대치하였는데, 원수 서달(徐達)이 몸에는 황금 쇄자갑(鎖子甲: 갑옷)을 입고, 머리에는 희디흰 은보(銀寶)가 빛나는 투구를 쓰고, 왼손에는 8장(八丈: 80척)의 긴 창을 잡고, 오른손에는 100근의 큰 칼을 잡고, 가랑이 사이로는 대완마(大宛馬)라는 천리(千里) 준마(駿馬)를 타고 군대의 안에서 나는 듯이 나와 진영 앞에 서니, 사람은 진짜 신선 같았고 말은 나는 용 같았다. 왼쪽의 세 장수는 곧 전장군(前將軍) 조운(趙雲), 좌장군(左將軍) 설인귀(薛仁貴), 좌선봉(左先鋒) 울지경덕(尉遲敬德)이고, 오른쪽의 세 장수는 곧 도선봉(都先鋒) 호대해(胡大海), 우장군(右將軍) 장비(張飛), 우선봉(右先鋒) 마초(馬超)이다.

원수 서달(徐達)이 크게 소리쳤다.

"적장은 속히 나오너라."

남조 송나라의 진영에서 도원수(都元帥) 모용각(慕容恪)이 서로 맞붙어 싸우기 위해 말을 타고 나갔는데, 싸운 지 50여 합에 이르러 정신이 혼미해지고 칼 쓰는 법이 점차 제멋대로였다. 모용수(慕容垂)가 자기의 형을 보니 싸우려는 사기가 이미 꺾였는지라 곧바로 기세를 돕기 위해 나오자, 원수 서달(徐達)이 왼손으로는 칼을 쥐고 모용각을 감당하였으며 오른손으로는 창을 잡고 모용수를 찔러 말 아래로 떨어뜨렸다. 남조 송나라의 진영에서

주덕위(周德威)와 종각(宗慤) 등 10여 명의 맹장(猛將)들이 일제히 협공하기 위해 말 타고 나오자, 원수 서달(徐達)은 적장(敵將)들이 떼 지어 나오는 것을 보고 불같은 성미가 발끈하며 크게 소리쳤다.

"너희들이 비록 천만인들 애써 할 것도 없다."

칼을 날렵하게 휘두르고 창을 휘둘러 네댓 명 장수의 목을 베고 팔다리를 끊으면서 곧장 중군(中軍)을 치는데 마치 날개 치며 빠르게 나는 듯했다. 남조 송나라 진영의 장수들이 바야흐로 적을 맞아 싸우려는 즈음에 사방에서 매복병들이 일제히 뛰쳐나왔는데, 동쪽에서는 조빈(曹彬)·상우춘(常遇春)·악비(岳飛)·이정(李靖)이 있었고, 서쪽에서는 곽자의(郭子儀)·이광필(李光弼)·장준(張俊: 張浚의 오기)·한세충(韓世忠)이 있었고, 남쪽에서는 위청(衛靑)·곽거병(霍去病)·하약필(賀若弼)·한금호(韓擒虎)가 있었고, 북쪽에서는 팽월(彭越)·조적(祖逖)·마수(馬燧)·혼감(渾瑊)이 있었다. 각기 정예 기병 50만을 거느리고 회오리바람과 소나기가 몰아치듯 한꺼번에 습격해 오자, 남조 송나라 진영의 장수와 군졸들은 혼비백산하여 능히 저지하지 못하고 각자 살길을 찾았으나 찾을 길이 없었다. 원수 서달(徐達)이 정신을 가다듬어 기력을 배가해 동쪽으로 충돌하고 서쪽으로 돌진하면서 남쪽으로 날고 북쪽으로 떠오르며 가는 곳에는 적도들의 머리가 가을바람에 떨어지는 나뭇잎 같았다. 짓밟고 있을 즈음에 바로 여포(呂布)를 만났는데, 원수 서달(徐達)이 크게 한마디로 꾸짖고 그의 머리를 베어 말 아래로 떨어뜨렸다. 270만 대군(大軍) 중에서 마치 무인지경을 다니듯 하였으니, 적장(敵將)들이 아무리 용맹스러운 자라 하더라도 어찌 감당할 수 있으랴. 한바탕 몰아쳐서 휩쓸어 죽이니 시체는 쌓여 들판에 깔리고 피는 흘러 강물을 이루었는데, 모용각(慕容恪)과 고환(高歡)은 모두 산 채로 사로잡혔고 올출(兀朮)과 단도제(檀道濟) 등 죽은 자가 수십 명이었다. 남조 송나라 군주는 자기의 대군(大軍)이 한 번 싸우다가 여지없이 패하여 다시 일어나지 못하고 싸울 마음이 없는 것을 보고서 즉시 제왕들과 함께 허둥지둥 변방으로 달아났는데, 감히 서주(徐州)로 들어가지 못하고 수양성(睢陽城)으로 바꾸어서 달아나 성문을 굳게 닫고 굳게 지켰다.

원수 서달(徐達) 휘하의 군대가 내달려 성 아래에 도착하여 길게 포위망을 구축하고 지켰을 때는 날이 이미 어두워지고 있었다. 그날 밤 삼경(三更: 밤11시~새벽 1시)에 남조 송나라 군사 중에서 성을 지키던 자가 동서남북 4개의 성문을 활짝 열어젖히고 황제의 군대를 들이니, 원수 서달(徐達)이 군대를 이끌고 성에 들어가 공관(公館: 公衙)에 이르렀다. 남조 송나라 군주 이하 어느 한 사람도 달아난 자가 없이 모두 사로잡혔는데, 곧장 포박하여 옥리(獄吏)에게 넘겨 참하도록 명하였으니 당시의 역적 왕망(王莽)·동탁(董卓)·적양(翟讓)·원술(袁術)·두건덕(竇建德)·왕세충(王世充)·소선(蕭銑)·설거(薛擧)·유흑달(劉黑闥)·안록산(安祿山)·주차(朱泚)·이회광(李懷光)·이희열(李希烈)·오소성(吳少誠)·황소(黃巢)·장사성(張士誠)·진우량(陳友諒) 등 17인이었다. 그리고 선비와 백성들을 불러 모아서 유시하여 모두 전처럼 편안히 지내도록 하였으며, 승전보를 지어 한고조에게 아뢰었으니 다음과 같다.

「대사마(大司馬) 대장군(大將軍) 도원수(都元帥) 신(臣) 서달(徐達)이 네 번 절하고 대한(大漢) 태조고황제(太祖高皇帝) 폐하께 서찰을 올리나이다.

신(臣)이 삼가 생각건대 예전에 유묘(有苗)가 완악하고 패역하여 순(舜)임금의 교화에 귀의하지 않았으므로 우(禹)임금이 두 섬돌 사이에서 간우(干羽)를 춤추어 끝내 70일 만에 감복케 하였고, 험윤(玁狁)이 매우 극성스럽게 주(周)나라 선왕(宣王)의 국도(國都) 주변을 침입해왔으므로 방숙(方叔)이 경수(涇水)의 북쪽에까지 융거(戎車)와 말을 내보내어 마침내 세 번 싸워 이기는 공훈이 있었으니, 이는 모두 어진 왕의 교화가 미친 것이고 왕의 위엄이 미친 것입니다.

근래에 남조 송나라 군주 유유(劉裕)가 한미한 행적을 지닌 고루한 시골 늙은이로서 도당(徒黨)들을 불러 모으고 창과 방패를 마음대로 훔쳐 하늘 아래서 항거하며 우물이나 연못 속에서 날뛰는 것을 스스로 당연한 것으로 여겨 군사를 일으켜 소란을 피우며 옛 관례를 일삼으려 합니다. 생각건대 우리 대한(大漢) 태조고황제, 대명(大明) 태조고황제, 대송(大宋) 태조고황제, 대당(大唐) 태종고황제 폐하께서는 마지못해 군대를 부리시며 장수에게 군사들을 출정시켜서 나라를 어지럽히는 모략을 막도록 하셨습니다.

맹장(猛將)들이 구름처럼 모여들고 용맹스런 군사들이 별처럼 벌여 있는데, 유독 폐하께서만 특별히 신(臣)에게 도원수(都元帥)라는 직책을 내리시고 도성 밖의 일을 맡기시니, 신(臣)은 못나고 어리석은 자질로 지극히 중대한 직책을 받아 몸에는 갑옷을 입고 투구를 쓰고 손에는 칼과 창을 들고서 한 번 출전하여 공을 이루었으며, 수십 명 천자의 목을 묶어서 막부(幕府) 아래에 잡아다 놓고 황제의 명을 기다리고 있습니다. 왕망(王莽)·동탁(董卓)·적양(翟讓)·원술(袁術)·두건덕(竇建德)·왕세충(王世充)·소선(蕭銑)·설거(薛擧)·유흑달(劉黑闥)·안록산(安祿山)·주차(朱泚)·이회광(李懷光)·이희열(李希烈)·오소성(吳少誠)·황소(黃巢)·장사성(張士誠)·진우량(陳友諒) 등 이들은 모두 당시에 분수도 모르고 반역함이 극심하여 이 세상에 잠시라도 그대로 둘 수가 없었으므로 신(臣)이 황제의 명을 기다리지 않고 즉시 칼로 베어 죽였습니다. 그리하여 성대한 축하의 정성을 가눌 수가 없습니다. 삼가 노포(露布: 봉하지 않은 상주문)를 받들어 아룁니다.」

승전의 서찰이 예주(豫州)에 도착하자, 한고조는 여러 제왕들과 다 읽고 나서 크게 기뻐하며 말했다.

"예로부터 이름난 장수들 중에서 비록 한 번 출전하여 공을 이룬 자야 많소만 서달(徐達) 같은 자는 있지 않소. 마땅히 공을 논하여 상을 내려서 큰 공로에 보답해야겠소"

즉시 서달(徐達)을 진왕(秦王)으로 제수하고 병부시랑(兵部侍郎) 진평(陳平)을 보내니, 진평이 조서(詔書)와 인장(印章)을 가지고 군문(軍門)에 이르렀다. 서달(徐達)이 돗자리를 깔고 그를 맞이한 뒤에 네 번 절하고 무릎을 꿇고서 조서를 받아 읽어보니, 그 조서는 다음과 같다.

「짐(朕)이 듣건대 대개 비상한 공이 있으면 반드시 비상한 벼슬을 제수해야 한다고 하였다. 지금 경(卿)은 한 번의 싸움에 수십 명의 천자를 사로잡았으니, 이는 천년이 다하고 만고의 세월이 지나도 없을 것이리니 역목(力牧)이 치우(蚩尤)를 사로잡은 것과 태공(太公)이 상신(商辛: 紂王)을 죽인 것도 오히려 그 웅장한 기세를 비유하기에 부족하리로다. 경(卿)이 세운 큰 공은 짐(朕)이 보답할 수가 없으나 다만 경(卿)을 진왕(秦王)으로 제수하노니, 대사마(大司馬) 대장군(大將軍) 도원수(都元帥)도 예전대로 겸직하라.」

서달(徐達)은 조서(詔書) 읽기를 다 마치고서 즉시 여러 군대들로 하여금 개선(凱旋)해 가도록 하고 또 서찰을 올렸으니, 다음과 같다.

「대사마(大司馬) 대장군(大將軍) 도원수(都元帥) 진왕(秦王) 신(臣) 서달(徐達)은 진실로 두려워하여 머리가 땅에 땋도록 조아리며 백 번 절하고 또 대한(大漢) 태조고황제(太祖高皇帝) 폐하께 글을 올리나이다. 신(臣)은 지금 조그마한 재주[百里之才]로 감히 한 가지 계책을 내어 비록 큰 공을 이루었지만, 이는 모두 여러 성스러운 제왕들의 크나큰 복[洪福]과 여러 장수와 군사들의 용맹에 기인한 것이지 신(臣)에게 무슨 공이 있어서 신(臣)이 어찌 이에 참여할 수 있겠습니까? 그러나 폐하께서는 신(臣)을 비루하다 여기지 않으시고 신(臣)을 장대한 인물로 인정하시어 특별히 은혜로운 교지(敎旨)를 내려 제후왕(諸侯王)으로 제수하시니, 신(臣)은 황공해서 몸 둘 바를 모르겠고 감히 이를 감당할 수가 없습니다. 왕망(王莽) 등 17명은 비록 극악한 역적이라 할지라도 신(臣)이 황제의 명을 기다리지 않고 벌을 주었으니, 제 분수에 지나치게 행한 참람죄(僭濫罪)를 신(臣)은 감히 사양하지 못하겠습니다. 엎드려 생각건대 폐하께서는 신(臣)에게 벼슬을 내린 교지를 거두고 그 죄를 다스리시는 것이 신(臣)의 지극한 바람입니다.」

한고조는 그 글을 보시고 또 조서(詔書)를 내려 포상하게 하였다.

서달(徐達)이 회군해 예주(豫州)에 이르러서 한고조에게 포로들을 바치자, 한고조가 일어나 그를 맞이하면서 그의 손을 잡으며 말했다.

"경(卿)이 나라를 위해 세운 공로[勳勞]는 아주 오랜 세월의 만고에 찾아보더라도 견줄 만한 경우가 흔하지 않을 것이라서 인의예지(仁義禮智) 사덕(四德)을 갖춘 사람이라 할 만하도다."

서달(徐達)이 머리를 조아리며 백 번 거듭 절하고 사양해 말했다.

"신(臣)은 어리석고 못났는데 폐하께서 어찌 그리도 칭찬하시고 장려하시는 것이 이와 같으십니까?"

한고조가 말했다.

"경(卿)이 전쟁터를 치달리면서 한 사람이라도 함부로 죽이지 않았으니 이는 인(仁)이며, 흉악한 역도들을 사로잡아서 곧바로 벌을 시행하였으니 이는 의(義)이며, 분수에 넘치는 행동을 한 참월자(僭越者)를 사로잡아서 황제의 명을 기다렸으니 이는 예(禮)이며, 한 번 출전하여 수십 명의 천자들을 생포하였으니 이는 지(智)이도다. 짐(朕)의 말이 정도에 꼭 들어맞으니, 경(卿)은 사양하지 말라."

서달(徐達)이 다시 머리를 조아리며 절하고 감사해하자, 한고조가 술 한 잔을 따르게 하고서 친히 일어나 상(上: 명태조)에게 주며 말했다.

"이와 같은 신하가 있으니 실로 축하하는 바이오."

상(上: 명태조)도 감사의 뜻을 나타내고 한창 이야기를 나누고 있을 때, 갑자기 보고가 있었다.

"수군(水軍) 대도독(大都督) 주유(周瑜)와 부도독(副都督) 오개(吳玠)가 수군 50만을 이끌어 건강(建康)을 습격하여 격파하고 황제를 참칭했던 자들의 물건을 취하여 그 공을 바쳤습니다."

한고조는 모두 칭찬하고 상을 주었다.

한고조는 여러 제왕들과 더불어서 장수와 군사들을 거느리고 어가(御駕)

를 갖추어 낙양(洛陽)으로 돌아왔다. 남궁(南宮)에서 성대한 연회를 열고는 남조 송나라 군주 이하 포로로 잡혀온 사람들의 결박을 죄다 풀어주면서 각기 대청에 올라앉게 하였다. 마침내 제왕들의 앉는 자리의 차례를 배정하고서 한고조가 상(上: 명태조)에게 청하였다.

"나는 주인이라는 이유로 망령되게 맹주(盟主)의 지위에 있었지만 부끄럽기 그지없었고, 그대의 공적은 백왕(百王)의 으뜸이니 의당 윗자리에 앉아야 하오."

상(上: 명태조)이 말했다.

"오늘의 일은 마땅히 여러 나라의 임금·신하들과 명확하게 논의해야 하겠지만, 공적[功烈]과 덕업(德業)이 넓고 크게 탁월한 이가 마땅히 맹주가 되어야 할 것입니다."

한고조가 곧 뭇사람들에게 널리 물으니, 뭇사람들이 모두 말했다.

"한나라 당나라 송나라 명나라 등 네 나라의 창업 군주 중에서 마땅히 한 분을 정하여 맹주(盟主)로 삼아야 하겠지만, 우리들의 소견으로는 한고조가 좋겠습니다."

어사대부(御史大夫) 급암(汲黯)이 홀로 말했다.

"폐하께서는 선비를 멸시하고 잘 꾸짖었으며 도학(道學)에 우매하시니 맹주로 모시기에 불가합니다."

간의대부(諫議大夫) 위징(魏徵), 시어사(侍御史) 저수량(褚遂良), 감찰어사(監察御史) 조변(趙抃) 등이 급암(汲黯)의 죄를 탄핵하여 아뢰었다.

"임금이 있는 조정에서 임금을 대면해 힐책하는 것은 신하로서의 예가 없으니 매우 불경스럽습니다."

급암(汲黯)이 성난 목소리로 꾸짖었다.

"그대들은 간쟁(諫諍)하는 직위에 있으면서 임금에게 바른 도[正道]로 간하는데 힘쓰지 아니하고 아첨하여 임금을 불의에 빠지도록 하느냐?"

이에, 좌승상(左丞相) 정호(程顥) 이하 모두가 아뢰었다.

"급암(汲黯)은 남의 밑에 있으면서 윗사람을 비방하고 조정에서 같은 반열에 있는 사람을 꾸짖었으니 무례하기가 극심한지라, 마땅히 그 죄를 의논하여야 합니다."

한고조가 말했다.

"이 신하는 평소에 외고집으로 유명했지만 직언을 하면 옳으니 무슨 잘못이 있겠느냐?"

곧바로 자리를 비우고 양보하였다. 이에, 상(上: 명태조)이 말했다.

"옛말에 이르기를, '강한 손님은 주인을 억누르지 않는다.'고 했으니, 이는 격언(格言)입니다. 임금께서는 사양치 마십시오."

여러 제왕들도 말했다.

"삼대(三代: 夏殷周) 이후로 창업의 공을 세운 이들이야 비록 많을지라도 한고조와 같은 이는 없으니, 마땅히 공정한 의론에 따라서 고금의 시비를 분별해야 할 것입니다."

한고조는 이에 마지못해 제일 윗자리에 앉고서 제왕들의 앉는 자리의 차례를 정하였으니, 2번째 자리는 명나라 태조, 3번째 자리는 송나라 태조, 4번째 자리는 당나라 태종, 5번째 자리는 후한(後漢) 광무제(光武帝), 6번째 자리는 촉한(蜀漢) 소열제(昭烈帝), 7번째 자리는 북송(北宋) 신종(神宗), 8번째 자리는 당나라 헌종(憲宗), 9번째 자리는 전한(前漢) 무제(武帝), 10번째 자리는 수(隋)나라 문제(文帝), 11번째 자리는 진(秦)나라 시황제(始皇帝), 12번째 자리는 진(晉)나라 무제(武帝), 13번째 자리는 당나라 숙종(肅宗), 14번째 자리는 남송(南宋) 고종(高宗), 15번째 자리는 동진(東晉) 원제(元帝), 16번째 자리는 초(楚)나라 패왕(覇王), 17번째 자리는 남송(南宋) 군주(君主: 劉裕), 18번째 자리는 제(齊)나라 군주(君主: 蕭道成), 19번째 자리는 양(梁)나라 군주(君主: 蕭衍), 20번째 자리는 진(陳)나라 군주(君主: 陳覇先), 21번째 자리는 후량(後梁) 군주(君主: 朱全忠), 22번째 자리는 후당(後唐) 군주(君主: 李存勖), 23번째 자리는 후진(後晉) 군주(君主: 石敬瑭), 24번째 자리는 후한(後漢) 군주(君主: 劉知遠), 25번째 자리는 후주(後周) 군주(君主: 郭威)이었다.

또 집 모퉁이에 별도로 앉는 자리를 배설하였는데, 1번째 자리는 호한(胡漢) 군주 유연(劉淵), 2번째 자리는 위(魏)나라 왕 척발규(拓跋珪), 3번째 자리는 조(趙)나라 왕 석륵(石勒), 4번째 자리는 연(燕)나라 왕 모용황(慕容皝), 5번째 자리는 진(秦)나라 왕 부견(苻堅), 6번째 자리는 북제(北齊) 군주 고양(高洋), 7번째 자리는 주(周)나라 군주 우문각(宇文覺), 8번째 자리는 남당(南唐) 군주 이황(李煓: 李煜의 오기), 9번째 자리는 촉(蜀)나라 군주 공손술(公孫述)이었으니, 이들은 만이융적(蠻夷戎狄)의 사방 오랑캐를 나타내기 때문에 중국의 의로운 군주들과 함께할 수 없었다.

자리의 차례가 정해지자 각자 자신의 자리를 차지하여 앉았는데, 술이 나오고 풍악이 울리면서 술잔이 오고가고 술안주가 성대히 차려지니 사람마다 기뻐하고 저마다 즐거워하였다. 연회가 끝나자, 한고조가 말을 하였다.

"오늘의 공적은 고금에 없는 바인데 모두 여러 장수들의 힘을 빌려서 이에 이르렀으니, 의당 세 등급의 작위(爵位)로서 봉지(封地)를 나누어 각각 도덕과 공적이 있는 신하에게 하사하여 문관과 무관을 아울러 등용하는 방법을 밝히는 것이 좋겠소."

이에 명하였으니, 다음과 같다.

좌승상 左丞相	위왕 魏王	한기 韓琦
우승상 右丞相	노왕 魯王	정호 程顥
태사 太師	도국공 道國公	주돈이 周敦頤
태부 太傅	연국공 兗國公	소옹 邵雍

소부	온국공	사마광
少師	溫國公	司馬光
소부	휘국공	주희
少傅	徽國公	朱熹
동평장사	미국공	장재
同平章事	郿國公	張載
시강	낙국공	정이
侍講	洛國公	程頤
추밀원사	송국공	방현령
樞密院使	宋國公	房玄齡
상서령	서국공	이강
尙書令	徐國公	李綱
이부상서	오국공	범중엄
吏部尙書	吳國公	范仲淹
호부상서	패국공	소하
戶部尙書	沛國公	蕭何
예부상서	창국공	한유
禮部尙書	昌國公	韓愈
형부상서	형국공	송경
刑部尙書	荊國公	宋璟
공부상서	양국공	육지
工部尙書	襄國公	陸贄
도찰원도어사문연각태학사	촉국공	소식
都察院都御史文淵閣大學士	蜀國公	蘇軾
통영전학사	영국공	구양수
通英殿學士1)	穎國公	歐陽脩
광록대부	유후	장량
光祿大夫	留侯	張良
어사대부	회양후	급암
御史大夫	淮陽侯	汲黯
국자좨주	광천후	동중서
國子祭酒	廣川侯	董仲舒
한림학사	야낭후	이백
翰林學士	夜郎侯	李白
단명전학사	위남후	육유
端明殿學士	渭南侯	陸游
보문각학사	금릉후	송렴
寶文閣學士	金陵侯	宋濂
문장각학사	용문후	사마천
文章閣學士2)	龍門侯	司馬遷

1) 通英殿學士(통영전학사): 端明殿學士를 <왕회전> 상권의 4회에 따라 수정한 것임.
2) 文章閣學士(문장각학사): 天章閣學士를 <왕회전> 상권의 4회에 따라 수정한 것임.

간의대부 諫議大夫	초후 譙侯	위징 魏徵
좌광록대부 左光祿大夫	숭양후 崇陽侯	문언박 文彦博
우광록대부 右光祿大夫	충산후 衝山侯	이필 李泌
도찰원도어사문연각직학사 都察院都御史文淵閣直學士	미양후 眉陽侯	소철 蘇轍
집금오 執金吾	말릉후 秣陵侯	조정 趙鼎
좌금자광록대부 左金紫光祿大夫	진양후 晋陽侯	장손무기 長孫無忌
우금자광록대부 右金紫光祿大夫	완구후 宛邱侯	부필 富弼
좌은청광록대부 左銀靑光祿大夫	이천후 伊川侯	육고 陸賈
우은청광록대부 右銀靑光祿大夫	개봉후 開封侯	조보 趙普
경조윤 京兆尹	하남후 河南侯	종택 宗澤
좌풍익 左馮翊	양양후 襄陽侯	양호 羊祜
우부풍 右扶風	광릉후 廣陵侯	해진 解縉
추밀부사 樞密副使	호서후 湖西侯	유기 劉基
좌복야 左僕射	강후 絳侯	배도 裵度 ·
우복야 右僕射	진후 陳侯	고경 高熲
이부시랑 吏部侍郎	소후 韶侯	장구령 張九齡
호부시랑 戶部侍郎	성고후 成臯侯	유안 劉晏
예부시랑 禮部侍郎	하서후 河西侯	요숭 姚崇
병부시랑 兵部侍郎	곡역후 曲逆侯	진평 陳平
형부시랑 刑部侍郎	기양후 歧陽侯	두여회 杜如晦
공부시랑 工部侍郎	하내후 河內侯	장화 張華
태위지내외병마정토사	제왕	제갈량

太尉知內外兵馬征討事	齊王	諸葛亮
병부상서	조왕	관우
兵部尙書	趙王	關羽
대사마대장군천하병마도원수	진왕	서달
大司馬大將軍天下兵馬都元帥	秦王	徐達
표기대장군	초왕	악비
驃騎大將軍	楚王	岳飛
관군대장군	양왕	팽월
冠軍大將軍	梁王	彭越
거기대장군	연왕	상우춘
車騎大將軍	燕王	常遇春
진군대장군	오왕	장준
鎭軍大將軍	吳王	張浚
무군대장군	월왕	한세충
撫軍大將軍	越王	韓世忠
중군대장군	진왕	곽자의
中軍大將軍	晋王	郭子儀
전군대장군	정왕	이광필
前軍大將軍	鄭王	李光弼
정동대장군	한왕	조빈
征東大將軍	韓王	曹彬
정서대장군	주국공	풍이
征西大將軍	邾國公	馮異
정남대장군	허국공	하약필
征南大將軍	許國公	賀若弼
정북대장군	계국공	조적
征北大將軍	薊國公	祖逖
진동대장군	거국공	마수
鎭東大將軍	莒國公	馬燧
진서대장군	옹국공	등우
鎭西大將軍	雍國公	鄧禹
진남대장군	형국공	이문충
鎭南大將軍	荊國公	李文忠
진북대장군	대국공	이세적
鎭北大將軍	代國公	李世勣
평동대장군	설국공	왕전
平東大將軍	薛國公	王剪
평서대장군	채국공	이성
平西大將軍	蔡國公	李晟
평남대장군	진국공	한금호
平南大將軍	陳國公	韓擒虎
평북대장군	운국공	위청
平北大將軍	郇國公	衛青

안동대장군 安東大將軍	제음후 濟陰侯	혼감 渾瑊
안서대장군 安西大將軍	견원후 汧源侯	굴돌통 屈突通
안남대장군 安南大將軍	형양후 荊陽侯	적청 狄靑
안북대장군 安北大將軍	풍익후 馮翊侯	오린 吳璘
후군대장군 後軍大將軍	농서후 隴西侯	이광 李廣
효기대장군 驍騎大將軍	관내후 關內侯	곽거병 霍去病
무위대장군 武威大將軍	회남후 淮南侯	유기 劉錡
우림대장군 羽林大將軍	한중후 漢中侯	오한 吳漢
무위대장군 武衛大將軍	절동후 浙東侯	곽영 郭英
토로대장군 討虜大將軍	청하후 淸河侯	한홍 韓弘
파로대장군 破虜大將軍	장성후 長城侯	몽염 蒙恬
정로대장군 征虜大將軍	하양후 河陽侯	제준 祭遵
진무대장군 振武大將軍	절서후 浙西侯	석수신 石守信
진위대장군 振威大將軍	호광후 湖廣侯	탕화 湯和
양열대장군 揚烈大將軍	검남후 劍南侯	등애 鄧艾
양무대장군 揚武大將軍	회서후 淮西侯	이소 李愬
양위대장군 揚威大將軍	제남후 濟南侯	등유 鄧愈
분무대장군 奮武大將軍	하동후 河東侯	이도종 李道宗
분위대장군 奮威大將軍	곡옥후 曲沃侯	설만철 薛萬徹
복파대장군 伏波大將軍	부풍후 扶風侯	마원 馬援
중견대장군 中堅大將軍	제양후 濟陽侯	묘훈 苗訓
귀덕대장군	장평후	장한

歸德大將軍 유격대장군	長平侯 동천후	章邯 잠팽
游擊大將軍 정원대장군	東川侯 희하후	岑彭 마성
征遠大將軍 정변대장군	熙河侯 삭방후	馬成 이효공
征邊大將軍 호군대장군	朔方侯 서천후	李孝恭 강유
護軍大將軍 토역대장군	西川侯 광동후	姜維 왕전빈
討逆大將軍 진원대장군	廣東侯 광서후	王全斌 이한초
鎮遠大將軍 평원대장군	廣西侯 성기후	李漢超 장궁
平遠大將軍 보국대장군	成紀侯 영천후	臧宮 구순
輔國大將軍 좌효위대장군	穎川侯 고밀후	寇恂 이광안
左驍衛大將軍 우효위대장군	高密侯 신식후	李光顏 가복
右驍衛大將軍 어모대장군	新息侯 무양후	賈復 번쾌
禦侮大將軍 장전좌호위사용양장군	舞陽侯 수양후	樊噲 남제운
帳前左護衛使龍驤將軍 장전우호위사호익장군	睢陽侯 상채후	南霽雲 뇌만춘
帳前右護衛使虎翼將軍 충익장군	上蔡侯 형양후	雷萬春 기신
忠翊將軍 병절교위	滎陽侯 업후	紀信 주발
秉節校尉 기도위	鄴侯 영음후	周勃 관영
騎都尉 전장군	穎陰侯 상산후	灌嬰 조운
前將軍 좌장군	常山侯 요동후	趙雲 설인귀
左將軍 우장군	遼東侯 어양후	薛仁貴 장비
右將軍 도선봉	漁陽侯 동평후	張飛 호대해
都先鋒 좌선봉	東平侯 경양후	胡大海 울지경덕
左先鋒	涇陽侯	尉遲敬德

우선봉	서량후	마초
右先鋒	西凉侯	馬超
수군대도독	서후	주유
水軍大都督	舒侯	周瑜
부도독	동해후	오개
副都督	東海侯	吳玠

그 나머지 사람들도 모두 작위(爵位)를 받았는데 차이가 있었다.

한고조가 상(上: 명태조)에게 말했다.

"근래에 청(淸)나라 군주 칸[汗: 누르하치]이라는 오랑캐가 명나라를 문득 멸하고 중화(中華)를 차지하고 있는 지가 이미 100년이 넘었으니 오랑캐들이 함부로 날뛰는 것은 오늘날 더욱 심해졌소. 지금 여러 나라 제왕들의 위세와 무력, 지략 있는 신하와 용맹한 장수들의 지략과 용맹으로써 변발하고 짐승털옷을 입는 청나라의 영역을 쓸어버리고 다시 의관을 제대로 갖추어 입는 문명(文明)의 땅이 되게 하는 것이 어떻겠소?"

상(上: 명태조)이 말했다.

"하늘의 뜻이 더러운 덕을 싫어하지 않는데 사람의 힘으로 어찌 난세를 다스려 바른 세상으로 되돌리겠습니까? 운명에 달린 것을 거슬러 행해서도 아니 될 것이고, 운수에 정해진 것을 억지로 해서도 아니 될 것입니다."

한고조가 또 말했다.

"그대는 조선(朝鮮)에게 국호(國號)를 고쳐서 하사하여 이미 군신(君臣)의 의리를 정하였고, 신종(神宗)이 만력(萬曆) 연간에 나라가 위태로울 때 난리로부터 구하여 재조지은(再造之恩: 거의 멸망하게 된 것을 구원하여 도와 준 은혜)을 입었는데도, 조선의 왕은 은혜를 잊고 의리에 어두워 청나라 군주에게 항복하였으니 그 죄를 묻지 않을 수 없소."

상(上: 명태조)이 말했다.

"작은 나라가 큰 나라를 섬기는 것은 하늘을 두려워하는 것이니, 조선

역시 천명을 안 것이지 은혜를 잊고 의리에 어두웠던 것이 아닙니다. 조선의 풍속과 제도[衣冠文物]는 중국과 견줄 만하여 평소 예의 있는 나라로 일컬어졌기 때문에 이후로 효종왕(孝宗王)과 상신(相臣: 조선시대 의정부의 최고관직으로서 영의정, 좌의정, 우의정 등의 통칭) 송시열(宋時烈)이 분개하고 증오하는 마음을 이기지 못해 항상 북벌에 뜻이 있었지만 매번 세력이 미치지 못하여 실현되지 않았습니다. 그러나 원한을 품고 통분을 참고서 오직 ≪춘추(春秋)≫ 존왕양이(尊王攘夷: 주나라 왕실을 높이고 이적을 물리친다.)의 의리만을 알며, 은혜를 알고 덕을 품고서 항상 해와 달이 밝게 비출 광명을 생각하고는 호서(湖西)에 만동묘(萬東廟)를 세우고 창덕궁 금원(禁苑)에 대보단(大報壇)을 설치해 긴 세월 동안 제사지내면서 향불을 바꾸지 않았으니, 어찌 그 나라를 정벌해 죄를 묻겠습니까?"

한고조가 한동안 묵묵히 말이 없다가 말했다.

"과인(寡人)과 그대는 제각기 수천 년 떨어져 태어났지만 공적과 기틀에 서로 양보함이 있지 않고 지금 이 연회에서 잔치가 무르익는 것도 같이 즐기니, 우연은 아닌 듯하오. 비록 그러하나 흥이 다하면 슬픔이 오고 즐거움이 극에 이르면 슬픔이 생기는 것이 자연의 이치이니, 저승에 있는 몸으로 오랫동안 인간 세상에 머물러서는 안 되기 때문에 이곳에서 떠나야 하오. 그대들도 각기 돌아가는 것이 좋겠소."

상(上: 명태조)이 말했다.

"그대께서는 어디로 향하시렵니까? 가시면 또한 이처럼 볼 수 있는 길을 계승할 수 있겠습니까?"

한고조가 말했다.

"과인(寡人)은 지금 장릉(長陵: 한고조의 무덤)으로 들어가 다시는 인간 세상에 나오지 않을 것이오."

이에 악사(樂士: 연주하는 사람)로 하여금 파연곡(罷宴曲: 잔치를 끝낼 때의 음악)을 번갈아 연주하게 하며 다시 술잔을 들어 오랜 세월 동안의 근심을 씻어내자고 하였다. 각자 자리에서 흩어지는데, 섭섭해 하고 흐느끼며 이별하였다. 바로 이때 문득 음산한 바람이 불고 별안간 흙비가 내리더니, 잠깐 사이에 모든 사람들이 죄다 사라졌다.

대명(大明) 숭정(崇禎) 기묘(己卯: 1639) 연간에 한 서생이 정처 없이 이리저리 떠돌다가 강남(江南)의 금화사(金華寺)에 이르러 날이 저물자 투숙하여 그날 밤 꿈을 꾸었는데, 한고조가 명태조·당태종·송태조와 함께 전당(殿堂)에서 연회를 베풀어 술잔을 주고받으며 음악을 들으면서 실컷 즐기다가 헤어졌다. 이 이야기는 세상에 전파되었으나 아직도 이에 대한 상세한 내막을 알 길이 없다.

　남호거사(南湖居士) 김제성(金濟性)은 가락왕(駕洛王)의 후예이다. 겨우 약
관의 나이로 식견에 문한(文翰: 문장)을 구비하여 과거에 급제하였지만, 재
주를 믿고 방종하여 취한 듯 미친 듯해 나아가면 그칠 줄을 모르고 물러
나면 정처도 알지 못했으니, 곧 대체로 어리석어 못난 사람이었다. 그러나
반악(潘岳)처럼 빛나는 문장[文彩]으로 가풍(家風)을 드러내고 육기(陸機: 陸機
의 오기)처럼 조상의 은덕[世德]을 사부(詞賦)로 빛내니, 그 음운(音韻)은 대대
로 그 아름다운 가풍과 세덕을 이었도다.

　숭정(崇禎) 기원(紀元) 후 경자년(1840) 봄에 거사가 마침 글을 짓고 외우
는 공부에 뜻을 두어 볕이 잘 드는 창 아래서 우두커니 서 있다가 정갈한
책상 앞에 단정히 앉아 소자첨(蘇子瞻: 蘇軾)의 <전 적벽부(前赤壁賦)>와
<후 적벽부(後赤壁賦)>를 크게 한 번 읽고 있었다. 문득 봄볕에 나른하더
니 졸음이 몰려와 잠시 책상 위에 엎드렸는데, 넋이 허무(虛無)의 지경에
떠돌고 정신이 횡하니 드넓은 마을에 달려갔지만 어디서 머물러야 할지를
알지 못했다.

　갑자기 한 도사(道士)가 보였는데, 머리에는 야자관(椰子冠)을 쓰고 몸에
는 학창의(鶴氅衣)를 걸치고서 신마(神馬: 정신을 말로 삼음)가 끄는 고륜(尻輪:
엉덩이를 수레로 삼음)을 몰며 찬바람을 타고 당당히 와 앞에서 길게 읍(揖)
하였다. 거사가 말했다.

　"공(公)은 무엇 하는 사람이오?"

　도사가 말했다.

　"그대는 과연 알지 못하는가? 내가 바로 동파거사(東坡居士) 소식(蘇軾)이

라네."

거사가 깜짝 놀라며 말했다.

"대송(大宋)의 희령(熙寧: 1068~1077)과 원풍(元豐: 1078~1085) 연간은 지금까지 거의 800년이 지났습니다. 공(公)께서 어떻게 생명을 늘려 지금까지 이르렀습니까?"

도사가 미소를 지으며 말했다.

"사람이 태어났다가 죽음이 있는 것은 예전이나 지금이나 자연스러운 이치이고 반드시 그렇게 되는 일이라네. 비록 그러할지라도 내가 죽고 사는 것이 보통사람들과 달라, 살아서는 명성이 당대에 알려지고 죽어서는 혼백이 천추의 오랜 세월 동안 머물렀으니 물이 땅속에 있는 것과 같아서 가는 곳마다 있지 않는 곳이 없었다네. 그대 같은 사람은 믿는 것이 깊고 그리움이 지극하다고 할 만해 향초를 태우며 감동에 젖어 마치 곁에서 보는 듯하니, 때문에 그 시를 외우고 그 글을 읽어서 천년이 지나도록 마음속 깊이 사모하는 바가 있다네. 나에게 한 가지 신기하고 오묘한 말이 있어서 장차 그대에게 보여주고 맡기려 한다네."

거사가 말했다.

"무슨 말씀입니까?"

도사가 말했다.

"그대는 혹여 금화사창업연의(金華寺刱業演義)라는 것을 들어보았는가?"

거사가 말했다.

"설령 그 이야기를 들었다 하더라도 그것의 실상을 자세히 알지 못하니, 이 이야기에 혹 근거를 댈 만한 방법이라도 있습니까?"

도사가 말했다.

"정말로 있었던 것이고, 또 한마디 할 말이 있다네. 숭정(崇禎) 기묘(己卯: 1639) 연간에 한고조와 당태종, 송태조, 명태조 등 네 나라의 창업주가 낙양(洛陽)에 함께 모여 예로써 여러 나라[列國]의 군주들을 초청하고 저승[幽冥]에서 다하지 못한 회포를 풀고자 태평시절을 같이 즐기는 연회를 베풀었는데, 분수도 모르고 반역한 자들은 주벌하고 나라를 위해 공적을 세운 이들은 포상하였다네. 이때에 나는 문연각(文淵閣) 태학사(太學士)로써 조서를 짓고 윤음(綸音: 임금이 내리는 말)을 지었는데, 임금의 은혜를 입어 기림을 받았으니 이를 천 년 동안 한 번 올 법한 임금과 신하의 만남이라 할 만하다네. 그 가운데 사적(事蹟)과 언행이 없어져 알려지지 않아서는 안 되는데, 그대가 아니면 부탁해 엮을 수 없기 때문에 특별히 와서 그대에게 알려주니 그대는 부디 범범하게 듣지 말게나."

곧 처음부터 끝까지 한 차례 말해주는데, 너무나 밝고 또렷하여 제멋대로 헷갈릴 것이 없었다. 말하는 것이 끝나자, 훌쩍 신선의 날개옷을 입고 공중으로 올라가버렸다.

거사는 꿈에서 깨어나 기이하게 생각하고 마침내 차례대로 책을 엮어서 <왕회전(王會傳)>이라 이름하였다.

숭정(崇禎) 기원(紀元) 네 번째 경자년(1840) 3월 하순에
남호거사가 쓰다.

병오년 3월 2일 소장자[冊主] 이주정(李主政) 집에서 책을 필사하다.

한문필사본 〈王會傳 下〉

원문과 주석

第一回

項王反來劫寨　孔明會衆演陣[*]

話且說。項王會衆劫寨之事, 范增[1]諫曰: "君王聽辨士逆愧之說, 而不可誤失事機." 項王曰: "何謂誤失事機?" 增曰: "漢祖天下之英主也, 寬仁愛人, 濶達大度[2], 今列國共聽其盟約, 而君王背之, 棄明而投暗, 去順而向逆, 豈不謂誤失乎?" 項王曰: "吾今爲人之下, 故將恥, 而君沮之, 何也?" 增曰: "爲人役而勿恥, 聖之戒也[3], 謀及卿士[4], 箕範[5]之言也。君王不遵聖賢之戒, 不聽老成之言, 事可成而恥可雪乎?" 項王曰: "君前日勸我急攻漢王, 今日力言勿背, 何也?" 范增曰: "彼一時, 此一時也。昔日, 漢王之圍於滎陽[6], 勢急力窮, 急攻可下, 故勸而擊之也, 今日漢祖之會於洛陽, 勢大助多, 故勸而勿背也。君王不審古今之事機, 全昧彼此之理勢, 妄自驕矜, 肆其反逆, 則必爲破敗, 竟受夷戮, 豈不貽笑於一世, 遺臭於萬年乎? 願君王三思之." 項王怒曰: "匹夫以忘言毁辱, 罪當誅也, 爲其年老, 姑借殘命, 勿復開口." 增亦怒曰: "竪子不可與共事[7], 去而免禍, 可

---

* 演陣(연진): 하권의 목록에는 練陣으로 되어 있음.

1) 范增(범증): 楚나라 책사. 楚나라의 項羽를 따라 奇計로써 전공을 세웠다. 鴻門의 宴에서 劉邦을 죽이려고 하였으나 뜻을 이루지 못하고, 후에 항우에게 의심을 받아 彭城으로 도피하였으나 그곳에서 병을 얻어 죽었다.

2) 寬仁愛人, 濶達大度(관이애인, 활달대도): ≪漢書≫<高帝紀>의 "성정이 관대하고 자비로워 사람을 사랑하고 생각이 거침이 없어 항상 도량이 컸다.(寬仁愛人, 意豁如也, 常有大度.)"에서 나온 말.

3) 聖之戒也(성지계야): 은나라 箕子가 紂의 악행을 보고서 짐짓 거짓으로 미친 척하고 奴가 되었던 것을 말함.

4) 謀及卿士(모급경사): ≪書經≫<洪範>의 "그대에게 큰 의심이 있거든 논의함을 그대의 마음에 미치며 논의함을 경대부에 미치며 논의함을 서민대중에게 미치며 논의함을 거북점과 산가지점에 미치느니라.(汝則有大疑, 謀及乃心, 謀及卿士, 謀及庶人, 謀及卜筮.)"에서 나온 말.

5) 箕範(기범): 箕子가 지은 ≪書經≫의 洪範篇. 周나라 武王이 기자에게 하늘의 도를 물으니, 이에 홍범을 지었다고 한다.

6) 滎陽(형양): 河南省에 있는 지명.

7) 竪子不可與共事(수자불가여공사): 劉邦과 項羽가 만난 鴻門宴에서 范增이 항우를 가리켜

也." 卽日治裝歸居鄛8)。

却說。項王決計9)劫寨, 令丁公10)守本陣, 以龍且11)·鍾離昧12)·周殷13)·季布14)·周蘭15)·桓楚16)等六將, 率三萬鐵騎, 分爲左右翼。當夜, 二更吃飯, 三更劫寨去了。

且說。○上與衆帝諸將, 移駕至豫州17), 於城外三十里, 擇地下寨。安排已畢, 日夜會衆, 商議軍事。忽然, 一陣大風, 從東南而起, 掀動御帳, 倒絶旋竿, 黑雲颺天, 飛鳥落地。○18)上使李淳風19)占之, 曰: "卦兆不吉, 不意遇賊之象

"어린애와는 함께 일을 도모할 수 없다.(豎子不足與謀.)"라고 한 말을 변형한 것으로, 일의 맥락을 알지 못하고 자기 기분대로 하는 사람과는 일을 함께 할 수 없다는 뜻. 범증은 항우에게 아버지처럼 존경을 받고 있었다.

8) 居鄛(거소): 秦나라 范增의 출신지.

9) 決計(결계): 마음먹음.

10) 丁公(정공): 項羽 휘하의 장수. 季布의 외숙부이다. 劉邦이 곤경에 빠져 있을 때 더 공격하지 않고 군사들을 이끌고 되돌아가 유방이 살아났다. 후에 유방이 "그때 정공이 좀 더 나를 공격했으면 나는 그 자리에서 죽었을 것이고 항우의 실패는 없었을 것인데, 항우의 신하로서 충성이 없었기 때문에 그런 짓을 했으니 너는 불충한 놈이다." 하고 목 베어 죽였다. 이는 후세에 신하된 자가 정공을 본받지 못하도록 하기 위해서였다.

11) 龍且(용저): 西楚覇王 項羽의 猛將. 본래 桓楚의 부하였으나, 항우에게 투항하여 그의 부장이 되어 진나라와 전쟁에서 3만의 군대로 20만 대군을 대파하는 등 맹활약을 하였으며, 楚漢 전쟁 중에는 九江省을 공략하여 縣吏를 대파하기도 하였다. 한나라의 韓信에게 공격을 받고 있던 제나라에 20만 대군 지원병으로 가다가 한신의 水攻에 걸려 지원군 대부분이 수장당하고 한나라 맹장 曹參에게 죽임을 당했다.

12) 鍾離昧(종리매): 項羽 휘하의 대장군. 지략과 병법에 뛰어나 劉邦에게 큰 상처를 입혔다. 마지막까지 항우의 곁을 지켰고 항우가 죽자 楚王 韓信에게 의탁하였다가 사망하였다.

13) 周殷(주은): 項羽 휘하의 大司馬.

14) 季布(계포): 項羽 휘하의 武將. 여러 싸움에서 漢나라 劉邦을 괴롭혔다. 항우가 멸한 뒤 漢高祖 유방이 천금으로써 그를 포섭하려 하였으나 漢陽의 周氏 집에 은둔하였다.

15) 周蘭(주란): 西楚의 장수. 項羽가 봉기했을 때부터 함께 했다. 나중에 항우가 패퇴하였을 때 다른 장수들은 모두 항우 곁을 떠났지만 桓楚와 함께 끝까지 남아 항우를 보좌하였다. 항우가 烏江으로 가는 것을 보고 자결했다.

16) 桓楚(환초): 西楚의 장수. 원래 산적패였지만 龍且와 함께 項梁에게 투항하였다. 주로 용저와 함께 활동하며 項羽가 關中을 평정하는데 일조하였으며, 훗날 항우가 垓下에서 대패하고 烏江에서 자결할 때까지 함께하였다.

17) 豫州(예주): 九州의 하나. 湖北省·山東省의 일부와 河南省 전부에 걸친 지역이다.

18) ○: 원문에는 한 칸을 비우지 않음.

19) 李淳風(이순풍): 唐나라 太宗 때 천문학자. 將仕郎으로 太史局에서 일하며 渾天儀를 제작하여 별을 관측했다. 당시 민간에 ≪秘記≫가 있어 女主 武王이 천하를 대신한다고 했다.

也。必有賊人, 今夜來劫耳." 孔明曰: "項王今夜, 反來劫寨矣." ○上曰: "卿何
以知項王之反?" 孔明曰: "項王爲人, 猜疑暴戾, 自恃勇力, 恥爲人下。又有辨
士說之, 故其心必變, 乘我倉卒無備, 夜來劫寨耳." 衆皆不信, 孔明曰: "當設伏
而待, 邀擊而破之." 卽令徐達20)・岳飛21)・曹彬22)・常遇春23), 率兵三萬, 伏
於大寨之東, 韓信24)・李靖25)・彭越26)・馮異27), 率兵三萬, 伏於大寨之西,
郭子儀28)・李光弼29)・張浚30)・韓世忠31), 率兵三萬, 伏於大寨之南, 賀若

태종이 의심스러운 사람을 잡아 죽이려고 하니 그만두기를 권했다. 항상 길흉을 점칠 때
마다 잘 들어맞았다.

20) 徐達(서달): 원나라 말기에 홍건적 郭子興의 副將이었다가, 후에 太祖 朱元璋이 돌아갈 때
에 戰功이 있어 大將軍이 된 인물. 벼슬이 中書右丞相이 되었으며 魏國公에 책봉되었다.

21) 岳飛(악비): 南宋의 忠臣이자 武將. 농민에서 입신하여 군벌의 우두머리가 되었고, 金軍을
격파하여 공을 세워 벼슬이 太尉에 이르렀다. 당시 조정에 金나라와의 和議가 일어나 이
에 반대하며 주전론을 펴다가 주화파 재상 秦檜한테 참소를 당하여 옥중에서 살해당하
였다. 후세에 구국의 영웅으로 악왕묘에 모셔졌다.

22) 曹彬(조빈): 宋나라 太宗 때의 인물. 太祖를 도와 천하를 평정하고 魯國公에 封爵되어 將相
을 겸하였다. 南唐을 정벌하고 金陵을 함락시켰지만 함부로 사람을 죽이지는 않았다. 귀
환하여 樞密使와 檢校太尉, 忠武軍節度使를 역임했다. 태종이 즉위하자 同平章事가 더해졌
다. 죽은 뒤 齊陽郡王에 追封되었다.

23) 常遇春(상우춘): 明나라 개국공신. 봉호는 鄂國公, 자는 伯仁. 원나라 말기에 朱元璋의 군
대에 들어가 陳友諒・張士誠 등의 적장들을 항복시켜 큰 공을 세우고, 부장군으로서 徐達
과 함께 북벌하여 원나라를 멸망시켜 명나라를 반석 위에 올려놓았다. 中書平章軍國重事
에 올랐다.

24) 韓信(한신): 前漢의 武將. 張良・蕭何와 더불어 한나라 三傑이다. 高祖 劉邦을 따라 趙・
魏・燕・齊를 멸망시키고 항우를 공격하여 큰 공을 세웠다. 한의 통일 후 楚王이 되었으
나, 유방이 그의 세력을 염려하여 淮陰侯로 임명하기도 했다. 후에 呂后에게 피살되었다.
이때 그는 '狡兎死走狗烹'이라는 명언을 남겼다.

25) 李靖(이정): 唐나라 초기의 명장. 太宗을 섬기고 隋나라 말기의 群雄討伐에 힘썼다. 그 뒤,
突厥・吐谷渾을 정벌하여 공적이 컸다.

26) 彭越(팽월): 前漢 創業 초기의 武將. 처음엔 項羽 밑에 있었으나 뒤에 漢高祖 유방을 쫓아
楚나라를 垓下에서 멸하는데 많은 공을 세웠으므로 梁王으로 봉해졌다. 뒤에 참소를 입
어 三族과 함께 誅殺당하였다.

27) 馮異(풍이): 後漢 光武帝의 공신. 본래 왕망 정권 때에 潁川郡掾을 지냈으나, 후에 劉秀에
게 귀순하여 赤眉를 물리치고, 關中을 평정할 때 큰 공을 세웠다. 孟津將軍이 되어 陽夏侯
로 추봉되었으며, 언제나 홀로 樹下로 물러나 공을 논하지 않기 때문에 大樹將軍이라 일
컬었다.

28) 郭子儀(곽자의): 당나라의 무장. 安祿山의 난을 토벌하여 도읍 長安을 탈환하였고, 뒤에
吐蕃을 쳐서 큰 공을 세워 司徒, 中書令에 이어 汾陽王으로 봉해졌다. 子儀勳業은 곽자의
와 같은 공업이라는 말인데, 당나라 憲宗 817년 8월에 淮州와 蔡州를 근거지로 삼아 蔡州

弼32)・韓擒虎33)・李晟34)・王剪35), 率兵三萬, 伏於大寨之北, 見營中火起, 四面乘勢, 殺入36)混戰, 使各依計而行, 勿失約束。孔明與諸將, 伏於帳後, 令軍士, 大開營門, 屛虛軍中, 以待之。

是夜三更, 天黝月沈, 項王帶龍且等六將, 驅三萬鐵騎, 暗暗而行來到, 營門大開, 無所阻擋。項王欲自殺入, 龍且止之曰: "人謀難測, 恐有豫備。" 項王曰: "彼非鬼神, 豈能知我之今夜劫塞乎?" 遂縱馬突入, 至中軍帳前, 營寨一空, 竟無人迹, 項王正在疑訝之間, 忽見帳前, 一把火起, 一聲放砲, 衆將自帳後突出,

---

刺史 吳元濟가 반란을 일으키자, 裴度가 淮西宣慰處置使兼彰義軍節度使로서 직접 출전하여 전투를 독려하기를 자청했고, 그 공으로 晉國公에 봉해지고 벼슬이 中書令에 이르렀던 것을 일컫는다.

29) 李光弼(이광필): 唐나라 肅宗 때의 節度使. 郭子儀의 추천으로 河東節度副使가 되었고, 安祿山과 史思明의 亂을 평정하고 代宗 때에 臨淮郡王에 봉함을 받았다.

30) 張浚(장준): 南宋의 大臣. 金軍이 남침하자 吳門에서 軍馬를 관리했다. 苗劉의 變 때 呂頤浩, 韓世忠 등과 약속하여 復辟에 공을 세워 知樞密院事에 올랐다. 尙書右僕射 등을 지내고 魏國公에 봉해졌다. 高宗 때 宣撫使로 나라의 회복에 뜻을 두고 金나라의 세력을 막는 등 주전론을 내세워 秦檜가 권력을 잡자 20여 년 동안 배척당했다.

31) 韓世忠(한세충): 南宋 건국 초의 무장. 北宋이 망하자 사병을 거느리고 高宗에게 달려가 남쪽의 苗傅・劉正彦의 난을 평정하고 兀朮을 격파하여 자못 권세를 떨쳤으나 秦檜의 책략으로 병권을 빼앗긴 후 西湖에 은거하여 스스로 淸凉居士라 일컬었다.

32) 賀若弼(하약필): 隋나라 文帝 때 장수. 양자강을 건너가 陳나라를 쳐서 천하를 통일하였다.

33) 韓擒虎(한금호): 隋나라 장수. 용모가 웅장하고 어려서부터 강개하고 膽略으로 일컬어졌다. 성품이 책을 좋아해서 經史百家의 큰 뜻을 통달했다. 隋文帝가 강남을 병탄하고자 할 때, 그의 文武 재주를 아껴 특별히 廬州總管으로 삼아 陳나라 평정하는 임무를 맡겼다. 이에 先鋒이 되어 정병 오백을 거느려 바로 金陵을 취하고 陳後主를 사로잡아 돌아왔다.

34) 李晟(이성): 唐나라 德宗 때의 장군. 朱泚가 姚令言의 반란군과 합세하고 국호를 大秦이라 일컬으면서 수도를 장악하는 등 반란을 일으켰는데 이를 평정하였다. 長安을 수복하여 奉天으로 피신했던 덕종을 다시 돌아오게 하니, 덕종은 "하늘이 이성을 낸 것은 사직을 위해서이지 나를 위해서가 아니다.(天生李晟, 以爲社稷, 非爲朕也。)"라고 하였다. 이성은 반란을 평정한 공로를 인정받아 西平郡王에 봉해졌다.

35) 王剪(왕전): 翦으로도 표기됨. 秦始皇을 도와 趙・燕・薊 등 6국을 평정한 명장. 아들인 王賁과 함께 始皇帝의 천하통일에 크게 기여하였으며, 白起, 廉頗, 李牧 등과 함께 전국시대 4대 명장으로 꼽힌다. 王翦이 큰 공을 세워 武成侯로 봉해진데다 그의 아들인 王賁도 魏, 燕, 齊 지역의 합병에 큰 공을 세워, 이들 父子는 蒙武, 蒙恬 부자와 함께 시황제의 천하통일에 가장 큰 軍功을 세운 인물들로 꼽힌다. 손자인 王離도 秦의 武將으로 활약했지만, 鉅鹿 전투에서 項羽에게 패하여 사로잡혔다.

36) 殺入(살입): 힘차게 돌진하여 들어감.

爭前廝殺。項王與衆將, 分頭[37]迎敵, 戰方酣, 四面吶喊大起, 徐達·岳飛·曹彬·常遇春, 自寨東殺入, 韓信·李靖·彭越·馮異, 自寨西殺入, 郭子儀·李光弼·張浚·韓世忠, 自塞南殺入, 賀若弼·韓擒虎·李晟·王剪, 自塞北殺入。十大員猛將, 將項王圍在垓心[38], 項王見勢不利, 與諸將潰圍, 南出馳走。衆將追之不及。

孔明卽鳴金收軍, 而見○[39]上, ○[40]上曰: "人心難測, 朕固知項王之心必變, 然豈意一朝無端而反, 今夜劫塞乎? 衆皆不信, 卿獨知之, 設備而破之, 卿之智明, 可謂千古一人矣." 因加重賞, 孔明拜稽而受, 所賜金帛, 悉以頒將士, 乃奏言於○上曰: "臣聞兵法云, '先勝而後戰, 量敵而論將.' 又曰, '卒服習.' 是以制勝之道, 在於君任其將, 制敵之道, 在於將得其人, 勝戰之道, 在於率[41]服其將。古之賢君, 選將委任, 責成其功[42], 以此故也。今者, 項王以蓋世之勇, 絶人之力, 爲彼之用, 譬如神龍之得雲雨, 猛虎之添羽翼, 是誠頭顱[43]之重疾, 腹心之大患, 如非別般智計, 無可制敵也。今臣受命征討也, 陛下授以成律, 交戰日時, 亦有中詔[44]。鋒鏑交於原野, 而決策於紅纊之下, 機會變於頃刻, 而定計於御榻之上, 用捨相礙, 進退俱難, 上有製肘之議, 下無死綏之志[45]。趄趑視聽,

---

37) 分頭(분두): 제각기.

38) 垓心(해심): 포위된 한가운데.

39) ○: 원문에는 한 칸을 비우지 않음.

40) ○: 원문에는 한 칸을 비우지 않음.

41) 率(솔): 卒의 오기.

42) 古之賢君~責成其功(고지현군~책성기공): ≪資治通鑑≫<唐紀> 47의 "어진 군주가 장수를 선발함에 임무를 맡기고 성공을 책임 지우므로 능히 공을 이루는 것이다.(賢君選將, 委任責成, 故能有功.)"에서 나온 말.

43) 頭顱(두로): 백발의 쇠한 머리. 南齊 때의 隱士 陶弘景이 從兄에게 보낸 편지에 "전에 내가 나이 40세 전후에 상서랑이 되거든 즉시 관직을 버리고 속세를 떠나려고 기약했었는데, 지금 나이 36세에 비로소 봉청이 되었고 보면, 40세의 머리를 알 만하니, 일찍 떠나는 것이 좋겠습니다.(昔仕宦期四十左右作尙書郎, 卽抽簪高邁, 今三十六 方作奉請, 頭顱可知, 不如早去.)"라고 했던 데서 온 말이다.

44) 陛下授以成律~亦有中詔(폐하수이성률~역유중조): ≪資治通鑑≫<宋紀> 8의 "상이 장수를 임명하고 군대를 출동할 때마다 항상 만들어 놓은 규율을 내려주고 교전하는 날짜와 시각도 궁중의 조서를 기다렸다.(上每命將出師, 常授以成律, 交戰日時, 亦待中詔.)"에서 나온 말.

45) 鋒鏑交於原野~下無死綏之志(봉적교어원야~하무사수지지): ≪資治通鑑≫<唐紀> 47의 "언

徘徊顧望46), 若此而戰可勝, 而功可成乎? 且諸國帥卒, 皆非臣之素撫循者也, 各自爲心47), 輕視其上. 若非威刑, 無以指撝, 願陛下, 假臣以嚴畏之柄, 畀臣以生殺之權, 托臣以克敵之效, 臣雖不才, 敢不罄竭愚智, □48)瘁心力, 佇副陛下, 付畀之萬一乎?" ○上曰: "善哉言乎! 擔負大事, 如此而後, 可爲師中之丈人49), 閫外之良翰50). 昔者, 朕未得良將如孔明者, 故征戰之事, 躬自總之, 敎之以法, 授之以策. 今孔明之忠智才畧, 邈焉寡儔, 朕復何憂?" 下詔答之曰: 「朕聞上古帝王之擇將也, 識其智勇, 察其忠義, 待以棟樑之器, 付以干城之任, 率師徂征, 則告事於廟, 受脤于社51), 慰其勞苦, 遣以禮寵, 跪而推轂曰: '閫以內, 寡人制之, 閫以外, 將軍制之.' 誅刑爵賞, 皆決於外52). 是以力牧53)叶於風沙之夢54)而有涿鹿55)之克, 太公合於熊羆之卜56)而有牧野57)之揭58), 樂毅59)寵於金

덕과 들에서 칼날과 화살촉이 교차하며 전투를 벌이는데 九重의 궁궐에서 계책을 결정하고, 기회가 잠깐 사이에 변하는데 천리 밖에서 계책을 정한다면, 장수가 조정의 명을 쓰고 버리는 것이 서로 막히고 궁중에서 계책을 잘하고 못하는 자가 모두 흥하여, 위로는 조정에서 장수를 간섭한다는 비난이 있고 아래로는 자신을 돌아보지 않고 결사적으로 싸우려는 뜻이 없다.(鋒鏑交於原野而決策於九重之中, 機會變於斯須而定計於千里之外, 用捨相礙, 否臧皆凶. 上有制肘之譏, 下無死綏之志.)"에서 나온 말.

46) 徘徊顧望(배회원망): 결단을 내리지 못하고 주저함.

47) 各自爲心(각자위심): 제각각 마음을 다르게 먹음.

48) □: 판독할 수 없는 글자임.

49) 師中之丈人(사중지장인): ≪周易≫<師卦·九二>에 보이는 말. 곧 "師에 있어서 中道에 맞으므로 길하고 허물이 없다.(在師中, 吉无咎.)"라고 하였다. 師는 군사를 뜻하고 중도에 맞는다는 것은 아랫사람에게 위엄과 자애를 베푸는 것이 적절하게 균형을 이룸을 뜻한다. 丈人은 지략과 덕망을 지닌 사람으로서 三軍의 장수가 될 만한 사람을 말한다.

50) 閫外之良翰(곤외지양한): 閫外는 임금으로부터 정벌의 명을 받고 全權을 행사하는 장수이며, 良翰은 훌륭한 인재를 말함.

51) 受脤于社(수신우사): ≪春秋左氏傳≫ 閔公 2년에 "장수가 된 자는 종묘에서 명령을 받고 사당에서 宜社의 날고기를 받을 때에 법도에 맞는 복장이 있는 법이다.(帥師者, 受命於廟, 受脤於社, 有常服矣.)"고 한 데서 나온 말. 宜社는 出兵할 때 지내는 제사 이름이다.

52) 閫以內~皆決於外(곤이내~개결어외): ≪史記≫<馮唐列傳>의 "풍당이 '신이 듣건대, 옛날에 제왕이 장수를 파견할 때에 바퀴통을 밀어 주면서 「閫內는 과인이 제어할 테니 閫外의 일은 그대가 제어하라.」 합니다.'라고 하였다.(唐曰: 臣聞上古王者之遣將也, 跪而推轂, 曰閫以內者, 寡人制之, 閫以外者, 將軍制之, 軍功爵賞, 皆決於外.)"라고 한 데서 나온 말.

53) 力牧(역목): 중국 상고시대 黃帝의 신하. 황제가 꿈을 꾸고 난 후 큰 못에서 얻었다는 武將이다.

54) 風沙之夢(풍사지몽): 黃帝가 大風이 천하의 먼지를 모두 쓸어버리는 꿈을 일컫는 것으로,

臺之位60)而有濟上61)之勝. 此皆明良共遇, 上下相得, 成丕功於一世, 垂顯名於
千秋也. 今朕識卿之智, 察卿之忠, 故天下軍旅之事, 咸以委之, 假以旄鉞62),
付以劍印. 卿可體朕此意, 便宜行事, 用命者賞之, 不用命者戮之, 有功者升之,
無功者降之, 整其戎陣, 明其法令. 大率犲狄之師, 一掃犬羊之衆, 早報淸晝之
捷, 快除宵旰之憂63).」

○上命樞密副使劉基64), 持節賚詔, 至軍門, 孔明大會諸將士, 於敎場中受
詔. 拜稽已畢, 高坐將坮65), 陣66)其旄鉞劍印67), 點閱將士, 敎練陣法, 人人豪

風后를 찾아 재상에 등용한 것과 관련 있음. 또 황제는 어떤 이가 千鈞의 쇠뇌를 잡고서
수만 마리 양을 몰고 다니는 꿈을 꾸고는 大澤에서 力牧을 찾아 장수로 발탁했다고 한다.
55) 涿鹿(탁록): 상고시대에 蚩尤와 黃帝 軒轅이 싸웠던 곳. 황제 헌원이 승리하였다.
56) 熊羆之卜(웅비지복): 周나라 文王이 사냥을 떠나려고 점을 쳤던바 그 卜辭에 "얻는 것이
    용도 아니고 이무기도 아니요 범도 아니고 곰도 아니고 얻는 것은 霸王의 보좌이다.(所獲
    非龍非彲, 非虎非羆, 所獲霸王之輔.)"라고 나온 것을 일컬음. 非虎非羆 대신에 非熊非羆라
    고 되어 있기도 하다. 渭水 북쪽에서 낚시질을 하고 있던 呂尙을 얻어 재상으로 삼아 결
    국 주나라가 흥성하게 되었다. 여상은 뒤에 太公에 봉하여졌으므로 그의 성씨인 姜 자를
    붙여 姜太公이라고 흔히 칭한다.
57) 牧野(목야): 周나라 武王이 殷나라 紂王을 패배시킨 곳. 이때 강태공이 무왕을 도왔다.
58) 揭(게): 揚의 오기인 듯. 姜太公이 牧野의 전투에서 위엄과 용맹을 매처럼 드날렸다[鷹揚]
    고 하였기 때문이다.
59) 樂毅(악의): 전국시대 燕나라의 명장. 연나라의 昭王이 현자를 초빙한다는 말을 듣고 위
    나라에서 연나라로 가 亞卿이 되었다. 당시 강대국임을 자랑하던 齊나라를 토벌하여 수
    도 臨淄를 함락시키고, 5년에 걸쳐 70여 개 성을 수중에 넣었는데, 이들을 모두 郡縣으
    로 하여 연나라에 소속시켰다.
60) 金臺之位(금대지위): 燕나라 昭王이 사방의 어진 사람을 불러들이기 위해 지은 黃金臺를
    가리킴. 여기서는 연나라 소왕을 의미한다.
61) 濟上(제상): 濟水의 서쪽으로 齊나라 변경지역. 악의가 강성한 제나라와 결전을 벌여 승
    리했던 곳이다.
62) 旄鉞(모월): 右旄左鉞. 旄는 긴 꼬리털을 지닌 旄牛의 털로 만든 깃발이고, 鉞은 도끼 모양
    의 병기로 군중에서 형을 집행할 때에 사용한 것으로, 旄鉞 모두 君權을 상징한다. ≪書
    經≫<周書·牧誓>에 "주무왕이 왼쪽에 黃鉞, 오른쪽에 白旄를 잡고 지휘했다"는 구절이
    나온다.
63) 宵旰之憂(소간지우): 政事 때문에 아침저녁으로 근심하는 것을 말함.
64) 劉基(유기): 元末 明初의 유학자·정치가. 천문·병법에 능했다. 明나라 太祖를 도와 中原
    을 얻어 誠意伯이 되었다.
65) 將坮(장대): 전쟁 또는 군사훈련 시에 성내의 군사들을 지휘하기 위해 대장이 자리하는
    樓臺.

傑，隊伍嚴明。旌旗密布，車馬分排，連絡如環，縱橫若結。精勇之士桓桓赳赳[68]，仁義之師堂堂正正，令嚴而悄悄不不[69]聞聲，氣壯而凜凜但生色[70]，進退有方，出入不亂。

孔明令衆將，分爲五隊，衣甲[71]·旗幟·鞍馬，皆從東靑·南紅·西白·北黑·中黃，隨方排定。因命掌旗纛官，在將坮前將藍旗一麾，只見正東陣中，忽湧出一隊人馬，飛奔至將臺前聽令，十分英勇。但見，

半似藍兮半似綠　　　　　馬上英雄靑簇簇
時時犨[72]鼓動碧天　　　　上按東方甲乙木

聽令已了，一時退去。旗纛官又將紅旗一麾，只見正南陣中，又湧出一隊人馬，飛也似奔至將臺前聽令，更加英勇。但見，

頂上紅雲飄萬朶　　　　　赤日朱霞作粧裏[73]
臙脂馬上大紅袍　　　　　上按南方丙丁火

聽令已畢，一齊罷去。旗纛官又將黃旗一麾，只見正當中陣內，忽又湧出一隊人馬，飛也似奔至將坮前聽令，分外英雄。但見，

---

66) 陣(진): 陳의 오기인 듯. 陳閱. 진열하여 사람들에게 보임.
67) 劒印(검인): 印劒. 임금이 兵馬를 통솔하던 장수에게 주던 검이다. 명령을 어기는 자는 보고하지 않고 죽이는 권한을 주었다.
68) 桓桓赳赳(환환규규): 씩씩하고 헌걸차서 매우 용감한 기상이 있는 모습.
69) 不不(불불): 중복필사 됨.
70) 旌旗密布~但生色(정기밀포~단생색): 淸나라 煙水散人 徐震이 지은 ≪後七國志樂田演義≫의 제8회 <燕昭王大閱節制兵 韓將軍喪命匹夫勇> "只見旌旗密布, 車馬分排, 連絡如流, 縱橫若結. 貔貅之士桓桓赳赳, 仁義之師堂堂正正, 令嚴而悄悄不聞聲, 氣壯而滿營生色, 與往日之氣象大不相同."에서 인용한 말.
71) 衣甲(의갑): 적의 창검이나 화살을 막기 위하여 입는 갑옷.
72) 犨(빈): 擊의 오기인 듯.
73) 裏(리): 裹의 오기인 듯.

將軍金甲橫金斧　　　　　　坐下龍駒74)認作虎

中央掣起杏黃旗75)　　　　　　上按中央戊己土

聽令已了, 一時退去。旗纛官又將白旗一麾, 只見正西陣中, 忽又湧出一隊
人馬, 飛也似奔至將臺前聽令, 更加英雄, 但見,

一陣黑雲壓高壘　　　　　　鐵甲將軍粧束美

嘶風駿馬是烏騅　　　　　　上按北方壬癸水76)

聽令已畢, 一齊退去。五隊人馬, 各按方位住定。77)

因命掌號官, 將金鑼一面, 鐺鐺敲了數聲, 只見五隊人馬, 在教場中束轉西折,
盤旋屢廻, 忽變作一長蛇之勢78), 靑在前, 紅次之, 黃居中, 白次之, 黑押在後。
頭在前搖, 則尾於後擺, 尾從後捲, 則首在前面回。首有事, 則腹尾應之, 尾有
事, 則首腹應之, 腹有事, 則首尾應之。首尾正行時, 忽從中突出游騎, 或飛劒,
或飛槍, 或飛鎚, 倏而前, 倏而後, 直如飛鳥之攫物, 猛虎之奪食, 使人不可端

---

74) 龍駒(용구): 준마가 될 망아지라는 뜻으로, 흔히 아주 뛰어난 인재를 뜻하는 말.
75) 杏黃旗(행황기): 약간 붉은 빛을 띤 황색 깃발.
76) 원문의 이 시는 西方이 아니라 北方에 관련된 것이고 서방에 관련된 것은 누락되어 착종
　　된 것임. 이에 대해서는 각주 77)을 참조하기 바란다.
77) 因命掌旗纛官~各按方位住定(인명장기독관~각안방위주정): 淸나라 煙水散人 徐震이 지은
　　《後七國志樂田演義》의 제8회 <燕昭王大閱節制兵 韓將軍喪命匹夫勇> "因命掌旗纛官, 在將
　　台上將藍旗一揮, 只見正東陣中, 忽擁出一隊人馬, 飛也似奔至台前聽令, 十分英勇。怎見得? 但見:
　　半似藍兮半似綠, 馬上英雄靑簇簇。時時擊鼓動碧天, 上按東方甲乙木。旗纛官又將紅旗一揮, 只見
　　正西陣中, 又忽擁出一隊人馬, 飛也似奔至將台前聽令, 更加英勇。怎見得? 但見: 頂上紅雲飄萬朵,
　　赤日朱霞作妝裹。胭脂馬上大紅袍, 上按南方丙丁火。旗纛官又將黃旗一揮, 只見正當中陣內, 忽又
　　擁出一隊人馬, 飛也似奔至將台前聽令, 分外英雄。怎見得? 但見: 將軍金甲橫金斧, 座下龍駒認作
　　虎。中央扯起杏黃旗, 上按中央戊己土。旗纛官又將白旗一揮, 只見正西陣中, 忽又擁出一隊人馬,
　　飛也似奔至將台前聽令, 十分强勇。怎見得? 但見: 白盔白甲冷森森, 風展旌旗霜色侵。槍是梨花刀
　　是雪, 上按西方庚辛金。旗纛官又將皂雕旗一揮, 只見正北陣中, 忽又擁出一隊人馬, 飛也似奔至將
　　台前聽令, 更加英勇。怎見得? 但見: 一陣黑雲壓高壘, 鐵甲將軍裝束美。嘶風駿馬似烏騅, 上按北
　　方壬癸水。五隊人馬, 各按方位住定。"에서 인용한 말.
78) 長蛇之勢(장사지세): 적이 머리를 치려하면 꼬리로 공격하고, 꼬리를 공격하면 머리로 공
　　격하고, 몸통을 공격하면 머리와 꼬리 양쪽으로 협공하는 형세를 일컫는 말.

倪, 莫能測識。⁷⁹⁾

又敎諸將, 以八門⁸⁰⁾設陣之法, 東南西北, 隨其方位, 所定靑紅白黑, 羅列旗幟, 各成隊伍。其東南間以靑紅, 西南間以紅白, 西北間以白黑, 東北間以靑黑, 四面八方, 各八門, 分爲六十四門。門有生死, 路有奇正, 或入于生而出于死, 或入于死而出于生, 或進而正以退⁸¹⁾以奇, 或進以奇而退以正。陣內又有陰陽起伏之術, 風雲變化之機, 或起於陰而伏於陽, 或起於陽□⁸²⁾伏於陰, 或變爲風而化爲雲, 或變爲雲而化爲風, 若賊誤入死門而不得生門, 則必死於陣中。

昔孔明, 自荊州⁸³⁾入蜀之時, 以亂石堆, 成此陣於魚腹浦⁸⁴⁾邊, 立小石碑於其傍, 題刻曰, '東吳大將困於此' 其後, 吳都督陸遜⁸⁵⁾, 追昭烈⁸⁶⁾至此, 見碑書, 笑

<hr />

79) 因命掌號官~莫能測識(인명장호관~막능측식): 淸나라 煙水散人 徐震이 지은 ≪後七國志樂田演義≫의 제8회 <燕昭王大閱節制兵 韓將軍喪命匹夫勇> "因命掌號官, 將金鑼一面鐺鐺地敲了數聲. 只見五隊人馬, 在敎場中東轉西折, 盤旋了一回, 忽變作一長蛇之勢, 靑在前, 紅次之, 黃居中, 白次之, 黑押在後. 頭在前搖, 則尾於後擺, 尾從後卷, 則首從前回. 首有事, 則腹尾救之. 尾有事, 則首腹護之. 腹有事, 則首尾應之. 首尾正行時, 忽從中突出輕騎, 或飛標·或飛鎚, 俟而前, 俟而後, 直如飛鳥之攫物, 使人不見端倪, 莫能測識."에서 인용한 말.

80) 八門(팔문): 길흉을 판단하는 여덟 가지 門. 곧 休門·生門·傷門·杜門·景門·死門·驚門·開門 등을 이른다.

81) 進而正以退(진이정이퇴): 進以正而退의 오기.

82) □: 원문에는 글자가 없으나 而가 누락된 듯.

83) 荊州(형주): 九州의 하나. 荊山의 남쪽지방으로, 현재의 湖北省·湖南省 및 廣東省 북부, 貴州, 四川, 廣西壯族 자치구 동부의 지역이다. 중국 春秋 時代 '楚'나라의 별칭으로 쓰이기도 했다.

84) 魚腹浦(어복포): 제갈량이 八陣圖를 친 곳. 오나라 도독 陸遜이 蜀나라 劉備를 추격하다 제갈량의 팔진도에 갇혀서 곤혹을 치렀으나, 제갈량의 장인 黃承彦의 도움으로 살아난 곳이다.

85) 陸遜(육손): 吳나라의 정치가. 孫權의 형인 長沙桓王 孫策의 사위였다. 처음에 孫權의 막부에서 일해 偏將軍과 右部督에 올랐다. 어린 나이로 뛰어난 지략을 지녀 呂蒙과 함께 公安을 함락하고 關羽를 사로잡아 죽였다. 뒷날 劉備가 복수를 위해 군사를 동원했을 때도 老將들의 반대를 물리치고 침착하게 작전을 짜 촉의 40여 진지를 불살라 승리를 이끌었는데, 모두 그의 智謀에서 나왔다.

86) 昭烈(소열): 蜀漢의 초대 황제인 昭烈帝. 본명은 劉備. 자는 玄德. 前漢 景帝의 후예로, 184년 關羽, 張飛와 의형제를 맺고 황건적 토벌에 참가하였으며 이후 여러 호족 사이를 전전하다가 諸葛亮을 얻고, 孫權과 동맹을 맺어 赤壁 싸움에서 남하하는 曹操의 세력을 격퇴시켰다. 이후 荊州와 翼州를 얻고 漢中王이 되었으며, 2년 후 蜀을 세워 첫 황제가 되었으나 형주와 관우를 잃자, 그 원수를 갚으려고 대군을 일으켜 吳와 싸우다 夷陵 전투가 패배로 끝나고, 白帝城에서 제갈량에게 아들 劉禪을 부탁한 후 병사하였다.

曰: "孔明眞愚忘也! 空虛石陣, 何足困耶?" 遂馳入陣門, 橫行衝突。俄而, 殺風忽起, 陰雲密布, 冷霧急擁, 咫尺莫辨。壁石變爲高山峻峰, 沙礫化爲長槍大劍, 鬼將擋前, 神兵周匝, 遜驚困, 未知所出, 正在危迫, 得黃承彥[87]之指撝, 幸而得出而免死。盖其變化之法, 奇妙之術, 雖在於其中, 而明神靈鬼, 莫能得以測知也。

又敎二十八宿列陣之法, 二十八宿[88]者, 天上則列星也。角亢[89], 於天爲壽星[90], 於地爲兗鄭, 於方爲辰, 於時爲三月。氐房心[91], 於天爲化大[92], 於地爲豫宋, 於方爲神,[93] 於時爲二月。尾箕, 於天爲析木, 於地爲幽燕, 於方爲寅, 於時爲正月。斗牛, 於天爲星紀, 於地爲楊吳, 於方爲丑, 於時爲十二月。女虛危, 於天爲玄枵, 於地爲靑齊, 於方爲子, 於時爲十一月。室壁, □□□□□, □□□□□, □□□□, □□□□□□。□□[94], 於天爲降婁, 於地爲徐魯, 於方爲戌, 於時爲九月。胃昴畢, 於天爲大梁, 於地爲冀趙, 於方爲酉, 於時爲八月。觜參, 於天爲實沈, 於地爲益晉, 於方爲申, 於時爲七月。井鬼, 於天爲鶉

---

87) 黃承彥(황승언): 삼국시대 蜀나라 사람. 諸葛亮의 장인이다. 사람됨이 고상하고 낙천적이었는데, 沔南의 名士였다. 딸이 외모는 흉했어도 재주가 높았는데, 제갈량이 아내로 맞았다. 제갈량을 따라 촉으로 왔다. 夷陵 전투 후에 오나라 장수 陸遜이 劉備를 추격하다 八陣圖에 갇히게 되었는데, 그가 구해주었다. 그러나 육손이 팔진도에 갇힌 일은 正史에 없는 허구다.

88) 二十八宿(이십팔수): 지구의 자전과 공전에 따라 동북서남의 순서에 따라 각각 7개의 별자리씩 4개 권역으로 배치된 것을 일컫음. 靑龍七星은 角亢氐房心尾箕, 玄武七星은 斗牛女虛危室壁, 白虎七星은 奎婁胃昴畢觜參, 朱雀七星은 井鬼柳星張翼軫이다. 태양이 어떤 恒星의 위치를 지나고 있는가를 관측하여 계절의 변화와 날짜를 알았다고 한다.

89) 角亢(각항): 二十八宿 중 角宿와 亢宿를 지칭하는데, 각수는 창룡 일곱 별 중의 첫 번째 별이고, 항수는 창룡 일곱 별 중의 두 번째 별이다. 각수는 平道・天田・天門・進賢・南門의 별이며, 항수는 大角 밑의 彎弓狀의 별자리이다.

90) 壽星(수성): 태양이 지나가는 황도 360도 위에 위치한 恒星을 28개의 별자리로 나누어 28宿라 하고, 이를 다시 30도씩으로 나누어 12궁이라 일컫는 것 중의 하나. 12宮의 명칭은 壽星/辰, 大火/卯, 析木/寅, 星紀/丑, 玄枵/子, 娵訾/亥, 降婁/戌, 大梁/酉, 實沈/申, 鶉首/未, 鶉火/午, 鶉尾/巳이다. 壽星은 인간의 수명을 관장하는 별로, 南極星이라고 일컫기도 한다.

91) 氐房心(저방심): 氐星・房星・心星. 특히, 심성은 大星으로 天王인데, 불을 관장하여 大火星이라고도 한다.

92) 化大(화대): 火大의 오기. 大火라고도 한다.

93) 神(신): 卯의 오기.

94) □□: 奎婁이 누락됨.

首, 於地爲雍秦, 於方爲未, 於時爲六月。柳星張, 於天爲鶉火, 於地爲三河周, 於方爲午, 於時爲五月。翼軫, 於天爲鶉尾, 於地爲荊楚, 於方爲巳, 於時爲四月者也。孔明上應列星之躔, 分爲二十八門, 下按四方之位, 分爲十二陣, 中依四時之序, 分爲十二隊, 循環流行, 到處接應。陣內中央, 高築將臺, 上應紫薇之躔, 下法土地之中, 中按戊己95)之方, 天地斡旋之道, 風雲造化之妙, 皆在於此中, 而非奇才深智, 則莫能窺其涯涘。

又敎三才五行列陣之法, 三才者, 天地人也。天開於子, 地闢於丑, 人生於寅96), 子爲天統, 丑爲地統, 寅爲人統97)。列置三陣, 各有所統, 天在左, 地在右, 人在中, 左則法天之圓而有日月星辰之衆, 右貯模地之方而有山嶽河海之地形, 中則效人之靈而有手足耳目之動。陰陽俱應, 經緯相織, 左旋右廻, 羽翼於中, 上覆下載, 含色其間。

五行者, 水火木金土也。天一生水, 地二生火, 天三生木, 地四生金, 天五生土98), 地六成水, 天七成火, 地八成木, 天九成金, 地十成土99), 一三五七九, 爲奇數陽也, 二四六八十, 爲耦數陽100)也。金生水, 水生木, 木生火, 火生土, 土生金, 金剋木, 木剋土, 土剋水, 水剋火, 火剋金也。

木曰曲直, 於星爲福德101), 於方爲東, 於時爲春, 於人爲仁, □102)神爲句芒, 於□103)爲蒼龍, 於色爲靑, 於味爲酸。火曰炎上, 於星爲熒惑, 於方爲南, 於時

---

95) 戊己(무기): 중앙을 말함. 十干을 五方에 배합할 때에 甲乙은 東方, 丙丁은 南方, 戊己는 中央, 庚辛은 西方, 壬癸는 北方에 배치한다.

96) 天開於子~人生於寅(천개어자~인생어인): 邵雍의 ≪皇極經世≫에서 나온 말.

97) 子爲天統~寅爲人統(자위천통~인위인통): ≪논어≫<爲政篇>의 "삼통이란 하나라가 정월을 인월로 세워 인통이 되고, 상나라가 정월을 축월로 세워 지통이 되고, 주나라가 정월을 자월로 세워 천통이 된 것을 일컫는다.(三統, 謂夏正建寅爲人統, 尚正建丑爲地統, 周正建子爲天統.)에서 나온 말.

98) 天一生水~天五生土(천일생수~천오생토): 五行相生의 數.

99) 地六成水~地十成土(지육성수~지십성토): 五行相成의 數.

100) 陽(양): 陰의 오기.

101) 福德(복덕): 福德星. 觀相學에서 12궁의 하나로, 木星을 吉한 별이란 뜻에서 하는 말.

102) □: 於가 누락됨.

103) □: 精이 누락됨.

爲夏, 於人爲禮, 於神爲祝融, 於精爲朱鳥, 於色爲赤, 於味爲苦. 金曰從革, 於星爲太白, 於方爲西, 於時爲秋, 於人爲義, 於神爲蓐收, 於精爲白虎, 於色爲爲青, 於味爲酸. 火曰炎上, 於星爲熒惑, 於方爲南, 於時爲夏, 於人爲禮, 於神爲祝融, 於精爲朱鳥, 於色爲赤, 於味爲苦. 金曰從革, 於星爲太白, 於方爲西, 於時爲秋, 於人爲義, 於神爲蓐收, 於精爲白虎[104], 於色爲白, 於味爲辛. 水曰潤下, 於星爲辰星, 於方爲北, 於時爲冬, 於人爲智, 於神爲玄冥, 於精爲玄武, 於色爲黑, 於味爲醎。土爰稼穡, 於星爲鎭星, 於方爲中央, 於時爲四季, 於人爲信, 於神爲后土, 於精爲句陳, 於色爲黃, 於味爲甘也。

排列五陣, 得天地生成之道, 叶陰陽奇耦之數, 相生而有相剋之理, 乍出而有乍沒之機. 各隨其方, 以辨其色, 六丁六甲, 皆入於指揮之中, 百鬼百神, 都在於掌握之內, 驅而進, 則呼風喚雨, 奮迅而當前, 收而退, 則依草附木, 隱伏而藏後, 變化莫測, 而韜畧之妙, 於斯而備矣.

其他魚貫鳥翼[105]等諸法, 一一演習, 細細教諭, 而知其大畧者, 惟韓信·李請[106]二人而已. 其餘諸將, 皆莫能逮其場院, 窺其門戶[107]。

又善將之道, 自有條例, 如身之使臂, 臂之使指, 上下相須, 大小有次, 故多多益辨, 而無紊亂雜錯之獘矣. 盖諸般列陣之法, 出於力牧, 成於太公, 其後戰國之時, 田穰苴[108]·孫武[109]·吳起[110], 各有一能, 而孔明兼而有之也, 用兵

---

104) 於色爲爲靑~於精爲白虎(어색위위청~어정위백호): 중복 필사됨.

105) 鳥翼(조익): 鳥翼陣. 새의 날개 꼴로 치던 진.

106) 李請(이청): 李靖의 오기.

107) 逮其場院, 窺其門戶(체기장원, 규기문호): 그 장원에 미쳐서도 그 문호를 들여다보지 못한다는 뜻으로, 진법에 대하여 대략이라도 알지 못함을 의미하는 듯.

108) 田穰苴(전양저): 춘추시대 齊나라 景公 때의 명장 司馬穰苴. 일설에는 전국시대 말기 齊湣王의 장수가 되어 집정했는데, 용병술이 뛰어났지만 나중에 민왕에게 살해당했다고 한다. 《사기》에 보면 兵法書를 지었다고 하는데, 그 법을 司馬法이라고 한다.

109) 孫武(손무): 춘추시대의 병법가. 齊나라 사람으로서 吳나라 왕 闔閭 밑에서 군사를 양성해 楚나라를 쳐부수고 齊나라·晉나라를 눌러 오왕의 패업을 도왔다. 《孫子》 13권을 저술하여 병법가의 鼻祖로 일컬어진다.

110) 吳起(오기): 戰國시대의 병법가. 衛나라 사람으로서, 楚나라의 정승이 되어 부국강병책을 써서 공을 세웠으나, 귀족의 원한을 사 죽음을 당하였다. 그가 지은 《吳子》 6편은 《孫子》와 더불어 고대의 2대 병법서로 불린다. 특히 자기 부하로 있는 군사의 종기

之法如此, 故將士咸服其才智, 仰之如神明。與士卒, 同飮食, 分勞苦, 憐疾病, 哀死傷, 撫遺孤, 愛恤之情如此, 故將士皆感其恩意, 慕之如父母。有欺必罰, 有犯必戮, 一無容貸, 刑罰之明如此, 故將士皆畏其嚴威, 憎之如雷霆。願爲其用, 樂爲致死。昔張裔[111], 常稱之曰:"公賞不遺遠, 罰不阿近, 賞不可以無功取, 罰不可以貴勢免, 此賢愚之所以僉忘其身者也。"[112] 斯言信之矣。

孔明敎演已了, 罷退將士, 將士退而相謂曰:"太尉[113]眞天神也, 吾輩豈敢不俯伏服從, 效其死力乎?"一演戰陣, 而將士之心服, 蓋如此也。孔明調練已畢, 卽送戰書于項王。

를 빨아서 고쳤다는 고사로 유명하다.

111) 張裔(장예): 蜀漢의 대신. 劉備가 漢中王이었을 때 偏將軍이었다. 曹丕가 황제가 되고 東漢이 망하자, 그는 許靖・糜竺・向擧 등과 함께 유비에게 제위에 오르기를 권한다. 諸葛亮이 漢中으로 나아가 주둔하면서 북벌을 준비할 때, 그를 長史로 삼아 승상부의 일을 관장하게 하였다.

112) 公賞不遺遠~此賢愚之所以僉忘其身者也(공상불유원~차현우지소이첨망기신자야): ≪通鑑節要≫<漢紀>의 "승상장사인 장예가 항상 제갈량을 칭찬하여 말하기를, '공은 상을 내릴 때에 소원한 사람을 빠뜨리지 않고 벌을 내릴 때에 가까운 사람을 두둔하지 않았으며, 관작은 공이 없이 취할 수 없고 형벌은 귀한 형세로 면할 수 없었으니, 이것이 바로 어진 이와 어리석은 이가 모두 자기 몸을 잊고 나라에 보답했던 이유이다.' 하였다.(丞相長史張裔, 常稱亮曰: '公賞不遺遠, 罰不阿近, 爵不可以無功取, 刑不可以貴勢免, 此賢愚之所以僉忘其身者也.')"에서 나온 말.

113) 太尉(태위): 제갈량이 상권에서 漢高祖로부터 받은 지위가 太尉知內外兵馬征討事인 데서 일컫는 말.

宋主連兵徐州　　武侯敗績滎陽[*]

且說。項王當夜[1], 劫棄狼狽而歸, 會諸將曰: "彼陣有何人, 知我劫棄而預設防備乎?" 龍且曰: "臣聞諸葛孔明[2]." "雖智, 安能當我之勇力乎?" 龍且曰: "大王之勇, 雖曰無敵, 不可以寡而敵衆, 今可遣人於建康[3], 致書于宋主[4]。使之大起兵馬, 爲我接應, 助我聲勢, 則大事可成." 項王曰: "汝言是也."

正話之間, 忽告: "黥布[5]率軍而至門外, 面縛[6]自首項王." 項王卽令召入, 布膝行匍匐而入, 謝罪曰: "臣昔日反逆之罪, 實合萬死, 故皇天降罰, 卒受誅戮, 自知其罪, 固所甘心。今日之來, 亦知必誅, 然或冀萬一者, 大王平日, 恩愛甚厚, 授任極隆。故革面而來, 服罪而謝, 伏乞大王, 憐之恤之." 項王罵曰:

---

[*] 武侯敗績滎陽(무후패속형양): 하권의 목록에는 '績'이 '績'으로, '滎'이 '榮'으로 되어 있음. '滎'은 '榮'의 오기이다.
1) 當夜(당야): 그날 밤.
2) 諸葛孔明(제갈공명): 諸葛亮. 漢의 宰相. 隆中에 은거하고 있을 때 劉備의 三顧草廬에 못 이겨 出仕한 후 劉備를 보좌하여 천하 三分之計를 제시했고, 荊州와 益州를 취하고 蜀漢을 세우는 데 큰 공헌을 했다. 또 南蠻을 평정하고 北伐을 주도했다. 유비가 죽은 뒤, 遺詔를 받들어 後主인 劉禪을 보필하다가 魏나라의 司馬懿와 五丈原에서 대전중 陳中에서 죽었다. 그가 지은 <出師表>는 名文으로 유명하다.
3) 建康(건강): 南京의 옛 이름.
4) 宋主(송주): 남북조시대 宋나라 武帝 劉裕를 가리킴. 東晉의 安帝 때에 孫恩과 盧循의 난을 평정하였고, 桓玄이 황제를 자칭하자 그를 격파하여 안제를 복위시켰다. 또 南燕과 後秦을 멸망시켜 宋公에 봉해지고, 元熙 초에 禪讓을 받아 송나라의 시조가 되었다.
5) 黥布(경포): 項王 때의 장수. 원래 이름은 英布인데, 형벌을 받아 얼굴에 문신을 했기 때문에 '黥'으로 고쳤다. 項羽를 따라 咸谷關을 칠 때 군사의 선봉장을 맡았지만, 隨何의 설득으로 유방에게 귀의한 인물이다.
6) 面縛(면박): 얼굴을 쳐들어 앞을 볼 수 있도록, 두 손을 등 뒤로 돌려 묶음.

"汝前日以我孤窮, 背而去之, 今日以我强盛, 向而來, 可謂及覆7)者也。罪當誅也, 第觀前日共事之顔情8), 特免其死, 汝當改過自新, 忠君向上。勿辭櫛沐9)之苦, 可遂征戰之功。" 布稽首謝曰: "臣之死罪, 大王赦之, 臣敢不效死以報再生之恩乎?" 項王以布爲右將軍, 與龍且, 俱爲前行, 即修書, 使人詣建康。

且說。劉穆之10)辭了項王, 歸見宋主, 具告項王反漢爲宋, 立功來會之事, 且以項王書, 呈上, 宋主見之, 大喜曰: "項王爲我, 吾事濟矣。" 當大起兵馬, 隨後接應, 與衆商議。過了數日, 忽報: "項王又遣人, 齊書而來。"

宋主拆視之, 其畧曰「夫用兵之道, 量敵而後進, 制勝而後戰。寡人竊料, 羣賊大熾, 衆寇盛會, 將帥之英勇, 士馬之精强, 不知其幾千萬矣。寡人雖有拔山之力, 盖世之勇, 敵多則力分, 獨戰則勇襄, 大功難得成, 而宿約未可踏矣。惟願盟主, 早起熊虎之帥, 大發貔貅之士11), 前後接應, 左右羽翼, 近助一臂之勇力, 遠爲千里之聲勢, 則寡人當執銳前驅, 奮力先登, 一掃寇敵之塵, 直搗洛豫12)之穴, 必係劉季13)之頸, 而致之於麾下。如此則寡人之恥可湔, 而盟主之辱快雪矣。故兹書通, 立待回音。」宋主見了, 喜曰: "此吾志也。當躬率大衆, 以爲接應, 然根本未可空虛, 身難遠離, 可使列國帝王中英勇者, 率厲將士, 協心同力耳。"

即點起精兵五十萬, 以黃巢14)·朱泚15)將之。黃巢者, 毫州16)宛邱17)人也,

---

7) 及覆(급복): 反覆의 오기. 변덕이 심함.
8) 顔情(안정): 자주 보아 생기는 정.
9) 櫛沐(즐목): 櫛風沐雨. 바람으로 머리를 빗고 빗물로 목욕을 한다는 뜻으로, 객지를 방랑하며 온갖 고생을 겪음을 비유적으로 이르는 말.
10) 劉穆之(유목지): 南宋 武帝 때의 사람. 일찍이 桓玄을 평정하고 劉毅를 토벌하여 劉裕의 策士가 되었는데, 뒤에 유유가 출정하자 建康에 남아서 안으로는 조정의 정사를 총괄하고 밖으로는 군량을 공급하였다.
11) 貔貅之士(비휴지사): 용맹한 군사. 貔貅란 고대에 전쟁용으로 길들여 사용한 호랑이와 유사한 용맹한 짐승으로 수컷을 비, 암컷을 휴라고 한다.
12) 洛豫(낙예): 洛陽. 낙양은 豫州의 중심지였다.
13) 劉季(유계): 漢高祖 劉邦의 字.
14) 黃巢(황소): 唐나라의 반란 지도자. 수천 명의 추종자들을 모아 여러 차례 반란을 일으켰

一目重瞳, 驍勇無敵。是以宋主擇之, 拜爲淮南王, 往來都接應, 使朱泚, 副之, 使率大軍, 爲項王助戰。又遣左先鋒鄧羌[18]・右先鋒呂布[19], 率鐵騎二萬, 爲項王前驅。分排已畢, 命翰林學士范曄[20]答書, 付使者。使者回報項王, 而呈上答書, 項王視之, 其畧曰:「盖聞同聲相應[21], 同氣相求[22], 一天之下, 千載之間, 足下與寡人, 同聲而同氣者也, 相應而相求者也。何以言之? 足下倔起江東, 揮一劍而掃風塵, 以成霸業, 寡人奮起寒微, 驅一旅而平禍亂, 以成帝業, 而人之事, 合如符契。然足下卽萬世之英雄, 千人之慴伏[23]也, 如寡人之愚賤, 何可當也? 飽聞英名, 如雷灌耳, 每欲共事而無由矣。何幸今者, 見機而決, 識勢而發, 不棄愚賤, 惠共周旋? 蒙楚虎[24]而前驅, 執鄭蚕[25]而先登,

으며, 廣州를 점령하고 이후 북쪽으로 방향을 돌려 수도 長安을 점령하였다. 이후 스스로 황제에 올라 국호 大齊라고 칭했다. 당은 돌궐계 유목 부족인 沙陀의 도움을 받아 그를 장안에서 몰아내고 이듬해 체포하여 처형하였으나, 10년간의 반란으로 당의 지배력은 파괴되었으며 당은 급격하게 쇠퇴해 황소의 부하 장군이었던 朱全忠에 의해 멸망하였다.

15) 朱泚(주차): 唐德宗 때 반란을 일으킨 인물. 783년에 반란을 일으킨 涇原節度使 姚令言에 의해 황제로 추대되었으나, 李晟에게 패하여 도망치다가 部將에게 죽음을 당하였다.

16) 毫州(호주): 曹州의 오기.

17) 宛邱(완구): 宛句의 오기.

18) 鄧羌(등강): 前秦의 명장. 幷州牧, 建節將軍, 尙書左僕射 등을 지냈다. 燕의 병사가 쳐들어 왔을 때, 王猛이 司隸校尉를 줄 것이니 싸우도록 독려하니, 등강이 장막 안에서 술을 단지째 들이키고는 말에 올라 창을 휘두르며 前燕의 진지를 들락날락하면서 포로로 잡아 목을 벤 것이 5만여 명이고 이긴 기세를 타서 추격하여 죽인 것과 항복받은 사람이 또 한 10만여 명이었다.

19) 呂布(여포): 後漢의 사람. 처음에는 丁原을 섬기다가 후에 董卓을 섬겼다. 동탁이 죽임을 당하자 그의 남은 무리를 혁파하고는 袁術에게 귀의했다.

20) 范曄(범엽): 南朝 宋나라의 역사가. 어려서부터 배우기를 좋아했고, 문장을 잘 지었다. 隸書에 능했고, 음률에 정통했다. 처음에는 彭城王 劉義康의 冠軍參軍이 되었다. 나중에 檀道濟의 司馬가 되어 군대를 따라 北征했고, 尙書吏部郞으로 옮겼다. 文帝의 아우 유의강을 황제로 옹립하려다가 심기를 건드려 宣城太守로 좌천되었다. 뜻을 얻지 못하자 10여 년의 각고 끝에 ≪後漢書≫를 편찬했다. 후한 시대에 관한 최고의 역사서로 평가받는다.

21) 同聲相應(동성상응): 같은 소리끼리는 서로 응하여 울린다는 뜻으로 같은 무리끼리 서로 통하고 자연히 모인다는 말.

22) 同氣相求(동기상구): 기풍과 뜻을 같이하는 사람은 서로 동류를 찾아 모임.

23) 慴伏(습복): 두려워서 굴복함. 千人之慴伏은 ≪史記≫<淮陰侯列傳>의 "항우가 큰 소리로 꾸짖으면 천 명의 사람이 모두 엎드려 일어나지 못했다.(項王喑啞叱咤, 千人皆廢。)"고 한 것을 염두에 둔 표현이다.

喑啞則山岳震動, 叱咤則風雲變盪, 正是英雄得意之秋, 而愚賤効力之日也。
事當躬率將士, 身執鞭弭, 赴援蟻於一日之內, 馳附蠅26)於千里之外, 蹴踏
余27)豫而同心, 掃伊洛28)而齊力。竊惟深計者固其根本, 遠慮者堅其窟穴, 進
則可以勝敵, 退則足以固守, 衆皆有歸屬矣。是以不卽躬率而進, 遣都副接應
使黃巢・朱泚, 率吳越精兵五十萬往來, 接應助戰。此二人, 英勇絶倫, 所向
無敵者也。又遣左右先鋒鄧羌・呂布, 以鐵騎二萬, 爲兩翼之輔, 而効一臂之
助。此二將, 身先士卒, 橫行馳驅者也。惟願足下, 騰廢千29)之威, 奪敵萬之
勇, 長驅大進, 乘勝逐北30), 寡人當傾國之中, 掃境之內, 陸續進發31), 幸望先
成大功, 早告捷音.」項王覽畢, 大喜曰: "我勇無敵, 接應如是, 天下事定矣。
當調撥將士, 明日進戰, 一擧成功, 無復疑矣."

　正語之間, 人報: "孔明遣使, 賷戰書而至." 項王卽命召入, 使者入拜而獻
書, 項王視之, 其書曰:「大漢太尉知內外兵馬征討事諸葛亮, 致書于西楚伯王
足下。吾聞之, 順德者昌, 逆德者亡, 循理者興, 背理者滅。理與德天也, 順而循
賢也, 逆而背亂賊也。自古以來, 順德天32)循理, 而不昌不興者, 未之有也, 逆德
背理, 而不亡不滅者, 未之有也, 此天道之當然也, 人事之固然也。其間豈可容毫
髮哉? 洛陽列聖之宴, 君不請而自來, 不期而自會, 是約外之人, 席末之賓。性

---

24) 楚虎(초호): 楚나라 項羽를 일컫는 말.
25) 鄭蝥(정모): 춘추시대 鄭伯의 깃발이란 뜻. 蝥弧旗는 창・방패와 弧矢星을 그린 깃발인데,
　　穎考叔이 이 깃발을 들고 적군의 성벽에 먼저 올라간 고사가 있다.
26) 蠅(승): 다른 사람과 같은 길을 가는 것을 겸양하여 이르는 말. ≪史記≫<伯夷傳>의 注
　　에, "파리는 말 꽁무니에 붙어 천 리를 가는 것이므로 顏回가 孔子를 인하여 빛이 난 것
　　을 비유한 말이다.(蒼蠅附驥尾, 而致千里以喩顏回因孔子而名彰。)"에서 나온 말이다.
27) 余(여): 徐의 오기.
28) 伊洛(이락): 伊水와 洛水 사이의 지역으로 洛陽을 가리킴.
29) 廢千(폐천): ≪通鑑節要≫<漢紀・太祖高皇帝>의 注에서 '自廢'에 대해 "천 사람이 모두
　　용기를 잃어 감히 당해내지 못한다.(千人皆失氣, 不堪當也。)"라고 한 데서 나오는 말.
30) 乘勝逐北(승승축패): 이긴 기세를 타서 패하여 달아나는 적을 쫓음.
31) 進發(진발): 出兵. 싸움터를 향해 나아감.
32) 天(천): 문맥상 불필요한 글자인 듯.

又暴戾, 行且黷陋, 負罪積累, 爲惡貫盈, 所過無不殘滅, 所攻無復遺類, 此神鬼之所共憤, 人民之所共疾也, 事當排之而不容, 拒之而不受。惟我太祖睿聖皇帝[33], 體天仁覆, 法地厚載, 用山林藏疾之志, 恢川澤納汚之量[34], 延而共席, 宴而同樂, 待以伯者之位, 畀以前驅之任。君宜竭力而盡誠, 輸忠而仗義, 酬恩以戈戟之勞, 報德以征戰之功。不此之爲, 反生異心, 敢肆逆謀, 如犬馬之噬嚙[35], 鷹鸇之飽颺, 棄明而投暗, 逆德而背理。是卽漢世之莽・卓[36], 晉時之敦・峻[37]也, 亂逆之罪, 凶醜之孽, 不可一日容於覆載之間, 而尋常置於度量之外矣。是故, 皇赫斯怒, 天降之罰, 列辟[38]御駕, 六軍[39]整旅, 付臣以征討之任, 假臣以生殺之權。於是, 猛將奮力而齊進, 銳卒賈勇而先登, 戰

---

33) 睿聖皇帝(예성황제): 宋太祖 趙匡胤이 추숭한 宋宣祖 趙弘殷의 諡號인데, 이는 문맥상 맞지 않음.

34) 用山林藏疾之志, 恢川澤納汚之量(용산림장질지지, 회천택납오지량): ≪春秋左氏傳≫ 宣公 15년 조의 "내와 못은 오물을 받아들이고, 산과 숲은 독충을 끌어안으며, 훌륭한 옥도 하자를 품고 있다. 마찬가지로 나라의 임금이 더러운 것을 포용하는 것은 하늘의 도이다.(川澤納汚, 山藪藏疾, 瑾瑜匿瑕, 國君含垢, 天之道也.)"에서 활용한 말. 신하의 잘못을 너그럽게 감싸 안는 임금의 도량을 의미한다.

35) 犬馬之噬嚙(견마지서설): 江統이 지은 <徙戎論>의 "개와 말도 살찌고 충실하면 사람을 무는데, 하물며 夷狄이 변란을 일으키지 않을 수 있겠는가. 다만 그들의 형세가 미약하여 세력이 미치지 못해서일 뿐이다.(犬馬肥充, 則有噬嚙, 況於夷狄, 能不爲變! 但顧其微弱勢力不建耳.)"라는 구절을 활용한 말.

36) 莽卓(망탁): 王莽과 董卓. 왕망은 前漢 말기의 정치가인데, 스스로 옹립한 平帝를 독살하고 제위를 빼앗아 국호를 新으로 명명했지만, 한나라 劉秀에게 피살되어 멸망했다. 동탁은 後漢의 정치가인데, 靈帝가 죽자 병사를 이끌고 入朝하여 小帝를 폐하고 獻帝를 옹립하면서 정권을 잡았다. 袁紹 등이 기병하여 동탁을 토벌하려 하자, 헌제를 끼고 長安으로 천도하여 스스로 太師가 되어 흉포가 날로 심했다. 司徒 王允이 몰래 동탁의 장군 呂布로 하여금 그를 살해하게 했다.

37) 敦峻(돈준): 王敦과 蘇峻. 왕돈은 王導의 從兄으로 晉武帝의 딸 襄城公主와 결혼하여 사위가 되어 揚州刺史를 지냈다. 元帝 司馬睿 때 江東을 진압하여 征南大將軍이 되어 功을 믿고 권력을 전횡하다가 드디어 武昌의 난을 일으켰는데, 明帝가 토벌할 때는 이미 병사하였다. 소준은 晉元帝를 도와 공을 세우고 冠軍將軍이 되었는데, 成帝 때에 반역하여 官軍을 차례로 물리치고 임금을 石頭城에 내쫓기까지 하였으나, 끝내 陶侃 등의 군대에게 패하여 죽었다.

38) 列辟(열벽): 歷代 君主. 公卿諸官.

39) 六軍(육군): 천자가 거느린 군대나 중국의 황제가 거느린 군대를 상징하는 말.

氣盈溢, 挾嵩嶽而南馳, 班聲40)震騰, 捲淮波而東走, 而況皇興渡洛, 帝駕次豫, 加之以泰山之重, 施之以雷霆之威, 雷霆之所擊, 豈有不摧折者? 泰山之所壓, 豈有不糜滅者哉41)? 是以恭承皇命, 掃淸賊塵, 魯泮獻淮夷之馘42), 胡塞飮月支之頭43), 然則君雖强如蚩尤44), 勇如孟賁45), 力如烏獲46), 終必潤鑊伏質, 烹醢分裂47)。 念之及此, 寧不凜然乎? 不若早早來降, 面縛自首, 無鋒刃之斬, 而免斧鉞之戮矣。 以玆先告, 其無後悔.」 項王見罷, 怒氣衝天, 扯破戰書, 命斬來使, 季布諫曰: "自古, 兩陣相對, 無斬使之法, 通其信也。 且書辭

---

40) 班聲(반성): 출병하는 말의 울음소리.

41) 雷霆之所擊, 豈有不摧折者, 泰山之所壓, 豈有不糜滅者哉(뇌정지소격, 기유불최절자, 태산지소압, 기유불미멸자재): ≪漢書≫<賈山傳>에 의하면, 賈山이 漢나라 文帝에게 治亂의 도를 논하는 上奏文을 올리고 이것을 '至言'이라 하였는데, 그 내용에 "천둥과 벼락이 치는 곳에는 부러져 꺾이지 않는 것이 없고, 만 균의 무게로 누르는 곳에는 문드러져 뭉개지지 않는 것이 없다.(雷霆之所擊, 無不摧折者, 萬鈞之所壓, 無不糜滅者.)"라고 한 데서 나온 말. 군주의 권위 앞에서는 누구든 꺾이지 않을 수 없음을 말한 것이다.

42) 魯泮獻淮夷之馘(노반헌회이지괵): ≪詩經≫<泮水>의 "밝고 밝은 노후여! 그 덕을 잘 밝히셨도다. 반궁을 짓고 나니 회이 오랑캐가 복종하도다. 용맹스런 범 같은 신하들이 반궁에서 적의 포로의 왼쪽 귀를 바치도다.(明明魯侯, 克明其德。 旣作泮宮, 淮夷攸服。 矯矯虎臣, 在泮獻馘。)"에서 활용한 말.

43) 胡塞飮月支之頭(호새음월지지두): ≪史記≫<大宛列傳>의 "그때 천자가 항복한 흉노에게 물어보니, 그들이 모두 말하기를, '모돈이 월지왕(月氏王)을 공격해 격파하고 흉노 노상선우에 이르러 월지왕을 살해하여 그의 머리로 술잔을 만들었습니다.(冒頓立, 攻破月氏, 至匈奴老上單于, 殺月氏王, 以其頭爲飮器.)' 하였다."에서 활용한 말.

44) 蚩尤(치우): 고대 제후의 이름. 軒轅氏는 세상이 어지러워져 각지의 제후들을 정벌하였는데, 치우가 굴복하지 않고 난을 일으키자 涿鹿의 전투에서 誅伐하였다.

45) 孟賁(맹분): 秦나라 武王 때의 勇士. 소의 생뿔을 잡아 뽑아낼 수 있었으며, 땅에서는 맹수와 마주쳐도 두려워하지 않는 용기를 지녔고, 물속에서는 蛟龍과의 싸움도 피하지 않았다고 한 인물로 夏育과 이름을 나란히 했다. 孟說이라고도 한다.

46) 烏獲(오획): 秦나라 武王의 신하. 烏獲之力이라는 성어가 생길 정도로 힘이 매우 세다. 千鈞의 무게를 들어 올릴 수 있는 장사로 무왕의 총애를 받았다.

47) 終必潤鑊伏質, 烹醢分裂(종필윤확복질, 팽해분열): ≪通鑑節要≫<東漢紀>의 "비록 곤궁한 때를 만나 권력을 도둑질하여 용맹함이 한신과 경포와 같고 강함이 항량과 항적과 같고 형세가 이루어짐이 왕망과 같다 하더라도 끝내 가마솥에 들어가고 도끼 모탕에 엎드려서 삶겨지고 젓 담가져 육신이 나뉘고 찢기는데, 더구나 저 하찮은 자들은 위의 몇 사람에게 미치지 못하면서 천자의 지위를 남몰래 범하고자 한단 말인가?(雖遭離阨會, 竊其權柄, 勇如信布, 强如梁籍, 成如王莽, 然卒潤鑊伏質, 烹醢分裂, 又況么麼不及數子, 而欲闇奸天位者虖?)"에서 나온 말.

悖慢, 咎在孔明, 彼何罪也? 不若赦而歸之, 以示寬恕之意."

項王怒氣未息, 忽報: "黃巢·朱泚·鄧羌·呂布, 率軍而至." 項王卽迎接施禮, 設宴款待, 以此故怒氣稍息, 答書付孔明使者, 罵曰: "吾當斬汝, 十分商量, 假貸殘命, 速速回去, 告爾諸將士, 急持孔明頭來. 不然則我一戰屠之, 俾無孑遺矣." 使者抱頭鼠竄[48]而歸, 見孔明, 泣說項王欲殺之事, 呈上答書, 孔明拆視之, 其畧曰: 「大丈夫行事, 當任意爲之, 豈可聽人節制, 決其去就, 定其向背乎? 洛陽之會, 劉季拒門而不納, ○明帝數我之十罪, 狂言悖禮, 切齒腐心, 以我盖世之英雄, 豈可安而受侮, 靦然忍恥? 是以見機而作[49], 懷憤而發, 將蹴踏伊豫, 蕩平河洛, 殺諸賊如蠅蚋, 滅羣輩如螻蟻, 然後可快於心也. 汝敢以鳥鼠之衆, 凌犯虎狼之威, 書辭悖逆, 罔有犯極[50], 雖不畏我, 寧不畏死乎? 我今厲兵秣馬[51], 明日將與爾, 打圍[52]於會獵[53]之地, 從事於耀武之場, 必盡殺乃已, 爾其洗頸以待.」 孔明覽畢, 笑曰: "語云: '凶人之性不移, 天下之惡一也.'[54] 卽此之謂矣." 乃率諸將進發, 翌日平明, 至滎陽城東南大野, 安排營寨. 俄而, 項王亦至, 分列三寨, 左黃巢, 右朱泚, 項王居中.

兩陣對圓, 漢軍中央, 黃旗簇出. 孔明乘四輪車, 頭戴綸巾[55], 身被鶴氅[56],

---

48) 抱頭鼠竄(포두서찬): 머리를 감싸 쥐고 쥐처럼 도망침.
49) 見機而作(견기이작): 어떤 일이 일어날 낌새를 알아채고 미리 대책을 세움.
50) 罔有犯極(망유범극): 罔有紀極의 오기. 기율에 어그러짐이 아주 심함.
51) 厲兵秣馬(여병말마): 병장기를 갈고 군마를 살지게 먹인다는 뜻으로, 전쟁 준비를 다 갖추었음을 비유하는 말.
52) 打圍(타위): 임금이 직접 나가서 하는 사냥을 이르던 말. 여기서는 '한판 붙자'는 뜻이다.
53) 會獵(회렵): 會戰. 모여 사냥한다는 뜻이나, 여기서는 대규모 병력이 집결하여 전투를 일으키자는 말임.
54) 凶人之性不移, 天下之惡一也(흉인지성불이, 천하지악일야): ≪通鑑節要≫<梁紀>의 "소개가 표문을 올려 간하기를, '삼가 듣건대 흉악한 사람의 성품이 변하지 않는 것은 천하의 악한 사람이 똑같다고 하였습니다.' 하였다.(蕭介上表諫曰: '竊聞凶人之性不移, 天下之惡一也.')"에서 나온 말.
55) 綸巾(윤건): 비단으로 만든 두건의 하나.
56) 鶴氅(학창): 鶴氅衣. 소매가 넓은 백색 氅衣에 깃·도련·수구 등에 검은 헝겊으로 넓게 襈을 두른 것.

手持羽扇, 左立黃鍐57), 右擁白旄58)。上首一將, 挺槍而立, 乃車騎大將軍常遇春也。下首一將, 執斧而立, 乃驃騎大將軍岳飛也。南霽雲59)·雷萬春60), 各執兵器, 分左右, 護衛而立, 趙雲61)·黃忠62), 分前後, 夾擁而立, 隊伍整齊, 號令嚴明。

使人傳呼曰: "漢大尉63)請與項王答話." 項王使黃巢·朱泚, 爲左右翼, 領軍助戰, 龍且·黥布, 率鐵騎三萬, 伏於陣內, 使乘勢殺出64), 應呼曰: "項王出." 三聲砲響, 金鼓齊鳴, 陣門開處, 項王頭戴一頂鳳翅金盔, 身穿一副龍鱗銀鎧, 坐着一匹烏騅駿馬, 手持八丈方天蛇戟, 出立門65)旗下, 人如猛虎, 馬如飛龍, 左有鄧羌, 右有呂布。

孔明謂項王曰: "足下平日, 自許英雄, 而今反爲寇賊, 何也?" 項王曰: "英雄而後, 能知英雄。夫英雄者, 明於理勢, 審於事機, 超然遠覽, 淵然深識, 强弱已判, 於胸中去就自定, 於意內勇必往焉, 決而行之, 豈可伈伈俔俔66), 爲人

---

57) 鍐(전): 鉞의 오기.
58) 左立黃鉞, 右擁白旄(좌립황월, 우옹백모): 장수가 출정할 적에 임금이 흰 깃대와 누런 도끼[白旄黃鉞]를 수여한 고사를 활용한 말. 軍權을 쥔 장수를 가리킨다.
59) 南霽雲(남제운): 唐나라의 충신. 騎射에 능했다. 安祿山의 亂 때 張巡을 따라 睢陽을 수비하다가 성이 함락되자 함께 잡혀 절개를 굽히지 않고 죽었다. 이때 적장 尹子奇의 눈을 화살로 맞추었다고 한다.
60) 雷萬春(뇌만춘): 唐나라 張巡의 部將. 令狐潮가 雍丘를 포위했을 때 그가 성 위에서 영호조와 이야기를 나누고 있었는데, 복병의 화살 6개를 얼굴에 맞고도 꼼짝하지 않았다. 영호조는 그를 나무 인형으로 의심하였으나 염탐하여 실제 뇌만춘임을 알고 크게 놀랐다고 한다. 뒤에 睢陽城에서 장순과 함께 순절하였다.
61) 趙雲(조운): 蜀漢의 武將. 劉備가 曹操에게 쫓겨 처자를 버리고 남으로 도망할 적에 騎將이 되어 그들을 보호하여 난을 면하게 하니, 유비가 '자룡의 일신은 모두가 담이다.(子龍一身都是膽.)'이라 평했다.
62) 黃忠(황충): 蜀漢의 武將. 본래 劉表의 부하로 中郎將을 지냈는데, 후에 劉備에게 투항했다. 더불어 유비를 도와 益州의 劉璋을 공격하기도 했다. 定軍山에서 曹操의 부하인 夏侯淵을 참수하여 征西將軍이 되었고, 그 후에 後將軍, 關內侯로 봉해졌다. 關羽, 張飛, 馬超, 趙雲과 더불어 촉한의 '五虎將軍'으로 일컬어진다.
63) 大尉(대위): 太尉의 오기.
64) 殺出(살출): 힘 있게 돌진하여 나감.
65) 立門(입문): 門立의 오기.
66) 伈伈俔俔(심심현현): 두려워하기만 하는 모양.

之下乎? 今我以雄勇之姿, 得天人之應, 將掃平天下, 率服海內, 得成大功. 創開洪業, 英雄之事, 非汝迂儒所能知也. 汝輩隨劉季, 如衆魅之隨鬼, 但知有劉季, 而不知有如我英雄, 汝輩可謂蠢爾[67]矇昧者也. 然汝本以多智稱於世, 豈有智而不識天時者乎? 汝若少有先見, 則何不背逆向順, 棄暗投明, 樹功烈於一世, 垂聲名於千秋乎?" 孔明曰: "君言差矣! 我當以天理之報應, 人事之善惡, 國祚之興亡, 一一明告之, 君試聽焉. 昔唐堯德被四海之表道, 爲百王之冠, 在位長久, 享壽耄期. 虞舜濬哲文明, 玄德升聞, 受堯之禪授, 而位壽亦如之. 大禹文命之德, 數[68]于四海, 隨刊之[69]○ ○[70], 施於九州, 受舜之禪授, 而享國長久. 殷湯聖武之德, 布昭於天下, 吊伐[71]之功, 均及於生民, 享國亦長久. 周之文武謨德丕顯, 功烈丕承[72], 而享國亦長久. 此人事之修明, 而天道之福善也.

昔蚩尤作亂, 終爲擒殺. 四凶[73]頑暴方命[74], 而竟受竄殛之罪. 夏桀害虐百姓, 而終覆四百之宗. 商辛[75]毒痡四海[76], 而竟滅六百之祀. 秦嬴[77]無道

---

67) 蠢爾(준이): 무지하고 하찮음.

68) 數(수): 數의 오기.

69) 隨刊(수간): 隨山刊木. ≪書經≫<禹貢>의 "우임금은 토지를 분별하고 산을 따라 나무를 제거하여 높은 산과 큰 강을 정해 놓았다.(禹敷土, 隨山刊木, 奠高山大川.)"에서 나온 말. 곧 우임금이 높은 산과 커다란 하천을 정비한 것을 일컫는다.

70) ○○: 두 칸 정도 비었음.

71) 吊伐(조벌): 吊民伐罪. 고생하는 백성을 위로하고 죄 있는 통치자를 징벌함. 吊民伐罪에 대해 ≪孟子≫<梁惠王章句 下>에서는 "무능하고 포악한 그 임금을 주살함으로써 그 나라 인민들의 아픔을 달래주는 것이다.(誅其君而吊其民.)"고 했는데, ≪千字文≫에서 "조민벌죄는 주나라 무왕과 은나라 탕왕이다.(吊伐伐罪, 周發殷湯.)"고 했다.

72) 謨德丕顯, 功烈丕承(모덕비현, 공열비승): ≪書經≫<君牙>의 "아, 크게 드러났도다, 문왕의 가르침이여! 크게 계승하였도다, 무왕의 공열이여!(嗚呼, 丕顯哉, 文王謨. 丕承哉, 武王烈.)"에서 나온 말.

73) 四凶(사흉): ≪書經≫<舜典>에 의하면, 요임금 시대의 흉악한 네 사람으로 共工·驩兜·三苗·鯀을 일컬음. 舜임금은 섭정을 하면서 공공을 幽州으로 귀양 보내고 환도를 崇山으로 추방하고 삼묘를 三危에 가두고 곤을 羽山에 가두었다.

74) 方命(방명): 하늘의 뜻을 거스른다는 뜻.

75) 商辛(상신): 紂를 가리킴. 帝乙의 아들로, 妲己 등의 미인과 음란 방탕한 생활을 즐기고 比干 등의 충신을 내치는 등 포악한 정치를 일삼다가 인심을 잃어 周나라의 武王에게 멸

暴虐, 焚坑斬劓78), 竟致二世之亡。此人事之悖戾, 而天道之罰惡也。

惟我太祖高皇帝, 仁聖之姿, 同符乎堯舜神武, 極濟之功, 不愧於禹湯文武, 誕膺天命, 肇修人紀, 布陽春於兆庶79), 奠宗社於四百, 此天人之叶應, 而臣民之慶賀也。夫廓乎之度, 豁如之意80), 前世無比, 而改過不吝, 從善如流, 故英雄盡力, 群策畢擧, 以成大業也81)。且乃靈瑞異徵, 其事甚衆82), 不可歷擧而言之。

今君肆逆爲亂, 甚於蚩尤, 頑暴方命, 過於四凶, 害虐毒痡, 浮于桀辛, 無道暴戾, 加於嬴秦。君前有十罪83), 今又反逆, 此天地所不容, 神人所共殛, 何面

망당하였다.

76) 毒痡四海(독부사해): 《書經》〈泰誓 下〉의 "겨울날 아침에 물을 건너가는 자의 정강이를 자르며, 어진 사람[比干]의 배를 갈라 심장을 도려내며, 포악을 일삼아 殺戮을 일삼아서 천하에 해독을 끼치며, 간사한 사람을 높이고 믿으며, 師保들을 추방하여 내쫓으며, 선왕의 올바른 법도를 버리고 바른 선비[箕子]들을 가두어 노예로 삼으며, 천지의 신에게 郊·社祭를 지내지 않고 宗廟에 祭享을 올리지 않으며, 기이한 재주나 지나친 기교를 써서 부인[妲己]를 기쁘게 하였다. 上帝가 이를 좋게 여기지 않으시어 이 멸망을 내리시니, 그대들은 부지런히 힘써서 나 한 사람을 받들어 공손히 천벌을 행하라.(斮朝涉之脛, 剖賢人之心, 作威殺戮, 毒痡四海, 崇信姦回, 放黜師保, 屛棄典刑, 囚奴正士, 郊社不修, 宗廟不享, 作奇技淫巧, 以悅婦人. 上帝弗順, 祝降時喪, 爾其孜孜, 奉予一人, 恭行天罰.)"에서 나온 말.

77) 秦嬴(진영): 秦始皇을 가리킴. 秦나라 제1대 황제. 莊襄王의 아들. 성은 嬴氏, 이름은 政. B.C 221년에 천하를 통일하였다. 郡縣制에 의한 중앙집권을 확립하고, 焚書坑儒에 의한 사상통제, 도량형·화폐의 통일, 만리장성의 증축, 阿房宮의 축조 등으로 위세를 떨쳤다.

78) 斬劓(참의): 《漢書》〈賈誼傳〉의 "조고로 하여금 호해를 보좌하며 송사를 가르치게 하였는데, (호해가) 익힌 것은 사람을 베고 코를 베는 것이 아니면, 사람들의 삼족을 멸하는 것이었다.(使趙高傳胡亥而教之獄, 所習者非斬劓人, 則夷人之三族也.)"에서 나온 말. 胡亥는 秦나라 2대 황제로 始皇帝의 둘째아들이다.

79) 兆庶(조서): 많은 백성.(萬百姓)

80) 夫廓乎之度, 豁如之意(부곽호지도, 활여지의): 《漢書》〈高帝紀 上〉의 "관대하고 인자한 품성으로 사람을 사랑하였으며, 뜻이 활달하여 항상 큰 도량을 보였다.(寬仁愛人, 意豁如也, 常有大度.)"에서 나온 말.

81) 故英雄盡力, 群策畢擧, 以成大業也(고영웅진력, 군책필거, 이성대업야): 《通鑑節要》〈漢紀〉의 "軍陣에서 낮은 직책에 있던 韓信을 발탁하고, 망명해온 陳平을 거둬들여 영웅들이 힘을 펼치게 하고 여러 책략들이 남김없이 펼쳐지게 하였으니, 이것이 바로 고조의 大略이 제업을 이룬 것이다.(擧韓信於行陣, 收陳平於亡命, 英雄陳力, 群策畢擧, 此高祖之大略, 所以成帝業也.)"에서 나온 말.

82) 且乃靈瑞異徵, 其事甚衆(차내영서이징, 기사심중): 《通鑑節要》〈後漢紀〉의 "祥瑞와 符應으로 말하면 그 일이 매우 많다.(若乃靈瑞符應, 其事甚衆.)"에서 나온 말.

83) 君前有十罪(군전유십죄): 《通鑑節要》〈漢紀〉의 "한왕이 항우의 열 가지 죄를 열거하자,

目立於人間, 對於陣前乎? 我奉皇命, 恭行天討, 俘獲凶魁, 獻馘[84]于宮, 戮身

于社, 君不可得免於斧鉞之誅矣。今若釋甲投槍, 面縛稽首, 則以我聖祖寬仁

之心, 豁達之量, 宜待之以不死, 許之以自新。如此, 則庶可免於刀鋸碪斧矣。"

　項王聽罷, 大怒曰: "孔明匹夫, 誰能生擒?" 言未畢, 鄧羌・呂布, 馳馬而出,

孔明使尉遲敬德[85]・馬超[86]對戰。五十餘合, 不分勝負, 項王怒急性起, 自挺

槍驟馬[87]而出, 大呼曰: "鼠輩, 焉敢當我乎?" 聲如巨雷, 目如飛電, 兩陣將卒,

無不驚魂失色者。孔明使王翦・蒙恬[88]・曹彬・常遇春・岳飛・彭越・張

浚・韓世忠・賀若弼・韓擒虎迎戰, 項王見之, 笑曰: "爾輩盡來, 雖百萬, 何

足懼哉?" 遂挺着一條槍, 左擊右刺, 毫無動色, 十將各逞其威風, 裏[89]住不放,

항우가 크게 노하여 弩手를 매복시켜 한왕을 쏘아 맞혔다.(漢王數羽十罪, 羽大怒, 伏弩, 射
中漢王。)"에서 나온 말. 열 가지 죄목은 項羽가 약속을 저버리고 자신을 漢中에 왕 노릇
시킨 것이 첫 번째 죄이고, 懷王의 命을 사칭하여 卿子冠軍(宋義)을 죽인 것이 두 번째 죄
이고, 趙나라를 구원한 다음 懷王에게 보고하지 않고 제멋대로 諸侯들을 협박하여 關中
에 들어가게 한 것이 세 번째 죄이고, 秦나라 宮室을 불태우고 始皇의 무덤을 파내어 그
재물을 사사로이 소유한 것이 네 번째 죄이고, 秦나라의 항복한 왕 子嬰을 죽인 것이 다
섯 번째 죄이고, 秦나라 자제 20만 명을 新安에 묻어 죽인 것이 여섯 번째 죄이고, 諸將
들은 좋은 땅에 왕 노릇 시키고 옛 군주를 딴 지역으로 옮겨 축출한 것이 일곱 번째 죄
이고, 義帝를 축출하고 스스로 彭城에 도읍하였으며 韓나라와 梁나라의 땅을 빼앗은 것
이 여덟 번째 죄이고, 사람을 시켜 義帝를 江南에서 몰래 시해하게 한 것이 아홉 번째
죄이고, 정사를 함이 공평하지 못하고 맹약을 주관함이 신의가 없어 천하에 용납되지 못
하여 大逆無道함이 열 번째 죄이다.

84) 獻馘(헌괵): 적을 죽여 왼쪽 귀를 잘라 바치는 것.
85) 敬德(경덕): 尉遲恭의 字. 唐나라 초기의 大臣이자 名將. 淩煙閣 24공신 중 한 사람으로 천
　　성이 순박하고 충성스러우며 중후한 모습으로 용감무쌍했다. 일생동안 전쟁터를 누비고
　　다녔고, 玄武門의 정변 때에 李世民을 도왔다.
86) 馬超(마초): 蜀漢의 武將. 伏波將軍 馬援의 10세손으로 馬騰의 아들이다. 官渡의 전투 후에
　　司隷校尉 鍾繇를 도와 平陽에서 袁氏와 南匈奴의 연합군을 격파했다. 뒤에 曹操에게 대항
　　하였고, 劉備에게 투항하였다. 유비가 成都를 함락시킬 때와 漢中의 전투에 참여하여 공
　　을 세웠다. 유비가 漢中王 때에 左將軍이 되었고, 유비가 촉한의 황제가 되었을 때에는
　　驃騎將軍이 되고 斄鄕侯로 봉해졌다.
87) 驟馬(취마): 縱馬. 말을 내달림.
88) 蒙恬(몽염): 秦나라 때의 장군. 군사 30만을 거느리고 나아가서 匈奴를 무찌르고 長城을
　　쌓았다. 북쪽 변경 上郡에 병사를 주둔시키고 경비하는 총사령관으로 있자, 흉노가 두려
　　워 얼씬도 하지 못했다. 그 후에 秦始皇이 죽자 趙高와 승상 李斯가 짜고 胡亥를 황제로
　　내세우고, 몽염 형제에게 사약을 내려 죽였다.

眞是一場好殺, 但見,

征雲攪攪, 殺氣騰騰。征雲攪攪, 亂捲得天光慘淡, 殺氣騰騰, 冷逼得日色昏黑黃90)。金鼓喧闐, 有如轟轟磕磕之雷震, 旌旗招展91), 恍若閃閃灼灼之電飛。戰場中刀槍並擧, 忽前忽後, 眼一錯性命交關, 陣面上人馬奔馳, 忽東忽西, 力稍怯死生頃刻。最狼92)是大捍刀93), 不離頭上, 最惡是火尖槍94), 緊逼心窩95), 最毒是方天戟96), 照人背胅97), 最險是三楞鐧98), 觀定腦門。更難防者, 是似飛蝗的亂箭, 是怕人者, 是如雨點99)的流鎚100)。伯王猛勇, 左衝右突, 直游戲於無人之境, 騅馬揚靈101), 前驅後馳, 宛從事於安閒之場。十人敵一人, 而一人英雄, 宛似龍遭鰕戲, 一人敵十人, 而十人强勇, 猶如羊被虎攢102)。畢竟不知誰弱誰强, 到底還成龍爭虎鬪103)。

---

89) 裏(이): 裹의 오기.
90) 昏黑黃(혼흑황): 昏黃의 오기인 듯. 黃昏으로도 쓰인다.
91) 招展(초전): 펄럭임.
92) 狼(낭): 狼銑. 일종의 長槍으로 길이가 5미터임.
93) 大捍刀(대한도): 大桿刀의 오기.
94) 火尖槍(화첨창): 자루까지 쇠로 되어 불을 뿜는 창.
95) 心窩(심와): 사람의 가슴뼈 아래 한가운데의 오목하게 들어간 명치.
96) 方天戟(방천극): 봉 끝에 강철로 된 창과 같은 뾰족한 날과 옆에 초승달 모양의 月牙라는 날을 부차한 병기.
97) 背胅(배협): 背脊의 오기.
98) 鐧(간): 秦叔寶가 사용한 무기로 鐵鞭의 일종인데, 날은 없고 네 개의 稜角을 가지고 있음. 三楞은 三稜의 오기인 듯하다.
99) 雨點(유점): 星點의 오기.
100) 流鎚(유추): 流星鎚 또는 流星錘. 양끝에 공 모양의 추를 단 것이다. 추를 한쪽에만 단 것을 單流星, 양쪽에 단 것을 雙流星이라고도 한다. 양끝 부분에 단 추의 크기는 다양하며 공 모양, 다면체, 양파 모양 등이 있다.
101) 揚靈(양령): 通靈의 오기.
102) 攢(찬): 撩의 오기.
103) 逞挺着一條槍~到底還成龍爭虎鬪(수정착일조창~도저환성용쟁호투): 淸나라 煙水散人 徐震이 지은 ≪後七國志樂田演義≫의 제8회 <燕昭王大閱節制兵 韓將軍喪命匹夫勇> "挺著一條槍, 左衝右突, 毫無懼色。四將各逞威風, 裹住不放, 眞是一場好殺! 但見: 征雲攪攪, 殺氣騰騰。征雲攪攪, 亂捲得天光慘淡 ; 殺氣騰騰, 冷逼得日色昏黃. 金鼓喧闐, 有如轟轟磕磕之雷震 ; 旌旗招展, 恍若閃閃灼灼之電飛。戰場中刀槍並擧, 忽前忽後, 眼一錯性命交關 ; 陣面上人馬奔馳, 忽東忽西, 力稍怯性死生頃刻. 最狼是大桿刀, 不離頭上 ; 最惡是火尖槍, 緊逼心窩 ; 最毒是方天戟, 照人背脊 ; 最險是三稜鐧, 觀定腦門。更難防者, 是似飛蝗的亂箭 ; 是怕人者, 是如星點的

項王驍勇, 果是無敵, 力戰十將。十將氣憶神亂, 各自敗走, 項王乘勝逐北, 英勇倍加。

孔明又使李靖・李勣104)・吳漢105)・馮異・祖逖106)・韓弘107)・張飛108)・薛仁貴109)・趙雲・黃忠等十將拒敵。項王擧槍, 一呼聲震天地, 十將皆魂飛膽怯, 莫敢接戰。獨張飛, 麾110)矛而進, 與項王厮殺, 不四五合, 精神散亂, 手法慌忙, 急回馬而走。項王乘勢掩殺, 直衝中軍, 龍且・黥布・鄧羌・呂布, 以三萬鐵騎, 狂風驟雨一般, 左右殺來。孔明急使諸將, 方欲迎敵之際, 忽見項王, 飛馬入陣, 四面衝突, 將士莫能抵當, 一時散潰, 孔明急棄車

流錘. 將軍猛勇, 左衝右突, 直遊戲於無人之境 ; 駿馬通靈, 前馳後騁, 宛從事於禮樂之場. 四將敵一將, 而一將英雄, 宛似龍遭蝦戱 ; 一將敵四將, 而四將强梁, 猶如羊被虎撩. 畢竟不知誰弱誰强, 到底還是龍爭虎鬪."에서 인용한 말.

104) 李勣(이적): 唐나라 초기의 무장. 본성은 徐씨이나 軍功으로 李씨 성을 하사받았다. 李靖과 함께 太宗을 도와 唐의 국내 통일을 위해 힘썼다. 태종 때 英國公에 봉해지고, 고종 때 司空에 올랐다. 東突厥을 정복하고 668년 고구려를 멸망시켰다.

105) 吳漢(오한): 後漢의 開國名將이자 군사가. 蜀을 정벌할 때 公孫述과 8번 싸워 다 이겼고, 북쪽 匈奴를 쳤다. 苗曾과 謝躬을 참살하고, 銅馬, 靑犢 등의 농민군을 평정하여 유수가 後漢을 건립하는 데에 큰 공을 세웠다. 관직은 大司馬였고 廣平侯에 봉해졌다.

106) 祖逖(조적): 東晉의 奮威將軍. 西晉이 수도 洛陽을 버리고, 江南에 망명정권 東晉을 수립하자, 鎭西의 장군이 되어 이민족에 대한 북벌을 주장하고 추진하였다. 부하를 이끌고 渡江하다가 물 가운데서 노를 치면서[中流擊楫] 반드시 中原을 회복하겠다고 맹세했다. 雍丘에 주둔하면서 黃河 이남을 모두 진나라의 영토로 만들었다. 晉元帝 司馬睿는 조적의 공로가 너무 커지고 명망이 높아지자 견제하기 위해 戴淵을 파견하였고 조적은 자신이 견제당하고 있음을 느끼고 중원을 회복할 수 없게 되었다고 느끼며 마음에 슬픔과 분노를 품고 결국 병으로 쓰러졌다.

107) 韓弘(한홍): 唐나라 憲宗 때 武臣. 헌종이 韓弘에게 吳元濟를 토벌하도록 명하였는데, 한홍은 당시 발에 병이 있었으나 병을 무릅쓰고 出征하여 평정하였다. 이때 諸軍行營都統使가 되어 군대를 통솔하여 淮西를 평정하고 그 공으로 侍中을 겸하고 許國公에 봉해졌다. 憲宗과 穆宗 연간에 재상을 역임했다.

108) 張飛(장비): 蜀漢의 勇將. 자는 翼德. 劉備・關羽와 함께 의형제를 맺고 후한 말기의 수많은 전쟁에서 용맹을 떨쳤다. 劉備의 익주 공략 때 큰 공을 세워 巴西太守가 되고, 유비가 제위에 오르자 車騎將軍・司隷校尉에 제수되고 西鄕侯에 봉해졌다. 吳나라를 치고자 출병했다가 부하한테 피살되었다.

109) 薛仁貴(설인귀): 당나라 고종 때의 장군. 668년 羅唐 연합군에 고구려가 망한 후에 당이 평양에 安東都護府를 설치하자 그는 檢校安東都護가 되어 부임했다.

110) 麾(휘): 揮의 오기.

上馬, 向滎陽而走。項王縱馬追後曰: "孔明匹夫。休走!"

是時, 諸將皆逃, 莫有救護。正在危急, 忽一陣大風, 從西北而起, 千里黑霧, 自四面而至, 天地晦冥, 咫尺不辨, 沙石走揚, 人物莫分。兩軍相失, 不知所向, 正是一場大段眩亂, 但見,

飆風擰惡, 黑霧蔽塞。飆風擰惡, 依如昔日, 睢水111)之吹噓112), 黑霧蔽塞, 怳若往時, 涿鹿113)之昏冥。旌旗倒仆, 竿摧脚裂, 飄揚而去無處, 劍戟墜落, 柄雜刃錯, 委積而滿在地。輕沙小石, 隨蓬蓬114)而焂上焂下, 黃塵黑埃, 混暗暗而蔽前蔽後。漢騎崩騰, 欲走西而失西, 楚軍辟易115), 將回南而忘南, 羽扇先生, 魂黯然116)而不知其向, 雖背英雄, 眼遠難而莫辨所追。昆陽117)之虎豹, 戰服而不進, 赤壁之烏鵲, 繞樹而無休118), 若非天地之所使, 果是神鬼之攸造?

孔明正走之際, 遏着風霧, 精昏神亂, 莫知所去, 一望無路, 四顧絶援, 心甚悶亂。忽聞一處, 喊聲大起, 十八員猛將, 自雲霧中, 飛馬而來, 急救孔明。孔明視之, 乃徐達‧韓信‧王翦‧蒙恬‧曹彬‧常遇春‧岳飛‧彭越‧郭子儀‧李光弼‧張浚‧韓世忠‧賀若弼‧韓擒虎‧李晟‧狄青119)‧馬燧120)‧渾

---

111) 睢水(수수): 중국 安徽省 宿縣 서북쪽 靈璧의 동쪽에 있는 강. 項羽가 漢나라 군사 50만 명을 곤경에 빠뜨렸던 곳이다.

112) 吹噓(취허): 겨우 숨을 내뿜음. 항우가 睢水에서 한나라 군대를 대파했지만, 유방을 죽이거나 재기불능으로 만들지 못한데다 한나라 군대는 滎陽을 기점으로 계속 세력권을 형성하여 후방에 關中과 巴蜀이라는 확고한 근거지를 바탕으로 건재했기 때문에 이렇게 표현한 듯하다.

113) 涿鹿(탁록): 鉅鹿의 오기. 중국 河北省 남부에 있는 도시. 項羽가 3만의 병력으로 秦나라 章邯의 20만 대군을 대패시킨 곳이다.

114) 蓬蓬(봉봉): 바람이 이는 모양.

115) 辟易(벽역): 기세에 눌려 뒷걸음질을 침.

116) 魂黯然(혼암연): 黯然銷魂. 마음이 암담해지며 혼이 다 녹아날 듯함.

117) 昆陽(곤양): 중국 전국시대에 魏나라가 도읍한 곳.

118) 赤壁之烏鵲, 繞樹而無休(적벽지오작, 요수무휴): 曹操가 지은 <短歌行>의 "달이 밝아 별이 드물고, 까막까치들은 남쪽으로 날아간다. 나무를 빙빙 세 번 돌지만, 어느 가지에 의지할 수 있으랴(月明星稀, 烏鵲南飛, 繞樹三匝, 何枝可依.)"에서 나온 말.

城121)也。以指南車122), 得辨方位, 披却雲霧, 來救孔明。是時, 諸軍皆散, 項王亦遠去, 孔明與衆將, 乘車而行, 不數十里, 風定霧捲, 因向孟諸123)而來。

項王大勝一場, 幾捉孔明, 忽遇風霧, 不能追趕, 即鳴金收軍, 軍皆復散, 因馳馬入鼓城124)。俄而, 諸將士皆會, 項王大喜, 使人報捷書於宋主, 即設大宴於戱馬臺125), 犒饋將士。酒酣, 項王笑謂諸將曰: "今日場觀我英勇, 何如?" 諸將皆曰: "大王之英勇, 天下無敵, 雖橫行於億萬陣中, 無所忌憚矣。" 項王曰: "今日之勝, 非獨我之雄猛, 亦賴汝等之力也。然如此快活之事, 恨不使范亞父126)見之也。可笑亞父! 棄我歸居鄹, 老死與草木同朽, 眞可謂無用愚庸之人也。" 恩127)與諸將, 酌酒相賀, 厚加賞賜, 將士皆呼萬歲。

---

119) 狄靑(적청): 北宋 때의 武將. 仁宗 때 延州指使로 西夏와 싸울 때 동으로 만든 面具를 쓰고 항상 선봉에 서서 승리를 이끌었다. 이후 尹洙가 韓琦와 范仲淹에게 천거했는데, 범중엄이 그에게 ≪좌씨춘추≫를 가르치자, 이때부터 독서에 뜻을 두어 秦漢 이래의 兵法에 정통하게 되었다. 樞密副使에 발탁되었을 때 儂智高가 반란을 일으켰는데, 황명을 받아 荊湖路를 宣撫하고 廣南의 도적들을 소탕했다. 기이한 용병술로 밤에 昆崙關을 넘어 격파하여 樞密使에 올랐다. 말년에 중상모략을 받아 탄핵되어 陳州로 쫓겨 갔다.

120) 馬燧(마수): 唐나라 玄宗 때의 장수. 어려서 병법과 戰策을 배워 용감했고 계략이 많았다. 代宗의 寶應 연간에 鄭州와 懷州, 隴州, 商州 등의 刺史를 지냈다. 大曆 연간에 여러 차례 李靈耀와 田悅을 격파했고, 河東節度使로 옮겼다. 同中書門下平章事가 된 뒤 北平郡公에 봉해졌다. 조정으로 들어와 檢校兵部尙書로 옮겼고, 당시 강성한 무장 출신인 李懷光의 발호를 저지하는 데 큰 공을 세워 鄜國公에 봉해졌다.

121) 渾瑊(혼감): 唐나라 德宗 때의 勇將. 어려서부터 騎射를 잘하고 용맹이 三軍에 뛰어나서 일찍이 李光弼, 郭子儀 등 명장을 따라 종군하여 兩京을 회복하고, 吐蕃을 자주 격파하는 등 여러 차례에 걸쳐 많은 전공을 세웠다. 뒤에 벼슬이 平章事, 侍中에 이르고 咸寧郡王에 봉해졌다. 그는 무장이지만 ≪春秋≫와 ≪漢書≫에도 능통했고, 천성이 忠謹하여 공이 높아질수록 더욱 겸손하였으므로, 사람들이 그를 前漢의 名臣 金日磾에 비유했다고 한다.

122) 指南車(지남거): 고대 중국의 周나라 때 만들어졌다고 하는, 방향을 가리키는 수레. 항상 남쪽을 가리키도록 만들어진 것이라고 한다.

123) 孟諸(맹저): 중국 남방의 늪 이름.

124) 鼓城(고성): 彭城의 오기.

125) 戱馬臺(희마대): 徐州에 있는 것으로, 項羽가 秦을 멸망시킨 후 스스로를 霸王이라 칭하고 彭城을 수도로 삼은 후, 팽성에서 가장 높은 위치여서 黃河의 범람을 피할 수 있었던 이곳에 병마 훈련장을 마련했던 곳이라 한다.

126) 范亞父(범아보): 范增.

127) 恩(은): 因의 오기.

孔明得勝孟諸　　項王殆死豫州

却說。孔明收拾敗軍, 屯於孟諸之野, 諸將盡來問安。孔明招集衆軍, 慰勞曰: "汝等之償, 我之過也."

卽引咎責躬, 布所失於境內, 深溝高壘, 繕修戰備, 日饗將士, 厲兵講武, 以爲後圖[1], 乃上書於〇上曰:「太尉知內外兵馬征討事臣諸葛亮, 惶恐無地, 頓稽謝罪, 百拜上疏于〇大明太祖高皇帝陛下。臣本南陽[2]一布衣賤士也。質弱性懶, 徒知沮溺[3]之耕稼, 才劣識暗, 未探孫吳[4]之韜部[5], 許驅任馳, 謾孤先主[6]三願[7]之恩[8], 鞠躬殫力, 未成漢室一統之功, 是誠天地之罪人, 山野之庸夫。而陛下不以臣卑鄙, 許之以師中之丈, 付之以閫外之權, 恩莫大焉, 任莫重焉。事當

1) 卽引咎責躬~以爲後圖(즉인구책궁~이위후도): ≪通鑑節要≫<漢紀>의 "잘못을 자신의 책임으로 삼아 잘못한 바를 경내에 알리고 병기를 예리하게 하였고 무예를 익혀 후일을 도모하니, 군대의 일이 간략하고 단련되었으며 백성들이 그 실패를 잊었다.(引咎責躬, 布所失於境內, 厲兵講武, 以爲後圖, 戎事簡練, 民忘其敗矣。)"에서 나온 말.
2) 南陽(남양): 중국의 河南省에 있음. 漢水의 지류 白河에 연해 옛날부터 교통의 요지이다.
3) 沮溺(저익): 춘추시대의 隱士 長沮와 桀溺을 가리킴. 둘은 같이 밭을 갈고 있었는데, 공자는 楚나라에서 蔡나라로 오는 길에 子路를 시켜서 그들에게 나루터를 물었지만, 세상을 다스리려 하는 공자의 처사에 불만을 품고 끝내 말해주지 않았다고 한다.
4) 孫吳(손오): 춘추시대 兵法의 대가였던 孫武와 吳起. 흔히 孫子와 吳子라 일컫는다.
5) 韜部(도부): 韜略의 오기. 六韜三略으로 중국의 오래된 兵書이다.
6) 先主(선주): 蜀漢 昭烈帝 劉備.
7) 願(원): 顧의 오기.
8) 臣本南陽一布衣賤士也~謾孤先主三願之恩(신본남양일포의천사야~만고선주삼원지은): 諸葛亮이 지은 <出師表>의 "신은 본디 평민으로 남양의 땅에서 밭을 갈며 난세에 구차한 목숨을 보존하려 하며, 제후들에게 이름을 알리려 하지 않았습니다. 선제께서는 신이 미천하다 여기지 않으시고 외람되이 몸을 굽히시어 신의 초가집을 세 번이나 방문하셔서 당시의 일을 신에게 물으셨습니다. 이런 이유로 신이 감격하여 선제를 위해 힘써 노력할 것을 허락하였더니, 후에 형세가 기울고 패군이 때에 임무를 맡고 위난의 가운데서 명을 받들었습니다.(臣本布衣, 躬耕南陽. 苟全性命於亂世, 不求聞達於諸侯. 先帝不以臣卑鄙, 猥自枉屈, 三顧臣於草廬之中, 咨臣以當世之事. 由是感激, 遂許先帝以驅馳, 後値傾覆, 受任於敗軍之際, 奉命於危難之間.)"에서 활용한 표현.

發謀運智, 展勇竭力, 山東虜六國[9]之王, 經陽奏三捷[10]之勳, 不有此擧, 乃反一戰輕率, 全師債敗, 三軍之銳氣頓挫, 萬乘之神威不伸。臣之罪過, 固合萬死, 盡宵恐懼, 席藁袒免[11], 以待天誅。」

上覽畢, 示衆帝曰: "此將, 何以爲之?" 衆皆曰: "孔明職任征討, 進兵卽敗, 其罪不可不論, 宜免其任。更以文武智勇具備者, 代之, 以爲征戰, 可也。" 宋祖獨曰: "夫勝敗兵家常事, 豈可以一敗論上將之罪, 而遞代之乎? 如此, 則羣情疑貳, 士氣不振, 難以成功, 且歷古以來, 文武忠智, 無如孔明者, 宜因以任之, 下詔答慰, 勉固其意, 責成厥功, 如何?" ○上曰: "君言是也。" 乃下詔答之曰: 「朕聞<黃石公[12]記>[13]曰: '柔能制剛, 弱能制彊。' 常勝之家, 難與慮敵[14], 一戰而一敗, 卽事之常, 百戰而百勝, 非計之善也。是故, 善戰者, 先爲不可勝, 以待敵之可勝[15]。卿今率衆進戰, 或有千慮之一失, 以致三軍之敗績, 此則常事, 無憂恐。自此以往, 愼乃謨猷, 勉乃功業, 毋一捷而騰, 毋一敗而墜, 暗設斃狗之餌, 終成猛虎之擒, 此所謂'失之東隅, 收之桑楡'[16], 削去前事, 更爲後圖。」樞密副使劉基[17], 賫詔至軍門, 孔明拜稽受詔, 謝恩已畢, 大會諸將, 議曰: "項羽, 可

9) 六國(육국): 函谷關 동쪽의 여섯 나라. 山東六國은 蘇秦의 '세로로 여섯 나라가 연합하여 공동전선을 펴 秦나라를 대적하자'는 合從說을 채택하였다.

10) 捿(서): 捷의 오기.

11) 袒免(단문): 갓을 벗고 웃옷의 어깨를 드러냄.

12) 黃石公(황석공): 秦나라 말기에 圯上에서 張良에게 兵書를 수여했다고 하는 노인.

13) 黃石公記(황석공기): ≪後漢書≫<臧宮傳>에서 나옴.

14) 常勝之家, 難與慮敵(상승지가, 난여여적): ≪資治通鑑≫<後漢紀>의 "황제가 웃으며 말하기를, '항상 승리한 사람과는 적을 도모하기 어려우니, 내 바야흐로 스스로 생각해보겠다.' 하였다.(帝笑曰: '常勝之家, 難與慮敵, 吾方自思之.')"에서 나온 말.

15) 善戰者~以待敵之可勝(선전자~이대적지가승): ≪孫子兵法≫<軍形篇>의 "예부터 전쟁을 잘 하는 장수는 먼저 적이 승리할 수 없게 해놓고 이길 수 있는 적을 기다렸다. 적이 이기지 못하는 것은 나에게 있고, 내가 이길 수 있는 것은 적에게 있다. 그러기에 전쟁을 잘 하는 장수는 적이 이길 수 없게 할 수 있지만 적으로 하여금 반드시 넉넉히 이기게 할 수는 없는 것이다.(昔之善戰者 先爲不可勝 以待敵之可勝 不可勝在己 可勝在敵 故 善戰者 能爲不可勝 不能使敵必可勝)"에서 나온 말.

16) 失之東隅, 收之桑楡(실지동우, 수지상유): ≪後漢書≫<馬援列傳>의 "처음에는 비록 회계에서 날개를 드리웠지만 마침내 민지에서 날개를 떨칠 수 있었으니, 동우에서는 잃었지만 상유에서 거두었다 이를 만하다.(始雖垂翅回谿, 終能奮翼黽池, 可謂失之東隅, 收之桑楡.)"에서 나온 말. 동우는 해가 뜨는 곳이고 상유는 해가 지는 곳이다.

以智破, 難用力勝." 卽令韓信·李靖·王翦·蒙恬, 率精騎十萬, 伏於孟諸之東, 曹彬·常遇春·岳飛·彭越, 率精騎十萬, 伏於孟諸之西, 衛青[18]·霍去病[19]·賀若弼·韓擒虎, 率精騎十万, 伏於孟諸之南, 李晟·李世勣[20]·馬燧·渾瑊, 率精騎十萬, 伏於孟諸之北, 見項王到來, 一時乘勢, 四面殺來, 併力厮殺。馮異·祖逖·馬援[21]·狄青, 率精騎五萬, 伏於孟諸山中小路, 見項王至, 殺出接應, 徐達卽南去, 劫奪楚陣。郭子儀·李光弼·張浚·韓世忠, 率精騎十萬, 從孟諸東山中小路, 暗暗而行, 經襲徐州。徐達率精騎三萬, 與項王接戰, 只要輸, 不要輸[22], 誘項王, 至孟諸大野中, 與衆將協力, 圍捉項王。使各依計而行, 毋得違令。分排已畢, 孔明與衆將, 登孟諸山最高處, 觀觀厮殺。

且說。項王大捷[23]一場, 心甚欣滿, 與諸將飲宴, 夸矜英勇。呂布曰: "黃巢·朱泚, 領宋主之命, 爲我接應, 而昨日之戰, 按兵不動[24], 必有異志。今招來責之, 可也。"項王曰: "汝言是也。"

卽遣人召之, 二人至營外。項王高坐戲臺[25], 盛陣[26]兵衛, 大開轅門[27], 召見

---

17) 劉基(유기): 元末 明初의 유학자·정치가. 천문·병법에 능했다. 明나라 太祖를 도와 中原을 얻어 誠意伯이 되었다.

18) 衛青(위청): 前漢 武帝 때의 名將. 車騎將軍으로 군대를 거느리고 匈奴를 격파하고 關內侯에 올랐다. 다시 병사를 雲中으로 출병하여 河套지구를 수복하고 長平侯에 봉해졌다. 大將軍으로 霍去病과 함께 대군을 이끌고 漠北으로 나가 흉노의 주력을 궤멸시켰다. 이후 7차례에 걸쳐 흉노를 정벌하여 더 이상 한나라의 위협이 되지 못하도록 했다.

19) 霍去病(곽거병): 前漢 武帝 때의 名將. 名將 衛青의 생질이기도 한 그는 말 타고 활쏘기에 능했다. 병법은 옛 것에 연연하지 않고 용맹하고 신속하게 작전을 펼쳤다. 처음에 8백명의 기병을 거느리고 적진 수백 리를 진격한 적도 있었다. 두 차례의 흉노와의 전투에서 승리하고 祁連山 일대를 점령하여 흉노를 사막 이북으로 도망가게 만들었다.

20) 李世勣(이세적): 李勣이라고도 함. 唐나라 초기의 무장. 본성은 徐씨이나 軍功으로 李씨 성을 하사받았다. 李靖과 함께 太宗을 도와 唐의 국내 통일을 위해 힘썼다. 태종 때 英國公에 봉해지고, 고종 때 司空에 올랐다. 東突厥을 정복하고 668년 고구려를 멸망시켰다.

21) 馬援(마원): 後漢의 武將·政治家. 처음에는 隗囂를 따르다가 광무제에게 仕官하여 伏波將軍이 되었으며, 이때 羌族을 평정, 交趾난을 진압하고 흉노를 쳐서 공을 세워, 세상에서는 馬伏波라 일컫는다. 일찍이 馬革裹屍로 맹세하여 匈奴와 烏桓에 출정했다. 新息侯로 봉해졌다.

22) 輸(수): 贏의 오기.

23) 捿(서): 捷의 오기.

24) 按兵不動(안병부동): 기회를 엿보면서 실제 행동에 옮기지 않음.

二人, 二人皆膝行蒲伏, 不敢仰視。項王厲聲責曰: "汝等, 奉爾盟主之命, 率兵來我接應 而全無廝殺之意, 何也?" 二人稽首謝服曰: "某等, 奉命而來, 豈無戰鬪之意? 然畏大王之威猛, 惧漢軍之衆多, 躊躇退縮, 不敢接刃, 非有異意也。伏願大王, 赦罪勿咎。" 項王曰: "昔日, 鉅庶[28]之戰, 我以單騎破秦兵四十餘萬, 却章邯[29]虜王離[30]。當是時也, 諸侯救趙者十二國, 皆莫敢戰鬪, 從壁上觀楚戰[31], 今汝等亦其類也。如此愚庸怯懦之徒, 將焉用之? 卽可引兵, 速速回去。" 二人大慙, 辭謝而出, 相謂曰: "項王一戰得勝, 驕矜不可共事, 性又暴險, 行且殘戾, 我等必不見容, 不如早早回見宋主, 別作商議耳。" 卽日回軍, 還建康。

項王旣逐二人, 乃與諸將議曰: "呂布爲人雄猛, 勇力兼人, 可成大事。我本無己出, 又無率養, 可立布爲義子, 以爲蜾蠃之螟蛉[32], 何如?" 皆曰: "善。" 季布諫曰: "不可。呂布無義之人也。初以呂○○[33]之子, 背其本父, 爲丁原[34]之子, 殺其義父, 又爲董卓之子, 而意殺董卓[35], 故當時以三姓家奴[36], 唾辱之, 陋

---

25) 戲臺(희대): 將臺의 오기인 듯.

26) 陣(진): 陳의 오기.

27) 轅門(원문): 營門의 바깥문.

28) 鉅庶(거서): 鉅鹿의 오기.

29) 章邯(장한): 秦나라의 名將. 陳勝과 吳廣이 일으킨 농민 반란을 진압하는데 큰 공을 세웠지만, 환관 趙高의 박해를 받고 楚나라의 項羽에게 항복하여 雍王으로 봉함을 받았다가 후에 漢나라의 장군 韓信에게 패하여 피살되었다.

30) 王離(왕리): 王剪의 손자이자 王賁의 아들.

31) 諸侯救趙者十二國~從壁上觀楚戰(제후구조자십이국~종벽상관초전): 《史記》〈項羽本紀〉의 "제후가 군대를 이끌고 거록을 구하기 위해 내려온 자들이 십여 堡壘나 있었지만 감히 군대를 풀어 출전하지 못하다가, 급기야 초나라 군대가 진나라를 공격하자 제장이 모두 성벽 위에서 구경하였다.(諸侯軍救鉅鹿下者十餘壁, 莫敢縱兵, 及楚擊秦, 諸將皆從壁上觀.)"에서 나온 말.

32) 蜾蠃之螟蛉(과나지명령): 나나니벌은 항상 자기 새끼가 아닌 유충을 취하여 기르는 것을 일컫는 말.

33) ○○: 呂 뒤에 이름자에 해당하는 칸을 비워놓았음. 지금으로서는 여포의 친부 이름을 알지 못한다.

34) 丁原(정원): 後漢 말기의 정치가. 南縣의 縣史로 관직에 오른 뒤에 幷州刺史와 騎都尉 등을 역임했다. 또한 기도위로 河內에 주둔하고 있을 때 그는 병주에서 벼슬을 하고 있던 呂布의 능력을 높이 평가하여 主簿로 임명하고 매우 잘 대해 주었다고 한다.

35) 初以呂○○之子~而意殺董卓(초이여○○지자~이의살동탁): 여포가 "처음에 幷州刺使·丁原을 섬겨 主簿로 있었다. 그를 따라 낙양으로 가서 董卓과 싸우다가 마침내 정원을 죽이

行播著於一世, 惡名流傳於千秋。今大王只愛其勇力, 定結天倫, 然豈知恭修孝道, 永爲純子乎?" 項王曰: "此非徒呂布之無義, 彼其爲父者, 撫育失方, 慈愛非道, 以致逆弒。若撫之以恩, 愛之以情, 彼必感懷, 親其上而死其長矣[37]。" 季布又諫曰: "父子, 人倫之大者也, 父雖不慈, 子不可以不孝[38]。大王不察其孝誠之有無, 而徒愛其膂力之雄猛, 以定天倫, 無乃不可乎?" 項王曰: "吾志決矣, 汝勿復言。" 乃召呂布, 謂曰: "我本世世楚將之家, 身爲伯王, 位居萬乘, 是萬世之英雄也。汝爲人豪健軒勇, 橫行戰鬪, 時人皆以人中呂布[39], 稱譽而美之, 此亦三國之英雄也。以若若雄姿, 有如我英雄之父, 父子同心戮力[40], 天下之大事, 不足憂也。汝意何如?" 呂布欣然, 拜謝曰: "小子無狀[41], 惡名彰聞, 爲千載之棄人, 而大王今愛而收之, 率而育之, 倫紀已定, 恩義且深, 敢不敬承父志, 恭修子職乎?" 項王大喜, 以布爲義子, 卽將金帛 · 寶玩 · 兜鎧 · 戰袍 · 駿馬賜之, 布百拜感謝, 不可盡話。

項王與諸將, 商議進兵, 令周蘭 · 桓楚 · 丁公, 小心[42]守城, 自率諸將, 大起兵馬, 出城三十里下寨。令鍾離昧 · 周殷 · 季布, 堅守本陣, 以龍且 · 點布[43],

---

고 동탁에게로 귀순, 父子관계를 맺으면서 그의 심복이 되어 長安으로 갔다. 얼마 뒤 동탁이 소외시키자 司徒 王允과 결탁하여 동탁을 살해했다. 동탁의 부장 李催의 공격을 받아 장안을 빠져나와 南陽의 袁術에게로 피신했다가, 다시 袁紹에게로 피신했다. 원소가 죽이려 하자 이번에는 陳留의 張邈에게로 도피, 袁州牧으로 임명되어 曹操와 싸웠지만 패하고 劉備에게로 도피했다. 이어 下邳를 점령, 스스로 徐州刺使라 칭했다. 곧이어 원술과 결탁하여 하비에서 유비를 공격했지만, 오히려 조조가 그를 공격해와 붙잡혀 죽었다."는 사실을 염두에 둔 표현.

36) 三姓家奴(삼성가노): 張飛가 呂布를 꾸짖을 때 했던 말.

37) 親其上而死其長矣(친기상이사기장의): ≪孟子≫<梁惠王章句 下>의 "임금께서 어진 정치를 행하기만 한다면 이 백성들이 그 윗사람을 친근하게 여겨 어른을 위해서 자신의 목숨을 기꺼이 바칠 것이다.(君行仁政, 斯民, 親其上, 死其長矣。)"에서 나온 말.

38) 父雖不慈, 子不可以不孝(부수불자, 자불가이불효): ≪詩經≫<江有汜>에서 나오는 말.

39) 人中呂布(인중여포): ≪三國志≫의 "사람 중에 여포가 있고, 말 중에 적토가 있다.(人中有呂布, 馬中有赤兔。)"에서 나온 말.

40) 同心戮力(동심육력): 모두가 함께 힘을 합친다는 말.

41) 無狀(무상): 특별한 공적이나 착한 행실이 없음.

42) 小心(소심): 주의 깊음. 세심함.

43) 點布(점포): 黥布의 오기. 項王 때의 장수. 원래 이름은 英布인데, 형벌을 받아 얼굴에 문신을 했기 때문에 '黥'으로 고쳤다. 項羽를 따라 咸谷關을 칠 때 군사의 선봉장을 맡았지

爲左右翼, 鄧羌·呂布, 爲左右先鋒, 分隊而出, 正遇徐達曰: "昨日之戰, 汝等幸保首領, 今速降可也, 而乃敢生戰心乎?" 徐達亦笑曰: "勝敗兵家之常, 君豈一捷[44]而侮我如此乎?" 項王挺槍馳馬, 直取徐達, 徐達舞刀迎之。戰到十餘合, 徐達佯敗而走, 項王追之, 徐達走了十餘里, 回馬又戰。戰不四五合, 又撥馬便走, 項王又追之, 徐達走不數里, 回馬又戰。戰不數合, 又大敗而走, 項王只願追趕。龍且叩馬而諫曰: "徐達誘敵, 大王不可追之." 項王曰: "我勇無敵, 彼雖誘我, 入於十面埋伏[45]之中, 何足懼哉?" 遂不聽龍且之言, 趣馬[46]而追, 至孟諸中央山坡下, 一聲砲硠[47], 馮異·祖逖·馬援·狄青, 率兵殺出, 項王笑謂龍且曰: "是所謂埋伏之兵也。此輩雖億萬, 無能爲也。" 因奮力擊之, 四將皆敗走。項王追尋徐達, 將近至孟諸之北, 忽聞喊聲大震, 韓信·李靖·王翦·蒙恬, 從東殺來, 曹彬·常遇春·岳飛·彭越, 從西殺來, 項王急令龍且·黥布, 分頭[48]迎敵。戰方酣, 忽又喊聲大震, 衛青·霍去病·賀若弼·韓擒虎, 自南殺來, 李晟·李世勣·馬燧·渾瑊, 自北殺來, 項王抖擻[49]精神, 奮振勇力, 四面抗拒, 然寡不敵衆, 龍且等二將, 亦爲衆軍所圍, 困在垓心[50]。項王正見勢不利, 卽撥馬向南而走, 衆將各自追來。

項王正走之際, 忽聞山上笳鼓亂鳴, 停馬視之, 一簇紅旗下, 孔明與諸將, 對坐[51]設樂, 飲酒取樂。孔明左手執酌, 右手用羽扇, 招項王曰: "項籍匹夫, 敗歸何處麼? 早早來降." 項王怒起馳馬, 上山而來捉孔明。山上擂木砲石[52]打將下來, 不能進前, 落荒[53]而走, 望本陣而去, 本陣亦不保守, 早被馮異等四將所奪,

---

만, 隨何의 설득으로 유방에게 귀의한 인물이다.

44) 捷(서): 捷의 오기.
45) 十面埋伏(십면매복): 열 부대의 복병을 설치해 놓고 패퇴하는 적군을 차단해 공격하는 작전. 劉邦이 項羽를 포위한 垓下 전투에서 유래한 말이다.
46) 趣馬(취마): 驟馬의 오기인 듯.
47) 硠: 響의 오기.
48) 分頭(분두): 분산함. 제각기.
49) 抖擻(두수): 기운을 냄.
50) 困在垓心(곤재해심): 처지 따위가 몹시 어려움.
51) 對坐(대좌): 對酒의 오기. 對酒設樂는 술자리를 베풀어 음악을 연주한다는 뜻이다.
52) 擂木砲石(뇌목포석): 나무토막을 굴리고 돌을 쏘아 보냄.

鍾離昧等三將, 棄寨而走。項王心慌神亂, 正在仿偟, 忽聞鼓聲大起, 馮異等四將, 自營中殺出, 韓信等十六將, 從背後追來。項王忽奪路而走, 至淮, 幸有船隻, 急渡而走, 漢軍蹙之, 楚軍陸水中, 死者不知其數。

項王渡淮, 將入徐州, 至城下見, 城門緊閉, 絶無人迹。項王疑訝, 大呼: "開門。" 城上, 挪子54)一聲, 紅旗森列, 郭子儀等四將, 在敵樓55)上呼曰: "吾等奉太尉將令, 奪守此城, 時已久矣。" 項王憂忿交作, 方欲攻城, 忽聞城北, 鼓聲大震, 衆將一時殺來。項王急急馳馬, 向壽春56)而走。時斜日落西, 明月出東, 諸將士, 各回本營。孔明收得勝之兵, 犒饋慰勞, 會諸將議曰: "項王今日雖敗, 明日復來, 我以奇計, 可擒也。" 諸將皆曰: "項王敗困, 銳氣頓挫, 豈敢生意更來於明日乎?" 孔明曰: "不然。項王粗諳兵法, 兵法不曰兵貴神速57)? 又曰乘其未備。故項王謂我戰勝而無備, 神速而來襲, 可因此時, 暗伏而大攻, 則彼必墜於術中矣。" 卽令韓信 · 李靖 · 王翦 · 蒙恬, 伏於豫州城東門之內, 曹彬 · 常遇春 · 岳飛 · 彭越, 伏於西門之內, 郭子儀 · 李光弼 · 張浚 · 韓世忠, 伏於南門之內, 衛青 · 霍去病 · 賀若弼 · 韓擒虎, 伏於北門之內, 見項王走出, 各從火光中突出, 擒捉項王。又使李晟 · 世勣58) · 馬燧 · 渾瑊, 率兵萬人, 一半靑旗, 一半紅旗, 屯於豫州城東南三十里武牢山坡邊, 來日晡時, 見項王來到, 靑旗軍, □59) 走右, 以疑項王, 使入豫城。城中人家屋底及四門, 多藏硫黃焰焇引火之物。令軍士暗伏, 見項王入城安歇, 來日黃昏, 必有大風, 一時起火。曉諭居民, 搬移城外空閑地, 暫避火薰。 分配已畢, 孔明請衆帝與諸將, 屯住城北十里地, 要觀城

---

53) 落荒(낙황): 큰 길을 벗어나 황야로 도망감.
54) 挪子(나자): 梛子의 오기인 듯. 딱따기.
55) 敵樓(적루): 성문 양 옆에 외부로 돌출시켜 옹성과 성문을 적으로부터 지키는 네모꼴의 누대.
56) 壽春(수춘): 楚나라의 서울. 楊州 九江郡에 속하며 郡 치소의 소재지였다. 그 성터는 지금의 安徽省 壽縣에 있다.
57) 兵貴神速(병귀신속): 군사를 지휘함에는 귀신같이 빠름을 귀히 여긴다는 뜻으로, 군사 행동은 언제나 신속하여야 함을 이르는 말.
58) 世勣(세적): 李世勣의 오기.
59) □: 한 줄 정도 누락됨. 문맥상 靑旗軍은 왼쪽으로 가고 紅旗軍은 오른쪽으로 가야 한다.

中火光。

却說。項王暮至壽春。俄而, 諸敗軍皆會, 項王謂諸將曰：“今日之敗, 正由彼之四面設伏, 以至於此, 明日當與汝等, 乘其未備, 驟往破之.” 鍾離昧曰：“孔明素有智防, 必有預備, 不可驟往.” 項王曰：“孔明雖智, 今日得勝之後, 心安意舒, 謂我明日不能進戰, 故必無准備. 我特出其不意, 一戰可破, 席卷豫洛, 蕩掃伊河[60], 今其時也.” 遂令黥布, 與鄧羌・呂布, 留守營寨. 以龍且・鍾離昧・周殷・季布・周蘭・桓楚・丁公等七將, 率騎十萬, 五更吃飯, 翌日曉頭發行, 至孟諸, 日向午矣. 而孔明撤去營寨, 不知去了. 項王疑惑, 尋野人問曰：“孔明率兵, 何處去?” 野人對曰：“孔明昨暮, 引率大軍, 一時向北而去, 不知向何處麼.” 項王心中暗喜曰：“孔明懼我復來, 撤營遁去, 眞㥘懦之村夫也. 今日已晚矣, 我當率衆軍, 權入豫州城, 一宵安歇, 待明日, 進擊洛陽, 則彼賊等, 必自成擒矣.” 遂率軍而行, 晡時, 至武牢山下.

忽見四箇大將, 陳於山坡上, 一半靑旗, 一半紅旗, 見項王來, 靑旗軍走左, 紅旗軍走右, 各自散去, 頓無形影. 項王心疑, 然行已決矣, 卽促軍向豫州. 至城下, 四門大開, 城中又無人迹. 項王大疑, 正在躊躇之際, 忽見一隊人民, 男負女戴[61], 扶老携幼, 皆向西北而去. 項王遣丁公, 盡爲拿來, 問其去意, 民人等曰：“昨暮, 孔明率軍, 回洛陽去了, 囑謂民人等曰, ‘明日項王來, 則爾等無遺類矣, 速速撤家, 逃避去!’ 故民等, 不勝驚㥘, 負戴携扶, 將去空宵地[62], 而强壯者, 快走先去, 老弱, 遲行落後, 忽遇大軍, 伏惟大王, 憐之釋之.” 項王曰：“今我驅兵而來, 但爲擒了孔明, 屠夷諸賊, 豈可空殺無罪之民哉? 汝等無恐, 皆歸其所!” 民人等, 各俯伏拜謝而去.

項王謂龍且等曰：“孔明逃去, 豫州空虛, 日又昏矣, 不如入城休兵, 明朝進軍.” 遂入城, 至公衙中定歇, 傳令將卒, 皆入空舍休息, 解甲安寢. 黃昏時分,

60) 伊河(이하): 黃河의 지류로 낙양의 남쪽 지역을 관통하는 강.
61) 男負女戴(남부여대): 남자는 지고 여자는 인다는 뜻으로, 사람들이 살 곳을 찾아 세간을 이고 지고 이리저리 떠돌아다님을 이르는 말.
62) 空宵地(공소지): 空閑地의 오기.

大風忽起, 鍾離昧曰：“夜風急起, 火攻可慮。若有詐謀, 則我必受禍, 願大王, 熟慮之。”項王笑曰：“城中空虛, 絕無人影, 安有火攻者乎? 必無是理, 汝等放心息肩[63]。”卽飲酒設樂, 極其歡醉, 至夜三更, 方欲臥寢, 帳卒報曰：“西門, 火起。”項王曰：“此必是軍士造飯, 不小心失火, 無得妄動。”言未已, 軍士又報：“東南北三門, 火起。”項王大驚, 急與諸將, 持戟被甲上馬, 出公衙前視之, 火光衝天, 滿城通紅。四面八方, 都是烟焰, 夜色昏黑, 莫知所向, 人言：“東門火勢稍緩。”項王卽馳馬, 向東門而走, 四員大將, 自火光中突出, 大呼曰：“項王休走! 韓信·李靖·王翦·蒙恬, 在此。”卽各縱馬揮劍, 直取項王, 項王驚悸之餘, 無心應戰, 回馬縱向西門而去, 四將又從火光中突出, 大呼曰：“項王休走! 曹彬·常遇春·岳飛·彭越, 在此。”縱馬揮戟, 直取項王, 項王又無厮殺之意, 回馬向南門而去, 火光中, 四將又突出, 大呼曰：“項王休走! 郭子儀·李光弼·張浚·韓世忠, 在此。”亦皆放馬挺槍, 直取項王, 項王又轉, 向北門而去, 火光中, 四將又突出, 大呼曰：“項王休走! 衛青·霍去病·賀若弼·韓擒虎, 在此。”

項王困在垓心, 四無去路, 十六員猛將, 圍如鐵稱[64], 各縱馬奮劍, 直向項王刺來, 項王勇力雖壯, 豈能獨當衆將乎? 衝突不得, 正在危急, 忽見東南角上, 一彪軍突圍馳入, 救護項王, 乃龍且·鍾離昧·周殷·季布也。曰：“衆軍皆散, 惟臣等所將三百餘人獨全, 知大王被圍在此。故衝突而來。”項王問曰：“周蘭·桓楚·丁公, 安在?”對曰：“皆死於亂軍之中矣。”項王大慟曰：“是何言也? 彼三將, 從我多年, 頗立功勞, 未有酬封, 而今死於此, 正可惜也。”龍且等曰：“敵將逼近, 大王急出。”

項王卽使龍且·鍾離昧, 擋前開路, 周殷·季布, 隨後攔敵, 冒火光, 向南門。正出之際, 敵樓上棟宇盡焚, 一塊火樑, 墮將下來, 擊項王馬後。馬倒而死, 項王翻身落來, 委在火塊上, 衣甲皆燒, 鬚髮盡焦。龍且等四將, 各盡死力, 急救項王。項王乘龍且之馬, 艱辛出城, 行數十里, 東方欲明, 火光漸遠, 追塵亦

---

63) 息肩(식견): 잠시 쉼.
64) 稱(칭): 桶의 오기.

歇。而所從三百餘騎, 皆死於城中, 無一人生出者。項王只與四人, 入道旁民舍, 方纔鎭驚, 更議計策, 季布曰:"今將敗軍亡, 至於此境, 計無奈何." 項王仰天長歎曰:"自我起兵以來, 七十餘戰, 未嘗敗北, 今再敗於諸葛村夫之手, 眞所謂欲死無地, 不而65)可使聞於天下也." 不勝忿憤, 因引劍欲自刎。

　　未知項王性命如何, 且看下文分解。

---

65) 而(이): 불필요한 글자인 듯.

第四回

縛猛虎唐宗行計　　醉香蟻楚霸殞命

　　且說。項王赤敗[1]於預城[2], 不勝憤痛, 拔劍將自刎, 龍且等四將, 急止之曰: "勝敗兵家之常事, 大王是何擧也? 大王昔日, 垓下之敗, 不渡吳江[3]而浪死, 千載之下, 使人爲恨。若使當時, 渡江而東, 以千里之地方[4], 三吳[5]之豪富, 收軍而再擧, 捲土而重來, 則中原復可掃矣, 天下更可定矣。爲今之計, 莫如忍恥含憤, 往見宋主, 與衆會議, 更爲大擧, 以爲湔雪之計, 可也。" 項王然其言, 遂與四將, 卽爲發行, 向建康去了。

　　且說。宋主在建康, 日日會衆, 共說項王之事, 偵探消息矣, 忽報: "項王使者來。" 上捷書, 其畧曰: 「盖聞古人云: '有志者, 其事竟成[6], 有勇者, 其功必得.'

---

1) 赤敗(적패): 完敗. 아주 패함.
2) 預城(예성): 豫城의 오기.
3) 吳江(오강): 烏江의 오기. 安徽省 和縣 동북에 있는 강. 長江의 주요 지류 중 하나이다. 楚나라 항우가 자결한 곳이라고 한다. 항우가 한나라의 추격군에 쫓겨 烏江浦에 이르렀을 때 오강의 亭長이 배를 타고 江東으로 가서 재기할 것을 권했으나, 항우는 강동의 젊은이 8천 명을 다 잃었으니 그 부형들을 볼 낯이 없다 하여 거절하고, 백병전을 벌이다가 자결하였다.
4) 千里之地方(천리지지방): 《東萊博議》《資治通鑑綱目》의 "蘇秦이 魏나라 惠王에게 유세하여 말하기를 '大王의 땅은 사방 천 리이고 땅이 명목상 적다고 하지만 人民이 매우 많습니다.' 하였다.(秦說魏惠王曰: '大王之地方千里, 地名雖小而人民甚衆.')"에서 나온 말. 또 烏江의 亭長이 배를 강변에 대고 항우에게 "어서 배에 오르시오. 강동 지방이 땅은 작으나 사방 천 리나 되고 수십만 명이 살고 있으니 그곳에서 왕 노릇을 할 수 있소. 시간을 끌면 한나라 군사들이 쫓아와 강을 건널 수 없으니 서두르시오." 하였다고 한 데서 나온 말이기도 하다.
5) 三吳(삼오): 長江 동쪽 지방의 범칭. 예로부터 이 지방은 벼가 많이 생산되는 곳으로 유명하다.
6) 有志者其事竟成(유지자기사경성): 《後漢書》〈耿弇傳〉에서 後漢의 光武帝 劉秀가 경엄이 부상을 당하고서도 분전하여 적을 물리친 것을 알고서 "장군이 전에 남양에서 천하를 얻을 큰 계책을 건의할 때는 아득하여 실현될 가망이 없는 것으로 여겨졌는데, 뜻이 있는 자는 마침내 성공하는구려.(將軍前在南陽, 建此大策, 常以爲落落難合, 有志者事竟成也.)"라고 한 데서 나온 말.

此萬世不易之言, 而衆人所難之事也。寡人今者, 以一旅之衆, 戰于滎陽, 漢兵五十萬, 盡沒於蹴踏之際, 諸葛孔明幾爲擒獲之虜, 鼠竄而逃形, 狐奔而屛跡, 此誠快於志, 而敷於勇者也。玆故修書以告, 而明日驅馬麾兵, 洗兵於伊洛之波, 放馬於嵩華之野。惟願盟主, 靜處以待好信.」宋主見畢, 大喜曰:「項王之雄勇, 眞無敵也。而滎7)陽之此戰, 無異於鉅鹿之破秦, 濉水8)之擠漢矣。前驅如此, 吾無患矣.」

正話之間, 人報:「黃巢·朱泚, 率軍而回來.」卽令召入, 二將入拜畢, 俱言項王責逐之事, 趙王石勒9)曰:「項王始得一勝, 大加驕矜, 必敗之形已露, 吾等宜躬率大軍, 以爲助援, 可也.」宋主心亦然之, 共議進兵之計。居數日, 人告:「項王再陷於諸葛亮之謀, 敗將亡軍, 狼狽而來.」宋主大驚, 出城迎人, 坐於姑蘇之臺10), 待以上賓之禮。禮畢看得, 盡是焦頭爛額。宋主命設宴, 置酒壓驚, 慰憫曰:「以足下之勇力, 敗困如此, 事難知而理難諶也, 爲之奈何?」項王曰:「寡人妄恃勇力, 輕視敵衆, 爲諸葛亮之所詐, 初敗於孟諸之設伏, 更困於豫城之火攻, 全軍覆沒, 跳身而來, 今見僉位, 還甚愧怍.」宋主曰:「寡人以不似之姿, 權爲盟主, 責望所歸, 意甚未安, 卽欲推讓於賢者, 而未得矣。今足下, 惠然肯來11), 可以讓矣.」乃虛席而辭之。項王便欲受之而據座據座12), 見衆會中, 諸人顏邑13)不平, 乃辭謝曰:「寡人以亡國之人, 敗軍之將, 不可主盟而長約14)。

---

7) 滎(영): 滎의 오기.
8) 濉水(수수): 漢나라 劉邦과 楚나라 項羽가 크게 전투를 벌인 곳. 당시 한나라 군사의 시체로 수수가 막혀 흐르지 못할 정도였다. 항우가 유방을 세 겹으로 포위했을 때 마침 돌이 날고 나무가 꺾일 정도의 큰 바람이 불어서 주위가 캄캄해졌는데, 유방은 이 틈을 타서 수십 기의 군사를 거느리고 탈출하였다.
9) 石勒(석륵): 본래 羯族으로 上黨 武鄕에 살았던 인물. 前趙의 劉淵 밑에서 大將을 지내다가 後趙를 세운 뒤에 전조를 멸망시키고, 十六國 중에 가장 강성한 나라를 이룩하였다.
10) 姑蘇之臺(고소지대): 姑蘇臺. 吳王 夫差가 미인 西施를 위해 지은 것. 날마다 이곳에서 노닐며 정사를 돌보지 않아 越나라에게 멸망을 당했다.
11) 惠然肯來(혜연긍래): ≪詩經≫ <邶風·終風>의 "종일토록 바람 불고 흙비까지 내리는데, 그이는 고분고분 집으로 돌아오시려나.(終風且霾, 惠然肯來.)"에서 나온 말.
12) 據座(거좌): 중복필사 됨.
13) 邑(읍): 色의 오기.
14) 長約(장약): 從約長인 듯. 蘇秦이 6개국이 남북으로 합작해서 방위동맹을 맺어 秦나라에

且帝王自有高下, 宋主帝也, 寡人王也, 豈可以王而加帝, 以下而擬上也?" 龍且
亦進而告曰: "古人云: '强賓不壓主15).' 賓主之禮, 不可不愼, 大王豈可處盟主
之位乎?" 項王曰: "此言是也. 惟願盟主, 勿疑勿辭." 宋主再三辭不獲已, 乃居
主席, 而項王次之, 其次, 各以功德尊卑定座, 暢飮極歡而罷.

明日, 請衆帝王, 商議進兵之事, 點閱列國將卒, 一齊進發, 項王曰: "寡人今
雖償敗, 奮心漸生, 銳氣益壯, 願得精兵十萬, 更爲先驅, 任勇效力, 一以釋盟主
之憂, 一以洩寡人之憤矣." 宋主許以精騎十萬, 付之, 項王大喜, 卽卒16)軍渡江,
星奔電邁, 向徐州去了.

且說. 孔明藏火於豫州城內, 燒盡楚兵十萬, 探聽其消息, 則項王僅以身免,
單騎向建康而去. 孔明乃令諸將, 留陣於豫州, 卽詣行在所, 奏言於○上曰: "項
王雖蕩敗幾死而去, 必然復來. 且江東羣賊, 合勢而至, 其鋒難當, 不可輕視而
小覷也. 伏願陛下, 與列國帝王, 爛漫商確, 以爲對敵之地, 千萬鎭重." ○上曰:
"項王勇力, 無敵於天下, 而今不死於火中去, 與宋主連兵, 則譬如龍借雲雨, 虎
添羽翼, 是可憂也. 如之奈何?" 孔明曰: "項王雖有勇力, 頓無智慧, 難以力破,
易以計擒. 臣有一計, 願屛左右." ○上卽退諸人, 只與宋太祖·唐太宗, 共坐
而聽. 孔明奏計曰: "項王爲人, 陛下所深知者也. 對陣之初, 令一將出戰, 佯敗
而歸, 臣卽大加怒責, 重施刑杖, 使之隱密詐降於彼, 就其中, 如此如此用計, 則
項王可擒也." ○上曰: "妙哉! 計乎!" 唐太宗曰: "寡人當行此計矣." 正話之際,
流星馬飛報: "項王自建康, 卒17)十萬精兵, 晝夜驅馳, 殺奔徐州而來." ○上命
孔明還營, 指揮拒敵. ○上與列國帝王, 御駕次行營, 共議軍事.

대항하는 것이 공존공영의 길이라고 주장하여 6개국의 군사동맹을 성공시키고 6개국의
왕들이 모인 자리에서 의장 노릇을 한 것이 從約長이라 한다. 곧 제후끼리 좇아서 가까
이 하기로 약속한 우두머리를 일컫는다.
15) 强賓不壓主(강빈불압주): 손님이 아무리 강해도 주인을 누를 수 없다는 뜻. 劉備가 徐州를
   권할 때 呂布가 關羽와 張飛의 반응이 두려워 선뜻 받아들이지 못하고 머뭇거리자 여포
   의 모사인 陳宮이 유비를 안심시키기 위해 한 말이다.
16) 卒(졸): 率의 오기.
17) 卒(졸): 率의 오기.

且說。項王與龍且等四將, 率兵十萬, 浩浩蕩蕩, 稜稜騰騰, 至徐州, 屯於城下內, 且戰書於孔明。明[18]批以明日決戰, 卽召諸將, 齊來聽令, 尉遲敬德請曰: "小將雖庸, 願得鐵騎三千, 明日一戰, 生擒項王而來矣." 孔明正色曰: "項王之勇力, 雖千萬人壯士, 莫能當, 汝休出妄言." 敬德曰: "太尉何怯也? 小將若不一陣, 擒捉項王, 則願斬其首." 孔明曰: "軍中無戲言[19], 可爲文書." 敬德欣然, 納軍令狀, 明朝率鐵騎三千, 往徐州城外, 揚聲大呼曰: "項王匹夫, 速速出來." 有人報知項王, 項王大怒, 挺槍馳馬出城, 大罵敬德曰: "汝是何人, 唐突如此? 眞所謂野犬不畏猛虎者也." 敬德曰: "我大唐太宗皇帝手下名將尉遲敬德也. 今者之來, 正欲一戰, 生捉足下, 蕩掃羣醜, 上以解聖帝之憂, 下以除將卒之勞耳. 足下, 可捨槍下馬, 早受絪[20]縛." 項王聽得, 轉怒性起, 縱馬直取敬德, 敬德揮銅鞭, 奮長劍, 接戰. 戰到十餘合, 中情轉怯, 刀法漸亂, 不能抵當, 回馬將走之際, 龍且率三百鐵騎, 狂風驟雨一般殺來, 與項王幷力, 混戰. 敬德大敗, 所將三千皆死. 僅以身免, 來見孔明, 伏地請罪, 孔明厲聲大叱曰: "當初, 戒汝勿忘言[21], 汝不聽而戰敗, 挫我銳氣, 罪合萬死. 又犯軍令, 軍無私情, 豈可寬恕?" 卽令左右, 推出斬之, 衆將苦諫曰: "敬德雖犯死罪, 元是大唐天子之愛將, 且勝敗者; 兵家之常, 臨大敵, 殺吾將, 不祥之事也. 伏願先生, 十分商量, 幸加容恕." 孔明怒氣未息, 罵曰: "我當斬汝, 明正其法, 會有衆將之諫, 且看唐宗之面, 假貸殘命. 然而軍令不可廢弛." 促令猛卒, 挈下敬德, 決棍[22]一百, 兩臀上, 皮肉盡裂, 鮮血迸流[23], 孔明猶不命停杖. 諸將及左右, 又力止之, 孔明方纔息怒, 唱令曳出.

---

18) 明(명): 孔明의 '孔' 누락됨.

19) 軍中無戲言(군중무희언): 周瑜는 諸葛亮을 죽이기 위해 열흘 안에 화살 10만개를 마련해 달라고 요청하자, 제갈량은 사흘 안에 화살을 준비할 수 있다고 하니, 주유는 정색을 하며 병영에서는 말장난하는 법이 없다.(孔明曰: '只消三日, 便可拜納十, 萬枝箭.' 瑜曰: '軍中無戲言.')"라고 한 데서 나온 말.

20) 絪(인): 絪의 오기.

21) 忘言(망언): 妄言의 오기.

22) 決棍(결곤): 곤장을 침.

23) 迸流(병류): 샘솟음. 뿜어 나옴.

敬德受杖幾死, 扶負而出, 歸營見唐宗, 具言孔明欲斬重打之事。唐宗卽召孔明, 責之曰:"尉遲敬德, 卽朕爪牙之士24), 干城之將25)。雖有少差, 宜加包容, 且杖之殺之, 在朕之手, 卿豈可擅施刑杖, 重打如是乎?"孔明曰:"將帥臨陣, 出戰一敗而卽死, 法之固然也, 事之當然也。敬德之罪, 可斬也, 而特看陛下之面, 俾免其死, 固其幸矣。陛下不爲致謝, 而反加譴責, 可謂愛將之深, 而不知軍法之所在也。"唐宗怒曰:"一敗卽死, 卿昔敗於滎陽,26) 而不受罰刑, 首領尙此, 得保法果安在? 是所謂責人則明, 恕己則暗27)者也。"孔明復無對語, 俯首慙色, 心甚不平。

○上正色而謂唐宗曰:"孔明受制閫28)之任, 軍功刑賞, 皆決於外29), 吾等業已30)許之矣。敬德卽手下之小將, 罪輕則笞之, 可也, 罪大則斬之, 亦可也31)。今君以胡亂32)之說, 加無情之責33), 是何道理?"唐宗轉怒曰:"敬德受刑於孔明, 一恥也, 寡人受侮於君, 二恥也。寡人雖庸, 豈可靦然安忍而在是乎? 從此而將往他處也矣。"○上奮然曰:"寡人與君, 俱是刱業, 而萍水相逢34), 生雖異代, 會則同時, 方將共爲周旋, 永同歡樂, 而中道忽生異心, 是所謂'人心難可測, 而人事難可知'也。聖人云:'來者不拒, 去者莫追。'君之去留, 當任意爲之, 吾何必

---

24) 爪牙之士(조아지사): 믿을 수 있고 도움이 되는 신하.
25) 干城之將(간성지장): 나라를 지키는 믿음직한 장군.
26) 卿昔敗於滎陽: '榮'은 '滎'의 오자임.
27) 責人則明, 恕己則暗(책인칙명, 서기즉암): 《明心寶鑑》〈存心篇〉의 "아무리 어리석은 사람이라도 남의 잘못을 꾸짖을 때는 총명해지고, 아무리 총명한 사람이라도 자기를 용서할 때는 어리석은 사람이 된다.(人雖至愚, 責人則明, 雖有聰明, 恕己則昏。)"에서 나온 말.
28) 制閫(제곤): 한 지방의 군대를 통솔하는 장수.
29) 孔明受制閫之任~皆決於外(공명수제곤지임~개결어외): 《通鑑節要》〈漢紀〉의 "도성 안은 과인이 통제하고, 도성 밖은 장군이 통제하라 하고 군공으로 관작을 주고 상을 내리는 것을 모두 도성 밖에서 결정하게 하였다.(閫以內, 寡人制之, 閫以外, 將軍制之, 軍功爵賞, 皆決於外。)"에서 나온 말.
30) 業已(업이): 이미.
31) 亦可也(역가야): 원문에는 '亦也可'로 되어 있으나 교정자가 '亦可也'로 순서를 바로잡음.
32) 胡亂(호란): 터무니없음.
33) 無情之責(무정지책): 아무 까닭 없이 책망함.
34) 萍水相逢(평수상봉): 부평초와 물이 서로 만난다는 뜻으로, 우연히 벗을 만난 것을 비유적으로 이르는 말.

挽牽, 如鳥雛之繫足, 使不得飛去也?"唐宗聽得此說, 忿怒轉急, 拂衣而起, 披帳而出. 促駕歸本營, 卽召諸將議之, 李靖·李世勣曰: "孔明治軍專恣, 賞罰不均, ○明祖以妄言, 凌辱陛下, 不可安忍受冒而在此, 莫若整軍御駕, 早歸長安."唐宗曰: "朕欲與項王, 連兵以雪憤, 卿等以爲何如?"李靖曰: "陛之言,35) 出於不得已也. 若然則背明投暗, 爲人所譏笑耳, 去就不宜如是."唐宗默然不語.

却說. 尉遲敬德, 身被重杖, 歸臥於帳中, 本部褊裨, 盡來問慰, 敬德臥而不言, 但長吁而已. 是夜三更, 起明燈燭, 寫出密書, 付之小卒, 暗暗去徐州, 使獻于項王. 小卒懷書, 乘夜往城門外, 呼起闇者36), 於門隙, 授以密書, 入納于項王. 項王開視之, 其書曰:「死罪臣尉遲敬德, 頓首百拜于西楚霸王殿下. 昨日, 陣前之事, 臣如狂如醉, 詬天罵日, 罪合殺戮. 幸而免斬, 顚倒歸營, 則孔明大責戰敗之罪, 擅施猛打之形37), 幾乎至死, 是可忍也, 孰不可忍38)? 是故, 臣咬牙切齒39), 將欲背暗投明, 服罪歸順, 伏望殿下, 莫念其舊, 使得自新, 千萬祈恩之至.」項王見罷, 大喜曰: "敬德歸我, 我功必濟."卽厚賞來卒而遣之, 坐而待敬德之來.

是夜曉頭, 徐州城開, 敬德從數人, 暗地40)而行, 經至徐衙, 拜見項王. 伏於階下, 頓首謝罪而請死, 項王跣而執其手曰: "天生賢傑, 必有與共成大功, 此自然之理, 必然之數也41). 只恨其不早來耳. 雖然將軍, 則唐太宗之將臣也, 今來降, 卽應有背主之名, 爲之奈何?"敬德曰: "大王言之是也. 臣請以事理之當然奏之, 大王試垂聽焉. 臣之於唐宗, 義爲君臣, 親猶父子, 甘苦同焉, 死生共之,

---

35) 陛(폐): 陛下의 下가 누락됨.
36) 闇者(혼자): 문지기.
37) 形(형): 刑의 오기.
38) 是可忍也, 孰不可忍也(시가인야, 숙불가인): ≪論語≫<八佾篇>의 "공자가 계씨를 두고 이르기를, '팔일무를 뜰에서 춤추게 하니, 이것을 참을 수 있다면 무엇인들 못 참겠는가?(孔子謂季氏, '八佾舞于庭, 是可忍也, 孰不可忍也?')"에서 나온 말.
39) 咬牙切齒(교아절치): 어금니를 악물고 이를 갈면서 몹시 분해 함.
40) 暗地(암지): 비밀스럽게. 은밀하게.
41) 天生賢傑~必然之數也(천생현걸~필연지수야): ≪通鑑節要≫<晉紀>의 "하늘이 어진 영걸을 냄은 반드시 서로 더불어 큰 공을 이루게 하려고 해서이니, 이는 자연의 운수이다.(天生賢傑, 必相與共成大功, 此自然之數也.)"에서 나온 말.

何可背之? 今臣之來見於大王者, 非但臣之獨降, 亦欲君之共事也. 伏惟大王, 何以處之?" 項王半喜半疑, 而言曰: "唐宗豈有去彼來此之理乎?" 敬德復起而拜告曰: "臣聞之, '見機而作者, 其事必成, 識勢而動者, 厥功乃得.' 唐宗以文武之智, 濟世而安民, 卽大王之所知也. 寡君平日常曰: '觀今之世, 無如大王之英勇.' 欲同心合意, 周旋事業, 固已久矣, 而未得其釁矣. 昨日, 受辱於○明帝, 不勝忽恨, 玆遣小臣, 致意於大王, 大王幸勿見疑." 項王喜形于色曰: "唐宗與我, 則大事必濟, 此誠見機而識勢者也." 遂厚待敬德而遣之, 敬德回見唐宗, 具告項王之言.

　唐宗明日, 率本部諸將及衆率,[42] 向徐州而去, 先遣使者, 通奇於項王. 項王聞之, 出郭迎接, 共入城中公衙, 分賓主而坐. 敍禮[43]已畢, 特設大宴, 進酒作樂, 意甚歡喜, 情多款曲. 酒至半酣, 項王曰: "寡人時年廿四, 虎[44]起江東, 遂成霸功, 夫君妙齡十八[45], 龍[46]飛晉水, 亦恢帝業. 英雄之事, 何若是其班乎? 今日相對, 自然開襟而見懷, 同席而共事, 誠非偶然也." 唐宗辭謝曰: "寡人之於君, 雖曰功業相同, 實有雄勇之不如英雄之稱, 何可當也?" 項王心甚欣滿曰: "寡人之勇力, 無敵於天下, 君之才畧, 振動於一世. 今當左提右挈[47], 同心戮力, 斬諸葛於豫州, 擒劉季於洛陽, 蕩平魑魅, 掃淸塵穢, 此爲千載大丈夫之快活事也." 兩箇酬酢, 不可盡話, 日暮席散, 項王謂唐宗曰: "寡屯於城內, 君屯於城外, 以爲犄角之勢[48], 何如?" 唐宗曰: "是言好矣." 卽領將卒, 出城十里許, 安排營寨, 歇息. 明日, 項王遣周殷, 往請唐宗, 共爲宴樂. 唐宗命諸將, 守本

---

42) 率(솔): 卒의 오기.
43) 敍禮(서례): 인사함.
44) 虎(호): 범. 여기서는 項羽를 가리킨다.
45) 十八(십팔): 唐太宗 李世民이 18세부터 10년이 넘도록 전쟁터를 돌아다니다가 28세 때 황제가 된 사실을 일컬음.
46) 龍(용): 용. 여기서는 李世民을 가리킨다.
47) 左提右挈(좌제우설): 왼쪽으로 끌고 오른쪽으로 끈다는 뜻으로, 서로 의지해서 도움을 이르는 말.
48) 犄角之勢(의각지세): 掎角之勢의 오기. 달아나는 사슴을 잡을 때 뒷발을 잡고 뿔을 잡는다는 뜻으로, 앞뒤에서 적을 몰아칠 수 있는 양면 작전의 형세를 비유하는 말. 가 서로 호응하는 형세.

陣, 卽時赴宴, 身不被甲, 手不持劒, 不帶了人馬, 單騎獨行。入城至衙中, 項王迎之, 升堂坐定後, 設宴款待, 賓主情話洽醉, 日暮席散。明日, 唐宗遺長孫無忌[49], 入城禮請項王會宴, 項王欣然而許之。

將行, 召龍且等四將, 分付曰: "唐宗以萬乘之主[50], 兩日惠然來我, 共爲遊宴, 而今日遣人請我, 我於禮, 不可不回謝。汝等, 謹守城衙." 龍且諫曰: "古人云: '宴無好宴[51].' 且臣今夜, 夢大王滿體流血, 衆人曳之, 是大不祥之兆也。伏願大王, 勿往." 項王微笑曰: "唐宗此宴, 想必好意, 且夢琊, 皆是虛事, 豈可準信?" 龍且曰: "大王, 若不得已而行, 則可被甲持劒, 多率人衆, 而赴會矣." 項王笑曰: "唐宗, 兩日之會, 身無甲冑, 手無刀槍, 只以單騎而來, 今我回謝, 寧不然乎?" 龍且曰: "人心誠難可測, 大王簡易若是, 而倘有不虞之變, 起於倉卒, 則單身赤手, 何以抵當乎?" 項王怒責曰: "汝是多疑之人也。彼以赤心[52]待我, 我豈異於彼而令生疑惑乎? 又況我之勇力, 雖千萬壯士, 不足畏也, 么麼之輩, 何足介意? 且以單槍匹馬, 橫行蹴踏, 汝之所見知也, 勿復妄言." 龍且心中, 十分不樂曰: "大王, 小心小心." 項王冷笑, 而上馬出城, 俓至[53]唐營。

唐宗自出陣, 門外迎之, 入帳中, 禮畢坐定。卽大開宴席曰: "寡人居於客地, 別無宴需, 但適有好酒, 欲與君共飮耳." 項王喜曰: "是何酒也?" 唐宗曰: "此酒之名曰香雪春, 其味甘而苦, 淸而冽, 芳而香似醉, 雖醉而卽醒, 儀狄[54]之作, 杜康[55]之釀, 亦皆未及於此, 誠千萬古酒中, 茅[56]一味也。故世人不識此酒, 但寡

---

49) 長孫無忌(장손무기): 唐나라 초기의 정치가. 唐高祖 李淵이 기병했을 때 太宗을 따라 변방 정벌 사업에 가담했고, 玄武門의 정변을 평정하여 趙國公에 봉해졌다. 高宗때 황후를 武昭儀로 올려놓으려 하자 이를 반대하다 黔州로 유배당하여 그곳에서 목매 자살했다.

50) 萬乘之主(만승지주): 만 대의 수레를 갖출 수 있는 나라의 군주라는 뜻으로, 천자나 황제를 이르는 말.

51) 宴無好宴(연무호연): 중국의 속담 "모임치고 좋은 모임 없고 연회치고 좋은 연회 없다.(會無好會, 宴無好宴.)"에서 나온 말. 위험이 내포되어 있다는 의미이다.

52) 赤心(적심): 거짓 없는 참된 마음.

53) 俓至(경지): 經至의 오기인 듯.

54) 儀狄(의적): 夏禹氏 때 술을 잘 빚었다는 사람 이름.

55) 杜康(두강): 周나라 때 술을 잘 만들기로 유명했던 사람 이름.

56) 茅(모): 第의 속자.

人獨與宋高宗[57]飮之耳."卽命小臣, 持酒而來, 置於席上, 香芬之臭, 動於左右. 項王開口流涎[58]曰: "其臭如此, 其味可知, 眞箇好酒也." 唐宗卽命小臣, 洗出可容斗一大白[59], 滿酌而擧, 進於項王, 項王接盃, 一飮而盡. 言笑津津, 豪興滔滔, 謂唐宗曰: "寡人昔日, 鴻門之宴[60], 釀大酒而暢飮, 搏秦鹿而爲肴, 猶未充量矣, 而又未有如此好好春味. 今蒙君恩, 令寡人, 初嘗美味, 一番濡首[61], 不勝感荷." 遂連飮, 至四五盃, 皆一飮而盡, 每飮輒加大段稱賞曰: "好哉! 好哉! 眞萬古之佳釀矣." 又連飮四五盃, 見得紅潮滿面, 言語不了, 唐宗又勸之飮, 項王曰: "寡人醉矣, 不可暴酌." 唐宗曰: "此酒, 元來旨毒, 初傾四五盃, 則卽時醺人, 若繼飮, 則雖十餘盃, 精神漸生, 氣力倍健, 願君勿辭." 項王又飮五六盃曰: "寡人, 今已大醉, 不能回去矣." 唐宗曰: "寡人與君, 誼同一家, 若醉不能歸, 則便可一宵安歇, 明日回去, 亦爲無妨矣." 又强勸之, 飮數盃, 口不能言, 但搖手而已. 唐宗起躬, 自執盃, 接飮之, 項王乃頹然而臥, 不省人事. 唐宗卽命李靖・李世勣・長孫無忌・尉遲敬德・薛仁貴・秦叔寶[62]・殷開山[63]等十餘員猛將, 一齊動手, 用鐵索・鐵枷・鐵網・鐵罟, 緊緊綑縛項王, 臥置於帳中一邊, 項王醉不知之.

---

57) 宋高宗(송고종): 趙構. 徽宗의 아홉째 아들. 1126년 金나라 군대가 徽宗과 欽宗을 포로로 잡아가자 南京에서 즉위했다. 李綱과 宗澤이 제기한 抗金의 주장을 거부하고 남쪽으로 천도하여 적을 피하자는 黃潛善과 王伯彦의 주장을 좇아 먼저 揚州로 퇴각했다가 이어 長江을 건너 남쪽으로 달아나 臨安에 수도를 건설하니, 이것이 南宋이다.

58) 開口流涎(개구유연): 口角流涎. 입가에 침을 흘림. 먹고 싶은 모양.

59) 大白(대백): 큰 술잔. 원래는 벌로 받던 큰 술잔이었다.

60) 鴻門之宴(홍문지연): 鴻門宴. 陝西省 臨潼縣의 鴻門에서 漢高祖 劉邦과 楚王 項羽가 베푼 잔치. 항우가 范增의 권유로 유방을 죽이고자 하였으나 張良이 計策을 잘 써서 劉邦이 樊噲를 데리고 무사히 도망한 역사상 유명한 會合이다.

61) 濡首(유수): 머리까지 빠짐 곧 술에 취해 본성을 잃음.

62) 秦叔寶(진숙보): 叔寶는 秦瓊의 자. 隋末唐初 시기의 名將. 처음에 수나라 장수였고, 來護兒, 張須陀, 裴仁基의 막하에 있었다. 후에 배인기가 瓦崗의 李密에게 투항하고, 또 다시 王世充에게 투항하였는데, 왕세충의 인간됨이 사악한 것을 알고, 최후에 程咬金 등과 함께 당나라에 투항하였다. 李世民을 따라 전쟁터를 다니면서 큰 공을 세웠다. 벼슬은 左武衛大將軍에 이르렀고, 翼國公, 胡國公에 봉해졌다.

63) 殷開山(은개산): 唐나라 太宗 때의 사람. 唐高祖가 기병할 때에 大將軍으로 불렸으며, 태종을 좇아 薛仁杲를 정벌하고 또 王世充을 토벌하는데 공이 있었다.

唐宗遣人入城, 謂龍且等曰: "項王, 今日宴席, 劇飮好酒, 醉不能回. 又召將軍, 別有商議耳." 龍且等, 送項王出城之後, 心甚憂慮, 而聽得此說, 不勝驚疑, 四人急急出城, 馳赴唐營. 軍門外告來, 唐宗命召入曰: "爾君在此, 可來視之." 四人入門, 歷階[64]升帳, 遽見項王緊縛, 在一邊如歊尸之狀, 不覺身戰而心慄, 面面相覰[65], 默默無語. 唐宗大呼曰: "左右安在?" 言未畢, 李靖 · 李勣[66], 拔劍而入, 斬龍且 · 鍾離眜, 尉遲敬德 · 薛仁貴, 拔劍而入, 斬周殷 · 季布. 唐宗卽令諸將, 拚擧項王, 載於戎車之上, 數十員猛將, 小心守直, 遣使賚書詣洛陽, 通知如此奇好消息.

却說. 漢祖在洛陽, 聽知項王敗歸建康, 復起軍而來, 正在憂慮之際, 忽報: "唐宗遣使, 賚書而至." 拆視之, 其畧曰「盖聞蚩尤作亂於涿鹿, 而終爲軒帝[67]之擒殺, 四凶方命, 而竟受虞舜之竄殛, 商紂肆虐, 而遂被武王之誅斬, 此皆勇悍之輩, 逆亂不已, 而終爲仁智之人所虜獲者也. 今者項王, 再敗而不死, 徑歸江東, 起兵而來, 更生喑啞之聲, 復動叱咤之威, 其勢難可敵也, 其鋒不可當也. 是故, 孔明初出奇計, 寡人依而行之, 詐降以欺之, 以酒而飮之, 乘醉而縛之, 此無異於猛虎之入窯, 巨魚之吞釣也.」漢祖見之大喜, 不知手之舞之, 足之蹈之[68]. 卽命駕至豫州, 與衆施禮畢, 謂唐宗曰: "西楚俘安在?" 唐宗曰: "楚俘縛囚他處, 今卽來." 俄而, 三十餘員猛將, 擁曳項王, 至階下. 項王方醒, 見一身綑縛, 便作生屍, 大呼曰: "何人縛我乎?" 開眼見堂上, 漢高祖與〇明太祖 · 唐太宗 · 宋太祖, 大開宴席, 酌酒相賀, 莫知其故, 思了半晌, 始知見賣於唐宗, 痛恨不已, 然無可奈何. 漢祖含笑而謂項[69]曰: "汝作何等重罪, 而至於此地

---

64) 歷階(역계): 층계를 한 계단에 한 발씩만 딛고 올라감. 층계를 급히 올라감.

65) 面面相覰(면면상처): 아무 말도 하지 않고 서로 얼굴만 물끄러미 바라봄.

66) 李勣(이적): 李世勣의 오기.

67) 軒帝(헌제): 軒轅帝. 蚩尤 등 포악한 제후들을 정벌하고 神農氏를 이어 제위에 올랐던 전설적인 인물.

68) 不知手之舞之, 足之蹈之(부지수지무지, 족지도지): ≪孟子≫<離婁章句 上>의 "어찌 가히 그치겠는가 한다면 발이 뛰며 손이 춤추는 것을 알지 못하니라.(惡可已, 則不知足之蹈之, 手之舞之.)"에서 나온 말.

69) 項(항): 項王의 오기.

乎?" 項王聽得不勝憤恨, 直欲一步上堂, 手搏足蹴。而全身皆縛, 一指莫動, 臥在地上, 但怒轉重瞳[70], 目光如炬, 咬牙折齒[71]曰: "我平日, 每恨不能吞劉季, 到今之日, 忽受大辱, 此眞所謂'神龍失水而見凌於蠅蟻[72], 猛虎將死而被侮於狐免耳.' 且我之至此, 卽天之亡也, 非戰之罪也[73)." 漢祖曰: "蘖[74)自己作[75), 至死不悟, 歸咎於天, 汝可謂至愚全昧者也。何幸皇天之無語也? 皇天若有罪汝心, 則宜早以雷霆打之, 不使頃刻居於覆載[76]之間矣, 寧可至今生存而晏處哉? 汝前有十大罪。故吾臨廣武[77), 已皆數之, 不必更言, 汝今有三大罪, 汝知之乎, 不知乎?" 項王曰: "何謂三大罪?" 漢祖曰: "汝若不知, 吾將諭。汝背明而投昧, 是逆命也, 罪一也。侮慢而自矜, 是暴戾也, 罪二也。有勇而無智, 是愚迷也, 罪三也。汝負此三件而重, 固合萬死。難免刀鋸之誅, 碪斧之斬, 而生活安敢望乎?" 項王曰: "願解我縛, 使得容身, 於喘息須臾之間也." 漢祖曰: "猛虎安得不縛? 若解之, 則必傷人, 豈有解釋之理哉?" 項王曰: "汝等, 終不解我之縛耶?" 極盡平生之力, 大呼一聲, 聲如急雷, 勇依拔山之日, 氣似扛鼎之時, 一番動身, 所縛鐵索・鐵網・鐵罟, 盡爲斷絶。

衆心皆驚, 羣目瞠[78]然。於是, 王剪・蒙恬・韓信・彭越・吳漢・耿弇[79]・

---

70) 瞳: 瞳의 오기.
71) 折齒(절치): 切齒의 오기.
72) 神龍失水, 而見凌於蠅蟻(신룡실수, 이견능어승의): 賈誼가 지은 <惜誓>의 "신룡이 물을 잃고 뭍에 나가 산다면, 땅강아지와 왕개미가 못 살게 할 것이다.(神龍失水而陸居兮, 爲蠅蟻之所裁.)"에서 나온 말.
73) 卽天之亡也, 非戰之罪也(즉천지망야, 비전지죄야): 《史記》<項羽本紀>에서 항우가 垓下의 전투에서 한고조에게 패하여 東城으로 쫓겨 갔을 때, 자기를 따르는 28명의 기병들에게 지금 이런 곤경에 빠진 것은 "하늘이 나를 망하게 한 것이지, 싸움을 잘못한 탓이 아니다.(此天亡我, 非戰之罪.)"라고 한 데서 나온 말.
74) 蘖(얼): 孼의 오기.
75) 孼自己作(얼자기작): 《通鑑節要》의 "재앙이 자기로부터 일어났는데 부질없이 선량한 사람들에게 화가 미치게 하는구나.(孼自己作,空汚良善.)"에서 나온 말.
76) 覆載(부재): 하늘이 만물을 덮고 땅이 만물을 받쳐 실었다는 뜻으로, 하늘과 땅을 이르는 말. 覆載之間은 '이 세상'을 일컫는다.
77) 廣武(광무): 廣武山. 楚나라 項羽와 漢나라 劉邦이 몇 달 동안 대치했던 곳.
78) 瞠: 瞠의 오기.
79) 耿弇(경엄): 後漢의 開國名將. 光武帝를 좇아 大將軍이 되어 銅馬, 高湖, 赤眉, 靑犢 등의 諸

關羽80)·張飛·賀若弼·韓擒虎·李靖·李世勣·尉遲敬德·薛仁貴·曺彬·岳飛·張浚·韓世忠·徐達·常遇春等二十員猛將, 各擧寶劒, 擬其頸而欲斬之, 項王揮手止之曰: "小兒輩, 安得如此無禮乎? 我欲一言而死, 汝等姑知." 漢祖曰: "汝死, 且何言?" 項王曰: "項籍, 天下大丈夫也. 生於世將之家門, 年甫廿四, 起兵吳中81), 渡江而西驅, 所向無敵, 所擊皆破. 喑啞之聲, 聞於風塵, 而千人喪氣, 叱咤之威, 動若雷庭82), 而萬夫縮首. 鉅鹿之戰, 一劒而破秦, 睢水捷, 單槍而擠漢. 名稱壯士, 身爲霸王, 英豪之風, 掀於一世上, 雄男83)之號, 傳於千載之下. 以迄于今, 維不幸而卒受困辱, 入於死境, 我寧自殺, 豈可使小兒輩擧劒而加頸乎?"

漢祖見項王赤身, 笑曰: "汝前日, 富貴還鄕之時, 錦繡之衣84), 耀於白晝矣, 其間, 失於何處, 今無掩骼之俱, 而一寒如此哉?" 卽令小臣, 取一件弊戰抱85), 置於項王之前, 姑使之衣, 項王以手, 盡爲扯破, 而長歎曰: "天地翻覆, 日月盈虧, 容或有之, 豈知項籍如是困窮, 而見受嘲笑於劉季之前乎?" 漢祖曰: "汝欲飮酒乎?" 項王搖頭曰: "此物於我, 極爲深仇, 可謂狂藥, 更無近口之意." 漢祖曰: "吾與汝, 昔日, 共盟於懷王86)之庭, 結爲兄弟, 今日, 見汝之形, 想汝之事, 自不覺矜惻之心便生. 故以一盃酒飮之, 以表宿昔之情." 卽命樊噲87), 酌一大

賊을 격파했다. 광무제가 즉위하자 建威大將을 제수 받고 好畤侯에 봉해졌다.

80) 關羽(관우): 蜀漢의 勇將. 용모가 魁偉하고 긴 수염이 났다. 張飛와 함께 劉備를 도와서 공이 크며, 뒷날 荊州를 지키다가 呂蒙의 장수 馬忠에게 피살되었다. 중국의 민간에서 忠義와 武勇의 상징으로 여겨져서 신앙이 두터워 각처에 關王墓가 있다.

81) 吳中(오중): 중국 江蘇省 吳縣.

82) 庭(정): 霆의 오기.

83) 男(남): 勇의 오기.

84) 富貴還鄕之時, 錦繡之衣(부귀환향지시, 금수지의): 項羽가 秦나라 수도 咸陽을 차지하고 阿房宮을 불태웠을 때, 韓生이란 자가 항우에게 關中에 도읍을 정하면 천하를 휘어잡을 수 있다고 하자, 항우가 "부귀를 얻고서도 고향에 돌아가지 않으면 비단옷을 입고 밤길을 가는 것과 같으니, 누가 그것을 알아줄 것인가?(富貴不歸故鄕如衣錦夜行, 誰知之者?)"라고 대답한 것을 활용한 말.

85) 抱(포): 袍의 오기.

86) 懷王(회왕): 중국 秦 말기, 다시 세워진 楚나라의 왕. 反秦세력의 상징적인 맹주 구실을 하였다. 진나라 멸망 후에 義帝로 바꾸었다.

白, 進之於前。項王張目視之, 手不肯受, 張飛以鐵鞭, 擊其背曰: "業畜[88], 快飮." 項王終不肯受, 以手擊盃, 盃落酒覆。漢祖曰: "吾聞屠兒[89]臨死, 禮佛以修幽冥之途也。今汝亦酹酒[90]於地, 欲啓泉臺[91]之路耶?" 項王語不能答, 但長吁而已。半晌, 乃悲歌慷慨, 歌曰:

力拔山兮氣盖世 時不利兮虎失勢
虎失勢兮更無計 更無計兮可以斃

歌罷, 因泣下雙淚泫然, 左右觀者, 皆爲之凄然。漢祖曰: "汝欲生乎?" 項王收淚而厲色曰: "猛虎陷穽, 幸而得生, 謾爲狐狸之譏笑。我卽千古之英雄也, 時運不幸, 身數孔慘, 忽至於死, 死則死矣, 豈可苟求生活, 永爲輩小之嗤笑, 而何面目, 更立於世上乎? 我今死矣, 請以骸骨托君。" 言訖, 奪傍人之劍, 乃自刎而死。

嗟乎! 拔山之力, 盖世之氣, 化爲劍頭魂矣。漢祖見項王已死, 且喜且悲, 爲之一哭, 以王禮葬於穀城山下。

---

87) 樊噲(번쾌): 漢高祖 劉邦의 武將. 젊어서 屠狗業을 했다고 한다. 項羽가 鴻門宴에서 한고조 유방을 맞아 잔치할 때 范增이 유방을 모살코자 하니 번쾌가 기지를 발휘하여 유방을 구하였다. 이때 번쾌가 노하여 머리카락이 뻗어 위로 올라가고 눈자위가 다 찢어질 듯 부릅뜨며 항우를 노려보았다 한다. 뒤에 舞陽侯로 봉함을 받았다.
88) 業畜(업축): 전생에 지은 죄로 인하여 이승에 태어난 畜生.
89) 屠兒(도아): 白丁. 소나 개, 돼지 따위를 잡는 일을 직업으로 하는 사람.
90) 酹酒(뇌주): 술을 땅에 부어 신이 내리도록 비는 일.
91) 泉臺(천대): 사람이 죽은 뒤에 그 혼이 가서 산다고 하는 세상.

第五回

分兩路元戎進軍隊　　定三分辯士說兵仙

話說。漢祖已除項王, 與列國帝王, 共議進兵討賊, 諸葛亮奏言乞歸[1]曰: "臣本多病, 屢年征討, 觸風傷雨, 病上添病, 不能莅軍。伏惟陛下, 愛之憐之, 許臣退休, 復臥南陽, 區區之願也。" 漢祖曰: "卿卽朕之股肱手足也, 安可永歸? 若病不能任軍務, 則便可留都, 臥守根本。" 卽命孔明, 與戶部尙書蕭何[2]·大司馬霍光[3], 率林軍[4]八十萬, 還守洛陽, 以備不虞, 又使之轉薄調兵, 饒給饋餉, 無得乏絶。孔明等三人, 辭謝而退, 奉命而行。

漢祖盡召列國諸將, 分隊進兵。茅[5]一隊, 都元帥韓信, 副元帥李靖, 茅二隊, 驃騎大將軍岳飛, 冠軍大將軍彭越, 第三隊, 征東大將軍曹彬, 征西大將軍馮異, 第四隊, 征南大將軍賀若弼, 征北大將軍祖逖, 第五隊, 鎭東大將軍馬燧, 鎭西

---

1) 乞歸(걸귀): 乞骸骨. 乞致仕. 신하의 자리를 내놓겠다는 말. 乞骸骨은 그동안에 입은 모든 은혜로 챙긴 자산과 자신의 살과 가죽까지 모두 임금께 돌려드릴 테니, 해골로라도 고향에 돌아가게 해달라는 뜻이다.

2) 蕭何(소하): 前漢의 정치가. 漢高祖 劉邦의 功臣. 韓信·張良과 더불어 한나라 三傑. 한나라 유방과 초나라 항우의 싸움에서는 관중에 머물러 있으면서 고조를 위하여 양식과 군병의 보급을 확보했으므로, 고조가 즉위할 때에 논공행상에서 으뜸가는 공신이라 하여 酇侯로 봉해지고 식읍 7,000호를 하사받았으며, 그 일족 수십 명도 각각 식읍을 받았다. 秦나라의 법률·제도·문물의 취사에 힘쓰고 한나라 왕조 경영의 기틀을 세웠다. 漢나라의 律令 '律九章'을 만들었다.

3) 霍光(곽광): 前漢의 권신. 霍去病의 이복 아우이자, 漢昭帝 황후 上官氏의 외조부, 漢宣帝 황후 霍成君의 부친이기도 하다. 漢武帝, 漢昭帝, 漢宣帝 등 삼대 황제를 섬기면서 昌邑王을 폐위시키는데 주도적인 역할을 하였다. 외모가 준수한데 특히 수염이 멋있어서 당시 사람들이 伊尹과 비교하여 '伊霍'이라고 일컬었다고 한다. 漢武帝는 자신이 나이가 많고 태자가 나이가 어린 것으로 인하여 자신이 죽은 후 아들을 도와줄 신하를 물색했는데, 畫工에게 周公이 周成王을 업고 있는 그림을 그리게 한 후에 곽광을 불러 주공이 되어 태자를 보필해달라고 부탁한 사실이 있다. 곧 주공은 어린 주성왕을 보좌하였고, 곽광은 어린 漢昭帝를 보좌하여 집정하였던 것이다.

4) 林軍(임군): 羽林軍. 황제의 근위병.

5) 茅(모): 第의 속자. 이하 동일하다.

大將軍鄧禹6), 第六隊, 鎭南大將軍李文忠7), 鎭北大將軍李世勣, 第七隊, 武威
大將軍劉錡8), 羽林大將軍吳漢, 第八隊, 武衛大將軍郭英9), 討虜大將軍韓弘,
第九隊, 破虜大將軍蒙恬, 征虜大將軍祭遵10), 第十隊, 振武大將軍石守信11),
振威大將軍湯和12)。 每一隊, 率精騎十萬, 出荊門13), 十隊諸將及軍卒, 皆受韓
信節制。 又分一路, 第一隊, 大將軍徐達, 車騎大將軍常遇春, 第二隊, 鎭軍大
將軍張浚, 撫軍大將軍韓世忠, 第三隊, 中軍大將軍郭子儀, 前軍大將軍李光弼,
第四隊, 後軍大將軍李廣14), 驍騎大將軍霍去病, 第五隊, 平東大將軍王翦, 平

---

6) 鄧禹(등우): 後漢의 군사가. 雲台28將 중에 한 사람. 後漢 창업기의 명신으로, 光武를 도와서
   천하를 평정하여 벼슬이 大司徒에 이르렀고 高密侯로 봉해졌다. 雲台는 한나라의 明帝가 前
   代의 공신들을 추모해서 장수 28명의 화상을 그리고 이것을 보관하기 위하여 쌓은 臺인데,
   대가 높아서 구름에 닿았으므로 이렇게 불렀다고 한다. 전하여 功臣閣을 가리킨다.
7) 李文忠(이문충): 明나라 太祖 朱元璋의 외조카이자 양자. 양자가 된 후에 친히 군사들을
   이끌고, 池州를 지원 나갔다가 天完軍을 물리치는데 큰 공을 세웠다. 그 공로로 浙江行省
   平章事가 되었다. 명나라가 건립된 후에도 여러 차례 원정을 나가서 원나라 잔여 세력을
   제거하는 데 앞장서서 曹國公에 봉해지고, 大都督府(최고의 군사기구)를 주재하고, 國子監
   을 주관하게 하였다. 그러나 직언을 하다 주원장의 눈에 거슬려 독살 당했다.
8) 劉錡(유기): 宋나라 智將. 順昌에 침입한 金나라 군대를 격파하고, 벼슬은 隴右都護・東京
   副留守를 지냈다. 처음 도호로 무위를 떨쳐 아이들이 울다가도 유 도호가 온다고 하면
   울음을 그쳤다고 한다.
9) 郭英(곽영): 明나라 開國功臣. 형 郭興과 더불어 朱元璋을 따라 다녔다. 뒤에 陳友諒을 토
   벌하여 指揮僉事가 되었다. 徐達과 함께 中原을 평정하고 傅友德을 따라 雲南을 정벌한
   뒤에 武定侯로 봉해졌다.
10) 祭遵(제준): 後漢 光武帝의 명신. 사람됨이 검소하고 신중하였으며, 사사로움을 이기고 公
   共에 봉사하여 하사받은 물건은 매번 사졸들에게 주었다고 한다. 일찍이 光武帝를 따라
   河北을 정벌하고 軍市令과 刺姦將軍이 되었다. 이후에도 군공이 많아 征虜將軍에 임명되
   고 潁陽侯에 봉해졌다. 상으로 받은 물품을 모두 부하들에게 나누어 주어 집 안에는 남
   은 것이 없었다. 비록 군중에 있어도 儒術이 있는 선비들만을 모아놓고 술을 마시면서
   음악을 들을 때면 반드시 雅詩를 노래하고 투호를 즐겼다고 한다. 죽은 뒤에 雲臺 28명
   의 장수에 들었다.
11) 石守信(석수신): 北宋의 開國將軍. 周나라에서는 洪州防禦使의 수령을 지냈고, 宋太祖 趙匡
   胤이 즉위할 때에 歸德軍節度使가 되어 李筠, 李重進의 난을 토평하고 鄆州를 진압했다.
12) 湯和(탕화): 明나라 開國功臣. 1352년에 郭子興의 봉기군에 참가하여 千戶가 되었고, 朱元
   璋을 따라 長江을 건너 集慶을 점령하는데 공을 세워 統軍元帥, 征南將軍 등을 지냈다.
13) 荊門(형문): 중국 湖北省 宜都縣 서쪽과 揚子江 사이의 요충지. 남안에는 荊門山 북안에는
   虎牙山 마주 바싹 뻗히고 있으므로 마치 대문 같아서 荊門이라고 했다.
14) 李廣(이광): 前漢의 名將. 漢나라 文帝 때 匈奴를 물리친 공으로 中郞이 되었다. 景帝 때에
   북부 변방과 七郡의 太守를 지냈다. 武帝가 즉위한 후에 未央宮의 衛尉가 되었고, 그 후에

西大將軍李晟, 第六隊, 平南大將軍韓擒虎, 平北大將軍衛靑, 第七隊, 安東大將軍渾瑊, 安西大將軍屈突通15), 第八隊, 安南大將軍狄靑, 安北大將軍吳璘16), 第九隊, 揚烈大將軍鄧艾17), 揚武大將軍李愬18), 第十隊, 揚威大將軍鄧愈19), 奮武大將軍李道宗20), 第十一隊, 奮威大將軍薛萬徹21), 輔國大將軍寇恂22), 第

驍騎將軍, 右北平郡太守, 前將軍 등을 역임했다. 흉노가 두려워하는 장수로 '飛將軍'으로 일컬어졌다. 漠北의 전투에 참여했으나 사막에서 길을 잃고 참전을 하지 못해 부끄러워 자살했다.

15) 屈突通(굴돌통): 唐나라 초기의 정치가. 唐高祖가 기병했을 때 河東을 지키고 있다가 당고조에게 크게 패해 사로잡혔다. 태종을 좇아 薛仁杲를 정벌하고 또 王世充을 토벌하는 데 공이 있었다.

16) 吳璘(오린): 南宋 高宗 때의 명장. 金나라 군대의 침입을 막아내어 蜀 땅을 20여 년이나 지킨 인물로, 형인 吳玠와 함께 금나라에 항거한 남송의 형제 명장으로 일컬어졌다. 胡盞이 쒑不祝과 연합군 5만을 이끌고 劉家圈에 주둔하자, 오린이 이들을 토벌하기를 요청하면서 疊陣法을 제시했다. 첩진이란 군사를 중첩되게 배치하여 빈틈없이 한다는 뜻으로, 전투마다 長槍을 가진 자를 맨 앞에 앉혀 일어날 수 없게 하고, 다음은 强弓을 가진 자를 세우고, 다음은 强弩를 가진 자를 무릎 꿇고서 기다리게 하고, 다음은 神臂弓을 가진 자를 세우고서 적이 100보 이내에 육박해 오면 신비궁을 먼저 발사하게 하고 70보의 거리가 되면 강궁도 함께 발사하게 하는 등의 병법이다.

17) 鄧艾(등애): 魏나라 名將. 司馬懿의 인정을 받아 尙書郎이 되고, 鎭西將軍으로서 鍾會와 더불어 蜀漢을 공격하여 成都를 함락시키고 촉한을 멸하는데 지대한 공을 세웠다. 후에 종회의 모함과 司馬昭의 시기로 인하여 압송되고, 최후에는 아들인 鄧忠과 함께 武將 田續에게 살해당했다.

18) 李愬(이소): 唐나라 憲宗 때의 장수. 吳元濟가 淮西 지방에서 반란을 일으키매 토벌에 나서서 반란군의 근거지인 蔡州까지 120리를 밤에 눈이 오는 틈을 타 급히 달려 닭 울 무렵 성중에 돌입하여 오원제를 사로잡았다.

19) 鄧愈(등유): 본명은 鄧友德. 명나라 開國名將으로 征西將軍이다. 그는 元나라 대항하다가 朱元璋에게 투항하여 管軍總管이 되었다. 이때 주원장이 그의 이름을 고쳐, 鄧愈라고 개칭했다. 그는 주원장을 따라 長江을 건너, 太平과 集慶을 공격하고 鎭江을 취했다. 여러 차례 전공을 세워 廣興翼元帥가 되었다.

20) 李道宗(이도종): 唐高祖 李淵의 조카이자 唐太宗 李世民의 4촌동생. 江夏王으로 책봉되었고 禮部尙書가 되었으며, 641년 文成公主를 호위해 혼례 행렬을 이끌고 토번으로 향했다. 李世勣・薛萬徹과 이름을 나란히 한 명장이었다.

21) 薛萬徹(설만철): 唐高祖 李淵의 16녀 丹陽公主의 부마도위. 본래 燉煌 사람으로 唐에 귀화하였다. 突厥 頡利可汗을 쳐서 공을 세우고 648년에 이르러 고구려 공격에 가담하였다. 반역의 혐의로 처형되었다.

22) 寇恂(구순): 後漢의 정치가. 耿弇과 함께 劉秀에게 투항하여 偏將軍으로 임명되고 承義侯로 봉해졌다. 光武帝 때 河內・汝南 太守를 지내고 鄕校를 세워 지방자제를 교육했다. 그 후로 執金吾가 되었고, 雍奴侯로 봉해졌다.

十二隊, 伏波大將軍馬援, 中堅大將軍苗訓23), 第十三隊, 歸德大將軍章邯, 游擊大將軍岑彭24), 第十四隊, 征遠大將軍馬成25), 征邊大將軍李孝恭26), 第十五隊, 護軍大將軍姜維27), 討逆大將軍王全斌28), 第十六隊, 鎭遠大將軍李漢超29), 平遠大將軍臧宮30), 第十七隊, 左驍衛大將軍李光顔31), 右驍衛大將軍賈復32)。

---

23) 苗訓(묘훈): 宋나라 太祖 때 사람. 하늘을 보고 점을 치는 것을 잘 하였다. 後周 말엽 북쪽을 정벌할 때, 하늘의 별을 보고 송나라 태조가 천자가 될 것이라 예언하였다. 관직은 檢校工部尙書까지 올랐다.

24) 岑彭(잠팽): 漢明帝 때의 장수. 王莽에 벼슬하여 한나라에 대항하다가 한나라에 귀순하여 更始將軍 劉玄에 의해 歸德侯에 봉해졌고, 광무제가 즉위하자 장군이 되어 여러 차례 공을 세워 征南大將軍 등을 지냈고 舞陰侯에 봉해졌다. 成都에 웅거하여 반란을 일으킨 公孫述을 공격하여 승승장구 진격하였는데, 彭亡이란 곳에 주둔했다가 밤에 자객의 칼에 찔려 죽었다.

25) 馬成(마성): 後漢 光武帝 때의 功臣. 원래 王莽 정권의 縣吏였는데, 뒤에 劉秀에게 투항했다. 유수가 王郞, 劉永, 李憲, 隗囂, 公孫述 등의 세력을 소멸할 때에 공을 세워 揚武將軍이 되었으며, 平舒侯, 全椒侯로 봉해졌다. 雲臺 28將의 한 사람이다.

26) 李孝恭(이효공): 唐나라 황실의 종친. 高祖 李淵의 조카다. 蕭銑을 격파하고 輔公祏을 잡아 江南을 평정하는 데 큰 공을 세워 荊州大總管과 揚州大都督이 되었다. 뒤에 河間郡王으로 책봉되었다. 성격이 호탕하고 사치를 좋아해 잔치를 거듭 열었지만, 관대하고 아량이 있으며 겸양의 미덕도 갖추어 교만하거나 자랑하는 기색이 전혀 없었다.

27) 姜維(강유): 蜀漢의 무장. 諸葛亮에 의해 중용되었다. 제갈량이 죽은 후에 그 유지를 받들어 북벌을 추진하여 두 차례 큰 승리를 거두었다. 뒤에 魏나라 司馬昭가 蜀漢을 공격하자 劍閣에서 방어하였다. 이때 위나라 鍾會와 鄧艾가 본격적으로 침공하자 成都의 劉禪이 항복하게 되었고, 강유도 항복하게 되었다. 그러나 강유는 종회에게 귀순하여 그를 추켜세우며 劉禪이 항복한 후에도 蜀漢의 중흥을 시도하였다. 마침 종회도 등애를 시기하여 그를 축출하고 西蜀을 장악할 야심이 있어 강유와 손잡고 司馬昭에 대항하여 반란을 일으켰으나 내부 장수들의 모반으로 죽임을 당하고 강유 역시 이때 피살되었다.

28) 王全斌(왕전빈): 宋나라 太祖 때 忠武府節度使로서 군사 6만 명을 거느리고 후촉을 공격하여 패배시켰다. 그러나 촉을 멸한 후 탐욕에 젖어 태조 趙匡胤의 지시를 어기고 백성의 재물을 빼앗았다.

29) 李漢超(이한초): 宋나라 초에 關南兵馬都監이 되고, 太宗 때에는 應州觀察使가 된 인물.

30) 臧宮(장궁): 後漢 光武帝 때의 무신. 본래 작은 벼슬아치였으나 農民軍에 참가한 후에 劉秀에게 투항했다. 輔威將軍이 되어 광무제 유수를 따라 蜀지방을 정벌하는 데 공을 세웠다. 그 뒤에 흉노족이 쇠약해지자 상소를 올려 쇠약해진 틈을 타서 쳐야 한다고 하면서 군사를 내어 주면 일거에 섬멸시키겠다고 하였으나, 광무제가 받아들이지 않았다. 그때 장궁의 모습을 "장궁과 마무의 무리들은 우는 검을 어루만지며 손바닥을 쳤으며, 뜻은 이오의 북쪽을 향해 달리고 있었다.(臧宮馬武之徒, 撫鳴劍而抵掌, 志馳於伊吾之北矣.)"라고 묘사하였다. 이는 변방에 가서 공훈을 세우려는 의지를 표시하는 뜻으로 사용되었다.

31) 李光顔(이광안): 唐나라 憲宗 때의 장수. 자질이 굳세고 강건해서 전투에서 공을 세워 御史大夫에 올랐다. 代州와 洺州의 刺史를 지냈다. 憲宗이 蔡를 토벌할 때 忠武軍節度使로

每一隊, 將精騎十萬, 出滎陽, 十七隊諸將及軍卒, 咸受徐達節度。又遣水軍, 大都督周瑜[33], 副都督吳玠[34], 率水軍五十萬, 自荊州, 大備戰艦, 乘靑雀黃龍之軸, 傾流而東下, 徑襲建康。分排已畢, 漢祖與列國之君, 整駕而還洛陽, 以待捷音。

且說。宋主聞項王受縛自殺, 大驚聚衆商議, 趙王石勒曰: "項王有勇而無智, 爲人所詐, 亡身殞命, 良可歎也。然而吾知其必敗矣。" 正話之際, 探馬[35]報: "韓信躬率大兵百萬, 長驅向荊門而來。" 宋主急與衆, 共議禦敵之計, 皆曰: "韓信智勇俱備, 戰必勝攻必取, 降三秦[36]而虜魏豹[37], 席卷趙齊, 以項王之雄勇, 敗困於垓下, 終至窮沮而死。風雲韜畧, 無所不通, 將兵之術, 多多益善, 千載之下, 稱以兵仙, 眞可慮憚而畏懼者也。" 宋主曰: "歷觀吾列國諸將, 無可以當韓

발탁되었다. 이어 檢校尙書左僕射가 되었다. 李師道를 토벌해 義成節度使로 옮겼다. 穆宗이 즉위하자 同中書門下平章事가 더해졌다. 敬宗 초에 司徒와 河東節度使를 지냈다.

32) 賈復(가복): 後漢 光武帝 때의 무장. 배우기를 좋아해 ≪尙書≫를 익혔다. 光武帝를 좇아 靑犢을 물리치고, 관직은 左將軍·都護將軍에 이르렀으며, 膠東侯에 봉해졌다.

33) 周瑜(주유): 삼국시대 때 吳나라의 名臣. 처음 孫堅을 섬기다가 손건이 죽은 후 孫策을 섬겨 揚子江 하류 지방을 평정하는데 큰 공을 세웠다. 손책과 함께 荊州의 많은 지역을 점령하였는데 橋公(三國志演義에서는 喬公)의 두 딸을 포로로 생포하였다. 이들은 절세의 미인으로 언니 大橋(三國志演義에서는 大喬)는 손책의 아내가 되었고 동생 小橋(三國志演義에서는 小喬)는 주유의 아내가 되었다. 손책이 사망하자 그의 동생 孫權이 등극하였고 주유는 손권을 충실하게 보필하였다. 魏의 曹操가 華北을 평정하고 荊州로 진격해 오자, 魯肅 등과 함께 抗戰을 주장하며 講和論者들에 맞섰다. 손권을 설득하여 군사 3만을 주면 조조를 격파하겠다고 장담하였다. 마침내 손권을 설득하여 오나라 大都督으로 군사를 이끌고 참전하여 赤壁大戰에서 火攻으로 魏軍을 대파하였다.

34) 吳玠(오개): 북송 말 남송 초기의 장군. 金나라 군사가 和尙原을 공격해 오자, 諸將들에게 명하여 활을 잘 쏘는 군사를 선발하여 순번을 나누어 번갈아 가며 활을 쏘게 함으로써 화살이 연달아 빗발처럼 쏟아지게 하여 결국 적들이 견디지 못하고 후퇴하게 하였다.

35) 探馬(탐마): 적의 동정을 살피는 기병.

36) 三秦(삼진): 중국의 關中을 달리 이르는 말. 陝西省 일대를 가리킨다. 項羽가 秦나라로 쳐들어가서 관중을 셋으로 나누고, 章邯을 雍王으로, 司馬欣을 塞王으로, 董翳를 翟王으로 봉하여 한때 진나라가 세 나라로 나뉘어진데서 나온 말이다.

37) 魏豹(위표): 秦나라 말기의 인물. 魏나라 왕실의 일족이며, 魏咎의 동생이다. 형이 죽은 후 위나라를 재건해 위나라 왕이 되었으며, 項羽의 열여덟 제후왕 중 西魏王을 지냈다. 前漢과 西楚 사이를 오가다 전한의 공격을 받아 나라를 잃었고, 전한 高帝의 명령으로 滎陽을 지켰으나, 배반한 전력 때문에 동료 周苛와 樅公에게 죽었다.

信者, 此將奈何?" 魏王拓跋跬[38]曰: "韓信只有用兵之智, 素無忠君之心, 又況前日爲漢而定天下, 功業雖多, 誅夷[39]卒受, 至今爲恨. 若遣一辯士, 以前日三分之說[40], 說之則彼必聽矣." 宋主曰: "此計妙矣. 誰可往乎?" 言未畢, 丞相長史張弘策[41]進曰: "臣雖不才, 請往說韓信, 使之反漢矣." 宋主大喜, 卽許遣之, 弘策布衣葛巾, 匹馬而行, 向荊門而來.

却說. 大漢都元帥韓信, 奉承皇命, 領十隊十九員大將百萬精兵, 逶迤至荊門, 大起營寨, 將欲歇軍, 高臥金壇, 廣繞玉帳, 忽報: "江南儒生張弘策, 特來請見." 信卽令召入, 弘策入拜於帳前, 信賜座而問曰: "先生爲誰?" 弘策對曰: "僕江南人也." 信曰: "先生緣於何事, 遠涉江湖而來此乎?" 弘策曰: "僕之來意, 正欲見元帥足下, 將欲爲入幕之賓[42]耳." 信驚疑曰: "吾聞先生梁武帝[43]之臣也, 何爲背梁而來乎?" 弘策曰: "僕聞良禽擇木而棲, 良臣擇主而事[44]. 僕昔梁武,

---

38) 拓跋跬(척발규): 拓跋珪의 오기. 남북조시대 北魏의 황제. 본래 鮮卑族으로 북위를 세우고 道武帝가 되었으며, 그 후 孝文帝가 洛陽으로 천도한 뒤에 姓을 拓跋氏에서 元氏로 바꾸었으므로 元魏라고도 불렀다.

39) 誅夷(주이): 誅戮. 죄로 몰아 죽임.

40) 三分之說(삼분지설): 天下三分을 간한 蒯徹의 말. 곧 "지금 漢王(유방)과 楚王(항우)의 운명은 왕(한신)께 달려 있다는 것이 제 생각입니다. 왕께서 漢나라를 위해 싸우면 한나라가 이길 것이고, 반대로 楚나라를 위해 싸우면 초나라가 이길 것입니다. 왕께서 제 계책을 받아주신다면, 한나라와 초나라를 지금처럼 존속시켜 놓은 채 천하를 三分하여 솥의 발처럼 세워 놓겠습니다. 그리하면 그 형세로 보아 어느 누구도 먼저 상대방을 공격하려고 움직이지 못할 것입니다. 저는 하늘이 주시는 것을 받지 않으면 도리어 禍를 당하고, 때를 만났는데도 과감하게 행동하지 않으면 도리어 재앙을 받는다.(天與不取, 反受其咎, 時至不行, 反受其殃.)고 들었습니다. 왕께서는 이 점을 깊이 생각하십시오." 韓信은 이 말을 듣지 않아 결국 劉邦의 황후에게 죽임을 당하는 兎死狗烹의 비참한 말로를 걸었다.

41) 張弘策(장홍책): 梁武帝 蕭衍의 문헌왕후의 從父弟. 錄事參軍을 지냈다.

42) 入幕之賓(입막지빈): 장막 뒤에 숨어서 남의 말을 엿듣는 역할을 하는 참모라는 뜻. 晉나라 謝安이 桓溫을 찾아왔을 때 환온이 자신의 참모인 郗超에게 장막 속으로 들어가서 엿듣도록 하였는데, 마침 바람이 불어와 장막이 걷히자 사안이 웃으면서 "치생은 장막 속의 손님이라고 말할 수 있겠다.(郗生可謂入幕之賓矣.)"라고 말한 고사에서 유래하였다.

43) 梁武帝(양무제): 蕭衍. 남조 양나라의 초대 황제. 박학하고 문무에 재질이 있었다. 齊나라에서 벼슬하여 雍州刺史가 되어 襄陽을 지켰다. 南齊의 竟陵王 王子良의 집에서 沈約과 范雲 등 문인 귀족과 교유하여 八友의 이름을 얻었다. 제나라 말인 永元 2년(500) 황실이 어지러워지자 東昏侯에 대한 타도군을 일으켜 도읍인 建康(南京)을 함락시킨 뒤 남제를 멸망시키고 정권을 장악하면서 梁王에 봉해졌다.

雖有君臣之分, 梁武年老性苛, 專信讒佞, 崇事浮屠45), 不聽臣言, 故退而閒
處. 側聞元帥足下之英名雄聲, 如雷灌耳, 每欲托身, 而無由矣. 今者足下, 率
列國之將, 驅百萬之兵, 席卷東下, 其勢雖投鞭於江, 僭賊可平, 大功必成. 是
故, 僕敢以駄舌之頑, 意切驥尾之附46), 胃47)威而來謁, 伏望足下, 不以爲卑鄙,
容而收之, 置之幕下, 則僕將放尺寸之誠, 席報萬一之恩耳." 信聞其言而留之,
與之酒而飮之, 討話終日, 問答如流, 少無差失, 極爲通慧, 信奇之.

是夕, 同與之宿, 是夜將半, 刁斗稀傳, 四無人聲, 弘策起剪青油48)之殘燈,
促膝而言曰: "僕之今來, 深有其意, 未知足下意嚮如何?" 信曰: "先生之深意,
果安在?" 弘策曰: "僕之深意, 專在於足下, 不在於他人, 此眞古人所謂爲楚非
獨爲趙49)者也." 信曰: "先生之言, 若是, 則其意不在於尋常也. 幸爲我詳言其
意." 弘策曰: "僕粗識相人之術, 請爲足下言之." 信曰: "先生果是善相, 則細細
看來, 一一說道, 如何?" 弘策卽將韓信形容軀幹, 前後左右, 一番仔細覷過, 作
而跪曰: "僕相足下之面, 黃氣浮於天庭50), 此貴人之狀也. 雖然不過一國之封
侯, 相足下之背, 如龍如虎, 貴不可言." 信曰: "何謂也?" 弘策曰: "方今, 漢宋
相爭, 智勇俱爲之用, 兩國之勝敗, 權在足下. 足下與漢則漢勝而宋敗, 與宋則
宋勝而漢敗. 足下今若爲漢而破宋, 宋亡則次取足下. 足下何不反漢, 與宋連
和51)三分天下而王之52)?" 信變色而謝曰: "我於漢祖者, 有恩遇之深, 今有付畀

---

44) 良禽擇木而棲, 良臣擇主而事(양금택목이서, 양신택주이사): ≪春秋左氏傳≫에서 孔子가 治
國의 도를 유세하기 위해 衛나라에 갔을 때, 孔文子가 大叔疾을 공격하기 위해 공자에게
상의하자, 공자가 했던 말.
45) 浮屠(부도): 부처.
46) 驥尾之附(기미지부): 附驥尾. 준마의 꼬리를 붙잡았다는 것은 곧 學德이 높은 이와 從遊함
으로써 명성을 얻게 됨을 이르는 말. 漢나라 王褒의 <四子講德論>에 "천리마 꼬리에 붙
어 있으면 천리를 함께 치달릴 수도 있고, 기러기 날개를 더위잡으면 사해를 날아갈 수
도 있으니, 내가 비록 우둔하긴 하지만 그대를 따라가고 싶은 마음이 들기도 한다.(附驥
尾, 則涉千里, 攀鴻翮, 則翔四海, 僕雖頑愚, 願從足下.)"라는 말이 나온다.
47) 胃(위): 冒의 오기.
48) 靑油(청유): 靑油幕. 장수의 軍幕을 이르는 말.
49) 爲楚非獨爲趙(위초비독위조): 爲楚非爲趙. 초나라를 위하는 것이지 조나라를 위하는 것이 아
님. 곧 속과 겉이 다르다는 말이다.
50) 天庭(천정): (관상에서) 양미간.

之重, 不可背之, 先生何出此言?" 弘策曰: "漢祖恩遇付畀, 果何如哉?" 信曰: "昔日, 漢祖授我上將軍印, 予我數萬衆, 解衣衣我, 推食食我53), 言聽計用54), 封以齊楚55), 千乘之王56), 恩莫大焉。今日, 授之以元帥之任, 假之以百萬之衆, 付莫重焉。夫人深親信我, 我何忍背之?" 弘策曰: "夫功者難成而易敗, 時者難得而易失57)。足下誠能聽僕之言, 兩利而俱存之, 三分天下, 鼎足而居, 其勢莫敢先動。按齊楚之故, 有膠泗莉淮58)之地, 深拱揖讓, 則天下之君王, 相率而朝於足下矣。天與不取, 反受其咎, 時至不行, 卒受其殃, 願足下三思之.59)" 信曰:

---

51) 連和(연화): 둘 이상의 독립한 것이 연합함.
52) 兩國之勝敗~與宋連和三分天下而王之(양국지승패~여송연화삼분천하이왕지): 《通鑑節要》 <漢紀>의 "당금에 두 왕의 일은 권세가 족하에게 달려 있습니다. 족하가 오른쪽으로 기울면 漢王이 이기고 왼쪽으로 기울면 項王이 이길 것이니, 항왕이 오늘 망하면 다음은 족하를 취할 것입니다. 족하는 항왕과 옛 정분이 있으니, 어찌하여 한나라를 배반하고 초나라와 連和하여 천하를 셋으로 나누어 왕 노릇을 하지 않습니까?(當今, 二王之事, 權在足下, 足下右投則漢王勝, 左投則項王勝, 項王今日亡, 則次取足下. 足下與項王有故, 何不反漢, 與楚連和, 三分天下王之?)"에서 활용한 말.
53) 解衣衣我, 推食食我(해의의아, 퇴식식아): 임금이 신하에게 각별히 은총을 쏟아 주는 것을 이르는 말. 《史記》<淮陰侯列傳>에서 漢나라 장수 韓信이 漢高祖 劉邦에게서 받은 은혜를 술회하면서 "옷을 벗어 나에게 입게 하고 먹을 것을 건네주어 나에게 먹게 하였다. (解衣衣我, 推食食我.)고 말한 데서 나온다.
54) 漢祖授我上將軍印~言聽計用(한조수아상장군인~언청계용): 《通鑑節要》<漢紀>의 "한왕은 나에게 상장군의 인수를 주고 나에게 수만 명의 병력을 주고, 옷을 벗어 나에게 입혀주고 밥을 밀어 나에게 먹여주고 말이 먹혀들고 계책이 쓰였다.(漢王授我上將軍印, 予我數萬衆, 解衣衣我, 推食食我, 言聽計用.)"에서 나온 말.
55) 齊楚(제초): 韓信이 齊나라를 평정하고 유방에게 齊으로 봉해주기를 요구하여 유방의 허락을 받아 제왕이 되었지만, 楚漢戰이 끝나자마자 유방은 한신의 병권을 박탈하고 남쪽의 변방 楚王에 봉한 것을 가리킴.
56) 千乘之王(천승지왕): 병거 일천 대를 갖출 힘이 있는 나라를 다스리는 諸侯王이라는 말.
57) 夫功者難成而易敗, 時者難得而易失(부공자난성이이패, 시자난득이이실): 《史記》<淮陰列傳>에서 蒯徹이 마지막으로 韓信을 찾아가서 "공이라는 것은 이루기는 어려워도 망치기는 쉽고, 때라는 것은 얻기는 어려워도 잃기는 쉽다. 지금과 같은 좋은 때는 다시 오지 않을 것이다.(夫功者難成而易敗, 時者難得而易失也. 時乎時乎不再來.)"라고 설득하며 모반을 극력 종용하였다고 한 데서 나온 말.
58) 莉淮(형회): 長江 이남 지방과 淮 이북 지방을 합칭한 말.
59) 足下誠能聽僕之言~三思之(족하성능청복지언~삼사지): 《通鑑節要》<漢紀>의 "진실로 신의 계책을 따른다면 둘 다 이롭고 모두 보존하는 것만 못하니, 천하를 셋으로 나누어 솥발처럼 거하면 그 형세가 감히 먼저 動하지 못할 것입니다. 齊나라의 옛 땅을 점거하여 膠·泗의 땅을 소유하고는 깊이 팔짱 끼고서 읍하고 사양하면 천하의 군왕들이 서로 거

"漢祖遇我甚厚, 豈可向利而背義乎60)?" 弘策曰: "勇略震主者身危, 功盖天下者不賞. 今足下戴震主之威, 挾不賞之功, 歸宋, 宋人不信, 居漢, 漢人震恐, 足下安歸乎61)?" 信曰: "先生且休矣." 弘策復說曰: "足下不念前日之事乎? 武涉62)與蒯徹63), 以此等說, 爲足下, 累累言之, 足下終不聽, 而初受後車之縛, 竟發弓藏狗烹之歎64), 終爲兒女之所詐, 未免鍾室之冤魂65)。以此言之, 則解衣推

느리고 와서 齊나라에 조회할 것입니다. 하늘이 주는 데 취하지 않으면 도리어 그 허물을 받고 때가 이르렀는데 행하지 않으면 도리어 그 앙화를 받는 법이니, 원컨대 足下는 깊이 생각하소서.(誠能聽臣之計, 莫若兩利而俱存之, 參分天下, 鼎足而居, 其勢莫敢先動. 案齊之故, 有膠・泗之地, 深拱揖讓, 則天下之君王, 相率而朝於齊矣. 天與弗取, 反受其咎, 時至不行, 反受其殃, 願足下熟慮之.)"에서 인용한 말.

60) 漢祖遇我甚厚, 豈可向利而背義乎(한조우아심후, 기가향리이배의호): ≪通鑑節要≫<漢紀>의 "한왕이 나를 매우 후하게 대우하니, 내 어찌 이로움을 향하여 의리를 배반할 수 있겠는가?(漢王遇我甚厚, 吾豈可以鄉利而倍義乎?)"에서 나온 말.

61) 勇略震主者身危~足下安歸乎(용략진주자신위~족하안귀호): ≪通鑑節要≫<漢紀>의 "용맹과 지략이 임금을 두렵게 하는 자는 몸이 위태롭고, 공이 천하를 뒤덮는 자는 상을 줄 수 없습니다. 지금 족하가 임금을 두렵게 하는 위엄을 이고 상줄 수 없는 공을 가지고서 초나라로 돌아가면 초나라 사람이 믿지 않을 것이고, 한나라에 돌아가면 한나라 사람이 두려워할 것이니, 족하는 어디로 돌아가시겠습니까?(勇略震主者身危, 功盖天下者不賞, 今足下戴震主之威, 挾不賞之功, 歸楚, 楚人不信, 歸漢, 漢人震恐, 足下安歸乎?)"에서 나온 말.

62) 武涉(무섭): 盱台 출신. 淮水의 전쟁에서 韓信에게 龍且를 잃게 되자, 항우 역시 몹시 두려워하며 齊王 한신을 회유토록 보냈던 인물이다.

63) 蒯徹(괴철): 漢나라의 모략가. 韓信의 식객으로 일명 蒯通으로도 불린다. 한신의 참모가 된 뒤 한신에게 天下三分論을 주장하며 독립할 것을 권했지만 그 의견이 받아들여지지 않았다.

64) 而初受後車之縛, 竟發弓藏狗烹之歎(이초수후거지박, 경발궁장구팽지탄): ≪通鑑節要≫<漢紀>의 "임금이 무사를 시켜 한신을 포박해서 뒷수레에 싣게 하니, 한신이 말하기를, '과연 사람들의 말과 같도다. 교활한 토끼가 죽으면 달리는 사냥개가 삶겨져서 죽고, 높이 나는 새가 다 잡히면 좋은 활이 감춰지고, 적국이 격파되면 모신이 망한다고 하더니, 천하가 평정되었으니 내가 진실로 삶겨져서 죽겠구나.' 하였다.(上令武士縛信, 載後車, 信曰: '果若人言. 狡兔死, 走狗烹, 高鳥盡, 良弓藏, 敵國破, 謀臣亡, 天下已定, 我固當烹.')"는 것을 염두에 둔 표현.

65) 終爲兒女之所詐, 未免鍾室之冤魂(종위아녀지소사, 미면종실지원혼): ≪史記≫<淮陰侯列傳>의 "蕭相國이 다시 한신을 속여 말했다. '병중이라 하더라도 부디 들어와서 축하의 뜻을 표하십시오.' 한신이 들어가자 여후는 무사를 시켜 한신을 포박하여 장락궁의 종실에서 목을 베도록 하였다. 한신은 죽으면서 말하기를, '괴통의 계책을 쓰지 못한 것이 안타깝다. 아녀자에게 속은 것이 어찌 운명이 아니랴' 하였다.(相國給信曰: '雖疾, 彊入賀.' 信入, 呂後使武士縛信, 斬之長樂鍾室. 信方斬, 曰: '吾悔不用蒯通之計, 乃爲兒女子所詐, 豈非天哉!')'는 것을 염두에 둔 표현.

食之恩安在? 而到今思之, 寧不悔恨而凜然?"信始聞此說, 乃變色而瞿然曰:"果
然哉! 果然哉! 我之愚迷, 先生開牖, 令人不覺, 怳然而大悟, 惕然而長歎. 吾意
已決, 何以爲之?"弘策曰:"足下之高明勇略, 非人敵也. 事當決意爲之也."信
曰:"此事不可斯速行之, 會待兩處接戰, 就於其中徐66), 觀其變, 乃可圖也."

乃留弘策於帳中, 卽稱疾不視軍事, 上書于漢祖, 告以身病, 不能莅軍. 又遣
人滎陽, 諭以病勢於徐達, 使之進軍先戰, 徐達知韓信有異心, 令常遇春, 固守
寨柵, 單馬馳赴豫州.

且說. 漢祖見韓信之書, 且驚且疑, 卽使兵部侍郎陳來67), 往探韓信病祟.
陳平奉命, 至滎陽68), 先見副元帥李靖曰:"元帥之病, 何如?"靖曰:"吾雖不見,
傳聞信息, 則寢食如常, 全無病意云爾."平曰:"元帥幕下69), 近有新來人乎否?"
靖曰:"聞有江南儒生張弘策, 見元帥而爲幕賓."平微笑而不見韓信, 卽回豫州,
見漢祖曰:"韓信已有反心, 故詐爲得病爲言耳."漢祖猶未信然, 忽報:"孔明
至."漢祖命台入70), 以韓信之書, 付與孔明, 孔明奉覽畢, 上奏曰:"韓信必有反
意, 將何以處置乎?"漢祖曰:"卿何以知韓信之反乎?"孔明對曰:"韓信以亡卒
爲元帥, 然其心卽市井邀利之徒, 非有忠君向上之意, 且以不用鬎徹之計, 爲幽
宜71)之恨, 千古所共知也. 今當大軍出戰之時, 必懷異志, 又有一箇辯士, 說以
利害, 故假稱病, 不起行軍耳. 反刑72)已露, 無復可疑也."漢祖曰:"然則奈
何?"孔明曰:"韓信智勇俱備, 若一擧兵而反, 則卒難圖也. 今夜陛下, 出其不
意73), 疾入其壁, 縛而擒之, 此特一力士之事74), 而所謂疾雷未及掩耳75)者也."

---

66) 徐(서): 途의 오기.
67) 陳來(진래): 陳平의 오기. 前漢 초기의 공신. 지모가 뛰어나 項羽의 신하였다가 漢高祖 劉
邦에게 투항하여 여섯 가지의 묘책을 써 楚나라 승상 范增을 물리치고 공을 세웠다. 惠帝
때 좌승상이 되고, 呂氏의 난 때는 周勃과 함께 평정하였다. 文帝 때 승상이 되었다.
68) 滎陽(영양): 滎陽의 오기.
69) 幕下(막하): 지휘관이 거느리는 사람.
70) 台入(태입): 召入의 오기.
71) 幽宜(유의): 幽冥의 오기.
72) 反刑(반형): 反形의 오기. 배반의 종적.
73) 出其不意(출기불의): ≪孫子≫<始計>의 "적이 대비하지 않았을 때 엄습하고, 생각하지
못한 틈에 공격한다.(攻其無備, 出其不意.)"에서 나온 말.

漢王曰: "此計妙矣." 卽夜, 與徐達佃行, 自稱漢使, 晨馳入信壁, 李靖迎謁, 韓信
尙未起. 漢祖卽其臥內, 奪其印符, 立斬張弘策, 斬之76). 韓信始起, 乃知漢祖之
來, 大驚, 知其心膽俱露, 謀計共綻, 縮首以待命77). 漢祖以元帥之劍印符契佩,
與徐達, 諭之曰: "兩路兵馬, 卿當躬率, 征討期於成功." 徐達辭不獲已, 奉命退.

漢祖卽命武士, 縛信載後車, 至豫州, 囚於詔獄78), 會衆國君臣, 議曰: "韓信
之事, 將何以處之乎?" ○上曰: "韓信雖云謀逆, 反形未具, 不可殺戮. 今可恕
而不論, 置而莫問, 以全功臣之世, 無使泰山黃河又笑於千萬之下也79)." 漢祖然
其言, 乃赦信, 爲不義侯80), 令留洛陽. 信卽上書於漢祖曰: 「死罪臣信, 席藁洗
沐, 瀝血披肝81), 疾聲呼籲於天地父母皇帝陛下. 臣聞人臣之罪, 莫重於反逆,

---

74) 縛而擒之, 此特一力士之事(박이금지, 차특일역사지사): ≪通鑑節要≫<漢紀>의 "폐하께서
   인하여 사로잡으신다면 이는 다만 한 역사의 일일뿐이다.(陛下因禽之, 此特一力士之事耳.)"
   에서 나온 말.
75) 疾雷未及掩耳(질뢰미급엄이): 요란한 천둥소리가 갑자기 나서 미처 귀를 가리지 못한다는
   말. 일이 너무 급해 이에 대비할 겨를이 없음을 비유한 것이다.
76) 斬之(참지): 불필요한 글자임.
77) 卽夜~縮首以待命(즉야~축수이대명): ≪通鑑節要≫<漢紀>의 "새벽에 漢나라 사신이라
   자칭하고 趙나라 성벽으로 달려 들어가니, 張耳와 韓信이 아직 잠자리에서 일어나지 않
   았는데, 그들이 누워 있는 방 안으로 나아가서 그 印符(印章과 兵符)를 빼앗고 깃발로 여
   러 장수들을 불러 바꾸어 배치하였다. 韓信과 張耳가 일어나 비로소 漢王이 온 것을 알
   고 크게 놀랐다. 漢王은 두 사람의 군대를 빼앗은 다음 즉시 張耳로 하여금 순행하여 趙
   나라 땅을 수비하게 하고, 韓信을 相國으로 임명하여 趙나라 군사 중에 아직 징발하지
   않은 자를 거두어서 齊나라를 공격하게 하였다.(晨自稱漢使, 馳入趙壁, 張耳·韓信未起. 卽
   其臥內, 奪其印符, 以麾召諸將易置之, 信且起, 乃知漢王來, 大驚. 漢王, 旣奪兩人軍, 卽令張耳
   循行, 備守趙地, 拜韓信爲相國, 收趙兵未發者, 擊齊.)"에서 활용한 말.
78) 詔獄(조옥): 조칙을 받들어 죄인을 구속하여 죄를 다스리는 곳.
79) 無使泰山黃河又笑於千萬之下也(무사태산황하우소어천만지하야): ≪太平御覽≫ 권633의 "高
   帝는 처음 제후에 봉하는 사람들에게 모두 단서와 철권을 하사하고 말하기를, '황하가
   띠처럼 가늘어지고, 태산이 다 갈아 없어지게 될지라도 한왕실의 종묘가 이어지는 한,
   너희는 대대로 끊어짐이 없으리라.'고 하였다.(高帝初, 封侯者皆賜丹書鐵券, 曰: '使黃河如
   帶, 泰山如礪, 漢有宗廟, 爾無絶世.')"는 것을 염두에 둔 표현.
80) 不義侯(불의후): 後漢 光武帝 때 대장군을 지낸 彭寵의 하인 子密의 봉호. 前漢 말기에 王
   莽이 漢室을 찬탈하여 新國을 세웠을 때 팽총은 왕망에게서 벼슬을 했으나, 뒤에 광무제
   가 反正을 하자 광무제에게 귀순하여 대장에 이르렀다. 그러다 뒤에 팽총이 광무제에게
   사소한 불만을 품고 다시 모반하여 스스로 燕王이 되었다. 하지만 자밀이 그에게 반심을
   품고 몰래 그의 목을 베어 광무제에게 바침으로써 불의후에 봉해지고 팽총은 종족이 모
   두 멸망되었다. 따라서 한신이 배반하였음을 비유한 표현이다.

天地之恩, 莫大於再生。既加之以反逆, 尙何容於覆載, 又賜之以再生, 更何望
於官爵? 臣於前世之事, 旣有所寃恨, 此日之恩, 又不勝感激, 歷古据今, 敢有辭
焉? 臣淮陰之賤匹夫也。家本貧窮, 身無行能, 素非王侯之種, 安有非分之望?
粗習軍旅之事, 常切立功之意。然而志量陋賤, 飽磯飯82)而便喜, 中情惶怵, 出
市胯83)而求生, 其無資身之策84)·兼人之勇85), 可知也。是故, 項梁86)之渡淮,
杖劍而從之, 無所知名於麾下, 項羽之入關, 執戟87)而事之, 又未效策於郞中。
飢熊成下山之謠88), 早識眞於鴻門, 良禽有擇木之意, 更蹋復於鳥道89), 問逕於
樵夫之山, 寄宿於辛奇之店, 行色棲屑90), 客跡跪𦜕91)。遇滕公92)而得免鈇鉞之

---

81) 瀝血披肝(역혈피간): 남에게 간과 쓸개를 헤쳐서 진심을 드러낸다는 말. 자신의 속마음을
　　하나도 숨김없이 다 말하는 것을 이른다.
82) 磯飯(기반): 韓信이 끼니조차 제대로 먹을 수 있는 형편이 되지 못해 南昌 亭長의 집에서
　　밥을 얻어먹다 쫓겨나, 강가에서 빨래하던 아낙네에게 밥을 얻어먹은 것을 일컬음.
83) 出市胯(출시과): 韓信이 불우하던 젊은 시절에 시비를 걸어오는 市井 무뢰배의 가랑이 밑
　　을 태연히 기어나갔다는 일화를 일컬음.
84) 資身之策(자신지책): 제 한 몸의 생활을 도모해 나갈 계책.
85) 兼人之勇(겸인지용): 혼자서 능히 몇 사람을 당해낼 만한 용기.
86) 項梁(항량): 秦나라 말기의 반란군 지도자. 대대로 楚의 무장을 맡아왔던 귀족가문 출신
　　으로, 전국시대 말기 楚의 대장군으로 秦에 맞섰던 명장 項燕의 아들이며, 秦이 멸망한
　　뒤에 漢王 劉邦과 천하를 다투었던 西楚霸王 項羽의 숙부이다.
87) 執戟(집극): 옛날 侍郞職.
88) 飢熊成下山之謠(기웅성하산지요): ≪西漢演義≫의 23회 <賀亡秦鴻門設宴>에서 "패공이
　　벗어나자, 하얀 얼굴 피부에 정신이 맑고 기운이 상쾌한 한 사람이 장막 뒤에서 북을 치
　　며 노래 부르기를, '굶주린 곰이 산을 내려가며 돌을 들고 개미를 보고서 그것을 삼켜
　　목구멍에 들어가다 기침이 나왔구나. 위태롭고 위태롭구나!'라 하였다. 장자방이 노래를
　　듣고 보니, 그 사람의 얼굴은 황색이며 집극으로 서서 단지 냉소만 지었다.(沛公脫離, 有
　　白面皮神淸氣爽一人, 在帳後彈鼓作歌曰: '饑熊下山, 揭石見蟻, 之入喉, 不妨咳嗽而出. 危乎哉!
　　危乎哉!' 子房聽之, 看其人黃, 執戟而立, 只是冷笑.)"는 구절을 염두에 둔 표현.
89) 鳥道(조도): 나는 새도 넘기 어려울 만큼 험한 길. 李白의 <蜀道難>에 "서쪽 태백산으로
　　난 조도로만, 아미산 꼭대기를 질러갈 수 있노라.(西當太白有鳥道, 可以橫絶峨眉巓.)"고 하
　　였으니, 劉邦이 있던 蜀道를 가리킨다.
90) 棲屑(서설): 한곳에 머물러 살지 못하고 일정한 거처 없이 떠돌아다님.
91) 更蹋復於鳥道~客跡跪𦜕(갱섭복어조도~객적궤얼□): ≪楚漢演義≫의 34회 <韓信問路殺樵夫>
　　를 활용한 표현. 𦜕은 脆의 오기이다.
92) 滕公(등공): 西漢 시기의 개국공신 夏侯嬰. 劉邦의 어렸을 때 일컬어진 호칭이다. 유방을
　　따라 楚漢전쟁에서 큰 공을 세웠고, 뒤에 汝陰侯로 봉해졌다. 項羽가 자신의 재능을 알아
　　주지 않자 항우를 떠나 유방의 진영에 가담했으나 역시 인정을 받지 못하다가 군법을

誅, 見蕭相93)而畧論韜鈐之奇。幸賴皇帝陛下, 明並日月, 量恢河海, 收臣於亡命之中, 拔臣於行陣之間, 不論卑鄙, 不問庸愚。擇吉而齋戒94), 設壇而敬禮, 授臣以上將之印, 諮之以天下之事, 與臣以數萬之衆, 付之以閫外之事, 解衣而臣95), 推食而食臣。臣受任恐懼, 感恩銘佩, 猥卒96)貔師, 庶效犬馬勞。以陛下之威靈, 以陛下之洪福, 一舉而定三秦97), 再舉而虜魏豹98), 三舉而降燕99), 四舉而取齊100), 五舉而醎楚於垓下101)。陛下始許臣以丈夫, 而立爲全齊之王, 又錄臣以元功, 而畀封大楚之國。名在三傑之行, 位居千乘之尊。陛下之待臣, 如此其厚矣, 陛下之貴臣, 如此其極矣。雖堯舜之寵稷契102), 湯武之任伊呂103), 無以加也。然而臣實無狀, 至愚且蠢, 負陛下之殊恩者, 固已多矣, 孤陛下之盛意者, 又此衆矣。臣之罪辜, 臣亦自知, 臣請枚舉而白之。濰水之敗, 臣稱病不從, 是罔君也, 罪當貴104)也, 而陛下置而不問, 是一赦也。趙壁之臨, 臣臥而不起, 是傲上也, 罪當削也, 而陛下因爲相國, 是一赦之後, 又加二赦也。田齊105)

어긴 죄로 목숨이 경각에 달렸을 때, 한신의 재능을 알아보고 승상 蕭何에게 추천했던 인물이다.

93) 蕭相(소상): 승상 蕭何.
94) 戒(융): 戒의 오기.
95) □臣(□신): 衣臣의 오기.
96) 卒(졸): 率의 오기.
97) 一擧而定三秦(일거이정삼진): 韓信은 기원전 206년 8월 관중 지역을 평정함.
98) 再擧而虜魏豹(재거이로위표): 韓信은 任晉關에서 강을 건너는 척하다가 상류로 대군을 도하시켜 安邑에서 기원전 205년 위표를 사로잡음.
99) 三擧而降燕(삼거이항연): 降燕은 降趙라야 맞음. 韓信은 연나라의 항복을 마지막으로 받고 垓下에서 항우의 군대를 대패시켰기 때문이다. 기원전 204년 3만의 군대를 이끌고 이른바 背水陣 전략으로 조나라를 항복시켰다.
100) 四擧而取齊(사거이취제): 韓信은 기원전 203년 유방이 투항시키라는 명을 뒤로 하고 자신의 참모 蒯徹의 권유로 직접 정복했음.
101) 五擧而醎楚於垓下(오거이픽초어해하): 韓信은 기원전 202년 해하에서 四面楚歌를 부르게 하여 초나라 군대를 대파하고, 끝내 烏江까지 후퇴한 項羽가 자결케 함.
102) 稷契(직설): 舜 임금 때 名臣들. 稷은 농업을 담당했고, 契은 司徒의 직책을 관장했다.
103) 伊呂(이려): 殷나라 湯王의 승상인 伊尹과 周나라 武王을 보좌하여 은나라를 멸망시킨 呂尙을 일컬음.
104) 貴(귀): 誅의 오기인 듯.
105) 田齊(전제): 陳나라에서 齊나라로 망명한 大夫田氏가 BC 5세기의 田乞·田常 父子 시대에 점차 제나라의 실권을 잡고, BC 391년에 田和(전상의 증손)가 周王으로부터 정식으

之定, 臣請以假王, 是僭越106)也, 罪當誅也, 而陛下立以卽, 眞是二赦之後, 又加三赦也. 固陵之役107), 臣期會不至, 是干律也, 罪當斬也, 而陛下裂地而王, 是三赦之後, 及加四赦也. 之楚之初, 陳兵出入108), 人有告臣以反, 是極逆也, 罪當族也, 而陛下不卽殺戮, 載之後車, 復延晷刻之命, 還洛之日, 卽俟碪斧, 而陛下以愛恤之心, 用寬恕之典, 特降恩旨, 封爲列侯, 是四赦之後, 又加五赦也. 此五赦者, 皆於所不當赦而赦之. 以此言之, 五赦而不已, 則必至六赦, 六赦而不已, 則必至七赦, 自七至十, 自十至百, 事事而皆赦之, 則是陛下終不欲殺臣也. 臣伏念至此, 始知首領之得可保, 而人言之不足畏也. 皇恩之深可特而臣罪之無窮極也, 赦之愈屢而犯之愈重, 恩之愈深而負之愈遠, 臣何足言? 臣不足責酈徹, 卽陰凶悖戾之人也, 自以桀犬, 敢欲吠堯, 說臣以背漢, 勸臣以三分, 臣雖愚昧, 豈可聽哉? 事當執而送獻, 俾蒙天誅, 而第以其狂妄之說, 不足仰瀆於陛下, 故責而拒之, 謝而絶之. 到今思之, 不覺心憤而氣塞, 膽掉而身戰, 直欲食其肉而寢其皮109), 終不得也, 何嗟及也, 何恨如之? 臣之罪惡, 不可勝言, 雖磬南山之竹, 難可盡書, 注東海之波, 難可盡洗110), 擢頭髮而數猶未足, 不能自恕而自明. 但以一段之曖昧, 今玆呼冤於陛下, 以堯鏡111)之孔昭, 禹

로 제후로서 인정을 받아 성립된 나라. 본래의 齊(姜齊)와 구별하여 田齊라고 한다.

106) 僭越(참월): 분수에 지나치는 행동을 함.

107) 固陵之役(고릉지역): 한고조가 韓信과 彭越의 힘을 합쳐 항우의 군대를 공격하기로 약속을 했던 전쟁. 그러나 한고조가 固陵에 이르러서 두 사람이 오지 않자 張良의 계책에 따라 陳縣 동쪽에서 바닷가까지의 땅을 한신에게 주고, 睢陽에서 穀城에 이르는 땅을 팽월에게 떼어주자 두 사람이 즉시 군대를 이끌고 도착해 항우의 군대를 몰아 패망시켰다.

108) 陳兵出入(진병출입): 韓信은 옛 초나라 평민이었는데, 부귀해져 돌아오자 득의만만하여 자랑하려는 마음이 생겨서는 군대를 도열해 놓고 출입하여 고향에서 스스로를 과신했던 일화를 가리킴.

109) 直欲食其肉而寢其皮(직욕식기육이침기피): 《春秋左氏傳》 襄公 21년의 "그러나 저 두 사람을 금수에 비유한다면 신은 저들의 살을 베어 먹고 저들의 가죽을 깔고 자는 것과 같습니다.(然二子者, 譬于禽獸, 臣食其肉, 而寢處其皮矣.)"에서 나온 말.

110) 雖磬南山之竹~難可盡洗(수경남산지죽~난가진세): 《舊唐書》〈李密傳〉의 "남산의 대나무를 죽간으로 만들어 다 써도 그의 죄를 모두 적을 수 없으며, 동해의 물을 다 써도 그의 죄악을 씻어낼 수 없다.(磬南山之竹, 書罪無窮, 決東海之波, 流惡難盡.)"에서 나온 말.

111) 堯鏡(요경): 임금의 판단을 뜻함.

鼎112)之至靈, 穆穆降衷113), 細細垂察焉. 臣本楚人也. 楚人而至楚, 以貧賤之身, 致富貴之位, 靑雲114)長袖, 舞在於懷土, 白晝錦衣, 意切於還鄕. 故至國之日, 行縣之時, 廣施王威, 大張兵器, 旋旗羽旄之美, 鼓角管籥之音, 欲以夸榮耀於父老, 明得意於婦孺, 是誠淺淺之量, 庸庸之事, 固當爲人所嗤笑, 而不悟以此爲返逆也. 然而人言罔極, 上瀆聖德迨天踤, 儼臨於雲夢115), 而羣牧咸覲於陳州. 雲夢楚地也, 陳州楚境也, 臣以楚國之臣王116), 職當左執鞭弭, 右屬櫜鞬117), 迎謁於壇場之外, 周旋於陪侍之列. 而心卽自疑曰: '天子巡方會侯, 雖有古制, 而陛下今日, 不時之遊幸, 何意也? 項氏旣滅, 則楚地復無患矣, 利幾118)已誅, 則楚境更無賊矣, 或者以臣有罪, 而將加譴責也歟? 若似然矣, 則陛下旣已赦之於前矣, 何必治之於後也?' 千思萬量, 莫知其端, 忽念鍾離眛項籍之舊將, 而陛下之平日所憎恨者也. 彼以困鳥投跡於臣, 臣以前日之結交, 受而舍之, 陛下其或聞知之矣, 君臣義重, 朋友恩輕, 寧負鍾離, 敢負陛下哉? 玆故斬其首而上謁, 上以報陛下之仇怨, 下以明臣跡之疑危. 而負犯山積, 自分湯鑊119), 而陛下終不誅戮, 又加封爵, 此臣所以涕泣感激而欲死無地者也. 然而上之擊陳豨120)也, 臣病不從, 故人有告臣以反, 呂皇后121)召臣以入朝, 蕭相國欺臣以

---

112) 禹鼎(우정): 옛날 夏禹氏가 九州의 銅을 모아 주조한 9개의 鼎. 이 정에 온갖 물상을 새겨 넣어 사람들로 하여금 姦物을 식별해 해를 입지 않게 했다고 한다.

113) 降衷(강충): 한쪽으로 치우치지 않는 바른 덕과 진심을 하늘로부터 받은 것.

114) 靑雲(청운): 푸른색의 구름이 어두운 색의 구름보다 높이 떠있는 데서, 높은 지위나 벼슬을 비유적으로 이르는 말.

115) 雲夢(운몽): 雲夢澤. 楚나라에 있는 큰 연못으로 상방이 9백 리나 된다고 한다.

116) 臣王(신왕): 황제 앞에서 왕이 자신을 낮추는 말.

117) 職當左執鞭弭, 右屬櫜鞬(직당좌집편미, 우속고건): ≪春秋左氏傳≫ 僖公 23년의 "그래도 군왕이 전쟁을 중지하려 하지 않으면 왼손에는 채찍과 활을 쥐고 오른손에는 활집과 화살통을 차고서 군왕과 한판 겨루어 보겠다.(若不獲命, 其左執鞭弭, 右屬櫜鞬, 以與君周旋.)에서 나온 말.

118) 利幾(이기): ≪資治通鑑綱目≫의 漢高祖 5년에 "옛 楚나라 장수 利幾가 반란을 하니 황제가 친히 군사를 거느리고 격파하였다.(故楚將利幾反, 帝自將擊破之.)"라 한 데서 나옴.

119) 湯鑊(탕확): 죄인을 끓는 가마솥에 삶아 죽이는 형벌을 일컬음.

120) 陳豨(진희): 陳豨의 오기. 趙나라 재상. 劉邦이 鉅鹿의 태수 진희가 반란을 일으키자 그를 토벌하기 위해 출정한 직후 韓信이 진희와 내통하고 있다고 어떤 이가 呂后에게 거짓으로 알리자, 여후는 蕭何와 대책을 논의한 끝에 한신을 죽이기로 결정하였다.

彊賀122), 杜郵123)之劍, 謾爲白白起124)之恨, 屬鏤之鍔125), 空作子胥126)之怨,
鍾室寃魂, 尙未控訴於陛下, 而積恨於千載之間矣。

至于今日, 風塵之前緣未盡, 幽冥之舊道復明, 君臣相會, 上下交欣。陛下復
命臣以元帥之職, 付臣以征討之事, 際遇127)之感, 雖鴻毛之遇順風, 巨魚之縱大
壑128), 猶未足以喩其意也。洎玆荊門出師之日, 有江南儒生張弘策來, 以蒯徹
之前言, 反復說臣。臣念之及此, 不覺心膽俱戰, 毛髮盡竦, 因以成疾, 不能莅
軍, 而衆言罔極, 上惑天聽, 臣之罪案, 至於反逆。反逆之臣, 不可一日容於天
地之間矣, 臣雖頑悖, 負此重辜, 持此惡名, 而豈可一朝晏然於通侯之列哉? 伏
惟陛下, 收臣爵旨, 行臣刑戮, 則臣雖今死, 死且甘心於地下矣。若陛下以臣有
尺寸之功, 而不忍加誅, 卽可削其封, 而免爲庶129), 放送鄕里。許歸淮陰, 則淮

---

121) 呂皇后(여황후): 呂后. 前漢의 시조 劉邦의 황후. 유방이 죽은 뒤 실권을 잡고 呂氏 일족
을 고위고관에 등용시켜 여씨 정권을 수립하였으며 동생을 侯王으로 책봉하여 유씨 옹
호파의 반발을 불렀다.
122) 然而上之擊陳稀也 ~ 蕭相國欺臣以彊賀(연이상지격진희야~소상국기신이강하): ≪通鑑節
要≫〈漢紀〉의 "회음후 한신이 병을 칭탁하여 빈희를 치는 상을 따라가지 않고 은밀히
사람을 시켜 진희의 처소에 이르러서 반란하는 계책을 공모하였다. 그 사인의 아우가
고변하여 한신이 배반하고자 한다고 고발하자, 여후가 소상국과 모의하고는 거짓으로
사람을 시켜 상의 처소에서 온 것처럼 하여 '진희가 이미 잡혀 죽었다.'고 말하게 하
니, 열후와 군신들이 모두 축하하였다. 소상국이 한신을 속여 말하기를, '비록 질병이
있으나 억지로 들어가 축하하라.' 하였는데, 한신이 들어오자 여후가 무사로 하여금 한
신을 포박하게 하여 목을 베었다.(淮陰侯信, 稱病不從擊稀, 陰使人至稀所, 與通謀. 其舍人
弟上變, 告信欲反, 呂后與蕭相國謀, 詐令人從上所來, 言: '稀已得死.' 列侯群臣皆賀, 相國紿信
曰: '雖疾, 彊入賀.' 信入, 呂后使武士, 縛信斬之.)"
123) 杜郵(두우): 옛 지명으로 杜郵亭이라고 칭함. 陝西省 咸陽市 동쪽에 있었다.
124) 白白起(백백기): 白起의 오기. 戰國時代 말기 秦나라 장수. 趙나라 장수 趙括을 죽이고 항
복한 趙나라 병사 40만을 長平에 묻어 죽였는데, 정승인 應侯 范雎와의 반목으로 결국
秦나라 昭王으로부터 劍을 하사받고 杜郵에서 자결하였다.
125) 屬鏤之鍔(촉루지악): 춘추시대 말기에 越나라의 名匠 구야자가 만든 검.
126) 子胥(자서): 伍子胥. 중국 춘추시대의 정치가로 楚나라 사람이었으나 아버지와 형이 살
해당한 뒤 吳나라를 섬겨 복수하였는데, 오나라 왕 闔閭를 보좌하여 강대국으로 키웠으
나, 합려의 아들 夫差에게 중용되지 못하고 伯嚭의 모함을 받아 자결하였으니, 부차는
오자서에게 촉루검을 하사하여 자진토록 하였다.
127) 際遇(제우): 임금과 신하가 서로 뜻이 잘 맞음.
128) 雖鴻毛之遇順風, 巨魚之縱大壑(수홍모지우순풍, 거어지종대학): ≪朱子語類≫〈易十・上繫
上〉에 나오는 말.

陰臣鄉也, 親戚朋友之所居也, 墳塋室家之所在也。退伏田野, 閑臥江湖, 甘作聖世之老臣, 自稱天朝之宿將[130]。追敍前後之負犯, 平日之恩遇, 再生之殊私, 晚歲之優遊, 以詑鄕隣之父老。區區志願, 永畢於此, 伏望聖慈, 察其遇而憐其情, 赦其罪而徇其請。臣無任感恩, 知罪[131]惶恐, 拜稽隕越[132], 戰慄之至。」漢祖見其辭意, 甚加矜惻, 卽收官爵, 放歸田里, 信百拜謝恩, 而還淮陰。

---

129) 免爲庶(면위서): 免爲庶人. 왕족 또는 양반의 지위를 박탈하여 서민으로 만듦.
130) 宿將(숙장): 늙고 공로가 많은 장수.
131) 知罪(지죄): 자기가 지은 죄를 앎.
132) 隕越(운월): 몹시 감격하고 황공하여 어찌할 바를 모르는 일.

第六回

徐元帥一場虜羣僭　　漢太祖三等封諸功

却說。宋主聞張弘策被斬, 韓信歸鄉, 卽與衆, 共議進兵。列國諸將, 各定隊伍, 第一隊, 都元帥慕容恪[1], 副元帥高歡[2], 第二隊, 大司馬伯顔[3], 大將軍兀朮[4], 第三隊, 車騎大將軍周德威[5], 驃騎大將軍宗慤[6], 第四隊, 冠軍大將軍慕容垂[7], 鎭軍大將軍斛律光[8], 第五隊, 撫軍大將軍韋叡[9], 中軍大將軍王思政[10],

---

1) 慕容恪(모용각): 前燕 慕容皝의 넷째 아들. 大司馬가 되어 조정을 總攝하였다. 마음을 비우고 기다리며 살피고, 아랫사람과 善道를 논하며, 재주와 지위를 헤아려 맡겨서 사람을 시킴이 선을 넘지 않았다. 장수를 다스리며 위엄을 꾸미지 않았고, 오로지 은혜와 신의로 사람들을 거느리며, 큰 모략에 힘쓰면서 작은 규칙으로 군사들을 괴롭히지 않았다.

2) 高歡(고환): 北齊의 임금. 임기응변하는 계책이 귀신같고 군사의 통솔이 엄숙하며 일처리가 분명하였다. 東魏의 孝莊帝가 시해된 뒤 孝武帝를 옹립하고 정승이 되어 권력을 전횡했으며, 효무제가 서쪽으로 도망가 宇文泰에게 의탁하자 다시 孝靜帝를 세웠다. 이때 고환의 아들이 찬탈하여 北齊를 세우면서 神武帝로 추존되었다. 한편 우문태는 고환에게 쫓겨 온 효무제를 長安에서 받들어 西魏를 세움으로써 위나라가 동서로 갈라져 싸우게 되었다.

3) 伯顔(백안): 元나라 장수. 世祖의 신하로 송나라를 공벌하는 공을 세웠고 그 후 太傅까지 지냈다.

4) 兀朮(올출): 금나라 태조의 넷째아들 完顔宗弼의 본명. 岳飛와 朱仙鎭에서 대항해 싸우다 패전하여 장차 북쪽으로 돌아가려 하였는데, 마침 악비를 秦檜가 모함하여 죽였으므로 드디어 宋나라와 화해하였다.

5) 周德威(주덕위): 後唐의 명장. 처음에는 李克用을 섬겨 帳中騎督이 되어 용맹을 천하에 떨쳤다. 908년에 후당의 李存勖을 따라 夾城을 대파하고 後梁의 장수 符道昭를 참하여 振武軍節度使에 제수되었다.

6) 宗慤(종각): 南宋의 將軍. 左衛將軍을 지냈다. 어렸을 때 숙부 宗炳이 포부를 묻자 "장풍을 타고 만리의 거친 물결을 헤쳐 보는 것입니다.(願乘長風破萬里浪.)"라고 하여, 헌걸찬 기백과 원대한 뜻을 드러내어 밝혔다. 한편, 종각은 林邑(지금의 베트남)을 정벌하기 위한 원정길에 부관으로 수행했는데, 임읍의 왕이 코끼리 떼를 앞세워 공격하여 송나라 군대가 이를 당해내지 못하고 곤경에 처하게 되자, 이때 종각이 병사들을 사자처럼 꾸며 코끼리 떼 앞에서 춤을 추도록 하는 묘책을 내니 코끼리 떼는 놀라 달아났고 송나라 군대는 그 틈을 놓치지 않고 공격하였다.

7) 慕容垂(모용수): 後燕의 成武帝. 符堅이 모용수의 뜻대로 두자, 權翼이 "모용수는 가히 매와 같아 굶주리면 사람에게 붙고, 배부르면 곧 높이 날아 風塵의 기회를 만나서 반드시 하늘로 오를 뜻이 있습니다."고 하였다.

第六隊, 前軍大將軍慕容翰[11]), 後軍大將軍斛律金[12]), 第七隊, 護軍大將軍李紹
榮[13]), 驍騎大將軍高敖曹[14]), 第八隊, 征東大將軍夏魯奇[15]), 征西大將軍柳元

---

8) 斛律光(곡률광): 北齊의 猛將. 左丞相을 지냈다. 당시 周의 장군 韋孝寬이 곡률광의 武勇을
시기하여 謠言을 만들어 퍼뜨렸는데, 그 내용에 "百升飛上天, 明月照長安."이라고 하였다.
百升은 斛이고 明月은 곡률광의 字이니, 곡률광이 역모를 할 것이라는 뜻이 담긴 것이다.
祖珽이 정사를 전횡하다가 곡률광의 비판을 받게 되자, 이 노래를 인용하여 참소하였고,
이 참소로 인하여 곡률광의 집안이 멸족 당하였다.

9) 韋叡(위예): 梁나라의 武將. 일찍이 上庸太守를 지냈는데, 齊나라 말기에 蕭衍을 따라 병사
를 일으켰다. 北魏 小峴城을 공격할 때 合肥로 진군하여 魏나라 군대를 크게 물리쳤다.
다음 해에 鍾離의 포위를 풀게 하여 그 공으로 右衛將軍이 되었다. 그 후에 左衛將軍, 安
西長史, 南郡太守, 丹陽尹, 雍州刺史, 侍中, 車騎將軍 등을 역임했다. 일찍부터 명장으로 이
름이 알려져 있었으나, 몸이 허약해 말에 오르지 못해, 가마에 올라 竹杖으로 군을 지휘,
독전하는 그를 보고 북위의 사람들은 그를 가리켜 韋虎라고 부르며 두려움과 존경심을
표했다.

10) 王思政(왕사정): 北魏의 군사가. 장인인 高歡의 간섭 아래 놓여 살벌한 통제 속에 놓여 있
던 孝武帝가 中軍將軍 王思政의 건의에 따라 수도 洛陽을 빠져나와 서쪽의 長安으로 간
후에 關西大都督 宇文泰에게 몸을 의탁하였다. 효무제를 죽인 우문태는 요충지 玉璧을 지
켜야 했을 때, 왕사정의 건의로 韋孝寬에게 수비를 맡겼다. 그런데 고환이 옥벽을 쳐들
어오자 왕사정은 오히려 성문을 열고 옷을 벗은 뒤 성루 위에 눕는 담략을 과시하자 매
복을 의식해 퇴각하였다.

11) 慕容翰(모용한): 前燕의 전략가. 慕容廆의 庶長子. 성정이 용맹스럽고 씩씩하며 계책이 많
았으며 원숭이처럼 팔이 길어 활을 잘 쏘고 용력이 남보다 세었다. 모용한은 고구려 수
도까지 침입하고 고구려에 막대한 피해를 입혔다.

12) 斛律金(곡률금): 斛律光의 아버지. 유목민으로서 드물게 한문에 소양이 있었다. 北齊의 高
歡이 玉壁城을 공격하였으나 함락하지 못하고 군사의 절반을 잃게 되자 斛律金에게 <敕
勒歌>를 부르게 하여 사기를 진작하였다고 한다.

13) 李紹榮(이소영): 燕나라와 後唐의 장수. 원래 이름은 元行欽이다. 전쟁 중에 포로가 되어
晉나라 장수 李嗣源의 양자가 되었으나, 그 후에 晉王 李存勗의 近臣이 되었다. 鄴都의 변
란 때 이사원이 즉위하자 그에게 사로잡혀 죽임을 당했다. 이소영이 언젠가 힘을 다하여
싸우며 적진 깊숙이 들어갔다가 얼굴이 칼에 찔린 것도 알지 못하는 것을 高行周가 구원
해주었다.

14) 高敖曹(고오조): 高昂. 北魏의 대장. 담력이 남보다 뛰어났으며, 용모가 걸출해 남달리 수
려했다. 그의 부친은 그를 위해 엄격한 스승을 구해서 편달하게 했지만, 그는 스승의 가
르침을 따르지 않고 말을 타고 달리는 것에 전념하며 항상 말하기를, "남아란 응당 천하
를 활보하며 스스로 부귀를 취해야지, 누가 단정하게 앉아서 독서하여 케케묵은 박사가
될 수 있겠는가?"라고 하였다.

15) 夏魯奇(하로기): 梁을 섬기며 宣撫軍校였으나, 후에 晉으로 달아나 衛護指揮使가 된 인물.
周德威를 따라 幽州에서 劉守光을 공격하였다. 後陳이 魏博을 함락하고 나서, 後唐의 황제
莊宗은 기병 이끌고 洹水에 진을 구축한 後梁의 장수 劉鄩의 형세를 엿보다가 유심의 복
병에 걸렸을 때 하로기가 직접 무기를 들고 유심의 병사들과 교전하여 직접 100여 명의

景16), 第九隊, 征南大將軍裵方明17), 征北大將軍藥元福18), 第十隊, 鎭東大將
軍慕容紹宗19), 鎭西大將軍檀道濟20), 第十一隊, 鎭南大將軍高行周21), 鎭北大
將軍沈慶之22), 第十二隊, 平東大將軍李嗣昭23), 平西大將軍謝艾24), 第十三隊,
平南大將軍王羆25), 平北大將軍侯安都26), 第十四隊, 安東大將軍李弼27), 安西

적군을 죽였으며 몸에 20여 개의 상처를 입은 채로 포위를 뚫고 장종을 구해냈다. 이후
磁州刺史에 임명되었고 中都 전투에 종군하여 후량의 명장인 王彦章을 사로잡는 공을 세
웠다.

16) 柳元景(유원경): 남송의 군사가. 元嘉 연간의 북벌에 참여하여 劉劭를 토벌하고 劉義宣 등
과의 싸움에서 여러 차례 공훈을 세웠다. 관직은 尙書令에 이르렀다.

17) 裵方明(배방명): 남송의 장군. 趙廣의 민란군을 진압하였고, 蜀땅에서 程道養의 군영을 공
격해 격파한 공으로 龍驤將軍이 되었고, 송나라 군대를 이끌고 仇池를 공격하면서 楊難當
까지 격파하여 구지를 점령하였다.

18) 藥元福(약원복): 五代의 명장. 지혜와 용맹을 모두 갖추고 뛰어난 재능과 원대한 계략을
지녔다. 거란과 黨項(탕구트)을 정벌하려는 전쟁에 여러 차례 전공을 세워 驍將이라 일컬
어졌다. 後晉의 石重貴와 後周의 柴榮器에 의해 중용되어 太師, 侍中 등을 지냈다.

19) 慕容紹宗(모용소종): 東魏의 장군. 北齊 사람으로 侯景을 격파하고 西魏를 쳤으나 불리하
여 물에 뛰어들어 자살하였다.

20) 檀道濟(단도제): 劉宋 때의 장군. 지략이 뛰어나서 高祖를 따라 북벌할 적에 前鋒將으로
누차 공을 세워 명장으로 이름이 났다.

21) 高行周(고행주): 五代의 名將. 後唐의 莊宗이 梁나라를 멸망시켰을 때 세운 공으로 端州刺
史에 올랐고, 振武軍節度使를 거쳐 彰武와 昭義를 지켰다. 後晉 高祖 때 西京留守가 되고,
安從進이 반란을 일으키자 襄州行營都部署로 이를 토벌했다. 후한 고조 때 汴京에 들어가
中書令이 더해지고, 招討使가 되어 鄴에서 杜重威를 평정했다. 齊王에 봉해졌다. 後周의
태조가 제위에 오르자 尙書令이 되었다.

22) 沈慶之(심경지): 南宋의 名將. 글자를 몰랐으나 지략이 있고 용병에 능하여 文帝와 孝武帝
를 섬겨 始興郡公에 봉해졌으며, 婁湖에 광대한 장원을 경영하였다.

23) 李嗣昭(이사소): 後唐 太祖 李克用의 양자. 본명은 韓進通이다. 이극용의 양자가 되어 성명
을 바꾸었고 많은 전공을 세웠으며, 후당의 莊宗이 거란을 치다가 포위되자 300명의 기병
으로 포위망을 풀어 구원하였다. 昭義軍節度使에 올랐고, 張文禮를 공격하다가 전사하였다.

24) 謝艾(사애): 前凉의 장수. 文武의 재주를 겸하고 兵略에 밝았다. 張重華를 도와 麻秋를 쳐
대파하고, 뒤에 福祿伯에 봉해졌다.

25) 王羆(왕비): 北魏와 西魏의 장군. 沙苑전투 당시 北齊 神武帝 高歡이 보낸 군대가 華州刺史
王羆를 엄습하여 새벽에 사다리를 타고 성안으로 들어왔을 때, 왕비가 아직 잠자리에서 일
어나지 않았다. 밖이 소란한 소리를 듣고는 맨 몸으로 큰 몽둥이 하나를 들고 뛰쳐나와
"노비가 길에 누워 계시는데, 오소리 새끼가 어찌 지나간단 말이냐.(老羆當道臥, 貉子那得
過.)"라고 크게 호통을 쳤다. 또한 고환이 성 아래에 이르러 왕비에게 투항하라고 하자, 왕
비가 "이 성은 왕비의 무덤인지라 죽고 사는 것이 경각에 달려 있으니 죽고 싶은 자는 들
어오너라.(此城是王羆塚, 死生在此, 欲死者來.)"고 하니, 고환이 끝내 감히 공격하지 못했다.

26) 侯安都(후안도): 陳나라 개국공신. 陳蒨을 文帝로 세우고 陳昌을 죽였지만 진천에 의해 죽

大將軍王鎭惡[28), 第十五隊, 安南大將軍爾朱榮[29), 安北大將軍斛律羨[30), 第十六隊, 武威大將軍郭崇韜[31), 羽林大將軍韋孝寬[32), 第十七隊, 武衛大將軍丁旿[33), 討虜大將軍張偘[34), 第十八隊, 破虜大將軍李罕之[35), 征虜大將軍沈田

임을 당하였다.

27) 李弼(이필): 西魏 文帝 때 雍州刺史를 지내고 太尉와 太保에 이르렀으며, 北周 孝閔帝가 즉위한 뒤에 太師에 오르고 趙國公에 봉해졌다. 최고위 관직 柱國大將軍의 약칭인 柱國의 호를 받았다.

28) 王鎭惡(왕진악): 남송의 장수. 王猛의 손자. 말타는 것을 잘하지 못하였으며 활을 잡아당기는 것도 심히 약하였으나, 모의와 지략이 있고 과감히 결단을 잘하며, 군사와 나라의 큰일을 즐겨 논하였다. 長安을 탈환하는데 큰 공을 세웠다.

29) 爾朱榮(이주영): 後魏 明帝의 신하. 북수용에 살고 있던 흉노족의 수령이었다. 孝明帝 때 각지에서 병란이 일어나자 각 종족의 반란을 진압하고 侯景과 高歡 등을 받아들였다. 이런 공으로 使持節과 安北將軍에 올랐고, 都督桓朔討虜諸軍을 거쳐 博陵郡公에 봉해졌다. 晉陽에서 洛陽으로 들어오자, 胡太后 일파가 효명제를 독살하고 幼主 元釗를 세웠다. 이에 孝莊帝를 옹립하여 낙양으로 진군한 뒤 河陰에서 호태후와 나이 어린 군주를 강에 빠뜨려 죽이고 丞相 高陽王 이하 조정의 신하 2천여 명을 학살했다. 都督中外諸軍事와 大將軍 兼尚書令, 太原王을 거치면서 정권을 움켜쥐었다. 진양으로 돌아와 葛榮의 반란을 진압하고 北海王 元顥를 격파한 뒤 갈영의 別部인 韓樓와 萬俟醜奴 등을 진압하고, 太師와 天柱大將軍에 올랐다. 7년에 걸친 六鎭의 난을 진압했다. 大丞相의 신분으로 낙양의 실권을 잡고 자제들에게 요직을 나눠준 뒤 자신은 진양에 본거지를 두면서 조정을 좌우했다. 나중에 입조했다가 효장제와 조정 신하들에 의해 殿上에서 주살당했다.

30) 斛律羨(곡률선): 斛律光의 동생. 幽州刺史로 있으면서 변경을 점검하고 성을 쌓아 병사를 훈련시키고, 말을 키우면서 수리관계 및 농경을 장려하여 그 위세가 돌궐에까지 퍼졌다.

31) 郭崇韜(곽숭도): 後唐의 재상. 郭崇道라고도 한다. 唐莊宗을 도와서 後梁을 멸하고 佐命功 1등으로 벼슬이 侍中에 이르렀다. 몸은 비록 귀하였으나 문벌이 한미해 당나라 명신 郭子儀를 자기 선조라고 성묘했다 하여 당시 사람들이 비웃었다고 한다.

32) 韋孝寬(위효관): 韋叔裕의 자. 北周의 장군. 用兵에 능하기로 유명하였다. 그는 斛律光의 武勇을 시기하여 謠言을 만들어 퍼뜨렸는데, 그 내용에 "百升飛上天, 明月照長安"이라고 하였다. 百升은 斛이고 明月은 곡률광의 字이니, 곡률광이 역모를 할 것이라는 뜻이 담긴 것이다. 祖珽이 정사를 전횡하다가 곡률광의 비판을 받게 되자, 위의 노래를 인용하여 참소하였고, 이 참소로 인하여 곡률광의 집안이 멸족당하였다. 한편, 北齊 高歡의 군사가 玉璧을 공격했을 때 위효관이 이를 막았는데, 땅굴을 파고 쳐들어와도 그 땅굴 속으로 불을 던져 넣어서 막았으며, 공격용 수레를 앞세워 쳐들어와도 베를 꿰매어 휘장을 만들어 막았으며, 성 밖에서 장대에다 불을 붙여서 쳐들어와도 鐵鉤를 길게 만들어 불붙은 장대를 잘라서 막았다.

33) 丁旿(정오): 송나라 高祖의 장사. 고조는 자신의 뜻에 거슬리는 신하가 있으면 그 신하를 납치해서 살해하게 하는데 그를 썼다. 丁都護歌는 宋高祖의 사위 徐逵가 魯軌에게 피살되었는데, 고조가 都護인 丁旿에게 서규를 장사 지내도록 하자, 서규의 처가 울부짖으며 찾아와 장례에 관한 일을 물어볼 때마다 丁都護를 애달프게 부르는 소리가 몹시 애절하였

子36), 第十九隊, 振武大將軍傅伏愛37), 振威大將軍葛從周38), 第二十隊, 揚烈大將軍安金全39), 揚武大將軍高長恭40), 第二十一隊, 揚威大將軍江子一41), 奮武大將軍傅弘之42), 第二十二隊, 伏波大將軍李存孝43), 中堅大將軍楊師厚44),

34) 張偲(장시): 梁나라 始興太守 陳覇先이 侯景을 토벌하려고 할 적에 고을사람 侯安都와 함께 병사 천여 명을 거느리고 歸附하였다.

35) 李罕之(이한지): 五代의 군인. 晉나라 潞州總帥 昭義節度使 薛志勤이 세상을 떠나자, 이한지는 설지근이 죽은 틈을 타서 澤州의 군대를 이끌고 潞州를 공격해 점령하고 留侯라 칭하니, 後唐의 李克用이 大將 李嗣昭를 보내어 토벌토록 하였는데, 이한지가 後梁의 朱全忠에게 투항하겠다고 하여 주전충이 丁會를 보내어 원조하였다. 이러할진댄 叛晉附梁이라 할 것이니, 본문의 내용은 착종이라 하겠다.

36) 沈田子(심전자): 남송 武帝의 장수. 後秦의 임금 姚弘이 직접 수많은 군대를 거느리고 쳐들어왔는데, 劉裕가 보낸 심전자가 적은 수의 군대로 이를 대파하자 후진은 곧이어 멸망하였다.

37) 傅伏愛(부복애): 당나라 장수. 江夏王 李道宗의 부하이다.

38) 葛從周(갈종주): 五代의 장수. 젊을 때 黃巢를 따랐지만, 나중에 朱溫에게 항복했다. 주온을 따라 蔡州를 공격했는데, 주온이 말에서 떨어지자 그가 구해 大將에 기용되었다. 朱瑄과 朱瑾을 무찌르고 兗州留后에 올랐다. 劉仁恭이 魏나라를 공격하자 周德威를 따라 위나라를 구하고, 이 전공으로 泰寧節度使가 되었다. 주온이 後梁을 건국해 태조가 되자 左金吾衛上將軍에 올랐다. 후량 末帝 초에 陳留郡王에 봉해졌다.

39) 安金全(안금전): 代北의 장수. 太原에 물러나 살다가 張承業을 찾아가서 "晉陽은 근본의 땅이므로 만약 잃게 된다면 大事가 그만입니다."라고 하여 군사를 받아 羊馬城 안에서 梁나라 군사를 공격해 물러나게 하였고, 石君立과 함께 포위된 진양성을 구해내었다.

40) 長恭(장공): 高孝瓘의 字. 北齊의 황족이자 장군. 蘭陵王으로 알려져 있다. 할아버지는 高歡, 아버지는 高澄이다. 명장으로써 명성이 높아서 後主 高緯에게 시기심을 받아 숙청되었던 비극적 인물이다. 그는 武將으로써 여러 차례 돌궐과 北周와 싸웠는데, 용맹하지만 아름다운 외모가 병사들의 사기를 떨어뜨릴 것을 우려해서 항상 銅面을 쓰고 전투를 지휘하였다고 하는바, 周나라 군대와 金墉城 아래에서 싸워 크게 이겨 威名을 크게 떨치니 齊人이 蘭陵王入陣曲을 지어 불렀다고 한다.

41) 江子一(강자일): 남조 梁나라 濟陽 사람. 젊어서부터 학문을 좋아했다. 王國侍郎으로 시작해 奉朝請에 참여했다. 글을 올려 정치에 대해 논하자 권력자들의 배척을 받아 遂昌令과 曲阿令으로 쫓겨났다. 侯景이 臺城에서 반란을 일으켜 梁武帝가 포위되자, 그는 무리를 이끌고 출전했다가 살해당했다.

42) 傅弘之(부홍지): 代夏의 개국황제 赫連勃勃의 장남. 부홍지는 沈田子가 자신의 영채 안에서 王鎭惡를 죽이자 매우 놀라 劉義眞에게 알렸고, 막료장 王脩 등은 심전자 일행이 얼마 되지 않는 것을 보고는 장안성 안으로 들어오게 한 뒤 아무 까닭 없이 대장을 죽인 죄로 그의 목을 베었다. 부홍지가 池陽에서 赫連瑱의 기병을 격파하고 寡婦渡에서 大夏의 군사를 깨뜨려 한숨 돌리게 되었다. 瑰와 瑱는 같은 의미이다.

43) 李存孝(이존효): 李克用의 양아들. 본래 이름은 安敬思이다. 몸에 중무장을 하고 만 명의

第二十三隊, 歸德大將軍賀拔勝45), 游擊大將軍武行德46), 第二十四隊, 征遠大

將軍李崇47), 征邊大將軍達奚武48), 第二十五隊, 鎭遠大將軍王慧龍49), 平遠大

적을 상대로 드나들면서 물리치며, 혹시라도 말이 지치면 그 자리에서 뛰어 옮아 갈아타
며 다시 싸웠다고 한다. 汴州의 군대가 澤州를 포위하려고 할 적에, 이존효가 정예 기병
500명을 선발하여 변주 군대의 城寨를 오히려 포위하고 큰 소리로 말하기를, "나는 沙陀
의 군대로서 살 구명을 찾는 자이다. 너희들의 살을 얻어서 우리 사졸을 배부르게 먹이
려고 하니, 살이 찐 자는 나와서 싸우도록 하라."고 하자, 변주 장수 鄧季筠이 군사를 이
끌고 나와 싸웠지만 이존효가 산 채로 사로잡으니 그 나머지 무리가 도망가 버렸다.

44) 楊師厚(양사후): 五代의 장수. 용맹한 것으로 이름을 떨쳤고, 말 타고 활쏘기를 특히 잘했
다. 朱溫을 섬겨 檢校右僕射에 올라 曹州刺史가 되었다. 당나라 昭宗 때 李茂貞과 王師范을
격파하고 齊州刺史에 임명되었다. 이후 校司徒와 徐州節度使를 거쳤다. 주온이 後梁을 세
우자 同平章事와 檢校太傅가 더해지고, 나중에 陝州節度使로 옮겼다. 末帝가 朱友珪를 토
벌할 때 그의 힘에 많이 의존했는데, 즉위하자 바로 업鄴王에 봉했다. 中書令이 더해지
고, 일의 크고 작은 것에 관계없이 모두 그와 먼저 의논했다. 이는 양사후가 이미 魏博
의 군중을 얻은 데다 또 초토사를 겸임하여 宿衛의 强兵이 대개 휘하에 있고 여러 鎭의
군병을 다 동원할 수 있어서 위세가 매우 높았기 때문이다.

45) 賀拔勝(하발승): 北魏와 西魏의 장군. 梁武帝는 북조에서 귀순한 장군들을 환대했는데, 바로
하발승, 獨孤信, 楊忠이었다. 하발승의 요청을 받아들여 양무제가 세 장군을 關中으로 보내
주기로 결정하고 친히 남원에서 환송하자, 하발승은 그 이후 매번 남쪽에서 날아오는 새
를 보면 활로 쏘지를 않아 양무제의 은혜를 보답하였다. 세 장군이 서위의 수도 長安에 돌
아온 후에 叛國으로 처벌되지 않았을 뿐 아니라, 관작이 올라가고 더욱 중용되었다.

46) 武行德(무행덕): 송나라 장군. 힘이 장사여서 한 골짜기의 땔나무를 죄다 짊어질 수 있었
다[行德以彩薪爲業, 氣雄力壯, 一谷之薪, 可以盡負]. 後晉 高祖가 幷門에 있을 때 길에서 만
났다가 당당한 체격을 보고 감탄하여 휘하에 머물도록 했다. 여러 번 승진하여 寧國軍都
虞侯가 되었다. 나중에 거란의 병사가 汴에 이르자 생포되었다. 다시 거란을 속이고 監使
를 살해한 뒤 河陽을 근거지로 지켰다. 後漢의 高祖가 太原에서 병사를 일으켰다는 소식
을 듣고 표를 올려 귀순한 뒤 鎭州를 지켰다. 周나라에 들어 許州와 徐州, 鄭州를 이어 지
켰다. 송나라 초 忠武軍節度에 임명되었다가 安州로 옮겨 지켰다.

47) 李崇(이숭): 생각이 깊고 도량이 넓으며 방략이 있어 군사들이 심복하였다. 刺史가 되어
서는 마을마다 누각 한 채씩 짓고 누각에 북을 하나씩 달아두게 하고는, 도둑이 발생한
곳에서 두 방망이로 요란하게 치면 사면의 여러 마을에서는 북소리를 듣고 모두 要路를
지키는데, 잠시간에 북소리는 백 리나 퍼지고 그 안 險要한 곳에는 모두 잠복한 사람이
있어 도둑이 발생하는 즉시 사로잡아 보내곤 하자 이로부터 도둑이 없어졌다. 한편, 壽
春을 다스린 10년 동안 평소에 군사 수천 명을 길러 적이 쳐들어오면 모두 격파하니, 이
웃의 적이 그를 '臥虎'라고 불렀다. 梁武帝가 여러 차례 反間을 보내 의심을 품게 하였는
데 魏의 임금이 평소 이숭의 충성스러움과 독실함을 알아서 맡겨 두고 의심하지 않았다.

48) 達奚武(달해무): 北周의 장수. 東魏의 高歡이 西魏를 침공하자, 宇文泰가 격퇴하였다. 宇文
泰가 高歡과 沙苑에서 大會戰을 하면서 達奚武를 파견하여 東魏를 정탐하게 하였는데, 達
奚武는 세 명의 기병을 거느리고 적군의 복장을 하고서 은밀히 東魏를 정탐하여 실정을
宇文泰에게 보고하니, 宇文泰는 유리한 정보를 얻고 東魏의 군대를 격파하였다. 達奚武는

將軍苻彦卿50), 第二十六隊, 討逆大將51)慕容農52), 輔國大將軍劉知俊53), 第二
十七隊, 左驍衛大將軍張永德54), 右驍衛大將軍薛柯檀55)。每一隊, 率精兵五
萬, 陸續56)前進, 以要厮殺。

이 功으로 大都督에 이어 高陽郡公에 봉해지고 車騎大將軍이 되었다.
49) 王慧龍(왕혜룡): 東晉 때 尙書僕射 王愉의 손자. 왕유의 일족이 劉裕에게 살해당했을 때 僧
   彬의 도움으로 목숨을 구했다. 나중에 後秦의 군주 姚興에게 달아났다. 동진에 의해 후진
   이 멸망하자 북위로 귀순하여 洛城鎭將에 올랐다. 북위 太武帝가 즉위하자 南人이라 하여
   면직되었다. 오랜 뒤에 南蠻校尉와 安南大將軍左長史에 올랐다. 태무제 때 송나라 장군 王
   玄謨를 滑臺에서 대파하고 龍驤將軍에 임명되어 滎陽太守를 지냈다. 10년 동안 재임하면
   서 선정을 베풀었다. 나중에 다시 송나라 장군 到彦之와 檀道濟를 패퇴시켰다. 宋文帝가
   두려워해 反間計를 썼지만 태무제가 믿지 않았다. 다시 사람을 보내 암살하려 했는데,
   자객이 그에게 잡혔지만 풀어주었다. 그 자객이 바로 呂玄伯인데, 자신을 살려준 은혜를
   보답하려고 죽을 때까지 왕혜룡의 무덤을 지키며 떠나지 않았다고 한다.
50) 苻彦卿(부언경): 符彦卿의 오기. 송나라 초기 장수. 13살 때부터 말타기와 활쏘기에 능했
   다 한다. 928년에 王都를 토벌하고 거란을 대파하였으며, 그 뒤에 陽城을 포위한 요나라
   군대를 궤멸하였다. 이러한 공로로 天雄軍節度에 오르고 魏王에 봉해졌다. 송나라에 들어
   太師에 오르기도 하였는데, 탄핵을 받아 파직 당하였다. 智謀를 갖추고 전투를 잘했으며,
   하사받은 포상들을 모두 부하 사졸들에게 나누어주어 사람들이 그에게 쓰이는 것을 좋
   아하였다. 여러 번 遼軍을 무찔렀으므로 遼人들이 그를 꺼려서 '符王'이라고 불렀다 한다.
   특히, 後晉의 부언경이 거란의 鐵鷂軍을 깨트리자, 거란의 太宗 德光이 낙타 한 마리를
   얻어 타고 달아났다고 한다.
51) 討逆大將(토역대장): 討逆大將軍의 오기.
52) 慕容農(모용농): 後燕의 신하. 연나라 개국황제 慕容垂의 셋째아들. 그는 아버지에게 아직 익
   지 않은 것이나 절로 떨어지는 것에서 과일 취하는 것에 대해 말한 바 있다. 長樂公 苻丕가
   石越로 하여금 군대를 거느리고 가서 慕容農을 토벌하게 하였는데, 慕容農이 秦나라 군대를
   패퇴시키고 石越의 목을 베니, 이에 인심이 동요하고 도적들이 떼를 지어 일어났다.
53) 劉知俊(유지준): 後梁 太祖 朱全忠의 部將. 태조가 그의 재능을 꺼렸다.
54) 張永德(장영덕): 後周의 太祖 郭威의 넷째 딸의 부마도위.
55) 薛柯檀(설가단): 薛阿檀의 오기. 晉王 李克用의 장군. 李克用의 양자 李存孝가 반란을 일으
   키자, 이극용이 그를 붙잡아 죽이려 했지만 아무도 그를 살려달라고 하지 않아 끝내 주
   살하였다. 설아단은 이존효가 살아있을 때 내통한 적이 있는데, 이존효 측의 安休休에게
   생포되었다가 안휴휴가 函谷城을 공략할 때 계책을 내었다. 함곡성 성주 鄭存惠는 안휴
   휴의 군이 잠시 철군하자 안심하고 그동안 부족했던 땔감을 구하러 성문을 열게 되었는
   데, 이때 첩자를 끼워 들여서 야간에 땔감에 불을 지르고 성문을 열게 한 계책이었다.
   그러나 설아단은 이존효가 죽자 내통했던 사실이 들통이 날까 염려하여 마침내 자살하
   였다. 이로부터 晉王 李克用의 병력은 점점약해지고 주전충의 군대만 강성해졌다. 주전
   충은 이존효가 죽자 승상 李英을 매수하여 汴梁으로 천도하게 하고, 昭宗을 살해하고 哀
   帝를 세워서 국새를 넘겨받고 황제의 자리에 올랐으니 바로 梁나라이다. 이극용은 당의
   제후 연합군을 이끌고 처들어갔지만, 주전충의 王彦璋에게 연패하고 죽임을 당한다.

且說。都元帥大將軍徐達, 恭承皇命, 率諸國將卒, 前至孟諸百里廣野, 排成陣勢, 大將五十四員, 精兵二百七十萬騎。元帥高坐將臺之上, 招致諸將於臺下, 左仗黃鉞, 右秉白旄以麾曰[57]: "稱爾戈, 比爾干, 立爾矛, 咸聽此誓[58]。蠢爾諸賊, 不知天威, 敢與大邦爲讐, 侵竊郊畿。今我敬奉皇命, 肅將天討, 今日之事, 宜不愆乎一步二步三步四步五步六步, 七步乃止, 齊焉勖哉! 諸軍亦不愆乎一伐二伐三伐四伐五伐六伐, 七伐乃止, 齊焉勖哉! 諸軍尚桓桓, 如虎如貔, 如熊如羆, 以濟此役勖哉!"[59] 諸軍誓令已罷, 卽使曹彬・常遇春・岳飛・李靖, 率精騎五十萬, 伏於孟諸之東, 郭子儀・李光弼・張俊[60]・韓世忠, 率精騎五十萬, 伏於孟諸之西, 衛靑・霍去病・賀若弼・韓擒虎, 率精騎五十萬, 伏於孟諸之南, 彭越・祖逖・馬燧・渾瑊, 率精騎五十萬, 伏於孟諸之北。元帥親與諸將, 率七十萬騎, 自成大隊, 以爲迎敵。

且說。宋主與列國帝王及諸將卒, 迤邐續進, 前至孟諸, 排成陣勢。又令前將軍王彦章[61]・左將軍何無忌[62]・右將軍張蚝[63], 別設一陣於大寨[64]之前, 所

---

56) 陸續(육속): 계속하여 끊이지 않음.

57) 左仗黃鉞, 右秉白旄以麾曰(좌장황월, 우병백모이휘왈): 《書經》<牧誓>의 "왕은 왼손에 금도끼를 들고 오른손에 흰깃발을 들고 지휘하면서 '멀리 왔도다, 서방 사람들이여!' 하였다.(王左仗黃鉞, 右秉白旄以麾曰: 逖矣, 西土之人.)"에서 나온 말.

58) 稱爾戈, 比爾干, 立爾矛, 咸聽此誓(칭이과, 비이간, 입이모, 함청차서): 《書經》<牧誓>의 "그대들이 창을 들고 방패를 나란히 하고 창을 치켜들면 내가 엄숙히 맹세하겠노라.(稱爾戈, 比爾干, 立爾矛, 予其誓.)"에서 나온 말.

59) 今我敬奉皇命~以濟此役勖哉(금아경봉황명~이제차역욱재): 周나라 武王이 殷나라의 紂王을 牧野에서 정벌하면서 맹세한 글을 활용한 말. 《書經》<牧誓>의 "이제 나 發은 공손히 하늘의 벌을 행하노니, 오늘의 싸움은 여섯 걸음과 일곱 걸음을 넘지 말고 멈춰서 정돈해야 하리니 장병들은 힘쓸지라. 네 번 공격, 다섯 번 공격, 여섯 번 공격, 일곱 번 공격을 넘지 말고 멈춰서 가지런히 해야 하리니 힘쓸지라, 장병들이여. 바라건대, 상나의 교외에서 굳세고 굳세어 범 같고 비휴 같이 하며 곰 같고 큰 곰 같이 하여 능히 도망 나오는 자들을 맞이하여 서쪽 땅의 사람들을 노역하게 하지 말라. 힘쓸지라, 장사들이여.(今予發, 惟恭行天之罰, 今日之事, 不愆于六步七步, 乃止齊焉, 夫子勖哉! 不愆于四伐五伐六伐七伐, 乃止齊焉, 勖哉夫子. 尙桓桓如虎如貔, 如熊如羆于商郊, 弗迓克奔, 以役西土. 勖哉夫子.)"에서 나온다.

60) 張俊(장준): 張浚의 오기.

61) 王彦章(왕언장): 梁太祖 때의 장군. 여러 차례 군공을 세웠는데, 그가 行營의 선봉이 되어 철창을 사용하는 것이 몹시 빨랐으므로 軍中에서 王鐵鎗이라고 하였다. 末帝 때 後唐 莊

謂王彦章, 即後唐河北名將, 而號爲王鐵槍者也, 張蚝乃苻秦65)關中名將, 而倒騎大牛, 奔馳越城者也。

兩陣各自對圓, 徐元帥身被黃金鎖子甲66), 頭戴白銀寶映盔, 左手執八長丈槍67), 右手執百斤大刀, 胯下大宛68)千里駿駒, 從軍中飛出, 立於陣前, 人如眞仙, 馬如飛龍。左首三將, 即前將軍趙雲, 左將軍薛仁貴, 左先鋒尉遲敬德也, 右首三將, 即都先鋒胡大海69), 右將軍張飛, 右先鋒馬超也。

元帥大呼曰: "敵將速出!" 宋陣中, 都元帥慕容恪, 出馬接戰, 戰到五十餘合, 精神耗散, 刀法漸亂。慕容垂見其兄, 戰氣已衰, 即出來助勢, 元帥左手持刀, 鐺敵70)慕容恪, 而右手執槍, 刺慕容垂於馬下。宋陣中, 周德威・宗愨等十餘員猛將, 一齊出馬夾戰, 元帥見敵將群出, 火性急起, 大呼曰: "爾輩雖千萬, 無足爲也." 飛刀奮槍, 斬截四五將, 而直衝中軍, 如飛如翰71)。宋陣諸將, 方欲迎敵之際, 四面伏兵齊出, 東有曹彬・常遇春・岳飛・李靖, 西有郭子儀・李光弼・

宗의 군사와 맞서 '표범은 죽어서 가죽을 남기고 사람은 죽어서 이름을 남긴다.' 하고는 끝까지 돌아서지 않고 힘껏 싸우다 사로잡혔는데, 귀순을 거부하고 죽임을 당하였다.

62) 何無忌(하무기): 晉나라의 장수. 東晉의 桓玄이 帝位를 찬탈할 때, 劉裕와 함께 의병을 일으켜 격파한 공으로 安城郡 開國公에 봉해졌다. 후에 盧循과 싸우다가 전사하였다. 桓玄이 말하기를 "劉裕는 한 시대의 영웅이 될 만하고, 劉毅는 집안에 한 말과 한 섬의 비축도 없었으나 樗蒲 놀이할 때에 한 번에 백만 전을 걸었으며, 何無忌는 모습이 그의 외삼촌(劉牢之)과 매우 흡사한데, 이들이 함께 大事를 일으켰으니, 어찌 성공하지 못한다고 말하는가." 하였다.

63) 張蚝(장자): 前秦의 장수. 前燕을 정벌하는 전쟁에서 虎牙將軍으로 참전해 성안으로 몰래 잠입하여 정벌군의 통로를 열어줌으로써 慕容莊을 포로로 잡는 등 여러 전쟁에 참여하였으며, 관직은 太尉에 이르렀다. 당시 그를 萬人敵으로 일컬어졌다.

64) 大寨(대채): 山西省 동부, 夕陽縣에 있는 지명.

65) 苻秦(부진): 5호16국 시대의 前秦. 苻堅이 황제였다.

66) 鎖子甲(쇄자갑): 철사로 작은 고리를 만들어 서로 꿴 갑옷.

67) 八長丈槍(팔장장창): 八丈長槍의 오기인 듯.

68) 大宛(대완): 大宛馬. 大宛國에서 생산되는 천리마.

69) 胡大海(호대해): 명나라 태조 때 무장. 키가 크고 얼굴이 검었으며 지혜와 힘이 남보다 뛰어났다. 태조를 좇아 강을 건너 諸將의 땅을 빼앗았다. 僉樞密院事에 올랐다. 후에 苗軍에게 살해되었으나, 越國公에 追封되었다.

70) 鐺敵(당적): 當敵의 오기인 듯.

71) 如飛如翰(여비여한): 《詩經》<常武>의 "임금님의 많은 군사들이 마치 날개치며 나는 듯 날쌨다.(王旅嘽嘽, 如飛如翰.)"에서 나오는 말.

張俊72)·韓世忠, 南有衛青·霍去病·賀若弼·韓擒虎, 北有彭越·祖逖·馬燧·渾瑊。各以精騎五十萬, 狂風驟雨一般殺來, 宋陣將卒, 魂飛魄散, 不能擋任, 各尋生路, 而無由矣。元帥糾撒73)精神, 倍加氣力, 東衝西突, 南飛北騰, 所到之處, 賊首如秋風落葉。馳踏之際, 正遇呂布, 元帥大喝一聲, 斬於馬下。二百七十萬軍之中, 如行無人之地, 敵將雖有勇力者, 何可當也? 混殺一場, 積屍遍野, 流血成川, 慕容恪·高歡皆被生擒, 兀朮·檀道濟等死者數十餘人。宋主見自家衆軍, 一敗塗地74), 無心戀戰75), 卽與諸帝王, 狼狽落荒76)而走, 不敢入徐州, 轉向睢陽而走, 閉城堅守。

元帥麾軍, 馳到城下, 築長圍守之, 日已昏矣。其夜三更, 宋軍守城者, 洞開四門, 以納王師, 元帥率軍入城, 至公衙。自宋主以下, 無一人遁逃者, 幷被俘獲, 卽令縛而屬吏斬, 當時逆賊王莽·董卓·翟讓77)·袁術78)·竇建德79)·王世充80)·蕭銑81)·薛擧82)·劉黑闥83)·安祿山84)·朱泚·李懷光85)·李希

---

72) 張俊(장준): 張浚의 오기.
73) 糾撒(규수): 抖撒의 오기. 다 털어버림. 가다듬음.
74) 一敗塗地(일패도지): 싸움에 한 번 패하여 땅에 떨어진다는 뜻으로, 한 번 싸우다가 여지 없이 패하여 다시 일어나지 못한다는 말.
75) 戀戰(연전): (전과를 탐내어) 싸움터를 떠나기 아쉬워함. 無心戀戰은 싸우고 싶은 마음이 없다는 뜻이다.
76) 落荒(낙황): 큰길을 벗어나 황야로 도망감.
77) 翟讓(적양): 隋末 唐初의 반란군인 瓦崗軍의 수령. 이 반란군에 창을 잘 쓰는 單雄信과 지략이 뛰어난 徐世勣 등이 모여 들었다.
78) 袁術(원술): 後漢 말기의 사람. 종형 袁紹와 더불어 당대의 명문거족이었다. 董卓이 집권하여 황제 폐립 계획을 세우고 가담시키려 하자 후환이 두려워 南陽으로 달아나 長沙太守 孫堅의 도움을 받아 그곳에 정착했다. 나중에 동탁을 격파하여 명성을 떨쳤다. 한편으로 원소와 荊州의 劉表가 대립하게 되자, 劉備·曹操도 이에 휘말려 일진일퇴의 공방전을 벌였다. 이런 와중에 패하여 揚州로 근거지를 옮겼고, 끝내는 九江에서 제위에 올랐다. 그러나 2년도 채 못 되어 음탕하고 낭비가 심해졌으며, 媵妾을 수백 명 두는 등 방탕하게 살다가 세력이 쇠진해지자 제위를 원소에게 돌려주고 원소의 아들 袁譚에게 의탁하려 했지만, 유비의 방해로 뜻을 이루지 못했다. 壽春에서 죽었다.
79) 竇建德(두건덕): 山東 지방에 큰 기근이 들자, 도망병·무산자들을 거느리고 高士達의 부하로 들어가 軍司馬가 되어 隋나라 군대와 싸운 인물. 617년 夏나라를 세우고, 이듬해에는 河北省 전역을 장악하여 군웅의 한 사람이 되었다. 그러나 621년에 李世民의 唐나라 군대에 패하여 長安에서 죽었다.
80) 王世充(왕세충): 성격이 흉계와 속임수를 좋아했고, 兵法을 특히 좋아한 인물. 隋文帝 때

烈86)・吳少誠87)・黃巢・張士誠88)・陳友諒89)等十七人。招諭士民,　皆案堵

軍功으로 儀同에 임명되었고, 隋煬帝 때 江都郡丞에 올랐다. 황제가 江都宮에 갔을 때 아부하여 池臺를 잘 꾸며 환심을 샀다. 여러 차례 농민의 반란을 진압하여 江都通守에 올랐다. 양제가 피살되는 江都兵變 이후 越王 楊侗을 제위에 앉히고 吏部尚書가 되었다. 양동을 폐하고 스스로 황제라 칭하면서 鄭나라를 세우고 연호를 開明이라 했다. 이세민이 이끄는 唐나라에게 패한 뒤 항복했다.

81) 蕭銑(소선): 수나라 煬帝가 즉위한 뒤에 황후인 煬愍皇后 蕭氏의 친족 신분으로 발탁되어 羅川縣令으로 임명된 인물. 그리고 巴陵에서 반란을 일으켜 스스로를 梁王이라 칭했다. 서량의 도읍이던 江陵으로 천도를 하고 양나라 황제로 즉위했다. 당나라는 李孝恭과 李靖을 보내 양나라를 전면적으로 공격해왔다. 소선은 文士弘을 보내 당나라 군대를 막으려 했으나, 淸江에서 벌어진 전투에서 패했고, 각지의 장수들도 당나라에 투항했다. 마침내 당나라 군대가 강릉을 포위했고, 원군을 기대할 수 없게 되자 소선은 관리들을 이끌고 이효공의 군영으로 가서 항복했다. 소선은 장안으로 압송되었으며, 곧 참수되었다.

82) 薛擧(설거): 隋나라 群雄. 기마전에 능하고 궁술에 뛰어났다. 金城郡의 校尉이자 토호로서 돌궐, 土谷渾 등 북방민족의 침략으로부터 천수 일대를 수비하였다. 隋나라가 쇠하게 되자 거병하여 농수, 서평 등 천수 일대를 모두 점령하였다. 이후 상규를 수도로 하여 秦나라를 건국 스스로를 秦帝라 칭하며 황제로 올랐다.

83) 劉黑闥(유흑달): 隋末 唐初 반란 수령. 竇建德과 친하게 지냈는데, 李密의 神將이 되었다가 패해 王世充에게 잡혔다. 그의 騎將이 되었으나 두건덕에게 가서 장군이 되고 漢東郡公으로 봉해졌다. 두건덕이 실패한 이후에 대장군을 칭하면서 河北을 점거하고 漢東王을 칭했다. 李建成에게 패해져 遼陽으로 도망을 갔다가 부하에게 잡혀 洺州에서 죽임을 당했다.

84) 安祿山(안록산): 중국 唐나라 때 반란을 일으킨 武將. 변경의 방비에 번장이 중용되는 시류를 타고 玄宗의 신임을 얻어 당의 국경방비군 전체의 3분의 1정도의 병력을 장악했다. 황태자와 楊國忠이 현종과의 이간을 꾀하자 양국충을 제거한다는 명목으로 반기를 들었으나 실패했다.

85) 李懷光(이회광): 唐德宗 때 반란을 일으킨 인물. 785년에 盧杞와의 불화로 인해 신변의 불안을 느끼고 반란을 도모하여 朱泚와 연합했다가 馬燧의 토벌을 받고 그의 부하인 朔方大將 牛名俊에게 살해되었다.

86) 李希烈(이희열): 唐德宗 때 반란을 일으킨 인물. 처음에 李忠臣의 神將으로 있다가, 뒤에 淮西節度使에 올라서는 李納의 반란을 토벌하면서 天下都元帥라 일컫다가, 783년에 반란을 일으켜 鄧州와 汴州를 함락한 뒤에 楚帝라고 참칭하며 武成이라고 建元하였다. 누차 宋亳節度使 劉洽에게 패하여 蔡州로 도망갔다가 그의 牙將인 陳仙奇에게 독살되었다.

87) 吳少誠(오소성): 唐憲宗 때 淮蔡節度使. 唐德宗 때 반란을 일으켰다.

88) 張士誠(장사성): 원나라 말기의 무인. 泰州 白駒場 소속의 소금중개인으로 鹽場의 관리와 鹽丁 사이의 갈등을 틈타 난을 일으켜 세력을 키우고 誠王이라 칭하고 국호를 大周로 정하였다. 그 후 蘇州를 빼앗고 吳國이라고 칭하였으나 南京에 근거지를 둔 朱元璋과의 오랜 항쟁 끝에 패배하여 자살하였다.

89) 陳友諒(진우량): 元나라 말기의 群雄. 본래 성은 謝인데, 할아버지가 진씨 집안에 데릴사위로 들어가 그 성을 따랐다. 徐壽輝가 반란을 일으키자 그 휘하에 들어가 倪文俊의 簿椽이 되어 무장으로서의 자질을 길러나갔다. 1357년 예문준을 죽이고 그 병력을 모은 다음,

如故, 修寫捷書, 奏聞於漢祖曰:「大司馬大將軍都元帥臣徐達, 四拜上書于大漢太祖高皇帝陛下。臣伏惟在昔有苗[90]頑悖, 不服虞舜之化, 故大禹舞干羽[91]于兩階, 終有七旬之格, 玁狁[92]侵棘[93]來侵周宣[94]之畿, 故方叔[95]出車於涇陽, 而竟有三捷之勳, 此皆聖化所及, 王靈攸曁也。近者, 宋主劉裕[96], 以寒微之跡, 田舍之翁[97], 嘯聚徒黨, 弄竊干戈, 抗拒於天日之下, 跳踉[98]於井池之中, 自以爲常, 提兵叫囂[99], 欲事故常[100]。惟我大漢太祖高皇帝 · 大○明太祖高皇帝 · 大宋太祖高皇帝 · 大唐太宗文皇帝陛下, 不得已而用兵, 命將出師, 以遏亂畧。猛將雲集, 勇士星列, 惟獨陛下, 特命臣以登壇之職[101], 付臣以制閫之事, 臣以

안휘성 남부에 기반을 굳혔다. 1359년에는 황제 서수휘를 죽이고 스스로 황제라 부르며 국호를 大漢이라 했다. 江州에 도읍하고 한때 江西와 호남, 호북을 세력 아래 두고 朱元璋과 싸웠지만, 1363년에 패하여 전사했다.

90) 有苗(유묘): 舜임금 시절 중국의 남방에 있던 오랑캐 이름.

91) 干羽(간우): 방패와 깃털을 들고 춤을 추는 夏나라 舞樂. ≪書經≫<虞書>에 "임금이 문교와 덕을 크게 펴고 방패와 새 깃을 들고 두 섬돌 사이에서 춤을 추자 70일 만에 유묘가 감복하였다.(帝及誕敷文德, 舞干羽于兩階, 七旬, 有苗格.)"라고 하였다.

92) 玁狁(험윤): 중국 북방의 오랑캐 종족인 흉노족을 일컬음.

93) 侵棘(침극): 孔棘의 오기. ≪詩經≫<采薇>의 "수레의 말이 잘 정돈되었고, 상이에 어복이로다. 어찌 날마다 경계하지 않으리오. 험윤의 난이 매우 급하다.(四牡翼翼, 象弭魚服. 豈不日戒? 玁狁孔棘.)"에서 나오는 말이다.

94) 周宣(주선): 周나라 宣王. 쇠미해져 가는 주나라를 중흥시킨 임금이다.

95) 方叔(방숙): 周나라 宣王 때의 賢臣. 荊蠻을 평정하였다.

96) 劉裕(유유): 남조 송나라의 제1대 황제. 東晉 말 南燕, 後秦을 멸망시켰고 호족 탄압, 토단정책(호적 개정)을 단행했으며 恭帝의 禪位로 제위에 올랐다. 무공뿐만 아니라 통치수완도 뛰어나 국력의 부강을 꾀했다.

97) 田舍之翁(전사지옹): 견문이 좁고 고집스러운 시골 늙은이.

98) 跳踉(도량): 跳梁. 이리저리 날뜀. ≪莊子≫<逍遙遊>의 "그대는 유독 살쾡이를 보지 못하였는가? 그놈은 땅에 납작하게 엎드려 먹이를 기다리고 있다가 이리저리 날뛰며 높은 곳 낮은 곳을 가리지 않는다네.(子獨不見狸狌乎? 卑身而伏, 以候敖者, 東西跳梁, 不避高下.)"에서 나오는 말.

99) 叫囂(규훤): 叫讙의 오기. 울부짖음. 악을 씀.

100) 自以爲常~欲事故常(자이위상~욕사고상): 韓愈의 <平淮西碑>에서 "淮西와 蔡州만은 순종하지 아니하고 스스로 강하다 여기고 군사를 이끌고 시끄럽게 굴며 옛 관례를 일삼으려 한다.(淮蔡不順, 自以爲彊, 提兵叫讙, 欲事故常.)"를 활용한 말.

101) 登壇之職(등단지직): 徐達이 都元帥를 맡은 것을 일컬음. 옛날 중국의 前漢 때에 漢高祖가 韓信을 대장에 임명할 때에 壇을 모으고, 대장이 될 한신을 그 단에 올려 앉힌 뒤에 대장에 임명한 고사에서 유래한다.

庸愚之姿, 受至重之任, 身具介冑, 手執刀戟, 一戰成功, 而數十天子之頸, 繫致於幕府之下, 以待皇命。王莽・董卓・翟讓・袁術・竇建德・王世充・蕭銑・薛擧・劉黑闥・安祿山・朱泚・李懷光・李希烈・吳少誠・黃巢・張士誠・陳友諒等, 此皆當時僭逆之極也, 不可一時留置於覆載之間, 故臣不待皇命, 卽行斬戮。而不任雲賀之忱。謹奉露布[102]以聞。」捷書至豫州, 漢祖與衆帝, 覽畢, 大喜曰: "自古, 名將雖有一戰成功者多矣, 而未有如徐達者也。可當論功行賞, 以答大勳." 卽拜徐達爲秦王, 遣兵部侍郎陳平, 賚詔操印, 至軍門。徐達下帳[103]迎之, 四拜跪受詔, 讀之, 其辭曰: 「朕聞盖有非常之功, 必授非常之爵[104]。今卿一戰, 而擒獲數十天子, 是窮千載亘万古所無者也, 而力牧之擒蚩尤, 太公之殪商辛, 猶未足以喩其壯也。卿之大功, 朕無以答, 但拜卿爲秦王, 大司馬大將軍都元帥, 如故兼帶之。」徐達讀詔訖, 卽令諸軍旋凱行, 且上書曰: 「大司馬大將軍都元帥秦王臣徐達, 誠惶誠恐, 頓首百拜, 又上言于大漢太祖高皇帝陛下。臣今以百劣之才[105], 敢效一得之慮, 雖成大勳, 是皆列聖帝之洪福, 諸壯士之膂力, 臣何有焉, 臣豈與哉? 然而陛下不以臣卑鄙, 許以臣壯大, 特降恩旨, 授以王爵, 臣惶恐無地, 不敢當此。王莽等十七人, 雖曰極逆, 臣不待皇命而誅之, 僭越之罪, 臣不敢辭。伏惟陛下, 收臣爵旨, 以治其罪, 臣之至願也。」漢祖見之, 又下詔襃賞之。

徐達回軍, 至豫州, 獻俘於漢祖, 漢祖起立而迎之, 執其手曰: "卿之勳勞, 求之万古, 鮮有其儔, 而可謂仁義禮智之人也。" 徐達頓首百拜, 辭謝曰: "臣之愚劣, 陛下何其襃獎之若是乎?" 漢祖曰: "卿驅馳戰伐而不妄殺一人, 是其仁也,

---

102) 露布(노포): 봉하지 않은 上奏文.

103) 下帳(하장): 돗자리 등을 깖.

104) 盖有非常之功, 必授非常之爵(개유비상지공, 필수비상지작): 漢나라 司馬相如가 지은 <難蜀父老>에 "대개 세상에는 비상한 사람이 있은 뒤에야 비상한 일이 있게 마련이고, 비상한 일이 있은 뒤에야 비상한 공이 있게 마련이다.(盖世必有非常之人, 然後有非常之事, 有非常之事, 然後有非常之功.)"는 말과, 《通鑑節要》<漢紀>의 "비상한 功을 세우려면 반드시 비상한 인물을 필요로 한다.(盖有非常之功, 必待非常之人.)"는 말을 활용한 말.

105) 百劣之才(백열지재): 百里之才의 오기인 듯. 백 리쯤 되는 땅을 다스릴 만한 재주라는 뜻으로, 겨우 지방관을 할 만큼 작은 재주밖에 없음을 이르는 말.

虜凶逆而卽施其罰, 是其義也, 俘僭越而以待皇命, 是其禮也, 一戰而生擒數十天子, 是其智也。朕言適當, 卿其勿辭." 徐達復頓首拜謝, 漢祖命觴一爵, 親起而授〇上曰: "有臣如此, 實所獻賀." 〇上亦辭謝, 正話之間, 忽報: "水軍大都督周瑜, 副都督吳玠, 率水軍五十萬, 襲破建康, 取其僭御之物, 以獻其功." 漢祖皆褒賞之。

漢祖與衆帝王, 率諸將士, 備駕還洛陽。南宮設大宴, 宋主以下, 俘獲之人, 盡解其縛, 使各升堂而坐。遂排定帝王之座次, 漢祖請於〇上曰: "吾以主人之故, 妄處盟主之位, 不勝愧怍, 而君之功烈, 冠於百王, 宜居上位." 上[106]曰: "今日之事, 當確[107]論於列國君臣, 以功烈德業, 廣大嵬卓者, 當爲盟主矣." 漢祖乃廣問於衆, 衆議皆曰: "漢唐宋明[108], 四國剏業之君, 當定一人, 立爲盟主, 而以衆所見, 則漢高祖, 可也." 御史大夫汲黯[109]獨曰: "陛下輕士善罵[110], 昧於道學,　不可爲盟主矣."　諫議大夫魏徵[111]・侍御史褚遂良[112]・監察御史趙抃[113]等, 劾奏汲黯: "面折君祖[114], 無人臣禮[115], 大不敬." 汲黯厲聲罵曰: "君

---

106) 上(상): 앞에 한 칸을 비우지 않았음.
107) 確(확): 確의 대용.
108) 明(명): 앞에 한 칸을 비우지 않았음.
109) 汲黯(급암): 漢武帝 때의 諫臣. 종종 直諫을 잘하여 武帝로부터 '옛날 社稷의 신하에 가깝다'라는 말을 들었다. 匈奴와 화친을 주장했고, 후에 작은 죄를 지어 파직되었다.
110) 陛下輕士善罵(폐하경사선매): ≪通鑑節要≫<漢紀>의 "폐하께서는 선비들을 경시하고 꾸짖기를 잘하시니, 신들이 의리상 욕을 당할 수가 없으므로 두려워서 도망해 숨었던 것이다.(陛下輕士善罵, 臣等義不辱故, 恐而亡匿。)"에서 나오는 말.
111) 魏徵(위징): 唐나라 太宗 때의 名臣. 諫議大夫・祕書監이 되고 鄭國公에 봉해졌다. 시류에 아부하지 않고, 자신을 돌보지 않으며, 마음에서 우러나오는 진실한 말로 황제에게 200여 차례 직간했다 하여 후세에 忠諫의 대표적 인물로 꼽는다.
112) 褚遂良(저수량): 唐나라 초기의 정치가・서예가. 太宗이 중용하였으나 직간함으로 그를 꺼리었다. 高宗이 황후를 폐하고 武昭儀를 세우매 극간하다가 내쫓김을 당하고 울분으로 죽었다.
113) 趙抃(조변): 北宋의 관리. 송나라 仁宗 때인 1034년에 진사가 되어 殿中侍御史로 있으면서 권세가나 황제의 총애를 받는 사람까지도 거리낌없이 탄핵하여 鐵面御史로 일컬어진다. 뒤에 神宗이 즉위하자 參知政事, 太子少保를 지냈다. 지방관으로 부임하면서 거문고 하나와 학 한 마리만을 가지고 갔다고 하여 청렴한 관리로 불렸다. 蘇軾이 淸獻公神道碑를 써주었다.
114) 君祖(군조): 君朝의 오기인 듯. 임금이 있는 조정.

輩, 職在諫諍, 不能勉君以正, 阿諛諂佞, 陷主於不義乎?" 於是, 自左丞相程
顥116)以下, 皆奏曰: "汲黯居下訕上117), 廷罵同列, 無禮極甚, 當論其罪." 漢祖
曰: "此臣素著戇118), 直言則是也, 何罪之有?" 乃虛位而讓之。○上曰: "古語
云: '彊賓不壓主119).' 此格言也。君其勿辭!" 衆帝亦曰: "三代以後, 樹功㓰業
者雖多, 而無如漢祖者, 宜從公正之論, 以辨古今之是非也."

漢祖乃不獲已, 處於首席, 自定座次, 第二○明太祖, 第三宋太祖, 第四唐太
宗, 第五漢光武120), 第六漢昭烈, 第七宋神宗121), 第八唐憲宗122), 第九漢武

---

115) 無人臣禮(무인신례): 漢나라 때 侍御史 嚴延年이 한 말. 大將軍 霍光이 昭帝를 보필하다가
그가 승하하자 昌邑王 夏를 즉위시켰으나 그가 음란 무도함에 폐위시키고 다시 宣帝를
옹립하였던 것을 탄핵하여 "신하로서의 예의가 없으니, 매우 무도합니다.(無人臣禮, 大
不道.)"라고 한데서 나온 말이다.

116) 程顥(정호): 北宋의 유학자. 明道先生이라 불린다. 동생 程頤와 함께 二程子로 알려졌다.
仁宗 때 진사가 되었다. 鄠縣과 上元의 主簿에 올랐다. 神宗 때 太子中允과 監察御史裏行
에 올랐다. 여러 차례 신종이 불러서 보자 그 때마다 마음을 바르게 하고 욕심을 억누
르며 어진 이를 발탁하고 인재를 기를 것을 강조했다. 나중에 著作佐郎이 되었지만, 王
安石의 新法과 뜻이 맞지 않자 자청하여 簽書鎭寧軍判官으로 나갔다가 扶溝知縣으로 옮
겼다. 哲宗이 즉위하자 불러 宗正丞이 되었는데, 나가기 전에 죽었다.

117) 居下訕上(거하산상): 《論語》〈陽貨篇〉에서 子貢이 君子도 미워함이 있느냐는 물음에
孔子가 대답한 "미워함이 있다. 남의 나쁜 점을 일컫는 사람을 미워하고, 아래에 있으
면서 윗사람을 헐뜯는 사람을 미워하고, 용맹하지만 예의가 없는 사람을 미워하고, 과
감하지만 꽉 막힌 사람을 미워한다.(有惡. 惡稱人之惡者, 惡居下流而訕上者, 惡勇而無禮者,
惡果敢而窒者.)"에서 나오는 말.

118) 戇(공): 戇의 오기. 《漢書》〈汲黯傳〉의 "상이 물러나서 사람들에게 이르기를, '급암의
외고집이 너무 심하다.'라고 하였다.(上退, 謂人曰: '甚矣, 汲黯之戇!')"에서 나오는 말.

119) 彊賓不壓主(강빈불압주): 强賓不壓主. 손님이 아무리 강해도 주인을 누를 수는 없다는
말. 劉備가 徐州牧 자리를 권할 때 呂布가 關羽와 張飛의 반응이 두려워 선뜻 받아들이
지 못하고 머뭇거리자, 여포의 모사인 陳宮이 유비를 안심시키기 위해 한 말이다.

120) 漢光武(한광무): 後漢의 초대 황제인 光武帝. 본명은 劉秀. 漢室의 일족으로 22년에 南陽
에서 군사를 일으켜 王莽의 군대를 무찌르고 한나라를 다시 일으켰다. 洛陽에 도읍했다.

121) 宋神宗(송신종): 北宋의 제6대 황제 趙頊. 三代의 이상을 회복한다는 기치 아래 王安石의
新法을 채용하고, 제도·교육·과학 등을 개혁을 강력히 추진하여 부국강병책을 실시
했으나, 이후 新法과 舊法을 둘러싼 전쟁이 반복되는 원인이 되었다.

122) 唐憲宗(당헌종): 당나라 제11대 황제 李純. 安史의 난 이후 藩鎭(지방군벌)의 세력이 거
세어져 중앙의 위령이 미치지 않는 상태를 바로잡는데 힘쓰고, 직할 禁軍을 강화하였
으며, 裵度 등 재정가를 재상으로 삼아 兩稅法에 바탕을 둔 봉건제 지향적 경제정책을
추진하는 등 당나라 중흥의 英主로 일컬어진다. 後嗣 다툼으로 환관 陳弘志 등에게 암
살되었다. 특히, 그의 치세 때는 韓愈·柳宗元·白樂天 등의 문인들이 활약하였다.

帝123), 第十隋文帝124), 第十一秦始皇, 第十二晋武帝125), 第十三唐肅宗126), 第十四宋高宗, 第十五晋元帝127), 第十六楚霸王, 第十七宋主, 第十八齊主128), 第十九梁主129), 第二十陳主130), 第二十一後梁主131), 第二十二後唐主132), 第二十三後晋主133), 第二十四後漢主134), 第二十五後周主135)。

---

123) 漢武帝(한무제): 前漢 제7대 임금 劉徹. 중앙집권을 강화하기 위해 지방에 刺史를 임명하여 제후들의 세력을 약화시켰고, 百家를 축출하고 儒術을 존숭했고, 널리 인재를 등용하였다. 또한 대외적으로 四夷를 정벌했는데, 특히 흉노를 격파하고 서역과의 실크로드를 확보하는 등 중국의 영토를 확대시켰다.

124) 隋文帝(수문제): 隋나라의 초대 황제. 본명은 楊堅. 581년 北周 靜帝의 帝位를 물려받아 즉위, 589년 南朝의 陳을 멸하여 천하를 통일했다. 律令·관제의 정비, 科擧의 창설 등 통일제국의 기초를 다졌다.

125) 晋武帝(진무제): 司馬炎. 晋王을 세습 받았고, 수개월 후에 魏元帝 曹奐을 핍박하여 나라를 선양받고, 洛陽에 도읍을 정했다. 후에 吳를 멸하여 천하를 통일하였다.

126) 唐肅宗(당숙종): 唐나라 제7대 황제. 玄宗의 셋째 아들. 이름은 李亨. 태자로 있을 때 安祿山의 亂이 일어나 현종이 蜀나라로 달아나자 영무로 돌아와 황제에 즉위하여 郭子儀에게 명하여 양경을 수복시켰다.

127) 晋元帝(진원제): 東晋의 초대황제 司馬睿. 吳의 지방 호족과 華北에서 온 士族을 회유하여 세력 확보에 노력하였는데, 西晋의 마지막 황제인 愍帝가 끝내 이민족의 칼에 죽자 동진을 세우고 제위에 올랐다. 그의 정권은 王導를 비롯한 명족 세력에 좌우되었다.

128) 齊主(제주): 蕭道成을 가리킴. 齊나라 高祖. 南朝 齊나라의 開國皇帝이다. 漢나라 때 재상을 지냈던 蕭何의 24세손이다.

129) 梁主(양주): 蕭衍을 가리킴. 梁나라 武帝. 남조 양나라의 초대 황제이다. 제나라 말 황실이 어지러워지자 東昏侯에 대한 타도군을 일으켜 도읍인 建康(南京)을 함락시킨 뒤 남제를 멸망시키고 정권을 장악하면서 梁王에 봉해졌다.

130) 陳主(진주): 陳霸先을 가리킴. 陳나라 武帝. 남조 진나라의 개국 군주이다. 西魏가 江陵을 함락하고 元帝가 피살당하자 王僧辯과 함께 蕭方智를 받들어 梁王으로 삼았다. 나중에 北齊가 蕭淵明을 세워 황제로 삼자 왕승변을 영입해 建康에서 즉위시켰다. 왕승변을 습격해 살해하고 소방지를 세워 황제로 삼은 뒤 북제와 왕승변의 잔당들을 공격해 제거하고 陳王에 봉해졌다.

131) 後梁主(후량주): 朱全忠을 가리킴. 後梁의 태조. 당나라 말기 '黃巢의 난'의 잔당을 평정하여 그 공으로 각지의 절도사를 겸하는 등 화북 제일의 실력자가 되었다. 이후 梁나라를 세우고 당 왕조를 멸망시켰으나 그의 세력범위는 화북 일부에 한정되었고, 이후 50년에 걸친 五代十國 분쟁의 계기가 되었다.

132) 後唐主(후당주): 李存勗을 가리킴. 後唐의 莊宗. 後唐의 창건자. 李克用의 아들이고, 어릴 때 이름은 亞子였다. 이극용이 죽으면서 화살 세 개를 주면서 "반드시 梁과 燕, 契丹의 원수를 갚으라."고 말했다. 즉위한 뒤 북쪽으로 거란을 공격하고 동쪽으로 연을 멸망시킨 뒤 後梁을 정복하고는 화살을 太廟에 바쳤다. 나라 이름을 唐이라 했는데, 역사에서는 후당이라 부른다. 나중에 교만 방자해져 정치를 도외시하다가 伶人 郭從謙이 반란을 일으켰을 때 화살에 맞고 죽었다.

又別設座次於堂隅, 第一胡漢主劉淵[136], 第二魏王拓跋珪[137], 第三趙王石勒[138], 第四燕王慕容皝[139], 第五秦王苻堅[140], 第六北齊主高洋[141], 第七周主宇文覺[142], 第八南唐主李煜[143], 第九蜀主公孫述[144], 此則以示蠻夷戎狄, 不與同中國之義也。

座次已定, 各自據位而坐, 酒進樂作, 觥籌交錯[145], 肴羞盛陳, 人人欣喜, 箇箇歡樂。宴訖, 漢祖出言曰: "今日之功烈, 古今所無, 而擥賴諸將之力, 以至於

133) 後晉主(후진주): 石敬瑭을 가리킴. 後晉의 초대 황제. 거란에 대해 신하를 자청하면서 구원을 요청하고 耶律德光과 부자관계를 맺으면서 歲貢을 바쳤다. 燕雲 16개州를 할양한다는 조건으로 원조를 받아 반란을 일으켰고, 후당을 멸망시킨 뒤 晉나라를 세우고, 汴京에 도읍하였다.

134) 後漢主(후한주): 劉知遠을 가리킴. 後漢의 건국자. 돌궐의 沙陀族 출신으로 後晉의 河東節度使였던 그는 후진이 거란에 망하자 이 틈을 타서 大梁(開封)을 도읍으로 하고 後漢을 세웠다.

135) 後周主(후주주): 郭威를 가리킴. 後周의 초대 황제. 隱帝가 시해되고 後漢이 멸망하자, 즉각 開封에 들어가 즉위하고 후주를 건국하였다. 내정에 신경을 써서 差役·雜稅 등의 균형을 꾀하였고, 자작농의 육성에 힘썼다.

136) 劉淵(유연): 前趙의 시조. 본디 匈奴의 종족인데, 漢나라 황실과 혼인하였으므로 성을 유라 하였다. 晉惠帝 때 싸움에 공을 세우고 大單于가 되어 漢王을 僭稱하였다.

137) 拓跋珪(척발규): 남북조시대 北魏의 황제. 본래 鮮卑族으로 북위를 세우고 道武帝가 되었으며, 그 후 孝文帝가 洛陽으로 천도한 뒤에 姓을 拓跋氏에서 元氏로 바꾸었으므로 元魏라고도 불렸다.

138) 石勒(석륵): 본래 羯族으로 上黨 武鄕에 살았던 인물. 前趙의 劉淵 밑에서 大將을 지내다가 後趙를 세운 뒤에 전조를 멸망시키고, 十六國 중에 가장 강성한 나라를 이룩하였다.

139) 慕容皝(모용황): 오호십육국시대 前燕의 太祖文明皇帝. 鮮卑族으로, 전연의 개국 군주이다.

140) 苻堅(부견): 오호십육국시대 前秦의 임금. 일명 文玉, 자는 永固이다. 苻雄의 아들로 박학다재했으며 처음엔 東海王이 되고, 苻生을 죽이고 자립해 大秦天王이라 했다. 북방을 통일하고 東晉의 益州를 빼앗았다. 後秦 姚萇에게 잡혀 죽었다.

141) 高洋(고양): 北齊의 초대 황제 文宣帝. 그가 세운 나라를 高齊라고 이르기도 하였다.

142) 宇文覺(우문각): 北周의 황제. 그가 세운 나라를 後周라고 이르기도 하였다.

143) 李煜(이황): 李煜의 오기. 중국 五代 南唐의 마지막 왕. 초명은 從嘉이며, 元宗의 아들이다. 송나라 태조에게 항거하다가 결국 항복하였는데, 송 태조가 그의 죄를 용서하고 違命侯에 봉하였다. 송 태종 때 隴西郡公으로 改封하였다.

144) 公孫述(공손술): 後漢 때의 군웅 중 한 사람. 자는 子陽. 처음에는 王莽을 섬겼으나, 前漢 말 更始帝가 반란을 일으키자, 成都에서 군사를 일으켰다. 蜀 지방에 나라를 세우고 황제라 칭하였으나 後漢 光武帝에게 멸망당하였다.

145) 觥籌交錯(굉주교착): 별로 먹이는 술의 술잔과 잔 수를 세는 산가지가 뒤섞인다는 뜻으로, 연회가 성대함을 비유적으로 이르는 말.

此, 宜以三等之爵, 分茅裂土146), 各賜道德勳烈之臣, 以明文武並用之術, 可也." 乃命曰:

左丞相	魏王	韓琦147)
右丞相	魯王	程顥
太師	道國公	周敦頤148)
太傅	兗國公	邵雍149)
少師	溫國公	司馬光150)
少傅	徽國公	朱熹151)
同平章事	郿國公	張載152)
侍講	洛國公	程頤153)

---

146) 分茅裂土(분모열토): 천자가 제후를 봉하는 것을 일컬음.
147) 韓琦(한기): 北宋 때의 大臣. 벼슬은 將作監丞, 通判淄州, 開封府推官, 度支判官, 太常博士, 右司諫, 陝西經略安撫招討使 등을 역임했다. 范仲淹과 더불어 군대를 이끌고 西夏를 정벌하여 軍에서 위엄과 덕망이 두터웠다. 仁宗과 英宗 때에 재상을 지냈고, 神宗 때에 司空 겸 侍中이 되었다.
148) 周敦頤(주돈이): 北宋의 유학자. 원래의 이름은 敦實, 자는 茂叔, 호는 濂溪. 道州 출신으로 여러 지방관을 거치면서 치적을 남겼다. 만년에는 廬山 기슭의 濂溪書堂에서 은거하였다. <太極圖說>을 지어 道學, 즉 성리학의 이론을 마련하였다. 南宋의 朱熹가 그를 道學의 開祖라고 칭하였다.
149) 邵雍(소옹): 北宋의 유학자. 자는 堯夫. 시호는 康節. 李之才에게 河圖・洛書・圖書先天象數의 학문을 배우고, 象數에 의한 신비적 우주관・자연 철학을 설명하여 二程과 朱子에게 큰 영향을 미쳤다.
150) 司馬光(사마광): 北宋 때의 학자. 溫公이라 칭하여진다. ≪資治通鑑≫의 편자이다. 이 책은 천자의 정치에 도움을 주기 위해 19년의 세월을 들여, 전국시대에서부터 編年體로 편찬한 것으로, 대의명분을 명확히 한 것이다. 그는 漢代의 楊雄을 가장 숭배하였다.
151) 朱熹(주희): 南宋의 유학자. 字는 元晦 또는 仲晦. 號는 晦庵・晦翁. 북송 이래 理學을 집대성하고 사상체계를 정립하였는데, 程顥・程頤의 理氣論을 계승하여 天理와 人欲의 대립을 강조하면서 私欲을 버리고 천리에 복속할 것을 요구하는 등 理의 先在를 주장하였다. 그는 經學에 정통하여 宋學을 집대성한 것인데, 그 學을 朱子學이라 일컫는다. 우리나라 조선시대의 유학에 큰 영향을 미쳤다.
152) 張載(장재): 北宋의 유학자. 자는 子厚. 橫渠先生이라 불린다. 유학과 노자의 사상을 조화시켜 우주의 일원적 해석을 설파하고 二程, 朱子의 학설에 영향을 주었다.
153) 程頤(정이): 北宋의 유학자. 자는 正淑. 程顥의 아우이다. 伊川伯을 봉했기에 伊川先生이라 불린다. 처음으로 理氣의 철학을 내세웠으며, 유교 도덕에 철학적 기초를 부여했다.

樞密院使	宋國公	房玄齡154)
尚書令	徐國公	李綱155)
吏部尚書	吳國公	范仲淹156)
戶部尚書	沛國公	蕭何
禮部尚書	昌國公	韓愈157)
刑部尚書	荊國公	宋璟158)
工部尚書	襄國公	陸贄159)
都察院都御史文淵閣大學士	蜀國公	蘇軾160)
端明殿學士161)	穎國公	歐陽脩162)

154) 房玄齡(방현령): 唐나라 정치가. 太宗이 즉위하자 15년 동안 재상의 자리에서 杜如晦와
  함께 태종의 貞觀之治를 도왔다.
155) 李綱(이강): 南宋의 名臣. 벼슬은 太常少卿, 兵部侍郎, 尚書右承, 尚書右僕射 겸 中書侍郎
  등을 역임했다. 1126년에 송나라와 금나라가 대치하던 때 강력하게 항전을 주장하다
  眨謫되었다. 송나라가 남쪽으로 내려간 뒤 高宗이 불러 재상으로 삼았다.
156) 范仲淹(범중엄): 北宋 때의 정치가·학자. 인종 때 郭皇后의 폐립문제를 놓고 찬성파 呂
  夷簡과 대립하다가 지방으로 쫓겨났다. 饒州와 潤州, 越州의 知州를 맡았다. 그 뒤 歐陽
  修와 韓琦 등과 함께 여이간 일파를 비판했으며, 스스로 군자의 붕당이라고 자칭하여
  慶曆黨議를 불러일으켰다. 參政知事가 되어 개혁하여야 할 정치상의 10개조를 상소하였
  으나 반대파 때문에 실패하였다.
157) 韓愈(한유): 唐代의 문인·정치가. 자는 退之. 호는 昌黎. 唐宋 8대가의 한 사람으로, 四
  六駢儷文을 비판해 古文을 주장하였다. 유교를 존중하고 시에 뛰어났다.
158) 宋璟(송경): 唐나라 玄宗 때의 名相. 문장에 뛰어나고 則天武后가 정권을 휘두를 때 누차
  左台御使中丞에 임명되었는데, 강직한 관리로서 측천무후의 신임을 받았다. 睿宗 복위
  후에 吏部尚書로 있으면서 폐단을 혁파하고 인재를 등용하는 과정에서 太平公主의 미움
  을 받아 楚州刺史로 좌천되었다. 713년 玄宗이 즉위하자 다시 刑部尚書에 임명되었다.
  716년에 姚崇을 이어 재상에 올라 현종을 보좌하면서 善治를 이루었다.
159) 陸贄(육지): 唐나라 학자. 덕종 때 한림학사가 되어 신임이 두터웠다. 성품이 충성되고
  유학을 존중하였으며 문장에 뛰어나, 그의 奏議는 후세에까지 존중되었다. 간신 裴延齡
  의 잘못을 極諫하다가 내쫓김을 당하였다.
160) 蘇軾(소식): 宋나라 대문호. 자는 子瞻, 호는 東坡. 아버지 蘇洵, 동생 蘇轍과 더불어 三蘇
  라 불리며, 3父子가 모두 唐宋八大家에 속한다. 哲宗 때 중용되어 舊法派의 중심적 인물
  로 활약하였고, 특히 歐陽脩와 비교되는 대문호로서 賦를 비롯하여 詩·詞·古文 등에
  능하였으며, 재질이 뛰어나 書畫로도 유명하였다.
161) 端明殿學士(단명전학사): <왕회전> 상권의 4회에 따르면, 通英殿學士의 오기.
162) 歐陽脩(구양수): 宋나라 학자. 과거에 급제하여 慶曆 이후 翰林院侍讀學士·樞密府使·參知
  政事 등을 역임하였는데 그 동안 누차 群小輩의 참소를 입어 罷黜당하였으나 志氣가 自若
  하였다. 羣書에 널리 통하고 詩文으로 천하에 이름을 날려 唐宋八大家의 한 사람으로 꼽

光祿大夫	留侯	張良163)
御史大夫	淮陽侯	汲黯
國子祭酒	廣川侯	董仲舒164)
翰林學士	夜郎侯	李白165)
端明殿學士	渭南侯	陸游166)
寶文閣學士	金陵侯	宋濂167)
天章閣學士168)	龍門侯	司馬遷169)
諫議大夫	譙侯	魏徵

힌다. 당대의 대문장가인 韓愈의 작품에 영향을 받아 평이하고 간결한 고문체 부흥에 힘
썼다. 1057년에는 과거시험 위원장인 知貢擧에 임명되어, 고문체로 답안을 작성한 사람
들을 합격시키는 등 자신의 문학관을 심사에 적용했다는 비판을 들었으나, 변려문보다
고문을 더 중시하는 획기적 조치를 취함으로써 중국문학에 새로운 지평을 열었다.

163) 張良(장량): 前漢 창업의 功臣. 蕭何와 韓信과 함께 한나라 三傑. 漢高祖 劉邦의 謀臣이 되
어 秦나라를 멸망시키고 楚나라를 평정하여 漢業을 세웠다. 項羽와 만난 鴻門宴에서 유
방이 위기에 처하자, 그 위기에서 유방을 구하였다.

164) 董仲舒(동중서): 前漢 때의 유학자. 廣川사람이다. 武帝가 즉위하여 크게 인재를 구하므
로 賢良對策을 올려 인정을 받았다. 江都王 劉非는 무제의 이복형으로서 교만하고 무례
하기 짝이 없었는데, 동중서는 江都丞相이 되어 그를 덕으로써 감화시켰다. 전한의 새
로운 문교정책에 참여했다. 五經博士를 두게 되고, 국가 문교의 중심이 儒家에 통일된
것은 그의 영향이 크다.

165) 李白(이백): 唐나라 詩仙. 자는 太白, 호는 青蓮·醉仙翁. 杜甫와 더불어 시의 양대 산맥
을 이루었다. 그의 시는 서정성이 뛰어나 논리성, 체계성보다는 감각, 직관에서 독보적
이었다. 술, 달을 소재로 많이 썼으며, 낭만적이고 귀족적인 시풍을 지녔다.

166) 陸游(육유): 南宋의 시인. 자는 務觀, 호는 放翁. 山陰(浙江省)에서 명망 있는 집안의 자제
로 출생했다. 침략자 金나라에 대하여 철저한 항전주의자로 일관하는 격렬한 기질의
소유자였다. 약 50년 동안에 1만 首에 달하는 시를 남겨 최다작의 시인으로 꼽힌다. 강
렬한 서정을 부흥시킨 점이 최대의 특색이라 할 수 있다.

167) 宋濂(송렴): 명나라 초기의 대표적 학자. 浙江省 金華 출신이다. 자는 景濂, 호는 潛溪·
玄眞子이다. 고문을 중시하였으며, 명나라의 공덕과 태평을 칭송하는 시를 많이 지어
臺閣體의 선구자로 알려져 있다. 劉基·高啓와 더불어 明初詩文三大家로 일컬어진다. 方
孝孺의 스승이다.

168) 天章閣學士(천장각학사): <왕회전> 상권에 따르면, 文章閣學士의 오기.

169) 司馬遷(사마천): 前漢의 역사가. 자는 子長. 太史令이던 부친 司馬談의 영향으로 어릴 때
부터 많은 글을 읽었다. 사마담이 죽으면서 ≪史記≫의 완성을 부탁하였고 태사령이
되면서 본격적으로 저술에 착수하였으나 흉노의 포위 속에서 부득이하게 투항하지 않
을 수 없었던 李陵장군을 변호하다가 무제의 노여움을 사 宮刑을 받았다. 옥중에서 저
술을 계속하다가 무제의 신임을 회복하여 환관의 최고직인 중서령이 되었고, 기원전
91년경 마침내 ≪사기≫를 완성하였다.

左光祿大夫	崇陽侯	文彦博[170]
右光祿大夫	衝山侯	李泌[171]
都察院都御史文淵閣直學士	眉陽侯	蘇轍[172]
執金吾	秣陵侯	趙鼎[173]
左金紫光祿大夫	晉陽侯	長孫無忌
右金紫光祿大夫	宛邱侯	富弼[174]
左銀靑光祿大夫	伊川侯	陸賈[175]
右銀靑光祿大夫	開封侯	趙普[176]
京兆尹	河南侯	宗澤[177]

---

170) 文彦博(문언박): 北宋의 정치가이자 書法家. 仁宗, 英宗, 神宗, 哲宗 등을 섬기면서 50년 동안 재상을 맡았다. 殿中侍禦史 때에 법을 공정하게 집행하고 西夏의 침입을 성공적으로 막았다. 재상 기간에는 대담하게 8만 정병으로 군인수를 줄여 백성들의 부담을 경감시키자고 주장하기도 했다. 만년에 佛法에 귀의했다. 벼슬은 太師에 이르렀고, 潞國公에 봉해졌다.

171) 李泌(이필): 唐나라의 名臣. 嵩山에서 施政方略에 대해 上書하여 玄宗에게 인정을 받아 待詔翰林이 되었으나, 楊國忠의 시기로 인해 은거했다. 安祿山의 난 때 肅宗의 부름을 받고 군사에 관한 자문을 하였으나 또 다시 李輔國 등의 무고로 衡嶽으로 은거해야 했다. 代宗이 즉위한 뒤에 翰林學士가 되었지만 또 다시 元載, 常袞의 배척을 받아 外官으로 나갔다가 뒤에 宰相이 되었고, 鄴縣侯에 봉해졌다.

172) 蘇轍(소철): 北宋의 문인. 자는 子由, 호는 穎濱・欒城. 蘇軾의 아우로, 당송팔대가의 한 사람이다. 간결한 작품에 고문으로도 빼어났다. 부친 蘇洵, 형 蘇軾과 더불어 '三蘇'로 일컬어진다. 저서로 ≪欒城集≫이 있다. 벼슬은 門下侍郎을 지냈다. 王安石의 新法을 반대하여 河南推官으로 좌천되었다.

173) 趙鼎(조정): 南宋 초기의 賢臣. 高宗 때 右司諫과 殿中侍御史를 지내면서 전투하고 수비하며 도피하는 세 가지 대책을 진술하고 御使中丞이 되었다. 張俊과 함께 부흥을 꾀했으나 후에 秦檜의 화의에 반대하여 潮州로 貶謫되어 안치되었다가 吉陽軍으로 옮겨져 곡기를 끊고 죽었다.

174) 富弼(부필): 北宋의 명재상. 1042년 遼나라에 사신으로 갔다가 땅을 나누어 내놓으라는 요구를 거절했다. 다음해 樞密副使가 되었다. 范仲淹 등과 공동으로 慶曆新政을 추진하고, 河北 수비에 대한 12가지 대책을 올렸다. 1055년에 文彦博과 더불어 재상이 되었고, 그 후에 樞密使가 되었으나 질병으로 사직했다.

175) 陸賈(육고): 漢初의 학자. 초나라 사람. 高祖의 說客으로서 南越王 趙佗를 설득시켜 천하통일에 공이 커 벼슬이 太中大夫에 이르렀다. 칙명을 받들어 新語 12편을 지었다.

176) 趙普(조보): 宋나라 건국 공신・재상. 太祖 추대에 공이 있어 정승이 되어 創業期의 內外政治에 참여하였으며, 태종 때에도 政丞과 太師를 지냈다. 처음에는 학문이 어두웠으나 太祖의 권고를 받은 뒤부터는 그의 손에서 책이 떠나지 않았다 한다.

177) 宗澤(종택): 宋나라 欽宗 때의 신하. 磁州知州가 되어 성벽과 방어물들을 정비하고 의용

左馮翊	襄陽侯	羊祜[178]
右扶風	廣陵侯	解縉[179]
樞密副使	湖西侯	劉基
左僕射	絳侯	裵度[180]
右僕射	陳侯	高熲[181]

군을 모아 금나라의 남하를 저지했다. 康王 趙構가 大元帥府를 열었을 때 부원수로 입경하여 고군분투하면서 開德과 衛南에서 대승을 거두었다. 남송의 高宗 때 東京留守 겸 開封尹에 임명되어 王善과 楊進 등 義軍을 모집하고 河北의 八字軍과 연합하면서 岳飛를 統制로 발탁해 금나라 군사를 여러 차례 격파했다. 20여 차례 상서하여 고종이 환도하여 국력 회복을 도모할 것을 주청했지만 黃潛善 등의 제지를 받자 분한 심정이 병이 되어 버렸다. 실지 회복을 이루지 못한 비분을 참지 못하다가 임종 때 "강을 건너야 해.(過河)"를 세 번 외치고 죽었다.

178) 羊祜(양호): 西晉의 전략가. 여동생 羊徽瑜는 당대 최고 실력자인 西晉 司馬師의 아내였고, 외할아버지는 당대의 명사이자 대학자였던 蔡邕이었다. 魏나라 말엽에 相國의 從事官이 되어 荀勖과 같이 나라의 기밀에 관한 일을 관장하였고, 晉나라가 들어서자 鉅平侯에 봉해지고 都督荊州諸軍事로 10년간 나가는 등 위·진 두 왕조를 거치면서 중서시랑·급사중·황문랑·비서감·중령군·위장군·거기장군 등과 같은 요직을 두루 거쳤다. 그는 당시 정세를 면밀하게 분석한 끝에 오나라를 정벌하고 중국을 통일하는 원대한 방략을 제시했다. 그의 방략은 삼국시대를 종결짓는 커다란 그림을 그리는데 초점이 모아져 있었다. 그러나 반대파에 의해 좌절되었고, 그는 자신의 계획이 실천되는 것을 보지 못한 채 세상을 떠났다. 하지만 그가 죽은 지 2년 뒤, 진은 오나라를 평정했다. 그리하여 晉武帝에 의해 시중·태부로 추증되었다.

179) 解縉(해진): 明나라 초기의 정치가. 太祖에게 萬言疏를 올려 政令이 자주 바뀌고 형벌이 너무 번잡한 時政의 폐단을 논하여 그 재주를 인정받아 御史에 제수되었다. 그 후 태조가 그를 연소하다 하여 돌아가 학문에 힘쓰게 했다. 태조가 죽은 뒤 참소를 받아 河州衛吏로 좌천되고 成祖가 즉위하자 翰林侍讀, 翰林學士가 되었다. 交趾를 정벌할 것을 간하여 임금의 뜻에 언짢게 한데다가 漢王 高煦의 참소를 받아 옥사하였다.

180) 裵度(배도): 唐나라 大臣. 憲宗 때 司封員外郎과 中書舍人, 御史中丞을 지냈고, 藩鎭을 없앨 것을 강력하게 주장했다. 당나라 군대가 蔡를 토벌한 뒤 군대를 行營하는 일을 감시했다. 살해된 재상 武元衡을 대신하여 中書侍郎과 同中書門下平章事가 되었다. 얼마 뒤 군대를 이끌고 힘껏 싸워 吳元濟를 생포했다. 穆宗 때 여러 차례 出鎭入相하면서 천하의 중용을 받았다. 절도사를 억압하고, 宦官에 대해서도 강경책을 취하여 헌종과 목종, 敬宗, 문종의 4조에 걸쳐 활약했다.

181) 高熲(고경): 隋나라 宰相. 楊堅이 北周의 대승상으로 있을 때 상부사록이 되었고, 尉遲逈의 반란이 일어나자 평장사가 되어 반란을 평정하였다. 양견이 隋나라를 세우자, 고경은 개국 1등공신과 함께 조정의 가장 높은 벼슬인 상서좌복야 겸 납언을 맡았다. 煬帝 楊廣이 진나라를 치러 출병하자, 원수장사로 출병하여 진을 무너뜨리고 천하통일을 달성하였다.

吏部侍郎	韶侯	張九齡[182]
戶部侍郎	成皐侯	劉晏[183]
禮部侍郎	河西侯	姚崇[184]
兵部侍郎	曲逆侯	陳平
刑部侍郎	歧陽侯	杜如晦[185]
工部侍郎	河內侯	張華[186]
太尉知內外兵馬征討事	齊王	諸葛亮
兵部尙書	趙王	關羽
大司馬大將軍天下兵馬都元帥	秦王	徐達
驃騎大將軍	楚王	岳飛
冠軍大將軍	梁王	彭越
車騎大將軍	燕王	常遇春
鎭軍大將軍	吳王	張浚
撫軍大將軍	越王	韓世忠

182) 張九齡(장구령): 당나라 玄宗 때의 名相. 문학이 당대에 으뜸이었고, 벼슬은 尙書右丞相
  에 이르렀는데, 간신인 종실 李林甫와 군인 출신 牛仙客의 등용을 극언으로 반대하다가
  도리어 파직을 당하여 자기 집으로 돌아가서 그대로 여생을 마쳤다.

183) 劉晏(유안): 당나라 肅宗 · 代宗 때 정치가. 자는 士安. 戶部侍郎, 度支使, 吏部侍郎 및 鹽鐵
  使, 轉運使, 租庸使 등을 지낸 인물로, 나라의 재정을 튼튼하게 하고, 뒤에 河南 · 江淮 · 山
  南의 漕運을 통하게 하여 關內의 백성들이 식량 걱정을 하지 않게 한 것 등이 유명하다.

184) 姚崇(요숭): 唐나라 玄宗 때의 재상. 본명은 元崇이었으나 현종의 연호를 피해 요숭으로
  바꾸었다. 則天武后에게 발탁되어 관직에 오른 이래 中宗, 睿宗과 현종 초기에 걸쳐 여
  러 번 재상의 직에 올라 국정을 숙정하고 민생의 안정에 힘썼다. 특히, 현종 때 북방
  수비를 튼튼히 하고 律令體制를 실시하여 開元之治를 이루는 데 공헌하였다. 그리하여
  宋璟과 함께 開元의 명재상으로 숭앙되어 '姚宋'이라 병칭되며 당나라 名相의 대명사가
  되었다.

185) 杜如晦(두여회): 唐나라 정치가. 房玄齡과 함께 李世民을 보좌하여 태종으로 옹립했으며,
  당나라의 법률과 인사 제도를 정비해 貞觀之治를 구축하였다.

186) 張華(장화): 晉나라 武帝의 博物君子. 어려서 고아로 빈한하게 성장했으나 성품이 강직했
  다. 일찍이 <鷦鷯賦>를 지은 것을 阮籍이 보고 칭찬함으로써 세상에 알려지게 되었다.
  王濬과 杜預가 吳나라를 쳐야 한다는 글을 武帝에게 올렸을 때, 무제와 바둑을 두고 있
  던 장화가 바둑판을 치우고 吳나라를 멸할 계책을 진언하여 오나라를 평정하고 난 후
  廣武縣侯에 봉해졌다. 후에 越王 司馬倫과 孫秀에 의해 살해되었다. 다방면의 학식을 쌓
  아 讖緯 · 方術 등에도 밝았으며, 陸機 · 陸云 · 束晢 · 陳壽 · 左思 등을 힘써 발탁했다.

中軍大將軍	晋王	郭子儀
前軍大將軍	鄭王	李光弼
征東大將軍	韓王	曹彬
征西大將軍	邾國公	馮異
征南大將軍	許國公	賀若弼
征北大將軍	蓟國公	祖逖
鎮東大將軍	莒國公	馬燧
鎮西大將軍	雍國公	鄧禹
鎮南大將軍	荊國公	李文忠
鎮北大將軍	代國公	李世勣
平東大將軍	薛國公	王剪
平西大將軍	蔡國公	李晟
平南大將軍	陳國公	韓擒虎
平北大將軍	郢國公	衛青
安東大將軍	濟陰侯	渾瑊
安西大將軍	汧源侯	屈突通
安南大將軍	荊陽侯	狄青
安北大將軍	馮翊侯	吳璘
後軍大將軍	隴西侯	李廣
驍騎大將軍	關內侯	霍去病
武威大將軍	淮南侯	劉錡[187]
羽林大將軍	漢中侯	吳漢
武衛大將軍	浙東侯	郭英
討虜大將軍	淸河侯	韓弘
破虜大將軍	長城侯	蒙恬

---

187) 劉錡(유기): 宋高宗 초에 隴右都護로 있으면서 夏人과 싸우는 대로 승리를 거뒀으므로, 하인들이 아이가 울면 劉都護가 온다면서 달랬다고 한다. 紹興 연간에 金나라가 자랑하는 정예 군사 10만을 격파하자 금나라 군사들이 그의 깃발만 보고도 도망칠 정도였는데, 1162년 금나라 대군과 대치하던 중 병이 악화되어 물러나 있다가 울분을 참지 못한 채 피를 토하고 죽었다.

征虜大將軍	河陽侯	祭遵
振武大將軍	浙西侯	石守信
振威大將軍	湖廣侯	湯和
揚烈大將軍	劍南侯	鄧艾
揚武大將軍	淮西侯	李愬
揚威大將軍	濟南侯	鄧愈
奮武大將軍	河東侯	李道宗
奮威大將軍	曲沃侯	薛萬徹
伏波大將軍	扶風侯	馬援
中堅大將軍	濟陽侯	苗訓
歸德大將軍長	平侯	章邯
游擊大將軍	東川侯	岑彭
征遠大將軍	熙河侯	馬成
征邊大將軍	朔方侯	李孝恭
護軍大將軍	西川侯	姜維
討逆大將軍	廣東侯	王全斌
鎭遠大將軍	廣西侯	李漢超
平遠大將軍	成紀侯	臧宮
輔國大將軍	穎川侯	寇恂
左驍衛大將軍	高密侯	李光顔
右驍衛大將軍	新息侯	賈復
禦侮大將軍	舞陽侯	樊噲
帳前左護衛使龍驤將軍	睢陽侯	南霽雲
帳前右護衛使虎翼將軍	上蔡侯	雷萬春
忠翊將軍	滎陽侯	紀信[188]
秉節校尉	鄚侯	周勃[189]

188) 紀信(기신): 漢高祖 劉邦의 장수. 고조가 항우의 군사에게 포위당했을 때 高祖의 수레를 타고 자신이 고조인 양 초나라 군사를 속여 고조를 도망치게 한 후 자신은 잡혀 죽었다.

189) 周勃(주발): 漢高祖 劉邦의 武將. 高祖를 따라 통일의 공을 세우고 惠帝와 文帝를 섬겨 승상에 올라 絳侯에 봉해졌다. 呂后 死後에는 그 일족의 난을 평정하여 漢室의 안녕을 도

騎都尉	穎陰侯	灌嬰190)
前將軍	常山侯	趙雲
左將軍	遼東侯	薛仁貴
右將軍	漁陽侯	張飛
都先鋒	東平侯	胡大海
左先鋒	涇陽侯	尉遲敬德
右先鋒	西涼侯	馬超
水軍大都督	舒侯	周瑜
副都督	東海侯	吳玠

其餘皆封拜有差。

漢祖言於○上曰: "近者, 淸主汗虜191), 奄滅○明國, 據有中華, 已過百年, 夷狄猖獗, 於此尤甚。 今以列國帝王之威武, 謀臣猛將之勇畧, 掃淸薙髮192)氈裘193)之域, 更爲衣冠文明之地, 如何?" ○上曰: "天意不厭穢德, 人力何以撥亂反正乎? 命之所在, 不可逆而行之, 數之所定, 不宜抑而爲之.194)" 漢祖又曰: "君之於朝鮮, 賜改國號, 已定君臣之義, ○神宗195)萬曆196)年間, 傾國而救亂,

---

모하였다.

190) 灌嬰(관영): 漢高祖 劉邦의 신하. 젊었을 때는 비단이나 명주를 파는 일로 업을 삼았다. 장군으로 齊를 평정하고, 項籍을 죽였으며, 穎陰侯에 봉해졌다. 呂后가 죽은 뒤 周勃, 陳平 등과 함께 여씨 일족을 주살했다. 文帝를 옹립한 뒤 太尉가 되었다가 얼마 후 주발을 대신해 丞相에 올랐다.

191) 汗虜(한로): 만주족의 한 부족인 建州女眞의 추장으로 청나라를 세운 창업자.

192) 薙髮(치발): 빡빡머리가 되도록 머리를 짧게 깎는 것. 청나라 사람들의 변발을 일컫는 것이다. 변발은 앞머리를 짧게 깎고 뒷머리를 땋아서 뒤로 늘어뜨리는 것이다.

193) 氈裘(전구): 짐승털옷.

194) 命之所在~不宜抑而爲之(명지소재~불의억이위지): ≪三國志≫37회 <司馬徽再薦名士 劉玄德三顧草廬>의 "장군께서 공명을 시켜 천지를 되돌리고 세상을 바로잡으려 하시지만 쉽지 않아 헛되이 몸과 마음만 써버릴까 두려울 뿐입니다. '하늘을 따르는 이는 편안할 것이요 거스르는 이는 수고로울 것이다.'라든가 '운수에 달린 것을 이치로 빼앗을 수 없고, 운명에 달린 것을 사람이 강제할 수 없다.'라 하는 말을 장군께서 어찌 듣지 못하셨겠습니까?(將軍欲使孔明斡旋天地, 補綴乾坤, 恐不易爲, 徒費心力耳. 豈不聞'順天者逸, 逆天者勞'; '數之所在, 理不得而奪之 ; 命之所在, 人不得而強之'乎?)"를 활용한 표현.

195) 神宗(신종): 중국 명나라 제13대 황제.

又有再造之恩, 而鮮王忘恩昧義, 降於淸主, 其罪不可不問." ○上曰: "以小事大者, 畏天者也197), 朝鮮亦知天命, 而非是忘昧於恩義也. 朝鮮之衣冠文物, 侔擬於中華, 素稱禮義之邦, 故厥後, ○孝宗198)王與相臣宋時烈199), 不勝憤恨之心, 常有北伐之志, 每以勢力之不及而未果也. 然含寃忍痛, 惟識春秋尊王之義, 知恩懷德, 恒思日月照明之光, 湖西立萬東之廟200), 禁中設大報之壇201), 千秋亨祀202), 香火不替, 奈何征其國而問其罪乎?"

漢祖默然無語, 半晌乃曰: "寡人之於君, 各出於數千載之外, 功烈基業, 不有相讓, 而今於此會, 宴酬同樂, 似非偶然耳. 雖然興盡則悲來, 樂極則哀生, 自然之理也, 不可以幽陰之質, 久留於陽明之界, 故從此而逝矣. 君等亦各歸去, 可也." ○上曰: "君欲向何處應? 去而亦有繼此得見之道乎?" 漢祖曰: "寡人今入長陵, 不復出世間矣." 仍命樂工, 迭奏罷宴之曲, 復以一盃酒, 蕩滌千古之愁. 各自席散, 怊悵歔欷而別. 是時也, 陰風忽起, 霾雨乍降, 俄頃之間, 諸人盡化爲烏有先生203)矣.

---

196) 萬曆(만력): 명나라 神宗의 연호(1573~1615).

197) 以小事大者, 畏天者也(이소사대자, 외천자야): ≪孟子≫<梁惠王章句 下>의 "큰 나라가 작은 나라를 섬기는 것은 하늘의 뜻을 즐겨 받드는 것이고, 작은 나라가 큰 나라를 섬기는 것은 하늘을 두려워하는 것이니, 하늘의 뜻을 즐겨 받드는 자는 천하를 보존할 수 있고, 하늘을 두려워하는 자는 자기 나라를 보존할 수 있다.(以大事小者 樂天者也 以小事大者 畏天者也. 樂天者保天下, 畏天者保其國.)"에서 나온 말.

198) 孝宗(효종): 조선의 제17대 왕. 본관은 全州, 이름은 淏, 자는 靜淵, 호는 竹梧. 인조의 둘째 아들이며, 어머니는 仁烈王后이다. 병자호란으로 청나라에서의 8년간 볼모생활 중 그 설욕에 뜻을 두어, 즉위 후 은밀히 북벌계획을 수립, 군제의 개편, 군사훈련의 강화 등에 힘썼다. 그러나 북벌의 기회를 얻지 못하고, 청나라의 강요로 러시아 정벌에 출정하였다. 大同法을 실시했고, 常平通寶를 화폐로 유통시키는 등 경제시책에 업적을 남겼다.

199) 宋時烈(송시열): 조선의 문신·성리학자·정치가. 본관은 恩津, 자는 英甫, 아명은 聖賚, 호는 尤庵·尤齋·橋山老夫·南澗老叟·華陽洞主, 시호는 文正. 유교 주자학의 대가이자 서인 분당 후에는 노론의 영수였다. 효종, 현종 두 국왕을 가르친 스승이었으며, 별칭은 大老 또는 宋子이다.

200) 萬東之廟(만동지묘): 임진왜란 때 조선을 도와준 데 대한 보답으로 명나라 神宗을 제사 지내기 위해, 1704년(숙종 30) 충북 괴산군 靑川面 華陽洞에 지은 사당.

201) 大報之壇(대보지단): 조선시대에 명나라 太祖·神宗·毅宗을 제사지내기 위해, 1704년(숙종 30) 창덕궁 禁苑 옆에 설치한 사당.

202) 亨祀(형사): 享祀의 오기.

大明[204]崇禎己卯年間, 有一書生, 放浪遊散, 至於江南金華寺, 日暮投宿, 其夜得一夢, 漢高祖與○明太祖·唐太宗·宋太祖, 設宴於堂上, 對酌設樂, 盡歡而散。此說傳播於世間, 而未得其詳焉。

203) 烏有先生(오유선생): 있는 것처럼 꾸며 만든 인물. 세상에 실재하지 않은 가상적인 인물.
204) 大明(대명): 앞에 한 칸을 비우지 않았음.

南湖居士金濟性者, 駕洛王之後也裔¹⁾也。年纔弱冠, 識濟文翰, 捷貫場屋²⁾,
負才放曠, 如醉如狂, 進不知止, 退不知定, 卽一百愚無狀之人也。然而潘岳³⁾
之文彩, 著於家風, 陸璣⁴⁾之世德, 光于詞賦⁵⁾, 盖其聲韻世趾其美也。

歲在○崇禎紀元後庚子⁶⁾之春, 居士方有意於做誦之工, 佇立明窓之下, 端坐
於淨案之前, 將蘇子瞻前後赤壁賦⁷⁾, 大讀一遍。忽爲春陽所困, 睡魔來侵, 乍
倚案几之上, 游魂於虛無之境, 馳神於廣漠之鄕, 不知何處定了。

忽見一道士, 頭戴椰子之冠⁸⁾, 身被鶴氅之衣⁹⁾, 驅神馬駕尻輪¹⁰⁾, 御冷風, 昂

---

* 역주자가 붙인 것임.

1) 裔(율): 裔의 오기.

2) 場屋(장옥): 과거 시험장의 햇볕이나 비를 피하기 위해 설치한 싯설물로써 과거 시험장을
의미함.

3) 潘岳(반악): 중국 西晉 때의 시인 겸 문인. 문학적 재능이 뛰어나 당시의 권세가 賈謐의 문
객들 '24友' 가운데의 제1인자였다. 정서적 표현에 뛰어났으며, 철저한 기교주의자로서
감각적인 哀傷의 시와 山水詩의 걸작을 남겼다.

4) 陸璣(육기): 陸機의 오기. 중국 西晋의 문인. 20세 때 오나라가 멸망하였기 때문에 고향에
퇴거하여 10년간 학문에만 전념하였다. 그 후 동생과 함께 洛陽으로 나가 당시 지식인의
중심인물이었던 張華의 知遇를 받았고, 賈謐과 함께 文學集團에 가입하여 북방문인과 교유
하였다. 修辭에 중점을 두고 미사여구와 對句의 기교를 살려 육조시대의 화려한 시풍의
선구자가 되었다. ≪文賦≫는 문학비평의 방법을 논한 내용으로 유명하다.

5) 然而潘岳之文彩~光于詞賦(연이반악지문채~광우사부): ≪周書≫<庾信列傳>의 "반악은 문
채로 비로소 가풍을 서술했고, 육기는 사부로 조상의 은덕을 많이 늘어놓았다.(潘嶽之文
彩, 始述家風, 陸機之詞賦, 多陳世德。)"에서 나온 말. 魏晉시기에 사대부들이 자기 조상의 은
덕과 가풍을 즐겨 칭송하였음을 밝힐 때에 자주 인용하는 문장이다.

6) 崇禎紀元後庚子(숭정기원후경자): 金濟性(1803~1882)의 생몰연간을 고려할 때 1840년임.

7) 前後赤壁賦(전후적벽부): 北宋의 문인 蘇軾이 지은 전후 두 편의<赤壁賦>를 일컬음. 1082
년 7월 16일, 소식은 武道山의 도사 楊世昌과 함께 黃崗城 밖의 적벽에서 배를 띄우고 노
닐었는데, 이때의 감회를 서술한 것이 <前赤壁賦>이다. 이후 같은 해 10월 15일에 두 번
째로 이곳에서 노닐며 <後赤壁賦>를 지었는데, 이를 통칭하여 <赤壁賦>라고 한다. 중국
賦文學의 최고 걸작으로 꼽는다.

8) 椰子之冠(야자지관): 椰子冠. 蘇軾이 海南島로 귀양 갔을 때 썼던 관. 이때 그는 <椰子冠>
이라는 시를 지었다.

然而來, 長揖於前。 居士曰: "公何爲者?" 道士曰: "子果不知耶? 我乃東坡居士蘇軾也." 居士愕然曰: "大宋熙寧11)·元豊12)之間, 至今幾八百年矣。 公何以延生而至此乎?" 道士微笑曰: "人生則有死, 古今自然之理, 必然之事也。 雖然吾之生死, 異於凡人, 生而聲名聞於一世, 沒而精靈留於千秋, 如水之在地中, 無所往而不存者也13)。 如子者, 可謂信之深思之至, 煮蒿悽愴, 若或見之14), 故誦其詩, 讀其書, 有所感慕於千載之下矣。 我有一段神妙之言, 將欲見子而托耳." 居士曰: "何言也?" 道士曰: "子或聞金華寺刱業演義乎?" 居士曰: "雖或聞其說, 而未詳其實, 此說或有可據之道耶?" 道士曰:

"果是有之, 而抑有一說焉。 崇禎15)己卯年間, 漢高祖與唐宋○明, 四國刱業之主, 共會於洛陽, 禮請列國, 叙幽冥未盡之懷, 設太平同樂之宴, 誅伐僭逆, 封賞勳勞。 于斯時也, 我以文淵閣大學士, 草詔製編, 承恩被獎, 此可謂千載一際會16)也。 簡中事蹟言行, 不可泯滅無聞, 而非子則無可托輯, 故特來告子, 子幸

---

9) 鶴氅之衣(학창지의): 鶴氅衣. 소매가 넓은 백색 氅衣에 깃·도련·수구 등에 검은 헝겊으로 넓게 襈을 두른 것.
10) 驅神馬駕尻輪(구신마가구륜): 尻輪神馬는 尻輿神馬와 같은 말. ≪莊子≫<大宗師>에 "가령 나의 엉덩이를 변화시켜서 수레바퀴가 되게 하고, 나의 정신을 말이 되게 한다면, 나는 그것을 따라 수레를 탈 것이니 어찌 따로 수레에 멍에를 얹겠는가.(浸假而化予之尻以爲輪, 以神爲馬, 予因以乘之, 豈更駕哉?)"라는 말이 있으며, 蘇軾의 <贈袁陟>에 "원 선생이 정신을 말로 삼고 엉덩이를 수레로 삼아 탄 것을 보지 못했는가?(不見袁夫子, 神馬載尻輿.)"라는 말이 있다. 송나라의 학자 楊時는 고륜신마의 뜻을 자연을 노니는 기상으로 풀이하였다.
11) 熙寧(희령): 송나라 神宗의 연호(1068~1077).
12) 元豊(원풍): 송나라 神宗의 연호(1078~1085).
13) 如水之在地中, 無所往而不存者也(여수지재지중, 무소왕이부존자야): 蘇軾의 <潮州韓文公廟碑>에 "공의 신령이 천하에 있는 것은 물이 땅속에 있는 것과 같아서 가는 곳마다 있지 않는 곳이 없었다.(公之神, 在天下者, 如水之在地中, 無所往而不在也.)"에서 나오는 말.
14) 可謂獨信之深思之至~若或見之(가위독신지심사지지~약혹견지): 蘇軾의 <潮州韓文公廟碑>에 "그런데 조주 사람들은 오직 그를 믿는 것이 깊고 그리움이 지극하여 향초를 태우며 감동에 젖어 마치 곁에서 보는 듯하니, 비유하기를 우물을 파서 샘물을 얻고 물은 오직 여기에만 있다고 하면 어찌 이치에 맞겠는가?(而潮人獨信之深思之至, 煮蒿悽愴, 若或見之, 譬如鑿井得泉而曰水專在是, 豈理也哉?)"에서 나오는 말.
15) 崇禎(숭정): 앞에 한 칸을 비우지 않았음.
16) 際會(제회): 風雲際會의 준말. 임금과 신하가 의기투합함을 말한다. ≪周易≫<乾卦·文言>의 "구름은 용을 따르고 바람은 범을 좇는다.(雲從龍, 風從虎.)"에서 나온 말이다.

勿泛聽也."乃自首至尾，一遍說道，昭昭歷歷，無所胡迷。言訖，飄然羽衣登空而去。

居士覺而異之，遂次以編錄，名曰王會傳云爾。

歲○崇禎紀元後四庚子三月下澣，南湖居士記。

丙午三月初二日，冊主李主政宅，畢書。

찾아보기

[영인] 왕회전 하(王會傳 下)

한국학중앙연구원 장서각 소장 한문필사본

여기서부터는 影印本을 인쇄한 부분으로 맨 뒷 페이지부터 보십시오.

誅伐僭逆封賣勳勞于斯時也我以文淵閣大學士草詔製某綸承恩被褒此可
謂千載一際會也簡中事蹟言行不可泯滅無聞而非子則無可托輯故特告子
子幸勿泯沒聽此乃自首至尾一遍說道脫之歷之無所胡迷言訖飄然把衣登空西
去居士覺而異之遂次以編録名曰王會傳云甬巖　崇禎紀元後四庚子三月下
澣南湖居士記

丙午三月初二日

丹王李王政邑　畢書

-1-

　　項王反衆刼寨　　孔明會衆演陣

南湖夢錄

且說項王會曰衆刼寨之事范增諫曰君王聽輶士進愧之說而不可誤失事機

項王曰何謁誤失事機增曰漢祖天下之英主也寬仁愛人闊達大度今列國共滅其

顧約而君王背之棄明而投暗去順而连臂豈不謂失半項王曰五令為人之下故將

耻而君沮之何也增曰為人役而勿恥聖之戒也謀及卿士箕範之言也君王不遇聖主

戒不聽老成之言事可成而耻可雪乎項王曰君前日勸我急攻漢王今日力言勿攻漢之

范增彼一時此一時也昔日漢之圖於焚陽勢急今窮急攻可下故勸而擊之也增之

曾於洛陽數大肋今於破敗竟受夷戮不貽笑於一世遺臭於萬年平領君王且恩子不可

肆其及近則必為破敗可也即日治裝歸居鄰

怒曰匹夫以忘言毀辱罪當誅也為其年老姑備殘命勿復開口增亦怒曰竪子不可

與共事去內免禍可也即日治裝歸居鄰

却說項王決計刼寨今丁公序本陣以龍且鐘離昧周殷事布周蘭桓楚等六將摩三

萬鐵騎分為左右翼當夜二更吃飯三更刼寨去了

且說　上與家帝諸將移駕至糓州於城外三十里擇地下寨安排已畢日夜會衆

商議軍事忽然一陣大風從東南而起揿動御帳倒絕旌竿黑雲靉天飛鳥落地上使

李淳風占之曰卦兆不吉不意遇賊之衆也皆賊人今夜來劫耳孔明曰項王今夜反

來劫寨矣　上曰卿何以知項王之反孔明曰項王為人猜疑暴戾自恃勇力恥為人下又有

辨士說之故其心必愛來我倉卒無偹夜來劫寨耳衆皆不信孔明曰當設伏以待邀擊

而破之卽令徐達岳飛曹彬常遇春章兵三萬伏於大寨之東韓信車靖彭越遇異

寧兵三萬伏於大寨之西郭子儀李光弼張後韓世忠章兵三萬伏於大寨之南賀若弼

韓擒虎李晟王翦章兵三萬伏於大寨之北面東勢中火起四面東勢入混戰使各依

計而行勿失約束孔明與諸將令軍士大開營門屏虛幕中以待之是夜三更

天黑月沉項王帶龍且等六將驅三萬鐵騎暗上行集到營門大開無所阻攔項王欲

目殺入龍且止之曰人謀難測恐有禮偹項王曰彼非鬼神豈能知我之今夜劫寨乎遂

縱馬突入至中軍帳前營寨空竟無人迸項王正在疑訝之間忽見帳前一把火起一載敢

砲衆將自帳後突出爭前廝殺項王與衆將分頭迎敵戰方酣四面吶喊火起奔走岳

飛曹彬常遇春自寨東殺入韓信李靖彭越馮異自寨西殺入郭子儀李光弼張浚

韓世忠自寨南殺入賀若弼韓擒虎李晟王翦自寨北殺入大貫猛將三項王圍在垓

心項王見勢不利與諸將清圍南出馳走衆將追之不及孔明即鳴金收軍而見上曰向

人心難測朕固知項王之心必愛然豈意一朝無端愛令卿獨知

之設偹而破之卿之智明可謂子吉二人矣固加重賞孔明科稽而受所賜金帛慰以頒

將士乃類言於 上曰聞兵法云先勝而後戰豈敵而論將又曰卒

服習是以制勝之道在於君任其將制敵之道在於將得其勝戰之道古之瞭

君選將委任責成其功以故也蓋世之勇絕人之力尚後之用譬如神龍之猶雲而猛

虎之添翼異是誠項籍之重疾腹已之大患如非別般智謀無可制敵也今臣受命征討也陛

下授以成律交戰日時亦有中詔鋒鏑交於原野而決策於機會之下

計於禦楯之上用捨相磯進退俱難上有製財之議下無死綏之志趙視驟睨排徊顧望若

此而戰可勝而功可成乎且諸風帥卒皆非臣之素嫻循者也各自為心輕視其上志非成心振刃惜

橋頭陛下授臣以生殺之權柄柱臣以克敵之效臣雖不才敢不聲躅過智窮

瘁心刀師副陛下狩守之萬一乎

上曰善言乎搖頁大事如此而復可為師中之丈人間外之良翰昔者朕未得良將如孔明

者故征戰之事躬自綜之教之以法投之以策令孔明之忠智才畧逝為勞僑朕復何慶

下詔答之曰

朕聞古帝王之擇將也識其智勇察其忠義待以棟樑之器付以干城之任章師徂征則告

事於廟受賑于社慰其勞苦進以禮寵晚而推報曰聞以內寰人制之間以外將軍制之

誅刑爵賞皆決於外是以力牧咔於風沙之學而有泓鹿之克太公合於熊羆之上滿有牧野之

揭樂敞籠於金臺之位而有濟上之勝此皆明良共遇上下相得成亞功於世垂名於千

秋也今朕識卿之智察卿之忠故天下軍旅之事咸以委之假以旄鉞佩以劍印卿

-4-

可體朕此意便宜行事用命者賞之不用命者戮之有功者升之無功者降之整其威陣明其

法令犬章戮之師一掃火羊之眾早報清畫之捷快除甫阶之憂

上命栖密副使劉基持節賚詔至軍門孔明大會諸將士於教場中央設拜橋已畢

高坐將抬陣其施威劍印點閱將士教練陣法人人豪傑隊伍嚴明袍襖密布車馬分

排連絡如環縱橫若結精男士桓、趙、仁義之師、正、令嚴兩悄、不不聞聲氣

壯而凜、但生色進退有方出不亂孔明令眾將分為五隊承甲抬前將盤旗一麾只見東青

南紅西白北黑中黃隨方排延同命掌旗蠢官在將抬前將抬前將盤旗一麾只見正東陣

中忽湧出一隊人馬飛奔至將堂前聽令十分英男但見

半似藍兮半似綠馬上英雄青簇簇時三聲鼓動碧天上梅東方屬木聽令了

頂上紅雲飄萬朵赤日朱霞作粧累臙脂馬上大紅袍上按南矛丙丁火

聽令已畢一齊罷去旗蠢官又將黃旗一麾只見正當甲陣內忽又湧出一隊人馬飛也似

一時退去旗蠢官又將紅旗一麾只見正南陣中又湧出一隊人馬飛也似奔至將堂前

奉至將抬前聽令分外英雄但見

將軍金甲橫金斧坐下龍駒認作虎中央劈起杏黃旗上按中央戊巳土

聽令已了一時退去旗蠢官又將白旗一麾只見正西陣中忽又湧出一隊人馬飛也似

-5-

奔至將臺前聽令更加英勇偃見

一陣黑雲壓高壘嚴甲將軍糧束美斷風駿馬是烏騅上按北方生癸水

聽令已甲一齊退去五隊人馬各按方位佳定因令掌號官將金鐲一面鐋三敲了數

聲只見五隊人馬在教場中東轉西折盤旋屢迴忽變作一長蛇之勢青在前紅次

之黃居中白次之黑押在後頭在前擁則尾從後擺尾應之首正行時忽從中突出將

事則腹應之腹有事則首腹應之腹有事則首尾應之首尾正行時忽從中突出將

騎或飛鷂或飛鶬或飛鵮而前挾兩後直如飛鳥之攫物猛虎之奪食便人不可端倪其

能測識又教諸將以八門鼓傳之法東南西北隨其方位而先靑白黑羅列橫慨各成隊

伍其東南開以靑紅西南開以紅白西北開自黑東北開以靑黑四面分爲各八開分爲六十四

門有生死路有奇正或入于生而出于死或入于死而出于生或進而以退以奇或退以奇

而退以正陣內又有陰陽起伏之術風雲變化之機或起於陰而伏於陽或起於陽伏於陰或

變爲風而化爲雲或變爲雲而化爲風若賊誤入死門而不得生門則必死於陣中昔孔明自

荆州入蜀之時以亂石堆成此陣於魚腹浦遇吳石碣於其傍題列曰東吳大將困

於此其後吳都督陸遜追殺烈主此見碣書簧孔明眞愚志也空虛石陣何足

困耶遂馳入陣門橫行衝突俄而殺風忽起陰雲密布冷霧迷擁心尺莫辨四壁

石壘爲高山峻峰沙碟化爲長鎗大釰兒將擋前神兵周迊遂驚得束知所

出正在危追得黄承彦之指端韋而得出兩兇死蓋其變化之法奇妙之術雖在扵其中而

明神靈鬼莫能得以測知也又教二天微列陣之法于八微有天上則列星也扵方兇扵天

為壽星扵地為兗鄭扵方為辰扵地為幽扵時為三月氐方四扵天為化大扵地為玃朱扵扵神扵

時為二尾箕扵天為析木扵地為燕扵方為寅扵時為正月斗牛扵天為星紀扵地為揚

吴扵方為丑扵時為十二月女虚危扵天為玄楊扵地為青齊扵方為子扵時為十月

室壁扵天為陬娵魯扵方為戌扵時為九月胃昴畢扵天為大梁扵

地為其趙扵方為酉扵時為八月參觜扵天為實沉扵地為魏末扵時為六月柳星張扵天

地為其首扵時為月觜參扵天為鶉首扵地為雍秦扵方為申

為鵲火扵地為三河周扵方為巳扵時為五月冀軫扵天為鶉尾扵

為荊楚扵方為午扵時為孔明上應列星之曜分為三天門下

内中夾高聳將臺上應紫微之座下按戊己之方扵天地翰接之道

風雲追化之妙樞在扵此非奇才深智則莫能窺其涯涘又教三才

五行列陣之法三才者天地人也天開扵子地闢扵丑人生扵寅子為天統丑為

地續寅為人統列置三陣各有兩統夫在左地在右人在中左則法天之道

而有日月星辰之象右野摸地之方而有山嶽河海之地形中則效人之靈

而有乎足耳目之動，陰陽俱應，經緯相織，左旋右迴，羽翼於中，上覆下載者，色其間。

五行者，水火木金土也。天一生水，地二生火，天三生木，地四生金，天五生土，地六成水，天七成火，地八成木，天九成金，地十成土也。一三五七九為奇數陽也，二四六八十為耦數陰也。金生水，木之生火，土生金，金之剋木，土剋水，水剋火，火剋金也。

木曰曲直，於星為歲星，於方為東，於時為春，於人為仁，神為蒼龍，於色為青，味為酸。火曰炎上，於星為熒惑，於方為南，於時為夏，於人為禮，於神為祝融，於味為苦，於色為赤。金曰從革，於星為太白，於方為西，於時為秋，於人為義，於神為蓐收，於色為白，味為辛。水曰潤下，於星為辰星，於方為北，於時為冬，於人為智，於神為玄冥，於色為黑，味為鹹。土爰稼穡，於星為鎮星，於方為中央，於時為四季，於人為信，神為句陳，於色為黃，味為甘。

排列五陣，得天地生成之道，隨其方以進，則依草附木，隱伏而藏，後變化莫測。陰陽奇耦之數，相生而有相剋之理，飛出而有沒之機，各隨其方，以辨百鬼百神，都在於掌握之內，驅而進則呼風喚雨，奮迅而當前收兩追則。

其色六丁六甲，皆入於指揮之中。

而韜畧之妙於斯而備矣其他魚貫鳥翼等諸法一一演習細細教諭

而知其大畧者惟韓信李靖二人而已其餘諸將皆莫能逮其場院觀

其間文義善將之道自有條例如身之使臂之之法出於力牧成於太公

故多多益辨而無荼亂難釐之獎矣蓋諸般列陣之法而有之也用兵之法如

其後戰國之時田穰直孫武吳起各有一能而孔明兼之也

此故將士咸服其才智仰之如神明與士卒同飲食分勞苦憐疾病哀死

傷撫遺孤愛恤之情如此故將士皆感其恩慕之如父母有欺必罰如

有犯必戮一無容貸刑罰之明如此故將士皆畏其嚴威懾之如雷霆顧

為其用樂為致死昔張商常稱之曰分賞不遺遠四訓不阿近賞不

可以無功取四訓不可以貴勢免此賢愚之耶以僉志其身者也斯言

信之矣孔明教演已了罷退而相謂曰大尉真天神也吾輩豈

敢不俯伏從效其死力乎一演戰陣而將士之心服蓋如此也孔明調練

己軍即送戰書于項王

宋主連兵徐州　武侯敗績蓁陽

且說項王當夜劫寨狼狽而歸會諸將曰役陣有何人知我劫寨而預

設防備乎龍且曰臣聞諸葛孔明雖智安能當我之勇力乎龍且曰大

-9-

王之勇雖曰無敵不可以寡而敵衆今可遣人於建康致書于宋主使
之大起兵馬為我接應助我聲勢則大事可成項王曰汝言是也正話
之間忽告黥布寧軍而至門外得自首項王乃即令召入布膝行
匍匐而入謝罪曰臣昔日反逆之罪實合萬死故皇天降罰辛受誅
戮自知其罪固耶甘心今日之來亦知必誅然或冀萬一者大王日
恩愛甚厚授任梗隆故革面而來脈罪而謝伏乞大王憐之恤之項王
罵曰汝前日以我孤窮背而去之今日以我強盛向而來可謂反覆者也罪
當誅也第觀前日共事之顏情特免其死汝宜改過自新忠君向上勿辭
慚沐之苦可遂征戰之功布稽首謝曰臣之死罪大王赦之臣敢不效死以報
再生之恩乎項王以布為右將軍與龍且俱為前行即修書使人詣建
康

且說劉穆之辭了項王歸見宋主具告項王為我軍濟矣當大起兵馬
會之事且以項王書呈上宋主見之大喜曰項王又遣人齎書而來宋主拆視之其畧曰
夫用兵之道量敵而後進制勝而戰寡人竊料擧賊大熾衆寇感會
將帥之英勇士馬之精強不知其幾千萬矣實人雖有拔山之力蓋世之
勇敵衆則力分獨戰則勇衰大功難得成而宿約未可踰矣惟願盟主早

起熊虎之帥大發貔貅之士前後接應左右羽翼近助一臂之勇力遠為千
里之聲勢則賓人當執銳前驅奮力先登一掃寇敵之塵直擣洛豫之窟
必係劉季之頸而致之於麾下如此則賓人之恥可湔而盟主之辱雪矣
故兹書通立待回音

宋主見了喜曰此吾志也當躬率大眾以為接應然根本未可空虛身難遠
離可使列國帝王中英勇者章屬將士恊心同力耳即點起精兵五十萬以黃
巢朱泚将之黃巢者亳州宛卬人也一目重瞳驍勇無敵是以宋主擇之拜為
淮南王徍來都接應使朱泚副之使章率大軍為項王助戰又遺左先鋒
鄧羌先鋒呂布章鐵騎二萬為項王前驅分排已畢命翰林與子士尼
曄咨書付使者之之回報項王而呈上答書項王視之其畧曰

蓋聞應應相應同氣相求一天之下千載之間足下與賓人同聲而同氣
者也相應而來者也何以言之足下偶起江東揮一劒而掃風塵以成霸業
賓人奮起寒微驅一旅而平禍亂以成帝業兩人之事合符契然足下
即萬世之英雄千人之膽伏也如賓人之愚賤何可當也飽聞英雄各如雷
灌耳每欲共事而無由矣何幸今者見機而決識勢而發不乘思心
賜惠共周旋蒙楚虎而前驅執鄭鷙而先登喑啞則山岳震動叱咤

-11-

則風雲變盪正是英雄得意之秋而愚賤效力之日也事當躬率將
士身執鞭弭赴援蟻於一日之內馳附疆埸千里之外蹴踏余豫而同心掃伊洛而
齊力竊惟深計者固其根本遠慮者堅其窠完進則可以勝敵退則足以
固守衆皆有歸屬矣是以不即躬率而進遣都副接應使黃巢朱泌章
吳越精兵平萬徒來接應助此二人英勇絕倫卿向無敵者也又遣左
右先鋒鄧羌呂布以鐵騎二萬為兩翼之輔而效一臂之助此二將身先士卒
橫行馳驅者也惟願足下騰廢千之威奮敵萬之勇長驅大進乘勝逐北寨
人當傾國之中掃境之內陸續進發幸望先成大功早告捷音
項王覽畢大喜曰我勇無敵接應如是天下事定矣當調撥將士明日進
戰一舉成功無復疑矣正語之間人報孔明遣使齎戰書而至項王卽命
召入使者入拜而獻書項王視之其書曰
大漢太尉知內外兵馬征討事諸葛亮致書于西林之伯王足下吾聞之順
德者昌逆德者亡循理者興背理者滅理與德天也順而順賢也逆而背亂賊也
自古以來順八德天循理而不昌不興者未之有也逆德背理而不亡不滅者未之有也
此天道之當然人事之固然也其間豈可容毫髮於洛陽列聖之宴君不請
而自來不期而自會是約外之人席末之實性文暴戾行且廉貿罪積

累為惡毋貫盈過無不殘滅耶玫無復遺類此神怒之耶共憤人民之耶共
疾也事當排之而不容拒之而不受惟我太祖膺聖皇帝體天仁覆海地享
載用山林藏疾之志㳂川澤衲汚之量遁而共席宴而同樂待以伯者之位甲
以前驅之任君宣竭力而盡誠輸忠而伏義酬恩以戈戰之勞報德以征戰之
功不此之為反生異心敢肆逆謀如大馬之噬嚙鷹鸇之飽颺棄明而授暗
進德而背理是即漢世之莽卓晉時之敦峻也亂逆之罪凶醜之孽子不可
一日容於覆載之之間而尋常置於度量之外矣是故皇赫斯怒天降之
副列辟御駕六軍整旅付臣以征討之任假臣以生殺之權於是猛將奮力而奮
進銊卒賈勇而登戰之氣盈溢挾高山以馳南駛聲震騰捲淮波而東走
而況皇輿渡洛帝駕決豫加之以泰山之重施之以雷霆之威雷霆之耶擊之
豈有不權折者恭山之耶壓生豈有不糜滅者我是以恭承皇命掃清賊塵
魯洋獻淮夷之馘胡塞飲月支之頭然則君雖強如寅老勇如孟賁力
如烏獲終必潤鑊伏質烹醢分別我念之及此寧不凛然乎不若早之來
降面縛自首無斧鉞之戮斬以葯先告其無後悔
斬使之法通其信也且書辞悖慢咎在孔明彼何罪也不若赦而歸之以
項王見罷怒氣衝无扯破戰書命斬来使季布相對無

示寬恕之意項王怒氣未息忽報黃巢朱泚鄧羌呂布寧軍而至

項王即迎接施禮設宴欵待以此怒氣稍息答書付孔明使者罵曰吾

當斬汝十分商量假貸殘命速之回去告甫諸將士急持孔明頭來不

然則我一戰屠之俾無可遺寔使者挖頭鼠竄而歸見孔明泣說項王欲

殺之事呈上答書孔明拆視之其畧曰

大丈夫行事當任意爲之豈可聽人節制決其去就定其向背于洛

陽之會劉季栢門而不納　明帝數我之十罪狂言悖禮功盛腐心

以我蓋世之英雄豈可安而受侮然忍恥是以見機而依懷憤而發將蹴

踏伊豫蕩平河洛殺諸賊如輠螂滅羣非如螻蟻然後可快於心起迄波敢

以鳥鼠之衆淩犯豺狼之威書辭悖逆閭有犯椒雛不畏我寧不畏

死乎我今屬兵秣馬明日將與甫打圍於會獵之地從事於耀武之場

必盡殺乃已甫其洗頸以待

孔明睨見畢笑曰語云凶人之性不移天下之惡一也即此之謂矣乃寧諸

將進發翌日平明至梁陽城東南大野安排營寨俄而項王亦至分

列三寨左黃巢右朱泚項王居中兩陣對圓漢軍中央黃旗簇出

孔明乘四輪車頭戴綸巾身被鶴氅手持羽扇右立黃錢右擁白

旄上首一將挺鎗而立乃車騎大將軍常遇春也下首一將執斧而立乃驃

騎大將軍岳飛也南霆雷萬春各執兵器分左右護衛而立趙雲

黃忠分前後夾擁而立隊伍整齊號令嚴明使人傳呼曰漢大尉請與項王

答話項王使黃巢出應呼曰項王出三聲砲嚮龍且黥布牽鐵騎三萬伏

於陣內使乘勢殺出朱泚為左右翼領軍助戰龍且黥金鼓齊鳴陣門開慶項

王頭戴一項鳳翅金盔身穿一副龍鱗銀鎧坐著一匹烏騅駿馬手持八丈

方天蛇戟出立門下人如猛虎馬如飛龍左有鄧茂右有呂布英雄而後能知英

項王曰足下平日自許英雄而今反為寇賊何也項王曰英雄而後能知英

雄夫英雄明於理勢審於事機起然遠見深淵識強弱已判於

雄之姿安得天人之應將掃平天下章服海內得成大功創開洪業英

雄之事非汝迂儒野能知也汝非軍隨劉李如衆魁之隨鬼但知有劉李而

不知有如我英雄沒非車可謂春蟲夏曉昧者也然汝本以多智補於世豈有智

而不識天時者乎汝若少有先見則何不非洗心順棄暗授明樹切於

一世垂聲名於千秋乎孔明曰君言差矣我當以天理之報應人事之善惡

國祚之興亡一一明告之君試聽焉昔唐克德被四海之表道為百王之

冠在位長久享耆耋期虞舜濬哲文明玄德升聞受堯之禪授而位壽時
亦如之大禹文命之德數于四海隨刊之　施於九州及父舜之禪授而
言乎國長久殷湯聖武之德布昭於天下昂伐之功均及於生民享國亦長
久周之文武謨德丕顯功烈丕承而享國亦長久此人事之修明而天道
之福也昔蚩尤作亂蒿撥殺四凶頑方命而竟受文列之罪而夏桀
害虐百姓而終蒿覆四百之宗商辛毒痛四海而竟滅六百之祀泰嬴無道
暴虐焚坑斬剿竟致二世之亡此人事之悖戾而天道之罰惡也惟我太
祖高皇帝仁聖之姿同符乎堯舜神武撥濟之功不愧於禹湯文武誕膺
天命肇修人紀布陽春於兆庶奠宗社於四百此天人之叶應而臣民之慶
賀也夫鄅乎之度豁如之意前世無比而改過不吝從善如流故英雄盡群
策畢舉以成大業也且乃靈瑞異徵其事甚襃不可歷舉而言之今君
肆逆為亂甚於四凶害虐毒痛浮于桀辛命無
道暴戾加於嬴紊君前有十罪今又反逆此天地耶不容神人耶共戮
何面目立於人間對於陣前爭我奉皇命恭行天討俘獲山魈歟獻馘
于宮戮之身于社君不可得免於斧鉞之誅矣令若釋甲投鎗面縛稽首則以我
聖祖寬仁之心諭達之量宜待之以不死許之以自新如此則庶可免於刀鋸砧

項王聽罷大怒曰孔明匹夫誰能生擒言未畢鄧
明使尉遲敬德馬趫對戰五十餘合不分勝負項王怒急性起自挺鎗驟馬而
出大呼曰鼠輩焉敢當我乎聲如巨雷目如飛電兩陣將卒無不膽寒視失
色者孔明使王前翦蒙恬曹彬常遇春岳飛彭越張浚韓世忠賀若弼韓擒
虎迎戰項王見之笑曰甫輩盡來雖百萬何足懼我遂挺着一條鎗左擊
右刺毫無動色十將各逞其威風裹佳不放真是一場好殺但見
征雲攪之殺氣騰之征塵攪得天光慘淡殺氣騰之吟逼得日色昏
黑黃金甲喧闐有如車輪之鬧之之雷震旍旗招展恍若閃之灼之之電
飛戰塲中刀鎗並舉忽前忽眼一錯性命交關陣面上人馬奔忽
東忽西力稍得死生頃刻最危是大捍刀不離頭上最惡是火尖鎗
緊逼心窩最毒是方天戟照人非身夾日最險是三楞鐧觀定腦門更難
防者是似飛蝗的亂箭是怕人者是如兩點的流鋩伯王猛勇左衝右突
直游戲枪無人之境驅馬揚靈前驅虵從事术安閒之塲十八敵一人
而一人英雄宛似龍遭鰕戲一人敵十八而十八強勇猶如羊被虎攢畢竟
不知誰弱誰強到底還成龍爭虎闘
項王驍勇果是無敵力戰十將之氣憶神亂各自敗走項王乘勝

逐北英勇倍加孔明又使李靖李勣吳漢馮異祖逖韓弘張飛薛仁貴

趙雲黃忠等十將拒敵項王舉鎗一呼聲震天地十將皆魂飛膽怯莫敢

接戰獨張飛廬塵矛而進與項王厮殺不四五合精神散亂手法慌忙急回馬而

走項王乘勢掩殺直衝中軍龍且黥布鄧羌呂布以三萬鐵騎狂風突將士莫

左右殺來孔明急使諸將方欲迎敵之際忽見項王飛馬迢後曰孔明匹夫休迢

能抵當一時散潰孔明急奔車上馬向滎陽而走項王從西北而起千里黑霧目四面而至天地晦冥盡

尺不辯沙石走揚人物莫分兩軍相失不知所向正是一場厮殺亂但見

飆風摶惡黑霧敵寒飆風摶惡如昏目睛水芒吱嚧黑霧敵寒怳若往時深

應臣旦俱庶旗倒斫矛揮腳烈棄飄揚而去無處劍戟落柄雜矛錯委積

而偏在北輕步火石澒連之而倏上倏下黃塵異霧闇晤之而厥前敵役蒼柄誰矛錯委積

欲走西而尖西走偃佯兵將回南而忘南刑有先生魂驚魄散從而不知廿向前背委雖

眼迷難而莫辨所追昆陽之虎豹戰服而不住赤壁之鳥鵲樹而無休

若非天地也所使皆是神仙之攸進

孔明正走之際遇著風霧精神亂莫知而而去一望無路四顧絕援心

甚問亂急聞一疊喊聲大起十八員猛將自雲霧中飛馬而來

急救孔明孔明曰不視之乃徐達韓信王翦蒙恬甲彬常遇春岳飛彭越

郭子儀李光弼張浚韓世忠賀若弼韓擒虎李晟狄青馬燧渾瑊

也以指南車得辦方候披却雲霧來救孔明是時諸軍皆敢項王亦遠

去孔明與眾將棄車而行不數十里風空霧捲困向孟諸而未頃王大勝一場幾

捉孔明恐遇風霧不帖退復即喚金牧軍當復敢困馳馬入鄾城俄而諸將士

皆會項王大喜使人報捷於床王即設大宴於戲馬臺鴨犒勞將士酒酣項

行按億萬陣中無可諱矣項王曰今日之勝非獨我之雄德亦賴汝等

王笑謂諸將曰今日觀我英勇何如諸將皆曰大王之英勇天下無敵豈老死

之力也然如此快活之事恨不使范亞父見之也可笑亞父棄我歸居鄭老死

與草木同朽真可謂無用愚庸之人也愿與諸將酌酒相賀各于賞賜將士罷

呼萬歲

孔明得勝孟諸　　項王詐死豫州

却說孔明收拾敗軍屯於孟諸之野諸將盡來問安孔明招集眾軍慰勞回岔

等之債我之過也即引咎責躬布耶失於境內深溝高壘復修戰備日饗食將士

屬兵講武以為後圖乃上書於上曰

大尉知內外兵馬征討事臣諸葛亮惶恐無地頓稽謝罪百拜上疏

于

大明太祖高皇帝陛下臣本南陽一布衣賤士也伏念弱性懶徒知沮

溺之耕稼才劣識暗未探孫吳之鞱部許驅任馳謨孤先主三顧之恩鞠躬

彈力未成漢室一統之功是誠天地之罪人山野之庸夫而陛下不以臣甲鄙許之

以師中之寄付之以閫外之權恩莫大焉任莫重焉事當籌謀運智展

勇竭力山東虜六國之王陸陽秦三接之勳不宥此舉乃反一戰輕辱全師

僨敗三軍之銳氣頓挫萬乘之神威不伸曰臣之罪過固合萬死盡宵恐懼

席藁祖免以待天誅

上覽畢示眾帝曰此將何以為之眾皆曰孔明職任征討進兵即敗其罪不可不

論宜免其任更以文武智勇具備者代之以為徵戰可也宋祖獨曰夫勝敗兵家常

事豈可以敗論上將之罪而連代之乎如此則軍情疑貳士氣不振難以成功

且歷古以來文武忠智無如孔明者宜因以任之下詔答慰勉固其意責成

上曰君言是也乃下詔答之曰

朕聞黃石公記曰柔能制剛弱能制彊常勝之家難與慮敵一戰而一

敗即事之常百戰而百勝非計之善也是故善戰者先為不可勝以待敵

之可勝卿今舉眾進戰或有千慮之一失以致三軍之敗積此則常事無

憂恐自此以往慎乃謀藏兔乃功業毋一捷而騰毋一敗而隳暗謀微死

顧功奴何

狗之餅終成猴 席之橋此所謂失之東陽牧之桑榆削去前軍更為後

圖

樞密副使劉基奏詔至軍門孔明拜措受詔謝恩已畢大會諸將議曰

項羽可以智破難用力勝即令韓信李靖王翦蒙恬精騎十萬伏於

孟諸之東曹彬常遇春岳飛彭越精騎十萬伏於孟諸之西衛青

霍去病賀若弼韓擒虎精騎十力伏於孟諸之南李晟李勣馬

燧渾瑊寧精騎十萬伏於孟諸之北項王到來一時來勢四面殺來併

力所殺馮異祖逖馬援狄青孟諸精騎五萬伏於孟諸山中路見項王至

殺出接徐達卻南去卻奔楚陣郭子儀李光弼張俊韓世忠率精騎十

萬從孟諸東山中小路暗之兩行徑龍衷徐州諸將李光弼張俊韓世忠率精騎三萬與項王接戰

只要輸不要贏諸項王至孟諸大野中與衆將協力圍擬項王使各依計而

行姆得達令分排已畢孔明與象將登孟諸山最高處觀厮殺

且說項王大楚一塲心甚欣滿與諸將飲宴夸羚英勇呂布曰黃巢朱泚領宋

主之命為我接應而昨日之戰援兵不動必有異志今招來責之可必項

王曰汝言是也即遣人召之二人至營外項王高坐戲臺威陳兵大開轅

門召見二人二二皆縻行蒲伏不敢仰視項王厲聲責曰汝等奉甬盟主之命章

兵来我接應而全無厮殺之意何也二人稽首謝服曰某等奉命而来
豈無戰鬬之意然畏大王之威猛惧漢軍之衆多蹄躇退縮不敢接
刃非有異意也伏願大王赦罪勿咎項王曰昔日鉅鹿之戰我以單騎破秦兵四
十餘萬却章邯虜王離當是時也諸侯救趙者十二國皆莫敢戰鬬従壁上
觀楚之戰今汝等亦其類也如此愚庸怯懦之徒將焉用之即可引兵速之回
去二人大慙辭而出相謂曰項王一戰得勝驕矜不可共事性又暴險行且
殘戾我等必不見容不如早之回見家主別作商議耳即日回軍還建康
義之人也乃與諸將議曰呂布為人雄猛勇力兼人可成大事我本無己出又
無辜卷可立布為義子以為婿嬴之螳蜋何如皆曰善季布諫曰不可呂布無
意殺董卓故當時以三姓家奴噪蕣之酒行播著扵一世惡名流傳扵千秋今
大王只爱其勇力之結天倫然豈知後修孝道永為純子乎項王曰此
非徒呂布之無義彼其為父者德育失方慈愛非道以致殺我若徒之者也
以恩爱之情彼必感懷親其上而死矣長矣季布文諫曰父子人倫之大者也
父雖不慈子不可以不孝大王不察其孝誠之有無而徒爱其膂刃之雄
猛以定天倫無乃不可乎項王曰吾志決矣汝勿復言乃召呂布謂曰我本

世之楚將之家身為伯王位居萬乘是萬世之英雄也汝為人真豪健

軒昂橫行戰鬪時人皆以人中呂布稱譽而美之此亦三國之英雄也以若

若雄姿有如我英雄之父之子同心戮力天下之大事不足憂也汝意何如呂布欣

然拜謝曰小子無狀惡名彭聞為千載之棄人而大王今變而收之辛而育之倫

紀己定恩義且深敢不敬承父志恭修子職子項王大喜以布為義子即將金帛

寶玩氈甲鎧戰袍駿馬賜之布百拜感謝不可盡話

項王興諸將商議進兵令周蘭桓楚丁公小心守城目睜諸將大起兵馬出城三

十里下寨令塵埃周匝李布堅守杰陳以龍且點布為左右翼鄧羌呂布為左先

鋒分隊而出正遇徐達曰咋日之戰海等幸保首領今達沖可也而万敢生戰心呼徐

達亦笑曰勝敗兵家之常君豈以一樓而傷我如此乎項王挺鎗馳馬直取徐達之

舞刀迎之戰到十餘合徐達佯敗而走項王追之徐達走了十餘里回馬又戰之不四五

合又撥馬便走項王又追之徐達走不數里回馬又戰之不數合又大敗而走項王只顧追

趕龍且叩馬而諫曰徐達諕敵大王不可追之項王曰我弟無敵彼雖諕我入杵十面埋

伏之中何足懼哉遂不聽龍且之言趕馬而追至孟諸中央山坡下一聲砲硠馮異

祖逖馬援狄青韋兵殺出項王笑謂龍且曰是耶謂埋伏之兵也此輩雖億萬無能

為也因奮力擊之四將皆敗走項王追尋徐達將近至孟諸之北勿聞喊聲

大震韓信李靖王前翊蒙恬從東殺來曹樹常遇春岳飛彭越從西殺來項王意

令龍且黥布分頭迎敵戰方酣忽又喊聲大震青霍去病加貝若弼擒虎

自南殺來李晟李世勣馬燧渾瑊自北殺來項王抖擻精神奮振勇力四面抗拒

然寡不敵眾龍且等二將亦為眾軍所圍困在垓心項王正見勢不利即撥馬向

南而走眾將各自追來項王正走之際忽聞山上筑鼓亂鳴停馬視之一簇紅旗下孔明

與諸將對坐設樂飲酒取樂孔明左手執酌右手用羽扇胸項王曰項籍匹夫敗歸何

廂麼早々來降項王怒起馳馬上山而來挺木砲石打將不來不能進前落

荒而走堅本陣而去本陣亦不保守早被馮異等四將耶拿鍾離昧等三將棄寨

而走項王心憤神亂正在仿偟忽聞鼓聲大起馮異等四將自營中殺出韓信等

十六將從背後追來項王急奪路而走至淮幸有艘隻急渡而走漢軍盛之秋之軍

陸水中死者不知其數項王渡淮將入徐州至城下見城門緊閉絕無人迹項王疑

訝大呼開門城上抖子一聲紅旗森列郭子儀等四將在敵樓上呼曰吾等奉太

尉將令奪守此城時已久矣項王憂忿交攻方欲攻城忽聞城北鼓聲大震眾將

一時殺來項王怒之馳馬向壽春而走時斜日落西明月出東諸將士各回本營

孔明收得勝之兵犒勞會諸將議曰項王今日雖敗明日復來我以奇計司

擒也諸將皆曰項王敗困銳氣頓挫豈敢生意更來於明日乎孔明曰不然項王

粗諳兵法者之不曰兵貴神速又曰乘其未備故項王謂我戰勝而無備神速

兩來龍長可因此時暗伏丙犬攻則彼必墜术術中矣即令韓信李靖王翦蒙恬

伏於豫州城東門之內曹彬常遇春岳飛彭越伏於西門之內郭子儀李光弼

張俊韓世忠伏於南門之內衛霍去病賀若弼韓擒虎伏於北門之內見項王

走出各從火光中突出擒捉項王又使李晟勤馬燧渾瑊率兵萬人半青旗一

半紅旗也於豫州城東南三十里武牢山坡邊來日晡時見項王來到青旗軍

走右以疑項王使入豫城之中人家星底及門多藏硫黃焰焇火之物令軍

士暗伏見項王入城安歇來日黃昏必有大風一時起火曉諭居民搬移城外空閒地

暫避火薰分排已畢

却說項王暮至壽春俄而諸軍皆會項王謂諸將曰今日之敗正由彼之四面設

伏以至於此明日當與汝等乘其未備驟徃破之鍾離昧曰孔明素有智防必有預

備不可驟徃項王曰孔明今日得勝之後心安意舒謂我明日不能進戰故必

無准備我特出其不意一戰可破席卷豫洛蕩掃伊河今其時也遂令黥布與

鄧芮呂布留守營寨以龍且鍾離昧周殷季布周蘭桓楚丁公等七將掌騎

十萬五更吃飯翌日曉頭發行至孟諸曰向午矣而孔明撥去營寨不知去了項

王疑或尋野人問曰孔明寧兵何處去野人對曰孔明昨暮引率大軍一時向北

而去不知向何處麼項王心中暗喜曰孔明㝍我復来撤營進去真懊懶之村夫也

今日已晚矣我當率軍權入豫州城一宵安歇待明日進擊洛陽則彼賊芋

必自成擒矣遂率軍而行踘時至武牢山下忽見四圍大將陳於山坡上一

半青旗一半紅旗見項王来青旗軍走左紅旗軍走右各自散去頓無形影

項王心疑然行已決矣即促軍向豫州至城下四門大開城中又無人迹項王大疑

正在躊躇之際忽見一隊人民男負女戴扶老攜幼皆向西北而去項王遣二公盡

為拿来問其去意民人芋曰昨暮孔明率軍回洛陽去了囑謂民人芋曰

日項王来則甬芋無遺類矣速ㄴ撤家逃避去故民芋不勝驚駭負戴攜

扶將去空宵地而強壯者快走先去老弱運行落後忽遇大軍伏惟大王憐之釋

之項王曰今我驅兵窊来但為擒了孔明屠夷諸賊豈可空殺無罪之民哉

汝芋無恐皆歸其耶民人芋各俯伏拜謝而去項王謂曰龍且芋曰豫

州空虛日又昏矣不如入城休兵明朝進軍遂入城至公衛中定歇傳令將卒皆

入空舍休息解甲安寢黃昏時分大風忽起鍾離昧曰夜風急起火攻可虞

若有詐謀則我必受禍顓大王熟慮之項王笑曰城中空虛絶無

人影安有火攻者乎必無是理汝芋放心且有即飲酒設樂極其

歡醉至夜三更方欲臥寢帳卒報曰西門火起項王曰此必是軍士

造飯不小心失火無得妄動言未已軍士又報東南北三門火起項王大驚急與
諸將持戰被甲上馬出公衙前視之火光衝天蒲城通紅四面八方都是烟焰夜
色皆黑矣知眾向人言東門火勢稍緩項王即馳馬向東門而走四員大將中
火光中突出大呼曰項王休走韓信李靖王翦蒙恬在此即令縱火光中
直取項王項王驚悸之餘無心戀戰回馬復向西門而走四將又後火光中
突出大呼曰項王休走曹彬常遇春岳飛彭越在此縱馬挺鎗直取項王
項王又無厭發之意回馬向南門而去火光中四將又突出大呼曰項王休走郭子儀李
光弼張浚韓世忠在此亦皆放馬挺鎗直取項王乄又轉向北門而去火光中四將
又突出大呼曰項王休走霍去病賀若弼韓擒虎在此項王困在垓心四無去
路十六員猛將圍如鐵桶各縱馬奮劍直向項王剌來項王勇力雖壯豈能獨當
眾將平衝突不得正在危急急見東南角上一彪軍突圍馳入救駕項王乃龍且
鍾離昧周殷季布等散惟臣等將三百餘入檻金爻王被圍在
此故衝突而來項王問曰周蘭桓楚丁公安在對曰皆死於亂軍之中吳項王大慟
是何言也彼三將從我多年頗立功勞未有酬封而个个死此正可惜也龍且曰
敵將逼迫大王急出項王即使龍且鍾離昧擋前開路周殷季布隨後攔敵冒
火光向南門正出之際敵樓上棟宇盡焚一塊火梂墮將下來擊項王馬後馬

-27-

倒而死項王翻身落未委在火塊上衣甲皆燒髓髮盡焦龍且等四將各盡死

力急救項王項王乘龍且之馬戴辛出城行數十里東方欲明火光漸遠遁塵

亦歇而耶從三百餘騎皆死於城中無一人生出者項王只與四人入道旁民舍方

縋鎮驚駭更議計策季布今將敗軍去至於此境計無奈何項王仰天長歎

曰自我起兵以來七十餘戰未嘗敗北今再敗披諸着村夫之手爲所謂欲

死之無地不而可使廟於天下也不勝怨憤因引釵自刎未知項王性

命如何且着下文分解

辭秀犧楚霸殘令

縛往歸唐廷行計

且説項王赤敗於頡城不勝慚愧披鈿得自到龍且等四將急止之曰

勝敗兵家之常事大王芟何舉也大王芳日境下之敗不廛吳江限

纸千載之下使人為恨若使當時渡江西東以千里之地方三吳之豪

冨收軍而舉捲土而重來則中原復可掃矣天下更可定矣爲今之計

莫如忍恥含憤徃見宋主與衆會議更為大舉以爲湔雪之計可也項王

然其言遂與四將即為發行向建康去了

且説宋主在建康日已會衆共說項王之事偵探消息矢忽報項王使者來

上捷書其畧曰

蓋聞古人云有志者其事竟成有勇者其功必得此萬世不易之言而

衆人耶難之事也寡人今者以一旅之衆戰于滎陽潰兵五十萬盡沒於

蹞蹐之際諸葛孔明幾為擒獲之虜鼠竄而逃形孤奔而屏跡此誠快

於志而歎於勇者也蔵故修書以告而明日驅馬塵兵洗兵於伊洛之波祓

馬於嵩華之野惟願盟主靜慮以待好信

宋主見畢大喜曰項王之雄勇真無敵也而滎陽之此戰無異於鉅鹿之破

漢前驅如帜吾無患笑正誑之間人報黃巢朱泚率軍

而四來即令召入二將入拜軍俱言項王責遂之華趙王石勒曰項王姓

得一勝大加驕矜吾敗之形已露吾等宜修享大軍以為助援何也

宋主心忿然之共議進兵之計居數日人告生擒於諸葛亮之

謀敗將亡軍粮俱而來宋主大驚出城豈人出於姑蘇之臺待以

上賓之禮之畢者得盡是焦頭爛額宋主命設宴置酒壓驚馬尉懼回

以足下之勇力敗困如此事難知而理難謀也為之奈何項王曰寡人盡將勇

力輕視敵衆為諸葛亮之所詐初敗於宋孟諸之誤伏更困於姿權為盟全

軍覆沒跳身而來今見念位還甚愧怍宋主曰寡人以不似之姿權為盟主

責望耶歸意甚未安即欲推讓於賢者而未得矢今足下惠然肯來可以議

矣乃虛席而辭之項王便欲受之而懼坐據座見眾會中諸人類邑不
平乃辭謝曰寡人以亡國之人敗軍之將不可王盟而恚約且帝王自
有高下宋主帝也寡人豈可以王而加帝以下而凝上也龍且亦
進而告曰古人云孰實不壓主賓主之禮不可不慎大王豈可辭盟主
之位乎項王曰此言是必惟顧盟主勿遽勿辭宋主再三辭不護已
乃居主席而項王次之其次各以切德尊甲定座暢欲極歡而罷明
日请眾帝商議進兵之事點閱列將辛一齊進發項王曰寡人令雖
債敗奮忘漸生銳氣益壯願得精兵十萬更為先驅任勇效力一以釋朋主
之憂一以洩寡人之憤矣宋主許以精騎十萬付之項王大喜即辛軍渡
江星夜電邁向徐州去了
且說孔明藏犬於豫州城内燒盡林之兵十萬探聽其消息則項王僅以身免單
騎向達康而去孔明乃令諸將留陣於豫州即諸行在所委言於 上曰項王
雖萬敗幾死而去必些復來且江東孽賊合勢而至其鋒難富不可輕
視而小覷也伏顧陛下與列國帝王爛漫南確以為對敵之地千萬鎮
重 上肯項王勇力無敵於天下而今不死指尖牢去與寡主連兵
則譬如 龍借雲雨馬馬添羽翼是可憂也如之奈何孔明日項王雖

有勇力頓無智慧難以力破易以計擒臣有一計願屏左右 上即退

諸人只與宋太祖唐太宗共坐而聽孔明羹計曰項王為人性下耶深

知者必對陣之初令一將出戰佯敗而歸臣即大加怒責重施刑梏使之隱密

詐降於彼就其中如此之用計則項王可擒也 上曰如我計乎唐太宗曰

寬分人當行此計矣正話之際流星馬飛報項王自建康卒十萬精兵

晝夜驅馳奔徐州而來 上命孔明還燈營指揮拒敵 上與刻國

帝王 御駕次行營共議軍事

且說項王與龍且等四將率兵十萬浩浩騰騰至徐州城下

內且戰書於孔明批以明日決戰即名諸將尉遲敬德

請曰小將雖庸願得鐵騎三千明日一戰生擒項王而來笑孔明正色

曰項王之勇力雄人壯士莫能當汝休妄言敬德曰太尉何

怯也小將若不一陣擒捉項王則願斬其首孔明曰可為

文書敬德欣然納軍令此明朝率鐵騎三千往徐州城外揚聲大

呼曰項王匹夫速速出來有人報知項王大怒挺鎗馳馬出城大

罵敬德曰汝是何人敬德曰我大唐太宗皇帝手下名將尉遲敬德也考者之來正欲一戰

生擒足下萬橫摹醒上以解聖帝之憂下以除將卒之勞耳足下可捨鎗下

馬早受綑縛項王聽得轉怒性起縱馬直取敬德、敬德、揮銅鞭奮長鈎

接戰、剸十餘合中情轉恚刀法漸亂不能抵當司馬將走之陰龍且寧三

百鐵騎狂風驟雨一般殺來與項王并刀混戰敬德大敗所得三千皆死僅

以身免見孔明伏地請罪孔明屬聲大叱曰當初戒汝勿忘汝不聽而

戰歟挫我銳氣合萬死父犯軍令軍無私情豈可宥怨即令左右推出斬

之眾將苦諫曰敬德雖犯死罪元是大唐天子之愛將且勝敗者兵家之常

臨大敵殺吾將不祥之軍也願先生十分商量重加容怨孔明怒氣未息罵

曰我當斬汝明正其法會有眾將之諫貝者唐宗之司假貸殘命然而軍令

不可廢地促令強卒罕下敬德決裨一百兩臂上皮肉盡到長鮮血迸流孔明猶

下命停秋請將及左右又力止之孔明方穩息怒喝出敬德愛秋戟死扶

兩出歸營見高宗具言孔明欲斬重打之事唐宗曰朕召孔明責之曰尉

遲敬德卿見朕爪牙之士干城之將雖有少差旦加包容旦杖之殺之在

朕之手卿豈可擅施刑枝重打如是乎孔明曰將帥臨陣坐戰敗忿

即死法之固然也事之當然也敬德之罪可斬也而特着陛下之面俾免其死固

其幸矣夫陛下不為致謝而反加譴責可謂愛將之深而不知軍法之耶在也

唐宗怒曰一敗卽死卿昔敗於滎陽而不受眾刑首領尚以得保性果
安在是所謂責人則明恕已則暗者也孔明復無對語俯首惡色
心甚不平　上正色而謂康直曰孔明受制聞之小將眾輕則答之不
決於外吾等業已許之笑敬卽手下之小將眾輕則答之不軍功刑賞皆
也眾大則斬之亦可今君以胡乱之說加無情之責是何道理
唐宗轉怒曰發德愛利於孔明一耶也眾人受悔於君二耶也眾
人雄庸堂可覷些要忍而在是乎從此而得任他處他處也笑　上奏
臊曰寡人與君俱是初黛而洋水相逢男代將則同時方將共為
周旋永同歡樂而中道忽生異心是耶謂人心難可測兩人事難可知也聖人
云来者不拒去者莫追君之去留當任意為之五何必挽牽如身雛之繫
足使不得飛去也唐宗聽得此說忿怒轉急拂衣而起投帳而出促駕歸本營卽
召諸將議之李靖李世勣曰孔明治軍專賞訓不均
明祖以妄言凌辱陛
下不可安忍卿芋以為何如李靖曰陛之言出於不得已也若然則背明接暗為人耶議
雲憤卿芋以為冒而在此莫若懲德身秋重枕歸卧於帳中
笑耳去就不宜如是唐宗默然不語却說尉遲敬德卧而不言但長吁而已是夜三更起明燈燭寫出
本部偏裨盡來問尉敬德

密書付之小卒精乙去徐州使獻于項王小卒懷書乘夜往城門外呼起閽者於
閽隙授以密書入納于項王乙之開視之其書曰
死罪臣尉遲敬德頓首百拜于西楚霸王殿下眹日陣前之事臣如狂如醉詬天
罵日罪合殺戮敬德而免斬顛倒歸營則孔明大責戰敗之罪擅施猛打之
形機乎至死是可忍也孰不可忍是故臣咬牙切齒將欲揕月暗授明眹
罪歸順伏望殿下莫念其舊使得自新千萬祈恩之至
項王見罷大喜曰敬德歸我乙切必濟即擧賞來卒而遵之坐而待敬德之來是也
曉頭徐州城閽敬德從數人暗地而行經至徐衙拜見項王伏於階下頓首謝罪而請伏
項王既而靘其于曰天生賢傑必有與共成大功比自然之數也只恨其不早
來耳雖然將軍則唐太宗之悍臣也今來降即應有背主之名焉奈何敬德曰大王言
之是也臣請以事理之當然奏之大王試真德爲臣之作唐宗羲爲君臣親偝猶父子甘苦同
爲死生共之何可偝之今臣之來見於大王者非但臣之師涔亦欲君之共事也伏惟大王問
以處之項王半疑而言曰唐宗豈有去彼之此之理平敬德復起而拜告曰臣聞之見
機而作者其事必成識勢而動者厥功乃得唐宗以文武之智濟世而安民卽大王之所知
也世爲君平日常日觀之令之世無如大王之英勇欲同心合意周旋事業固已
久矣而未得其懽募失眹日受辱於　明帝不勝忿恨將虐小臣致意於大

王大喜乃見疑項王喜形于色曰唐宗與我則大事必濟此誠見機而識
執力者也遠迓敬德而遣之先遣使者通奇於項王告曰見唐宗具於項王之言唐宗明日率本
部諸將及衆率向徐州而來遣之大宴進酒作樂意甚歡喜情多歡
入城中公衙分賓主而坐叙禮己畢特設大宴進酒作樂意甚歡喜情多歡
曲酒至半酣項王曰寡人時年廿四歲起江東遂成霸丱夫君秋齡十八龍飛晉水
亦快帝葉英雄之事何若是其班乎今君之才盡振動於一世今當左
偶然也唐宗辭謝曰寡人之於君雖曰勿相同實有雄勇之不如英雄之稱何
可當也項王甚欣滿曰寡人之於天下君之才暑振動於一世今當左
提右契同心翳力斬諸蒿於豫州掃劉季共洛陽湯平題掃清塵穢此為千
載大丈夫之快活事也兩箇酬酢不可盡話日暮席散項王謂唐宗曰寡屯兵於
城內君屯於城外以為椅角之勢何如唐宗曰是言好笑即領將卒出城十里許安
排營寨歇息明日項王遣周發往諸唐宗共為宴樂唐宗命諸將守本陣即
時赴宴身不被甲手不持劒不帶丁人單騎獨行入城至衙中項王迎之升堂一坐
定後設宴款待賓主情話洽醉日暮唐宗遣長孫無忌入城禮
請項王會宴項王欣然而許之將行召龍且苓四將分付曰唐宗以萬乘之
主兩日惠然來我共為將宴而今日遣人請我之於禮不可不回謝汝等謹守

城衛龍且諫曰古人云宴無好宴且臣今夜夢大王流血眾人曳之足大不祥之
兆也伏願大王勿往項王微笑曰唐宗此宴想必好意且夢乃是虛事山真可
準信龍且大王若不得已而行則可彼甲持劍多帶人眾而赴之會笑項王笑曰唐
宗兩目之會身無甲胄手無刀鎗只以單騎而來令我回謝寧不然乎龍且曰人心
誠難可測大王簡易若是而倘有不虞之變起於倉卒則單身赤手何以抵當
乎項王怒責曰汝是多疑之人也彼以赤心待我之宣異於彼而令生疑惑乎況我
之勇力雖千萬壯士不足畏也么麼之輩何足介意以單槍匹馬橫行踴踴次之
耶見知也勿復妄言龍且心中十分不樂曰大王心之項王冷笑而上馬出城徑至唐
營唐宗自出陳門外迎之入帳中禮畢坐定即大開宴席曰寡人居於客地別無
宴需但過有好酒欲與君共飲耳項王喜曰是何酒也唐宗曰此酒之名曰香霛春
其味甘而清而洌芳而香似醉蜂醉蝶而即醒儀狄之作杜康之釀亦皆未及於此誠
千萬古酒中第一味也故世人罕識此酒但寡人獨與宋高宗欲之耳即命小臣持
酒而來置於席上香芬之臭動於左右項王開口流涎曰其臭如此其味可知真
簡好酒也唐宗即命小臣洗出可容斗一大白蒲酌而舉進於項王之之接盃一飲
而盡言笑津之豪與滔之謂唐宗曰昔日鴻門之宴釀大酒而暢飲摶素庖
而為肴槮未充量矣而未有如此好之春味今蒙君恩令寡人初嘗美味一

番瀉首不勝感荷遂連飲至四五盃皆一欽而盡每飲輒加大戥稱賞曰好歎好

戡真萬古之佳釀矣又連飲四五盃見得紅潮滿面言語不了唐宗又勸之飲項王曰

寡人醉矣不可暴酌唐宗曰此酒元來青毒初傾四五盃則卽時醺人若繼飲則雖

十餘盃精神漸生氣力倍健願君勿辭項王又飲五六盃曰寡人今已大醉不能

回去矣唐宗曰實寡人與君誼同一家者醉不能歸則便可一宵安歇明日回去亦爲

無妨矣又強勸之欲數盃不能言但搖手而已唐宗起躬自執盃接飲之項王乃

頹然而臥不省人事唐宗卽命李靖李世勣長孫無忌尉遲敬德薛仁貴秦

叔寶殷開山茅十餘員猛將一齊動手用鐵索鐵枷鐵網鐵器緊之網縛項王卧

置於帳中一邊項王醉不知之唐宗遣人入城謂龍且茅曰項王今日宴席劇飲

妬酒醉不能回又召將軍別有商議耳龍且茅送項王出城之後心甚憂慮而聽得

此說不勝驚疑四人急之出城馳赴唐營軍門外告來唐宗命召八曰甫君在

入斬龍且鍾離眛尉遲敬德薛仁貴虫貝接劍而入斬周殷季布唐宗卽令責諸將

撺擧項王載於戎車之上數十員猛將小心守真遣使齎書詣洛陽通知如此

奇妙消息

却說漢祖在洛陽聽知項王敗歸建康復起軍而來正在憂慮之際忽報唐宗

遣使賚書而至拆視之其畧曰

蓋聞蚩尤作亂於涿鹿而終為軒帝之擒

殄商紂肆虐而遂殄武王之誅斬此皆勇悍之輩連兵不已而竟受虞舜之竄

耶虜獲者也今者項王再敗而不死往江東起兵而來更生喑啞之聲復

動吒咤之威其勢難可敵也是故孔明初出奇計賽人依

而行之詐降以欺之以酒而飲之乘醉而傳之此無異於猛虎之入穽巨魚

之吞釣也

漢祖見之大喜不知手之舞之足之蹈之即命駕至豫州與眾施禮畢謂唐

宗曰西楚之俘安在唐宗曰桴得囚他處今即來俄而三十餘員猛將擁至項

王至階下項王方醒見一身綑傳便作生屍大呼曰何人得我乎開眼見堂上

漢高祖與

明太祖唐太宗宋太祖大開宴席酌酒相賀莫知其故恩

了半晌驀知賣於唐宗痛恨不已朕無可奈何奈何漢祖念笑而謂項王汝作

何等重罪而至於此地乎項王聽得不勝憤恨直欲一吠上堂手搏死

瓲西全身皆縛在地上但怒轉重睘目光如炬咬牙折齒四

我平日無恨不能吞劉季到今之日忽受大辱此真所謂神龍失水為見

凌於幅蟻猛席將死而祕伏於狐免耳且我之至此即天之亡也非戰之罪也漢

祖四葉自己作至厄不悟掃谷於天汝耳謂至愚全昧者也何幸皇天之會語

也皇天若有睗汝心則宜早以雷霆打之不使須刻居於覆載之間矣亭可

至今生存而晏處我前有十大罪故吾臨廣武已皆數之不復更言汝今

有三大罪汝知之乎不知乎項王四何謂三大罪漢祖四汝若不知吾將謝汝皆

明而授昧是逆命也罪一也悔慢而有殺是暴慶也罪二也有勇而無智是愚

迷也罪三也汝負此三件而重困吾萬死難免刀鋸之誅碪斧之斬而生活安

敢望乎項王四願解我縛使得容身於喘息酒史之間也漢祖四徐佈帶而

得不縛若解之則必傷人堂有解釋二理哉項王四汝等終不解我之縛安

得極盡平生之力大呼一聲一如怠雷勇依枝山之曰氣似扛鼎之時一番

勳身盼傳鐵索鐵網鐵罩盡為斷絶家心皆發端拏目瞠昧於是王

剪蒙恬薛仁貴曹彬岳飛張浚韓世忠韓擒虎李靖李勣

將各準敬德薛仁貴曹斬之項王四汝厄且何言項王四項籍天下大夫

乎我欲一言而死汝等姑知漢祖四項籍天下大夫

夫也生於世將土康門年甫廿四起兵吳中渡江而西艫舸向無敵所繫皆

破噎啞之聲聞於風塵而千人喪氣叱咤之威勁若雷庭而萬夫瘏

首鉅鹿之戰一釰而破素雎水捷單銷而擒漢名輔壯士身爲霸王

英豪之風掀於一世上雄男之獅傳於千載之下以迄于今雖不幸而

身没困辱入於厄境孰爭雄殺垮可使小兒畢畢翰加頸乎漢

祖見項王亦身笑四汝四日富貴還鄉之時錦縮之衣耀於畫矣

其間失於何豪令老擡擡之俱兩一寒如此乎即令小臣取一件奬抱曰

置於項王之前姑使之末項王以乎畫爲批破四長欲四天地翻覆日

月盈虧豁啇我有之寔如項窮如墼圍窮而見夷朝笑於劉季之而乎

漢祖曰汝欲歙酒乎項王揺頭曰此物共我極爲深仇可謂狂藥更無近口之意

不覺糁惻之心便生故以一盃酒歙之以表宿昔之情郎命樊噲酌一大盃進之亦

漢祖曰吾與汝昔日其閼於懷王之庭結爲兄弟今日見妆之形想汝之事自

前項王張目視之手不肯受張飛以鐵鞭擊其背曰葉畜歙項王終不肯

受以手擊盃盃落酒覆漢祖曰吾聞臨死禮佛以修幽冥之途也今汝亦

醑酒於地欲啓泉臺之路耶項王語不能答但長吁而已半晌乃悲歌慷慨歌曰

力拔山芳氣蓋世時不利芳虎失勢虎失勢芳更無訏更無訏芳可以徼哉

歌罷因泣下雙淚法然左右觀者皆爲之凄然漢祖曰汝欲生乎項王妆

淚而屬色曰猛虎陷穽辛而得生謳為狐狸之譏笑我即于古之英雄也時
運不幸身殞孔穽忽至扵死之則死之豈可苟來生活承為羣小之哂笑而
何面目更立扵世上乎我今死矣請以骸骨托君言託棄儜人之劍乃自刎而死矣
乎技山之力盖世之氣化為廁頭視矣漢祖見項王已死且喜且悲為之一哭以王禮
葬之扵穀城山下

分兩路元戎進軍隊　　定三分辯士說兵仙

話說漢祖已除項王與列國帝王共議進兵討賊蓋亮奏言乞歸曰臣本
多病屢年征討觸風傷兩病上添病不能従軍伏惟陛下愛之憐之許臣退休復
卧南陽區之之願也漢祖即曰卿即朕之股肱手足也安可承歸若病不能任軍務則
便可卧留都守根本卽命孔明與戶部尚書蕭何大司馬霍光率林軍八十萬
還守洛陽以備不虞又使之轉漕調兵饒給饋餉無得乏絕孔明等三人辭謝
而退奉命而行漢祖盡召列國諸將分隊進兵第一隊都元帥韓信副元帥
李靖第二隊驍騎大將軍岳飛冠軍大將軍彭越第三隊征東大將軍
車冑彬征西大將軍馮異第四隊鎮南大將軍若彌征北大將軍李祖世第
五隊鎮東大將軍馬燧鎮西大將軍鄧禹第六隊鎮南大將軍李文忠鎮北
大將軍李世勣第七隊武威大將軍劉錡羽林大將軍吳漢第八隊武衛

-41-

大将軍郭英討虜大将軍韓弘第九隊破虜大将軍蒙恬征虜大将軍祭遵第十隊振武大将軍石守信振威大将軍湯和每一隊率精騎十萬出荆門十隊諸将及軍卒皆受韓信節制又分一路第一隊大将軍徐達車騎大将軍常遇春第二隊鎮軍大将軍張浚撫軍大将軍韓世忠第三隊中軍大将軍郭子儀前軍大将軍李光弼第四隊後軍大将軍李廣驍騎大将軍霍去病第五隊平東大将軍王翦平西大将軍李晟第六隊平南大将軍韓擒虎平北大将軍衛青第七隊安東大将軍渾瑊安西大将軍屈突通第八隊安南大将軍狄青安北大将軍吳璘第九隊揚烈大将軍鄧文揚武大将軍韻第十隊揚威大将軍奮威大将軍薛萬徹輔國大将軍鄧愈奮武大将軍李道宗第十一隊奮威大将軍李愬第十二隊伏波大将軍馬援中堅大将軍苗訓第十三隊歸德大将軍章邯游撃大将軍岑彭第十四隊征遠大将軍馬成征邊大将軍李孝恭第十五隊護軍大将軍姜維討逆大将軍王全斌第十六隊鎮遠大将軍李漢超平遠大将軍臧宮第十七隊左驍衛大将軍李光顔右驍衛大将軍賈復每一隊將精騎十萬出滎陽十七隊諸将及軍卒咸受徐達節度又遣水軍大都督周瑜副都督吳玠率水軍五十萬自荆州大備戦艦葉青雀黄龍之軸順流而東下徑龍長

建康分排已畢漢祖與列國之君整加馬而還洛陽以待捷音

且說宋主聞項王受得自殺大驚聚衆高議趙王石勒曰項王有勇而無智

為人耶詐亡身殞命良可歎也然而吾知其必敗矣正詰之際探馬報韓信躬

率大兵百萬長驅向荆門而來宋主急與衆共議禦敵之計皆曰韓信智勇俱

備戰必勝攻必取降三秦而擄魏豹席卷趙齊以項王之雄勇敗困於九江接下終

至窮躬阻而死風雲韜畧無耶不通將兵之術多之益善千載以兵以仙真

可慮悍而畏懼者也宋主曰歷觀吾列國諸將無可以當韓信者此將奈何魏王

拓跋珪曰臣素無忠君之心又況前日為漢而定天下功

策雖多受誅夷事至今為悝若遣一辯士以前日三岁之說～之則彼必

聽矣宋主曰此計妙矣誰可往乎言未畢丞相長史張弘策進曰臣雖

不才請往說韓信使之反漢矣宋主大喜卽許遣之弘策布衣葛巾匹馬而

行向荆門而来

却說大漢都元帥韓信奉白呈命領十隊十九員大將百萬精兵逶迤至

荆門大起營寨將欲歇軍高卧金壇廣緑玉帳忽報江南儒生張弘策

特来請見信卽令召入弘策入拜於信前信賜座而問曰先生為誰弘策對曰僕

江南人也信曰先生縁於何事遠渉江湖而来此乎弘策曰僕之来意盃欲

見元帥足下將欲為入幕之賓耳信敢篤疑曰吾聞先生梁武帝之臣也
何為背梁而來乎弘策曰僕聞良禽擇木而棲良臣擇主而事僕昔聞梁武
雖有君臣之分梁武年老性苛專信讒佞崇事浮屠不聽臣言致退而聞廢
側聞元帥足下之英名雄聲如雷灌耳每欲托身而無由矣今者足下率
列國之將驅百萬之兵席卷江東下其勢雖授鞭於江僭賊可平大功必成是故
僕敢以駑志之穎思欲驥尾之附胃威而來謁伏望足下不以為早鄙容而
收之置之幕下則僕將效尺寸之誠席報萬一之恩為通慧信奇之足夕同
之酒而歡之討話終日問答如流少無差失椒為青油之殘燈促膝而
與之宿是夜將半斗牛傳四無人聲弘策起前青油之殘燈促膝而
言曰僕之今來有其意未知足下意嚮如何信曰先生之深意果在安在
弘策曰僕之深意專在於足下不在於他人此真古人耶謂為我詳言其
趙者也信曰先生之言若是則其意不在於尋常也幸為我詳言其
意弘策曰僕粗識相人之術請為足下言之信曰何謂細細觀過
看來一二說道如何弘策即將韓信形容軀幹前後左右一番仔細觀過
作兩跪曰僕相足下之狀也雖然不過一國之封侯
相足下之背如龍如虎貴氣浮於天庭此貴人之狀也信曰何謂也弘策曰方今漢宋相爭智勇俱

為之用兩國之勝敗權在足下之之與漢則漢勝而宋敗與宋則宋勝而漢敗足
下今若為漢而破宋之之則次取足下之何不反漢與宋連和三分天下而王
之信變色而謝曰我於漢祖者有恩遇之深今有付異之重不可北肯之先生
何出此言弘策曰漢祖恩遇付異果何如我信曰昔日漢祖授我上將軍即
予我數萬眾解衣推食之我言聽計用莫重焉夫人深親信我之何忍背之弘
今日授之以元帥之任假之以百萬之眾付莫之信曰漢祖遇我甚厚宣可向利而背義乎弘
策曰夫功者難成而易敗時者難得而易失足下誠能聽僕之言兩利而俱
存之三分天下即足而居其勢莫敢先動按齊楚之故有膠泗荊淮之
地深拱揖讓則天下之君王相率而朝於齊天與不取反受其咎時至
不行卒受其殃願足下三思之信曰漢祖遇我甚厚豈可向利而背義乎弘
策曰勇略震主者身危功蓋天下者不賞今足下戴震主之威挾不賞之
功歸宋之人不信居漢之人震恐與漢歸乎信曰先生且休矣孔策復說
曰足下不聽而初爻後車之縛竟教弓藏狗烹之歎終為兒女之寧不悔恨而凜然
室之寃魂以此言之則解衣推食之恩安在而到今思之寧不悔恨而凜然
信始聞此說乃變色而躍然曰果然我果然我之愚迷先生開鑰令人

不覺呪然而大悟暢然而長歎吾意已决何以為之弘策曰足下之高明勇

略非人敵也事當决意為之也信曰此事不可斯速行之會待兩廣接戰

就於其中徐觀其變乃可圖也乃留弘策於帳中即稱疾不視軍事上書于漢

祖告以身病不能從軍又遣人滎陽諭以病勢於徐達使之進軍先戰徐達知

韓信有異心令常遇春固守寨柵單馬馳赴豫州

且說漢祖見韓信之書且敕駑且疑即使兵部侍即陳来徃探韓信病崇陳平奉

命至滎陽先見副元帥李靖曰元帥之病何如靖曰吾雖不見傳聞信息則復

僉如常全無病意云甫平曰元帥幕下近有新来人乎否靖曰閒有江南儒

生張弘策貝元帥而為幕審平微笑而不見韓信即囬豫州見漢祖曰韓信

己有反心故訴為得病為言耳漢祖猶未信然忽報孔明至漢祖命台入

以韓信之書付與孔明孔明奉覽畢上奏曰韓信必有反意將何以處置乎

漢祖曰卿何以知韓信之反乎孔明對曰韓信以云卒為元帥市

井激利之徒非有忠君向上之意且以不用削徹之計為幽宜之恨千古耶

共知也今當大軍出戰之時必懷異志又有一圖辯士說以利害故假稱病不起

行軍耳反利己密無後可疑也緩祖曰然則奈何孔明曰韓信智勇俱備若一舉兵而反

則卒難圖也今夜陛下出其**不意**疾入其壁縛而擒之此特一士之事而

耶謂疾雷未及掩耳者也漢王曰此計疏矣即夜與徐達俱行自稱漢使

晨馳入信壁李靖迎謁韓信尚未起漢祖即其臥內奪其印符立斬

張弘策斬之韓信始起乃知漢祖之來大驚駭知其心膽俱露謀計共綏縮

首以待命漢祖以元帥之劍印符契佩與徐達諭之曰兩路兵馬卿當躬率

征討期於成功徐達辭不護已奉命退漢祖即命武士縛信載後車至豫

州凶於詔獄會象國君臣議曰韓信之事將何以處之乎　上曰韓信雖

蹇山黃河累笑於千萬之下也漢祖然其言乃赦信為不義侯令留洛陽

云謀逆形未具不可殺殺今可恕而不論置而莫問以全功臣之世無使

信即上書於漢祖曰

死罪臣信席藁洗沐瀝血披肝疾聲呼籲於天地父母皇帝陛下臣聞入

臣之罪莫重於反送天地之恩莫大於反逆尚何容於覆載

又賜之以再生於望於官爵臣於前世之事既有耶兗恨此日之恩又不勝

感激歷古據今敢有辭焉臣淮陰之賤匹夫也家本貧窮身無行能素非

王侯之種安有非分之望粗習軍旅之事常功立切之意然而志量洒賤

磯飯而便喜中情惶慄出市膀而求生其無資身之策兼人之勇可知也是

故項梁之渡淮袂劍而從之無耶知名於麾下項羽之八關執戟而事之又

未效策於卽中飢能成下山之謀早識真於鴻門良禽有擇木之意更蹢躅

於烏道問徑於擔夫之山寄於辛奇之店行色樓肩客踪跛軌遇滕公而

得免鈇鉞之誅見蕭相而暑論鞠躬之奇辛頼皇帝陛下明並日月量㟂

河海收臣於亡命之中拔臣於行陣之間不論甲卻不問庸愚擇吉而薦戎設

壇而敬禮授臣以上將之印諮之以天下之事與臣以數萬之衆付之以闉外之事

鮮衣而臣推食臣之受任恐懼感恩銘佩猥辛貌之師庶效犬馬勞

以陛下之威靈以陛下之洪福一舉而定三秦再舉而虜魏豹三舉而

筛燕四舉而取齊五舉而誅楚楚之枝境下始許臣以丈夫而立為全齊

之王又錄臣以元功而封大梵之國名在三傑之行位居千乘之尊陛下之待

臣如此其厚矣陛下之賣臣如此其極矣雖堯舜之寵稷契湯武之任伊呂

無以加也然而臣實無狀至愚且蠢頁陛下之殊恩者固己夕夕失孤陛

下之盛意者又此衆矣臣之罪享臣亦自知臣請枚舉而白之灉水之敗臣

稱病不從是闧君也罪當貴也而陛下置而不問是一赦也趙壁之臨臣臥而

不起是傲上也罪當削也而陛下不立以卽真是二赦也田齊之定臣請

以假王是僭越之罪當誅也而陛下因為相國是二赦之後又加一赦也固陵之

役臣期會不至是干律也罪當斬也而陛下不裂地而王是三赦之後又加四赦也

之楚之初陳兵出入人有告臣以及是極送也罪當當族也而陛下不即殺戮載之後

車復迫蹙刻之命還洛之日即侯碌笏而陛下不以愛恤之心用寬恕之典特降恩旨封為

列侯是四赦之後又加五赦也此五赦者皆於耶不當赦而赦之以此言之五赦而不已則

必至六赦六赦而不已則必至七赦自七至十自十至百事事而皆赦之則是陛下終不

欲殺臣也臣伏念至此始知首領之得可保而人言之不足畏也皇恩之深可恃而

臣罪之無可窮極此救之念屢而犯之念重恩之念遠臣何足言臣不

足責削鐫郎謹凶悍戾之人也自以鎮天敷敕呎兌臣以背漢勸臣以三分臣雖愚

昧豈可聽我事富執而廷厭俾蒙天誅而弟以其挂妾之譏不足以酬陛下故責

而拒之謝而絕之到今思之不覺心憤而氣塞掉掉身戰直欲食其肉而寢其皮

終不得也何嗟及也何恨如之臣之罪惡不可勝言雖蓬蓽南山之竹難可盡書汪東

海之波難可盡洗擢頭髮而數猶未足以自恕而自明但以一段之曖昧今兹時

寬荷陛下以克鏡之孔昭萬鼎之位青雲長袖舞在我懷工白盡錦衣意切於還鄉故

而玉楚以貪賤之身致富貴之至靈穆穆降裹細細焉察焉臣杰於楚人也楚人

至國之日行縣之騎廣施亞威大張兵器旌旗羽旒之量庸庸之事固當為人耶欲以考

葬耀於父光明得意於掃墦是誠淺俗之量庸庸之事固當為人耶笑而

不悟以此為返造也然而人言困極上瀆聖德迫天罪儺陷於雲夢而羣喚牧咸

覲於陳州雲夢梦之地也陳州楚之境也臣以楚之國之臣王職當左執鞭弭右

屬橐鞬迎謁於壇場之外周旋於陛侍之列而心即自疑曰天子巡方會侯

雖有古制而陛下今日不時之遊幸何意也項氏既滅則楚地復無患矣飢已

誅之於楚境更无賊也失或者以臣有罪而將加譴責也歉若似然實則陛下而

赦之於前矣何必治之於後也千思萬量莫知其端忽念鍾離昧項籍之舊將而

陛下之平日耶憎恨者也俊以困身投跡於臣之以前日之結交受而舍之陛下

其或聞知之矣君臣義重明友恩寧負鍾離敢負陛下哉故斬其首而上

謂上報陛下之仇怨下以明臣跡之疑危而負把山積自分湯鑊而陛下終不誅

戮又加封爵此臣以涕泣感激而欲死无地者也然而上之擊陳稀也臣病不從

故人有告臣以反品皇后召臣以入朝蕭相國欺臣以彊賀杜郵之讒譖為曲

自起之恨屬鏤之鍔空作子胥之怨鍾室寃視尚未控訴於陛下而積恨於

千載之間羌至于今日風塵之前緣未盡幽冥之舊遇復明君臣相會上下

交欣陛下復命臣以元師之職付臣以征討之事際遇之感雖鴻毛之遇採

風臣魚之縱大壑擋未足以喻其意也而迫薦荆門出師之日有江南儒生張

弘策來以蒭蕘之前言反復說臣三念之及此不覺心膽俱戰毛髮盡竦因

以成疾不能蒞軍而眾言圖椒上惑天聽臣之罪案至於反迷之己之臣不可一日

容於天地之間矣臣雖頑質賀此重幸拜此惡名而豈可一朝晏然於通侯之

列裁伏惟陛下收臣爵行臣刑戮則臣雖令死於**地**下矣若陛下以臣

有尺寸之切而不忍加誅即可削其封而免為庶姓送鄉里許歸淮陰則臣

陰臣鄉也親戚朋友之耶居墳墓室家之耶在也退伏田野卧江湖甘作聖世

之老臣自槁天朝之宿將退敘前後之頁犯平日之恩遇再生之殊私晚歲之優遊

以詫鄉隣之父老區之志願永畢於此伏望聖慈察其遇而憐其情赦其罪

而徇其請臣無任感恩知罪惶恐拜稽隕越戰慄之至

漢祖見其辭意甚加矜惻即收官爵放歸田里百拜謝恩而還淮陰

徐元帥一場虜獲僖　　漢太祖三等封諸功

却說宋主聞張弘策被斬報信歸鄉卽與衆共議進兵列國諸將各定隊伍第一

隊都元帥慕容恪副元帥高歡第二隊大司馬傳顏大將軍兀术第三隊車騎大將

軍周德威驃騎大將軍宗懋第四隊屋軍大將軍慕容重顧軍大將軍斛律光第

五隊撫軍大將軍韋叡中軍大將軍王思政第六隊前軍**大將軍**慕容

翰後軍大將軍斛律金第七隊護軍大將軍李紹榮驍騎**大將軍**高敖

曹第八隊征東大將軍夏魯奇征西大將軍柳元景第九隊征南大將軍

襄方明征北大將軍樂元福第十隊鎮東大將軍慕容紹宗鎮西大將

-51-

軍檀道濟第十一隊鎮南大將軍高行周鎮北大將軍沈慶之第十二
隊平東大將軍李嗣昭平西大將軍謝艾第十三隊平南大將軍王罷平
北大將軍侯安都第十四隊安東大將軍李彌安西大將軍王鎮惡第十五隊
安南大將軍朱榮安北大將軍斛律羨第十六隊武威大將軍郭崇韜
羽林大將軍韋孝寬第十七隊武衛大將軍丁昕討虜大將軍張傑第十
八隊破虜大將軍李罕之征虜大將軍沈田子第十九隊振武大將軍長恭第二
振威大將軍葛從周第二十隊揚烈大將軍安金全揚武大將軍傳伏愛
十一隊揚威大將軍江子一奮武大將軍傳弘之第二十二隊伏波大將軍李存
孝中堅大將軍楊師厚第二十三隊歸德大將軍賀拔勝游擊大將軍武德
龍平遠大將軍李崇遷第二十六隊討逆大將軍達奚武第二十
第二十四隊征遠大將軍符彥卿第二十五隊鎮遠大將軍王慧
七隊左驍衛大將軍張永德右驍衛大將軍薛柯檀每一隊率精
以要厮殺
且說都元帥徐達恭承皇命率諸將卒前至孟諸百里廣野排成陣勢大
將五十四員精兵二百七十萬騎元帥高坐將臺之上招致諸將於臺下左伏黃鉞右秉
白旄以麾曰稱甫戈比甬干立甬矛咸聽此誓蚩甬諸賊亦知天威敢興大邦為警侵篇

郊畿今我欽奉皇命肅將天討今日之事宜不慾乎一步二步三步四步五步六步七
步乃止齊為罰哉諸軍亦不慾乎一代二代三代四代五代六代七代乃止齊為罰武諸軍尚
桓桓如虎如熊如羆火濟此役助我諸軍誓令已罷即使曹彰遇春岳飛李靖
率精騎五十萬伏於孟諸之東郭子儀李光弼張俊韓世忠率精騎五十萬伏於孟諸
之西衞青霍去病賀若弼韓擒虎寧精騎五十萬伏於孟諸之南彭越祖逖馬燧渾
瑊率精騎五十萬伏於孟諸之北元帥親其諸將率七十萬騎自成大隊以為逐敵
章左興列國帝王友諸將辛連進續進前文羨諸排成陣勢金前將軍王彥
且說宋王與元帥何無忌右將軍張蚝別設一陣於大寨之前乃謂王彥即後唐徐元帥身
為王鐵鎗者也張蚝乃寺奉閟中名將西倒騎大牛奔馳越賊身此四陣各自對圖徐元帥身
役黃金鎖子甲頭戴白銀寶映盔左手執八長丈鎗右手執百斤大刀騰下大宛千里
駿駒從軍中飛艾立於陣前人如真仙馬如飛龍左首三將即前將軍趙雲左將
軍韓仁貴左先鋒尉遲敬德也右首三將即都先鋒胡大海右將軍張飛右先鋒馬超也
元帥大呼曰敵將速出來陣中都元帥慕容恪叟馬橫戰戰到五十餘合精神耗盡敬德刀法
漸亂慕容垂見其兄戰氣已衰即來助勢元帥左手持刀鐗敵慕容恪而右手執鐗
剌慕容垂重花馬下宋陣中周德威縱馬猛將一齊來元帥見敵將
群炎火性悤起大呼曰兩軍蝗千萬無足為也飛口鴛鐧斬截四五將而真衝中軍如

飛如輪宋陣諸將方啟迎敵之陳四圍伏兵釋爰東有曹彬常遇春岳飛李靖西有郭子儀

李光弼張俊韓世忠南有衛青霍去病賀若弼韓擒虎北有彭越祖逖馮燧渾瑊各以

精騎五十萬狂飆驟雨一般殺來宋陣卒視瓶瓻散不能擋任各尋生路而無由矣元帥郭

撥精神倍加氣力東衝西突南飛北騰听到之處成首如秋風落葉馳踾之際正遇呂布

元帥大喝一聲斬於馬下二百七十萬軍之中如行無人之地敵將雖有勇力者何可當也混

鞭一塌積屍遍野流與咸川慕容恪高歡皆夜半擒元木檀道濟等死者數十餘人宋景

自家眾軍一敗奎走無心戀戰即其諸希王狼狽落荒而走不敢入徐州轉向雎陽而走

閉城堅守元帥麾軍馳到城下等長圍守之日乙皆矣其處三更宋軍守城者洞開四門

以納王師元帥亭軍入城坐以下無一人遁逃者并被俘獲即令縛而屬吏

斬當時近戰王齊童卓程讓索術實建應王世充蕭銑薛舉劉黑闥安祿山朱泚李

懷光李希烈吳少誠黃巢張士誠陳友諒等十七人招諭士民皆棄暗投明故修寫捷書

墓開於漢祖曰

大司馬大將軍都元帥臣徐達四拜上書于大漢太祖高皇帝陛下匡伏惟在昔有

苗頑悖不敬震驚之化故大禹舞干羽于兩階終有七旬之格獫狁侵辣來侵

周宣之鐵故方叔当車馬於涇陽而覓有三檳之勳以此皆聖心所及王靈攸暨也近

者粲王劉裕以寒微之跡田舍之萌嘯聚徒黨羌窃干戈抗拒於天日之下跳

踉北井池之平自以為常提兵叫嗾敓事故常惟我大漢太祖高皇帝大明

太祖高皇帝大宋太祖高皇帝大唐太宗文皇帝陛下不得已而用兵命將出師

以過勵暑猛將雲集勇士星列惟獨陛下特命名臣以登壇之職付臣以制置闡之

事臣以庸愚之姿受至重之任身具介冑手執刀戟一戰成功而斬十天子之頭繫

致於幕府之下以待皇命王莽董卓程讒表術實達徳王世充萬銑薛舉劉

黑闥安祿山朱泚李懷光李希烈吳少誠黃巢張士誠陳友諒等此皆當時

惜逆之梗此不可一時留盤於北覆載之間故曰不待皇命即行斬殺而不任雲賀之

忱謹奉露布以聞

捷書至豫州漢祖共眾帝覽畢大喜曰自古名將雖有一戰成功為多矣而未有

如徐達者此可當論功行賞以著大勳即拜徐達為秦王遣兵都侍郎陳平齎詔

操印至軍門徐達下帳迎之四拜跪受詔讀之其辭曰

朕聞盖有非常之功必稷非常之爵今卿一戰而擒獲數十天子是窮千載亘

萬古所無者此而乃忕之攜寔龍太公也殪商辛獨未足以逾其此也卿之大功

朕無以答但拜卿為秦王大司馬大將軍都元帥如故無帯之

徐達讀詔訖即今諸軍莊凱行且上言曰

大司馬大將軍都元帥臣王臣徐達誠惶誠恐頓首百拜又上言于大漢太祖高

-55-

皇帝陛下今以百劣之才敢效一得之愚雖咸大勳是皆列聖帝之洪福諸壯壯之

贊力臣何首為臣登與武祈而陛下不以臣卑鄙許以臣壯大特降是言授

以王爵臣惶恐無地不敢當世王莽等十七人雖曰極進臣不待皇命而誅之

僭越之罪臣不敢辭伏惟陛下裁臣爵肯以治其罪臣之至願也

漢祖見之又下詔糜賣之徐連回軍至豫州獻俘於漢祖漢祖起立而迎之執其手曰

卿之愚劣豈有其傳而可謂仁義禮智之人也徐連頓首百拜辭謝曰

此虜固進而島施其罰是其義也一戰而生擒數人是其仁

才天子是其智迺朕言過當卿且勿辭徐連復頓首拜謝漢祖令鄗一爵親起

而授　上曰有臣如此朕貞耶　獻賀

督周瑜副都督吳玲取水軍五十萬襲破建康取其借卿之物以獻其功漢祖皆糜

賣之漢祖共衆帝王率諸將並備駕遂浴陽南宮設大宴宴主以下俘虜之人盡解其縛

使各升壇坐遂排定帝王之座次漢祖請於　上曰吾以王人之故妄虜帝之

役令升勝慨怍高君之功烈冠於百王宣居上位曰今日之事當確論於列國君臣以卯

烈德業屬大覺卓者當為盟主矢漢祖乃廣問於衆衆議皆曰漢唐来明於卯

期業之君富定一人立為盟王而以衆所見則漢高祖可也御史大夫波黠掲曰陛下輕

玉善罵昧於道豈不可為盟主矣諫議大夫魏徵侍御史褚遂良監察御史趙

枋等劾奏漢面拆君祖無人臣禮大不敬汝顯庸聲罵曰君業職在諫諍不能死

君以正阿諛陷王於不義乎非是自左丞相程顥以下皆奏曰汝顯居下訕上逆罵同

列數禮極甚當論其罪漢祖曰此臣素著贛直言則晃也何罪之有乃虛位而讓之 上曰

古語云彊賓不壓主此格言此君勿靜寂可也其是非此漢

祖者宜從公正之論以辨古今之是非此漢祖乃不復己處於首席自宜座次第二 明太祖第

三宋太祖第四唐太宗第五漢光武第六漢昭烈帝第七宋神宗第八唐憲宗第九漢武帝第十

隋文帝第十一蔡昭巖第十二晉武帝第十三唐肅宗第十四宋高宗第十五晉元帝第

十六楚霸王第十七宋王第十八齊王第十九梁王第二十陳王第二十一後梁王第二十二

後唐王第二十三後晉王第二十四後漢王第二十五後周王又別設座次於堂隅第一胡

漢王劉淵第二魏王拓跋珪第三趙王石勤第四燕王慕容皝第五秦王苻堅第六北

齊王高洋第七周主宇文覺第八南唐主李煜第九蜀王公孫述此則以宗蠻戎狄狄不

共同中國之義此座次已定各自據位而坐酒醴飲饌等交錯有蕃盛陳人人欣喜

箇箇歡樂宴訖漢祖又言曰今日之功在百今那無兩朝頼諸將之力以至於此宜以三

等之爵分茅土各賜道德勳烈之臣以明文武並用之術可也乃舍曰

左丞相魏王　韓琦

右丞相魯王　程顥

太師道國公　周敦頤

太傅兗國公　邵雍

少師溫國公　司馬光

少傅徽國公　朱熹

同平章事郿國公　張載

侍講洛國公　程頤

樞密院使宋國公　房玄齡

尚書令徐國公　李綱

吏部尚書吳國公　范仲淹

戶部尚書沛國公　蕭何

禮部尚書昌國公　韓愈

刑部尚書荊國公　宋璟

工部尚書襄國公　陸贄

都察院都御史文淵閣大學士蜀國公　蘇軾

端明殿學士潁國公　歐陽脩

光禄大夫留侯　張良

御史大夫淮陽侯　汲□黯

國子祭酒廣川侯　董仲舒

翰林學士夜郎侯　李白

端明殿學士渭南侯　陸游

寶文閣學士金陵侯　宋濂

天章閣學士龍門侯　司馬遷

諫議大夫鄴侯　魏徵

左光禄大夫嵩陽侯　文彥博

右光禄大夫衡山侯　李沁

都察院都御史文淵閣直學士眉陽侯　蘇軾

執金吾秣陵侯　趙弼

左金紫光禄大夫晉陽侯　長孫無忌

右金紫光禄大夫宄卬侯　富弼

左銀青光禄大夫伊川侯　陸賈

右銀青光禄大夫開封侯　趙普

-59-

京兆尹河南侯　宗澤

左驍翊襄陽侯　羊祜

右扶風廣陵侯　解縉

樞密副使湖西侯　劉基

左僕射絳侯　裵度

右僕射陳侯　高頻

吏部侍郎邵侯　張九齡

戶部侍郎咸鼻侯　劉晏

禮部侍郎河西侯　姚崇

兵部侍郎西涟侯　陳平

刑部侍郎岐陽侯　杜如晦

工部侍郎河內侯　張華

太尉知內外兵馬征討事齊王　諸葛亮

兵部尚書趙王　關羽

大司馬大將軍天下兵馬都元帥燕王　徐達

驃騎大將軍楚王　岳飛

冠軍大將軍梁王　　彭越

車騎大將軍燕王　　常遇春

鎮軍大將軍吳王　　張浚

撫軍大將軍越王　　韓世忠

中軍大將軍晉王　　郭子儀

前軍大將軍鄭玉　　李光弼

征東大將軍韓王　　曹彬

征西大將軍郗國公　馮異

征南大將軍許國公　賀若弼

征北大將軍蕭國公　祖逖

鎮東大將軍雍國公　馬燧

鎮西大將軍莒國公　鄧禹

鎮南大將軍剻國公　李文忠

鎮業大將軍代國公　李世勣

平東大將軍薛國公　王前

平西大將軍蔡國公　李晟

平南大將軍陳國公　韓擒虎

平业大將軍鄆國公　衛青

安東大將軍濟陰侯　渾瑊

安西大將軍沂源侯　屈突通

安南大將軍剡陽侯　狄青

安业大將軍馮翊侯　吳璘

機軍大將軍隴西侯　李廣

驍騎大將軍關內侯　霍去病

武威大將軍淮南侯　劉錡

羽林大將軍漢中侯　吳漢

武衛大將軍浙東侯　郭崇

討虜大將軍清河侯　韓弘

破虜大將軍長城侯　蒙恬

征虜大將軍河陽侯　蔡遵

振武大將軍浙西侯　石守信

振威大將軍湖廣侯　湯和

揚烈大將軍鉏南侯　　鄧艾

揚武大將軍淮西侯　　李恩

揚威大將軍濟南侯　　鄧愈

奮武大將軍河東侯　　李道宗

奮威大將軍東汶侯　　薛萬徹

伏波大將軍扶風侯　　馬援

中堅大將軍濟陽侯　　苗訓

歸德大將軍長平侯　　章邯

游擊大將軍東川侯　　冬彭

征逖大將軍恩河侯　　馬成

征遠大將軍朔方侯　　李孝恭

護軍大將軍西川侯　　姜維

討逆大將軍廣東侯　　王金斌

鎮遠大將軍廣西侯　　李漢超

平遠大將軍成紀侯　　臧宮

輔國大將軍穎川侯　　寇恂

左驍衛大將軍高密侯　李光顔

右驍衛大將軍新息侯　賈復

禦侮大將軍舞陽侯　樊噲

帳前左護衛使龍驤將軍睢陽侯　南霽雲

帳前右護衛使虎翼將軍上蔡侯　雷萬春

忠翊將軍滎陽侯　紀信

東衛校尉鄞侯　周勃

驍都尉鞠陰侯　灌嬰

前將軍常心侯　趙雲

左將軍遼東侯　薛仁貴

右將軍漁陽侯　張飛

都先鋒東平侯　胡大海

左先鋒涇陽侯　尉遲敬德

右先鋒西涼侯　馬超

水軍大都督舒侯　周瑜

副都督東海侯　吳玠

其餘皆封拜有差漢祖言於 上曰近者清主汗虜奄滅 明國據有中華已過一百年

夷狄猖獗於此尤甚 今以列國帝王之威武謀臣猛將之勇畧掃清薙髮之虜彖之

域更為衣冠文明之地如何 上曰天應不厭穢德人力何以搆亂反正乎命之所

在不可違而行之数也所定不宜抑而為之漢祖之恩而齡王志思於朝鮮賜故國歸已芝君

臣之義 神宗萬曆年間傾國西救魃又有浡造之恩而非是忘昧於恩義也義隮於清王其

罪不可不問 上曰小事大者畏天者也朝鮮亦知天命而非是忘昧於恩義也朝鮮之

衣冠文物侔擬於中華素稱禮義之邦故 厥後 孝宗王與相臣宋時烈不勝憤恨之心

常有北伐之志每以勢力之不及而未果也然含忍痛惟識春秋尊王之義知恩懷德恒

思日月照明之光湖西立萬東之廟蕓中設大報之壇十秋千載之外切烈基業不有相

而問其罪乎漢祖默然無語半晌乃曰寡人之於是君实安数千載之外切烈基業不有相

讓而今於此火會宴酣同樂似非偶然耳雖然與盡則悲来樂極則哀生自然之理也不

可以幽陰之質久留於陽明之界故從此而逝矣君等亦各歸去可也 上曰君欲向

何處慶幸而亦有繼此得見之道乎漢祖曰寡人今入長陵不復更立間矣仍俛俛樂上逝

遂罷宴芒曲復以一盃酒蘭滌千古之愁各自席散怡悵歔欷而別是時迺陰風忽起

霏雨低降俄傾之間諸人盡化為烏有先生矣

大明崇禎已卯年間有一書生放浪遊散至於江南金華寺日暮投宿其處得一夢漢

高祖與　明太祖唐太宗宋太祖設宴於花臺上對酌設樂盡歡而散此說傳播於世間而

未得其詳焉

南湖居士金瀞性者駕洛王之後世商少年綽弱冠識濟文翰捷貫場屋負才故曠如

醉如狂進不知止退不知足即一百愚無狀之人也然而潘岳之文彩著於家風陸機之世德

光于詞賦盡其葬韻世趾其義也歲在　崇禎紀元後庚子之春居士方有意於做

誦之工作立明窓之下端坐於净業之前將蘇子瞻前後赤壁賦大讀一遍忽為

春陽所困睡魔来侵卜倚柴几之上游魂於虛無之境馳神於廣漠之鄉不知何處定了

忽見一道士頭戴椰子之冠身被鶴氅之衣驅神馬駕尻輪御冷風昂然而来長揖

於前居士曰公何為者道士曰子果不知耶我乃東坡居士蘇軾也居士慢然曰大来澟然元

豐之間至今幾八百年矣公何以延生而至此乎道士微笑曰人生則有死古今自然之理

必然之事也雖然吾之生死果非尋常厄人生而羣名聞於一世沒而精靈留於千秋如水之

在壺中無所往而不存者也如子者可謂信之深思之至焉萬懷懷若或見之故道

其詩讀其書有所感慕於千載之下矣我有一段神妙之言將敢見子而扣居

士曰何言也道士曰子或聞金華青靚業演義乎居士曰雖或聞其說而未詳其實也

說或有可據之道耶道士有一說焉崇禎己卯年間漢高祖與唐

宋　明四国朝輩之王夬會於洛陽禮請列国叙舊宾主盡之懷設太平同樂之宴

256　왕회전 王會傳

왕회전 하(王會傳 下) 影印

金濟性 원저, 한국학중앙연구원 장서각 소장 한문필사본

여기서부터 영인본을 인쇄한 부분입니다. 이 부분부터 보시기 바랍니다.